KB109567

가슴으로 부르는 노래

가슴으로 부르는 노래

발행일   2023년 11월 2일

지은이   박순조
펴낸이   손형국
펴낸곳   (주)북랩
편집인   선일영   편집   윤용민, 배진용, 김다빈, 김부경
디자인   이현수, 김민하, 임진형, 안유경, 한수희   제작   박기성, 구성우, 이창영, 배상진
마케팅   김회란, 박진관
출판등록   2004. 12. 1(제2012-000051호)
주소   서울특별시 금천구 가산디지털 1로 168, 우림라이온스밸리 B동 B113~114호, C동 B101호
홈페이지   www.book.co.kr
전화번호   (02)2026-5777   팩스   (02)3159-9637

ISBN   979-11-93499-38-2 03810 (종이책)   979-11-93499-39-9 05810 (전자책)

(주)북랩 성공출판의 파트너

북랩 홈페이지와 패밀리 사이트에서 다양한 출판 솔루션을 만나 보세요!

홈페이지 book.co.kr   •   블로그 blog.naver.com/essaybook   •   출판문의 book@book.co.kr

작가 연락처 문의 ▸ ask.book.co.kr

작가 연락처는 개인정보이므로 북랩에서 알려드릴 수 없습니다.

가슴으로 부르는 노래

黙歌
The Elegy, Meditation in My Heart

나는 아무것도 모른다

我不知

I have no idea

박순조 지음

나는 모른다.
아무것도 모른다.
알 것이 무한대라,
앎에 이를 때가 보이지 않는다.

전에도 몰랐고,
지금도 모르고,
앞으로도 모를 것이다.

아득하여,
얼빤이 가슴속으로만 노래를 부를 뿐이다.

긴 세월, 가슴속으로 하늘과 땅과 '나'를 노래했다.
그래서, 묵가(黙歌)이다.
정약용 선생이 목민(牧民)할 뜻은 있으나,
몸소 직접 실행하는 것이 불가하여
마음속으로만 헤아리며 '심서(心書)'라고 했듯이.

이 노래의 주된 내용은 삶과 죽음이다.
하여, 그 노래는 슬프기도 하고, 즐겁기도 하며,
비루함을 느끼기도 하고, 설레기도 하며,
단말마의 비명을 지르기도 하고, 감탄의 곡조를 읊조리기도 하는,
그런 노래.
외딴섬 혹은 두멧구석에서,
죽음의 전쟁터 혹은 환희의 계곡에서
들려오던 그런 노래.

그러나 '나는 모른다.'
아무것도 모른다.
알 것이 무한대라,

앎에 이를 때와 경유지와 목적지도 보이지 않는다.

전에도 몰랐고,
지금도 모르고,
앞으로도 모를 것이다.

아득하여,
얼빤이 가슴속으로만 노래를 부를 뿐이다.

삶? 죽음?
얼마만큼 살 것인가가 아닌,
어떻게 살다 어떻게 죽을 것인가?
그것이 문제였다.

허와 실은 무엇인가?
거룩함과 신비로운 거짓에 속아 산 세상,
신과 우상에 놀아난 세상은 모두 허(虛)와 공(空)?
쾌락과 무엇을 하고자 하는 욕망에 사로잡힌
허망하고, 부질없고, 망령된 맹목적인 삶?
죽을 때, '미안합니다.' 이 한마디가 다인데,
그것도 모르고, 사는 삶?
우리는 삶에 대한 이러한 질문에 대한 답을 알면서도
모르는 체하며 또는 전혀 무관심하게 살아가고 있는 것이다.

고향 땅, 까치울로 날아든 후 어둠 속에 갇혔다.

사랑하는, 방황하는, 살아남는 방법도 모른 채.

마치, 원시의 설익은 항해자가 자유로운 바다로의 여행의 꿈만 꾸었지, 배 만드는 방법도, 출항하는 포구도, 진행하려는 항로도, 마지막 정박지도 모르고, 하늘의 해와 달과 별에 의지하며 헛된 공상에 사로잡혀 있었듯이. 외딴섬 식인종에게 잡아먹히기에 딱 좋듯이.

도시와 전쟁의 소음과 죽음의 정적은 희망을 삼켜 버렸다.

우주의 리듬과 삶의 이치의 양극을 모르기에, 가슴속으로 노래만 부르다 여기까지 왔다. 내 속에 작은 무엇이 숨어 숨 쉬고 있는지, 내 밖에서 느껴지고 들리며, 보이고 만져지는 살아 움직이는 온갖 세상의 숨소리도 들리지 않는다.

오늘 밤도 밤새 그 무언가 찾으려 가량가량히 방랑하다, 새벽녘 손을 놓고 보이지 않는 '나'와 '나의 밖'을 잊으려 술잔을 기울이다 잠을 청한다.

설핏설핏 다가오는 잠결에 '나'를 가눌 길 없어 구곡간장과의 만남을 포기하고, 홑이불로 눈과 머리를 감싸고 한숨과 눈물로 아침을 맞이한다.

'나는 모른다.'로 나를 가르치는 역정과 여로는 간명하다.

우리 인간의 무지몽매함과 그 한계를 스스로 찾아가는

역사적 과정이며, 나그넷길이다.

글이 태어난 후, 고대에서 현대에 이르는 경전과 철학서, 고전 문학 등을 지은 자칭, 타칭 작가들이라 일컫는 사람들은 과연 인간의 실체적 진실을 깨닫고 한 말과 글인가?

알았다면, 그것을 자기 인생에 그대로 투영하며 살았을까?

역사적으로 볼 때, 그들은 복잡하게 살았고, 단명했다.

왜냐하면, 진리가 단순하다는 실체적 진실을 모르고 살았기 때문일 게다.

어리석게도, 우리 인간은 있지도 않았고, 있지도 않고, 있지도 않을 완전무흠을 추구하는 나약한 존재의 티끌이기 때문이기도 하다.

창작자들이 어디 있는가?

지배적 소수자가 어디 있는가?

누가 누구를 가르친다는 말인가?

이에 대해, 이천오백 년 전 맹자는 다음과 같이 일갈했다.

"사람들의 문제는

남의 스승 노릇을 하기 좋아하는 데 있다. 人之患在好為人師."

또한 톨스토이는 고백했다.

"글쓰기는 사기다."

"나는 내가 무엇을 가르쳐야 하는지도 알지 못한다는 사실을 숨기고서 사람들을 가르치기 위해 교묘하게 잔재주를 피워야 했다.", "사람들은 자신의 무지를 감추기 위해 서로 논쟁하며 싸우고 있다."

우리는 서로가 부족함을 느끼고 배우며 살아간다.

완전무결한 인간은 존재하지 않기 때문이다.

하물며, 우리는 갈 길 몰라 하는 어린아이로서,

들녘의 흔들리는 풀잎 하나,

바람 한 줄기,

하늘을 나는 새 한 마리,

바다와 황야를 포효하는 초식·포식동물 등

자연 세계에서 많은 배움의 과정을 밟는다.

천지 만물은 인간을 위한 위대한 가르침과 배움의 무대이며 스승이다.

그래서, 우리는 자기 자신의 나약함과 '나는 모른다.'는 실체적 진실을 인정하고, 항상 모든 사람, 모든 사물로부터 배운다는 겸허한 자세를 견지해야 한다.

그래야, 조금이라도 정신적으로나, 물리적으로 발전할 수 있는 시작점을 마련할 수 있다.

끝없는 우주와 인류의 역사 가운데,

보잘나위없는 한 줌 흙에도 미치지 못하는 인간들아!

오만과 편견, 아집과 편협함을 버려라.

우리는 이제 고백해야 한다.

'나는 모른다.'란 인간 역사의 진실을.

그리고 당장, 지금부터 갓난아이가 되어,

측은지심의 자연 상태에서

서로를 아파하며, 보듬고, 의지하며 배워 가야 한다.

이제, '굴레 벗은 말'이 되기 위해

깊고 푸른 심연, 절해고도의 외딴섬, 청산 바다에 누워 '청산도 묵가'를,

어둡고 엄혹한 고향 마을, 까치울 뒷동산으로 돌아들어 '까치울 묵가'를,

가슴 아린 러시아 로스토프 돈강과 숄로호프의 거룻배를 타고 하염없이 하늘을 바라보며 '나타샤 묵가'를,

자유롭고 평화로운 강원도 영월 김삿갓 계곡에 숨어들어 '김삿갓 묵가'를,

양털구름 흩뿌려진 하늘나라로 날아올라 '천상 묵가'를 부르다

결국, 마지막으로 가슴속으로 '작두날 위에 선 마지막 묵가'를 노래하며, '나는 모른다.'를 고백하고, 말문을 닫으며 잠을 청한다.

따라서, 나의 고백록이자 인생론인 이 글, 『가슴으로 부르는 노래』는 오랜 세월 동안 직필로 쓴 나의 일기장이기에 가슴에 스친 대로, 들은 대로, 본 대로, 만진 대로 언술과 길항을 포함하는 시와 수필, 산문 혹은 단편 소설의 형식을 빌어 그리고 있다.

또한 "대의, 명예 및 신의를 위하여 초개와 같이 철저하게 자신을 버리며, 역사를 두려워할 줄 아는 인간이 된다."는 인생관을 다시 한번 관조하며 빈자, 약자를 위해 전 재산을 기부하기 직전, 집필을 마무리한 나의 유언서이기도 하다.

이 글에 몸과 마음을 실으면서, 하루 수백 수천 번 찰나 찰나 변하는 속마음을 들여다보기 위해, 손으로 꾹꾹 눌러쓴 실시간을 그대로 명기했다.

좀 더 현실감 있게, 깊고 넓은 새로운 자유와 평화라는 희망을 확인하고 싶어서.

하여, 이 글은 첫머리도 희망이요, 끝머리도 희망이다.

처음은, 인생의 마지막 단계에서 다시 떠오른 새로운 소망이요,

끝은, 엄마 뱃속 시절부터 하늘이 시키는 대로, 하늘이 말하는 대로, 희망스레 바라본 자연적인 삶이다.

그래서, 이 글은 처음부터 읽으나, 거꾸로 읽으나 마찬가지인 셈이다.

알파가 오메가요, 오메가가 알파이기 때문이다.

우리 인간 누구나의 인생처럼, 인과의 여정, 원인이 결과를 낳고, 그 결과는 원인으로부터 태동하는.

좌에는 온갖 현란하고, 어두운 옷으로 덧칠한 변화무쌍한 말들을,

우에는 모든 그럴듯한 이성으로 세상을 잠재운 자칭 선지자와 경서들을,

그 중간에 '나'를 놓고 사방과 천지를 두루 살핀다.

그러나, 아무것도 보이지 않고, 들을 수도 없다.

결국, 다시 한번 '나는 모른다.'를 고백하지 않을 수 없다.

이제, 멀리서 혹은 가까이서 가해지는 알지 못할 경멸적이고 모욕적인, 건조한 조소를 즐겨야 한다.

하여, '나는 모른다.'가 알파이자, 오메가다.

그 머리부터 발끝까지의 핵은, '나'를 버리고 비움으로써 얻을 수 있는 '자유'와 '평화', 그 자체만 벌거벗은 채로 남는다.

청산도 묵가

青山島 默歌

The Elegy, Meditation in The Solitary Chungsan Island

...

'청산도 묵가'를 써야 한다기에 이렇게 씁니다.

지금 있는 자연의 마음, 날것 그대로. 이면치레 없이. 거칠게.

온 힘을 다해 꾹꾹 눌러서.

그런데 모기떼가 몰려와 찌드럭찌드럭하고 있습니다. 시샘하듯이.

부지불각 중에 받은 임무라, 처음엔 극구 사양했습니다. 세상에서 가장 낮은, 어둔 뒷골목에 있어 본 사람만이 쓸 수 있는 글이라고 생각했기에.

그런데도 막무가내로 쓰라 했습니다. 묻지도 따지지도 못하게 하면서.

"하늘도, 바다도, 사람도, 그 시작과 끝과 깊이를 모르는 법. 다만, 하늘의 뜻이다. 매듭지을 때까지 기다려줄 테니." 그 한마디만 남기고 어디론가 사라져 갔습니다. 정수리 위에서 쭝얼대며 맴돌이하다가.

나는 그가 누군지 모릅니다.

순간, 깜짝 놀란 마음에 어찌할 바를 몰라, 용수철처럼 튕겨져, 황망히 화장실로 갔습니다. 차디찬 냉수를 온몸에 마구 뿌려 댔습니다.

그런데 다행스레 심장이 멎지는 않았습니다. 오뉴월 염천에 무슨 심장마비? 사실, 빙하수로 여기고 퍼부으면서 "혹시?"라는 생각이 퍼뜩 스쳤기 때문입니다. 또한 기존에 쓰던 글을 계속 그리다, "아! 이제 더 이상 쓸 수 없고, 써서도 안 되겠구나." 하면서 포기하고, 막걸리 한잔하고 잠자리에 들려는 상태였기에.

생면부지의 그가 '있는 그대로' 쓰라고 하기 직전, 나도 모르게 많은 메모를 남겼습니다. 습관처럼. 머리와 가슴으로 살아서 춤추며 다가오는 대로. 나중에 어디엔가 쓰여지리라고, 이것도 쓰잘머리 없는 욕심이라고 의문스레 자책하면서.

이렇게 그랬습니다. 글발 있게. 괘념 없이.

짧은 생을 살아오면서, 세상에서 가장 선한 정심(正心)을 지녔다고 생각하는 스님, 목사님, 신부님을 만났다.

이분들, 말씀의 요의(要義)는,

스님은 "이 뭣고? 하며 평상심을 가지세요."

목사님은 "목사들을 포함, 대부분 인간들의 탐욕은 왜 그리도 심한가? 부와 명예와 권력이 뭐라고."

신부님은 "모든 인간, 모든 신념, 모든 종교는 하늘이 만들었기에, 신 앞에 엎드려, 신이 하라는 대로 해야 한다. 하느님과의 언약을 지키지 않고 배도하여 따르지 않으면, 타인과 다른 세력을 들어 반드시 파괴하고, 멸망시킨다. 이것이 하늘의 역사다."

그런데 이분들의 말씀은 한결같았다.

그 공유점은,

"인간들이 행하는 모든 생각과 행위의 태양은 보잘나위없고, 덧없는 것이다. 우주의 원리와 고증을 바라보라. 모든 인류의 역사를 골골샅샅이 살펴보아도 그 이상 더 나을 게 없다. 그 옛날 선사 시대, 스토아학파부터 현대에 이르기까지 역사·철학·사상 등 모든 인간에 관한 실체적 진실을 탐구해 보라. 자연의 순리대로, 하늘의 뜻대로 살지 않은 민족은 모두 자의 또는 타의에 의해 멸망되었다."였다.

이분들과 정반대, 보통 사람들의 말 같지 않은 말은 언급하지 않겠다. 하도 복잡다기한 검은 탈을 쓰고 자신의 눈앞에 펼쳐진 조그마한 이익에 따라 소위, 정치적으로 말하기 때문이다. 언어동단이란 말처럼.

하여, 죽어서 하는 말인지, 죽음에 임박해 하는 말인지, 살아서 하는 말인지 모르겠지만, 지금의 나는, 있는 그대로 고백한다.

"인간들은 자기들만의 생각으로 자신들의 병폐를 합리화, 고착화, 정당화시켜 마치 그것이 원칙이고, 원리인 양, 이를 강제 규범화하여 장구한 세월을 자기들의 탐욕과 생존만을 위하여 적용해 왔다.

인간은 나약하기 짝이 없는 피조물에 불과하다. 신이 창조한.

누가 옳고, 그름을 판단하겠는가?

어리석은 짓 그만하고 역사의 무대에서 쇼하지 말고 내려와라.

나도 마찬가지다. 모든 사람이 예외일 순 없다.

이제 자유 의지, '지배·예속된 거짓 자유 의지'란 의미조차 생각하기 싫다. 하잘것없는, 못난 인간들이 만들어낸 말의 유희에 불과하다는 것을 알았기에.

아무리 지난 역사를 종합, 분석해 보아도 인간의 한계는 여기까지다.

그러므로, 신의 새로운 역사 창조를 기다려야 한다.

신 앞에 무릎 꿇고 처분을 기다려야 한다.

하늘의 뜻에 모든 것을 맡겨야 할 때가 지금이다.

나의 한계 또한 여기까지다.

하여, 참회하면서 모두 이해하고, 용서하며 떠난다. 하늘의 뜻 안에서. 인간 세상은 '모두 다르다. 동일함을 요구하지 않는다.'는 것을 알았기 때문이다.

따라서 인간 세상의 구조, 현상 및 문제점, 그 해결책 또한 모두 다르다. 다만, 다르다는 것 또한 하늘의 뜻 안에서 달라야 한다.

이것이 결론이다.

그렇다면, 나는 왜 이 '청산도 묵가'라는 글을 쓰고 있는 걸까?

이것도, 나약한 한 인간이 추레한 짓거리를 하고 있는 것이다.

그러나 이 쓸데없는 짓을 하고 있는 것은 사람들이 더 이상, 나와 같이 살아가지 않기를 바라기 때문이다. 특히, 내 사랑하는 나의 조국, 대한민국의 젊은 후배들이.

말이 반복된다. 이 또한 쓸모없는 말장난, 말풍선에 불과한 것일까?

요컨대, 나는 나약하고 가련한 한 인간으로서 아무것도 모른다.

그런데도, 이 글을 쓰고 있다. 진정한 하늘의 뜻도 모른 채.

나는

법학도로서 역사와 철학을 좋아했다.

대한민국 청년 장교로서 전쟁에 참전했다.

부평초로서 국회 국정 조사 전문 위원, 영어 강사, 대리운전자로 살았다.

제한된 시간과 공간 속에서 실낱같은 물리적 목숨만을 간신히 붙들고 있는 모습이 싫었다.

방랑의 종착지인 자유와 평화의 외딴섬, 청산도로 숨어들었다.

'청산으로의 자유', '청산에서의 자유', '청산으로부터의 자유'의 노래를 불렀다.

자유·평등·정의를 구하려고 정치학자가 되었다.

잠시 정치인 아닌 정치인으로 살다가, 천도(天道)를 확인하고 진정한 자유인이 되었다.

나는 이 '청산도 묵가'를 통해 세상에 묻고, 답하였다.

이제 세상이 답할 때다.

지난 46년간, 한 인간으로서 직접 보고, 듣고, 느낀 사람과 자연 세계의 희로애락에 대한 있는 그대로의 실체적 진실과 그 흔적을 일기장에 하얗게 직필로 담았다.

숱한 세월, 가슴속 깊이 움켜쥐고 있었던 안전 고리를 힘껏 당겼다. 불꽃이 일면서 도전선을 따라 전류가 흐른다. 뇌관을 파고들어 폭발한다. 수많은 거대한 파편들이 온 세상으로 비산한다.

수십 년간 은밀히 감춰져 온 판도라의 상자는 이렇게 열렸다.

조각조각 부서진 비밀들을 정성스레 가슴에 담아 손끝으로 옮긴다. 이제 수수께끼를 미소 지으며 하나씩 풀어헤치기 시작한 것이다.

당나귀 찬물 건너가듯 단숨에 휘갈겼다. 밤새 매복하며 길목을 지키다, 새벽녘 주저댐 없이 날것을 그대로 삼켜, 후출한 뱃속을 채우는 날랜 맹수같이.

나는 착하고 정의로우며, 측은지심의 마음으로 세상의 규율과 관계없이 살아온 농부의 아들로 태어난 두멧구석의 자유로운 산골 소년이었다.

상경하여, 사람 사는 세상이 아닌 괴이한 세상을 보았다.

돈 없고, 힘없는 사람은 한 번 실패하면 다시 소생하는데 평생의 시간과 공간의 질곡 속에서 허덕이다 생을 다하게 되는, 불의의 과정을 목도하면서 역사와 철학을 좋아하게 되었다.

조국의 안위와 혼란을 우려하면서 법학도로서 정의란 무엇인가에 골몰하여 나 바로 세우기, 역사 바로 세우기에 힘쓰다 어려서부터 좋아하던 군복을 입었다.

전쟁터, 소말리아와 그루지야에서 어제까지 같이 근무했던 전우들을 잃고, 그들의 사체에서 흘러내리는 인간의 향기에 놀라, 침묵하며 벅찬 눈물을 흘렸다.

결혼이란 패착을 감내하면서, 몰인정·불공정·비인간의 세상에 직면하여 분에하다가, 청년 장교는 힘없이 스러져 가, 청산도에 은둔하여 가슴으로 '자유의 묵가'를 부르게 되었다.

이제, 그 처절한 분노의 노래를 끝내고 다시는 인간 세상에 나와 같은 사람이 있게 할 수 없다는 생각에, 쪽배 타고 '새로운 자유'를 찾아, 다시 바다를 건너게 되었다.

나는 왜?

청산으로의 자유!

나는 왜 지난 10년간 외딴섬, 청산도에 숨어들어 가슴속으로만 '자유의 노래'를 불러야만 했는가?

나만의 이유 있는, 주체적 삶을 살아가야 했기 때문이다.

이를 위해, 지난날의 처절했던 생의 과정을 참회해야만 한다.

그리고, 3년 전 막내아들을 애타게 기다리다 돌아가신 어머님 말씀대로 왜 내가 청산도란 그 고도에서 그 많은 시간들을 묵언 속에 "귀양살이"를 해야만 했던가를 말해야 한다.

청산에서의 자유!

다음으로, 단순한 삶이 참 행복임을 밝혀야 한다.

이를 위해, 고향마을, 까치울과 부모님에 대한 그리움을 떠올려야 한다.

그리고 고요하고, 청아한 아름다움을 지닌 청산도에서 무연히 자연과 대화하며 함께한 나의 모습을 노래해야 한다.

청산으로부터의 자유!

마지막으로, 이 세상에서 가장 자유로운 삶의 재탄생을 말해야 한다.

이를 위해, 사람이 얼마만큼 사악해질 수 있는가를 먼저 그려 보아야 한다.

그리하여, 지난날 그리고 청산도를 떠나기 전에 타올랐던 세상에 대한 분노를 되살려 내야 한다.

그래야만 새롭고 자유로운 주체적 삶을 살아가는 희망을 움 틔울 수 있기 때문이다.

삶의 여정에, 오롯이 의도적 실험만이 지속된다면 얼마나 따분하고, 억울할까?

나의 삶.

지금까지 그 자의적 시험만을 냉소적으로 즐기며 지내 온 삶.

그 과정은 단순했다. 설렘으로 시작해서 호기롭게 향유하다 끝없는 추락으로 잠을 설치고, 다시 또 그 설렘의 유혹에 빠지는.

또 다른 나의 삶. 철저하게 실패한 생. 성공한 삶.

가장 가까운 사람들이 하라는, 하지 말라는 바와 180도 다른 길을 바보같이 걸으며 하고 싶은 일 다 하고 여기까지 왔기 때문이다.

시골 소년의 서울행, 사법 시험, 결혼, 특전사 공수부대·전방 GOP 철책선, 전쟁터 소말리아·그루지야, 이혼, 청산도 묵가, 정치인 아닌 정치인.

하느님! 왜 그러셨나이까?

왜, 이러시나이까?

제발, 얼굴 좀 보여 주세요!

스러져 간 나에게 유일한 자유를 준 것은 가장 빈한했지만, 가장 행복한 시간을 미련 없이 내어준 청산도. 그 누구도 찾을 이 없고, 그 누구도 찾아갈 이 없는 외딴섬, 청산도였다.

그러나 하늘의 도를 깨닫지 못하고 하산하여 '또 다른 자유'를 찾아 나섰으나 결국 그리도 목말라 했던 하느님 얼굴을 확인한 후 고향 땅에서 '까치울 묵가'를 가슴으로 부를 준비를 하며 '청산도 묵가'는 막을 내린다.

고향 땅이다.

30년의 공직 생활을 뒤로하고 청산도를 떠나 '또 다른 자유다!'라며 세상 다 얻은 듯 벅차하다 처음 만난 것은, 35만 원짜리 월세방. 다 쓰러져가는 좁디좁은 월세 연립 처마 위로 보이던 남녘 하늘의 별 하나가 사라졌다.

그때 누군가 외친다.

"모르는 소리, 저 깊은 지하 동굴 더 있어!"

가슴이 막힌다. 청산의 끝없이 트인 하늘이 없다.

왜, 그러는데?

아래로, 더 밑으로 향하면서 그 끝자락에서 방랑자 되어 살기로 하지 않았던가?

그래서, 아이디까지 'Vagabond'(방랑자)로 바꾸고, 전쟁터에서 사용했던 더플백과 침낭을 생명처럼 소중히 여기며 살아오지 않았는가?

빈자·약자들을 위해 가진 것 모두 다 내어 주고, 빈털터리 떠돌이로 살면서 그들 마음과 함께하기로 하지 않았는가?

그래서, 그런데,

나는 왜 다 내려놓고 사그라져 천명을 기다려야 할 이 엄중한 시기에 이 글을 쓰고 있는 걸까?

무엇을 위해서.

무엇을 보이고, 알리고, 남기고 싶은 욕심?

아직도 거들먹거릴 건더기가 남아 있는 걸까?

답할 수 없어 난감하다.

사실, 지지난해 10월까지 이 글을 끝내기로 작정했으나, 6월 말 청산도를 떠나면서부터 지난 30년간 억눌러 온 분노와 긴장의 풀림으로 인한 눈 통과 부종에 시달려 오던 중 돌팔이, 사기꾼 의사 덕분에 난생처음으로 장기간 병원 신세를 졌다.

죽음에 임박한 마지막 순간까지 버티며 박사 논문을 끝낸 후 추한 몰골로 한 해를 마무리하다, 11월 26일, 김영삼 대통령 영결식장에 울려 퍼진 '청산에 살리라', 손학규 전 대표의 다시 "강진으로 돌아가 '청산별곡'을 다시 읽겠다."를 들어야만 했다.

새해를 맞아 격랑 끝에, 1월 28일 국회의원 예비 후보로 등록해 선거를 치르는 등 가장 가까운 사람들의 마지막 조언을 비토하고, 또 다른 설렘을 맛보다가, 나만의 자유 공간인 골방에 틀어박혀 두문불출하면서 다시 이 글에 몸을 실었다.

고뇌와 번뇌 속에 마음속으로만 처절하게 '청산으로의 자유'를 그리다가 그렇게도 맛보고 싶었던 '청산에서의 자유'를 찾았으나, 또 다른 고통의 질곡이 끝나지 않았음을 확인하고 '청산으로부터의 자유'를 부르게 된 것이다.

결국, 청산도에서 득도는커녕, 지난 수십여 년간 가슴속에 몰래 담아두었던 '청산도 묵가'를 부르며 버려진 나를 처절하게 질책, 참회하면서 이 노래를 맺는다.

청산으로의 자유!

추억과 고통의 어둠을 뒤로하고

유랑 생활을 마감하며 (2005. 6. 27., 월요일, 23:30)

2002년 5월 전쟁터, 그루지야(Georgia)의 하늘은 맑았다.

그러나 귀국 후의 하늘은 두꺼운 검은 흑막으로 덮여 있었다.

또 다른 '준비된 나', '독립된 나'를 만들기 위해 스스로 군문(軍門)을 달았다. 친구의 제안은 새로운 희망과 설렘을 주기에 충분했다.

그러나 국회로 향하는, 떼기 싫었던 발걸음은 왠지 무거웠다.

여의도로의 방향 선택은 태어나 처음으로 '무소속 인생'이라는 커다란 선물을 나에게 안겨 주었다.

인생 공백기를 맞이한 것이다. 우려했던 대로.

사람은 어머니 젖을 떼면서부터 죽는 날까지 타인으로부터 끊임없이 문제지를 받아 자기만의 답안지를 쓰게 된다. 눈을 뜬 채로.

그러나 나는 장기간 계속된 아무런 기약 없는 그 공백 기간 동안 마냥 기다릴 수 없어 눈을 감은 채로 답지를 작성해야 했다. 무조건 받아든 그 문제의 의미를 몰랐기 때문이었다.

따라서 나는 어둠 속에서 눈뜬장님으로 답을 잘못 쓴 덕에 새로운 다른 방향의 인생의 문턱을 넘지 못하고 탈락하여, 3년이란 방랑의 길을 떠나야만 했다.

세상은 한없이 넓어 보이나, 그 안에는 또 다른 좁은 문이 딸린 작은 세상이 수없이 많다. 그 문을 열 수 있는 열쇠는 주어진 문제의 깊은 뜻을 잘 헤아려 많은 선택지 가운데 한 치의 오차도 없는 정확한 답을 선택해야 받을 수 있다.

물론 내가 택한 오답이 이번뿐만은 아니었다. 결혼을 포함하여, 그 이후로 여러 번 틀린 답안을 제출했다.

이렇게 시작된 방랑 생활은 나에게 'Vagabond'라는 아이디를 더욱더 굳게 만들었다. 그 이후의 유랑 생활은 정처 없는 발걸음을 재촉했다. 영혼이 사라진 방향성 잃은 배틀걸음. 그 걸음걸이는 개포동 뒷골목의 창문 없는 허름한 고시원, 중병으로 거동이 불편하신 어머니 계신 고향 집, 학원 영어 강사, 대리운전, 국회 국정 조사 전문 위원으로 이어졌다.

그러나 이와 같은 장기간의 유랑 생활은 나에게 복잡하고 쓰린 인간 세상을 들여다볼 수 있는 기회를 제공하였다. 이른바, 사람 사는 밑바닥 세계가 얼마나 끝이 보이지 않는, 고달프고 아픈 암흑의 현장인가를 일깨워 주었다.

이러한 끝이 없는 굴곡진 여정을 걷다가, 불안하지만 약간의 숨통이 트여, 보이는 길을 갈 수 있는 계기를 만들어 준 것은 국회 생활이었다.

2004년 7월 12일 자, 모 일간지에 '능동적인 정보 수집으로 이라크 사태, 대안 마련을'이라는 제목의 칼럼을 게재한 후, 국회 국정 조사 전문 위원으로 잠시 일을 하게 되었다.

그 과정에서 현장 경험한 사실을 간략히 살펴보면 이렇다.

국회 구성원 중 선출직 공무원과 그들이 직접 고용한 직원들의 미래는 말 그대로 파리 목숨과 같이 불안정한 임시직 또는 비정규직이라 할 수 있다.

나는 그중 한 사람으로서 그들과 함께 근무하면서 거짓과 탐욕만이 난무하는 그들만의 또 다른 세상을 직접 목격하였다. '영혼 잃은 세계'를.

내 눈에 비친 그들의 모습은 혼자만 살아남기 위한, 자기가 속한 조직의 이익만을 위해 사고하고 행동하는, 즉 국가와 국민의 삶은 안중에도 없고, 오로지 '자기 생존'만이 머릿속에 들어있는 보잘나위없는 일개인에 불과한 상태였다. '태산 명동에 서일필', 그 자체였으며, 비루하고 추접스러운 좀생이들의 모습이었다.

국회뿐만 아니라, 정부 각 부처에 근무하는 정규직 공무원들의 세계도 예외는 아니었다.

국가와 국민에 대한 책임감과 사명감은 물론 역사의식 또한 부재한 그 상황들 속에서 나는 자괴감과 더불어 모멸감까지 느끼면서 분노하였다.

그 결과, 나는 그 자리를 떠나지 않을 수 없었다. '이라크, 한국인 피살 사건'에 대한 국정 조사 준비와 정기국회 시 법률 개정안 몇 개를 만들어 주는 것을 끝으로. 국가와 국민에 대한 커다란 마음의 짐을 내려놓은 홀가분한 기분으로.

그 이후, 나는 자신의 개인적 삶에 대한 고뇌와 번뇌를 훌훌 털어 버리고 또 다른 길을 열어 보기 위한 고난의 행군을 결심하고, 2개월간의 개포 도서관 생활을 시작하였다. 지난 시간의 공백을 없애기 위해 전력

투구하였다.

지금까지 해 본 공부 중 가장 집중적이며, 열정적인 자세로 임했다.

그러나 그 준비 과정은 비록 짧은 기간이었지만 고통스럽고, 험난한 과정이었다. 더욱이 나 자신을 더 어렵고, 한심스럽고, 슬프게 한 것은 수중에 단 한 푼의 돈도 없다는 사실이었다.

따라서 이와 같이 공부에만 전념할 수 있었던 것은 큰누나의 헌신적인 정신적, 경제적 희생 때문에 가능했다. 그 도움으로 책값과 최소한의 생활비를 충당할 수 있었다.

도서관 생활은 도시락 한 개로 점심과 저녁을 때운 후, 밤 열 시에 도서관 문을 닫은 후에는 스팀이 가동되는 도서관 뒷산, 공원 화장실 변기에 앉아 새벽 다섯 시까지 강행군을 계속하였다. 추운 겨울 날씨에 그만한 공부 분위기는 세상에 없었다.

공부에 집중하는 시간만큼은 취미를 재미 삼아 놀이하는 것 같았다.

밤새 허기가 밀려올 때는 수돗물로 배를 채워 가며, 이를 악물고 끝까지 버텼다. 어금니가 쪼개져 나가면서까지. 특전사 9공수 시절, 200킬로미터 급속 행군 시 체득했던 '정신은 육체적 고통을 초월하여, 그 고통을 치유하고, 극복할 수 있는 지배적 요소이다.'라는 기억을 되살리면서.

그러나 지난 3년간 피폐화되어 무너진 체력도 한계가 왔다. 복통과 흥통은 큰누나가 준 돈으로 근처 약국에서 산 약으로 순간순간 해결하였다. 아마도 누나의 도움이 없었더라면 지금의 나는 없었을 것이다.

이러한 새로운 노정의 준비 과정은 그야말로 울쑥불쑥 튀어나온 바위들로 막혀 버린 험로였지만, 홀로 고요히 자신의 내면을 들여다보고, 느끼며 공부하는 시간만큼은 행복했다. 학창 시절, 사법 시험 공부했던 이래로 가장 열심히 집중적으로 했던 것 같다.

짧은 시간이었지만, 대한민국의 모든 시험은 통독과 정독에 마지막으로 속독을 가미해서 10회독만 하면 합격할 수 있다는 평소의 지론에 따라 자신감이 충만했다.

그 결과, 시험 전날까지 서브 노트까지 해가며 이 목표를 이룰 수 있었고, 그 모든 내용은 자연스레 깡그리 암기가 되어 마음 편히 시험에 임할 수 있었다.

시험이 끝났다. 황홀하고, 감격스럽게.

결과적으로, 나는 지난 3년간의 유랑생활을 마감하고, 새로운 나만의 자유를 찾아 떠날 수 있게 되었다. 그루지야에 이어 두 번째로. '청산으로의 자유'를 찾아.

자유로의 항해

청산행, 배는 잘도 간다 (2005. 7. 1., 금요일, 17:48)

풍랑 주의보로 닫혔던 '청산으로의 자유'의 문이 다시 열렸다.

며칠간 고생했던 완도, '해수 사우나'에 고마움을 전하고, 자유의 나라로 들어야겠다.

완도항이다.

청산도로 향한다.

파도 따라, 배 따르는 저 새는 왜 저리도 쓸쓸하고, 지쳐 보이는가?

처절하고, 힘들어도 청산까지 같이 가려나?

위험에 처할지도 모른다는 사실을 알면서도 왜 저리 애처롭게 죽음의 길로 들어서려는가?

희뿌연 해무 속에 갇혀 버렸다.

쓰리고, 아프다.

그래도 끝까지 같이하려나?

그래, 청산항에서 다시 보자꾸나. 부디 살아서.

내 시원한 막걸리 한잔 사 주기로 하지.

세월 잊고, 물결 따라 '청산호'는 잘도 간다.

그리던 친구를 기대하면서. 그리던 도를 찾아서.

자유다!

청산으로의 자유다!

벅차오른 가슴에서 눈물이 난다.

서러운 바다 가로질러 청산호는 야속스레 잘도 간다.

사랑하는 사람은 뭍에 있건만, 속절없이 청산으로, 청산으로, 깊은 골 따라 잘도 간다.

멀어진 임, 섧게 눈물짓건만 매몰차고 냉정스레 잘도 간다.

어느덧 귀양지.

청산의 어둔 불빛이 새어 나온다. 나를 반기듯.

청산이 부둣가에서 기다리고 있다. 기괴하고 침울한 얼굴로.

청산은 말없이 서럽게 눈물만 흘린다.

안도의 눈물인가?

안쓰러운 애련의 눈물인가?

잠시 후 눈물을 거두고, 따스하게 말을 건넨다.

"먼 길 돌아 돌아오느라 고생했네. 이제는 걱정 마라. 바다 건너 땅은 이제 잊어라. 세상에서 가장 자유롭고, 평화로운 청산에 안김을 축하한다."

이어, 유배지에서의 철칙을 전한다.

"묵언하라. 눈과 가슴으로만 말하라. 분노의 노래를 부르고 싶을 때, 가슴으로 묵가만 부르라. 이것이 여기서 살아 나갈 수 있는 유일한 방도. 다른 길은 없다. 그리고 경계하라. 위리안치의 파수꾼, 졸들이 언제, 어디서든 지켜보고 있다는 것을 명심하라."

결연히 굳게 다물었던 입을 열어 답한다.

"고맙다. 같이 잘살아 보자."

이렇게 유배지, 청산도에서의 첫날이 시작되었다.

자유인가?

바람은 사라져야 한다 (2005. 11. 10., 목요일, 15:05)

바람이 분다.
차디차며, 세차고, 냉혹하게.
칼바람이다.
소름 끼치게 가슴이 시려온다.

갈매기의 군무가 시작된다.
떼로 줄지어 끝없이 밀려온다.
하얀 거품을 뿜어내며 흩어졌다 모이며, 죽었다 살아남을 반복한다.
검은 바닷속에서 용솟음한 성난 파도 위에서 그래도 살아 보겠다고
춤을 추던 녀석들이 흰 점점을 남기고 힘없이 사라져 가고 있다.

바람이 잔다.
앞뜰, 평화롭고, 아름답게 떨어지는 포근한 낙엽이 좋다.
자신은 밟히면서도 즐거워한다.
세상에 행복 주며, 새 생명 탄생의 근원을 만들어야 한단다.
이 거룩한 역사적 광경을 홀로 목도함이 아쉽고, 안타깝다.

바람이 계속 잔다.
청산은 말이 없다.
시간도 소리 없이 가고 있다.

지난날, 무슨 욕심을 그리도 많이 머금고 왔었는가?

다시 올 세월 속에 또 무엇을 담을 것인가?

시곗바늘이 무섭고, 두렵다.

모든 것 내려놓고 언제, 어디로 돌아갈꼬.

칼바람 속에 숨죽여 온 지난 며칠.

혼돈 속에서 죽어 있었던 지난 20여 년.

냉철하게, 명쾌히, 담대히 정리하며 단순화시켜야 할 삶.

청산의 모습은 이렇게 마무리하고 있다.

텅 빈 가슴과 깨끗한 마음을 껴안을 모양을 띠어 가고 있다.

바람은 사라져야 한다.

모두가 살아야 하기에.

기도한다.

바람이 끝없이 잔다.

배가 뜬다.

모두가 살아 돌아가고, 돌아왔다.

자유를 찾아서.

청산 밤바다, 유일 경계 대상 (2005. 11. 15., 화요일, 01:25)

청산 밤바다. 유일 경계 대상.

바람은 아직도 잘도 잔다.

칼 추위 속이지만 자유롭고, 평화롭게 잠자리로 움직인다.

그런데 갑자기 검은 얼굴을 한 자가 친구 하자며 다가온다.

어둠 속 밤바다의 침묵이다. 은밀히, 무언가 숨긴 뜻이 있는 듯.

청산이 말한다.

"묵언하라 충고했건만, 뭐가 그리 그립고, 아쉬워 밤늦도록 피를 토하며 노래를 불렀는가? 아무도 관심 없고, 들어주지 않을 흘러간 분노의 노래를. 파수, 졸들이 들었을까 우려된다. 그들이 바로 청산 밤바다."

저 바다 건너에서 들려오는 산사의 목탁 소리가 요란하다.

구원의 손길이 못 미쳐 쓰리단다.

어느 누군가 마지막 순간이라며, 애달프게 두드림을 계속하고 있는 손 떨림이 애처롭다.

잠시만 쉬라고, 2년만 기다리라 전하고 싶지만 청산의 뜻대로 묵언해야 산다.

저 밤바다의 침묵을 깨고 건너올 산사의 목탁 소리 주인공을 맞을 준비를 해야 할 시간이다.

묵언하면서.

살아 보자, 자유로운 영혼으로 (2005. 11. 18., 금요일, 22:12)

칼바람 속 빗물이? 온종일 오락가락.

며칠 전, 심야에 찾아들었던 검은 얼굴을 한 청산 밤바다에 골몰한다. 머리와 가슴이 막혀 버린다.

자유로운 영혼이 잠들어 있는 침대에 눕는다. 눈을 감아 보나 머릿속이 뒤틀린다. 이미 검은 마음이 몰래 들어와 있었던 것이다.

물 끓는 뜨거운 주전자가 굉음을 내며 전류가 몸에 흐른다. 소스라친다. 벌거벗은 몸을 일으켜 차디찬 겉옷을 주섬주섬 걸친다. 어둠 속으로 발걸음을 옮긴다.

코카서스의 깊고, 어두운 죽음의 계곡이 나타난다.

인적 없는 고적한 거리엔 억울하게 죽어 간 싸늘한 낙엽만이 서늘하고, 음산한 바람 따라 나뒹군다. 어디선가 빵 굽는 냄새가 달려와 인도한다. 따스한 미소를 띤 노파가 반갑게 맞는다. 말없이 목탄 난로 곁에 자리한다. 이제 살아 있음에 안도한다. 자유로운 영혼이 다시 찾아왔다. 계곡의 청아한 물소리도 들린다. 코카서스의 내리치는 눈보라 소리도 들린다.

자유다. 나가자. 말없이. 음험한 청산 밤바다 모르게.

살아 보자, 자유로운 영혼으로.

평화로운 세상에서.

청산의 어둔 밤 (2005. 12. 9., 금요일, 02:15)

청산 입도, 5개월 열흘.

아버지 기일이다.

그런데 안타깝게도 오늘, 슬프다 못해 분노에 찰 일이 전개되고 있다. 칼바람 부는 이 청산에.

지난 6월, 처절했던 서울의 어둔 밤과 이별 후, 청산에서 칠흑같이 암울한 어둔 밤을 다시 만났다.

29년여간의 서울의 어둔 밤거리의 순한 양은 귀머거리였고, 눈뜬장님이었다. 온몸과 정신이 일그러진 채 겨우 밥술이나 습관처럼 떠 넣던 족쇄 채워진 불구자.

그 서울의 불구자는 우여곡절 끝에 아무런 이유도 모른 채, 투옥되었던 감옥을 탈출하여 밝고 맑은 세상에서 자유로운 정상인이 되고자 외딴섬, 청산도로 숨어들었다.

그러나 그는 그 긴 세월 동안 자신을 가두어 두었던, 사람의 탈을 쓴 교활한 뱀과 여우의 끈질긴 추적과 유혹에 속아 이성과 방향 감각을 상실한 채, 이전 서울에서의 모습보다 더 순한 양이 되어 되돌릴 수 없는 완전한 불구자가 되어 가고 있었다. 그 누구도 찾아갈 수 없고, 그 아무도 찾아올 수 없는, 보호막과 방어막이 완전히 해체된 불구자로. 이는 그 뱀과 여우의 교사를 받은 피에 굶주린 새끼 여우와 늑대, 하이에나들이 청산까지 쫓아와 진을 친 후, 그를 기만하고 협박을 가하며 목숨까지 빼앗으려 예리한 칼을 목에 들이대고 있었기 때문이었다.

지난 7월 초, 탈진 상태로 주린 배를 움켜쥐고 천신만고 끝에 찾아들었던 청산은 이미 그 침입자들의 전전율률한 소굴로 변해 있었다.

다시 탈출의 기회를 엿보던 그는 천우신조로 갑자기 불어 닥친 칼바람과 앞바다의 높은 파도를 이용, 그 무법자들의 눈을 내후리고 위기에서 빠져나와 특전사 출신답게 신출귀몰, 아무도 모르는 대봉산 너머 깊은 골짜기, 어둔 동굴 속으로 몸을 숨겼다. 그는 며칠 밤, 며칠 낮을 썩은 김치 쪼가리와 빗물에 의존, 간신히 버티며 연명하여 갔다. 깜깜절벽 속에 수색 작전을 방불케 하며 온 청산을 헤집고, 뒤집던 그 사악한 동물들은 결국 제풀에 지쳐 포기하고 돌아섰다.

죽음의 동굴을 빠져나온 그의 눈과 귀가 다시 열렸다. 29년 전, 착하고 여린, 어릴 적 그대로의 사람이 되고자 끝없이 뭉근히 몸과 마음을 씻고 또 씻었다. 하늘이 감동하여 그를 존엄한 인간으로 거듭 태어나게 했다.

며칠이 지났을까, 그가 완전히 회복되어 사람답게 살고 있다는 풍문을 접한 그 사악한 동물들은 다시 청산을 찾았다. 서울의 못된, 영원히 사람이 될 수 없는 그 동물들은 그를 잡아먹으면 자기들이 오히려 정상적인 사람이 되어 무위도식하며 평생을 편히 살아갈 수 있다는 사실을 확인한 후, 이번엔 칼뿐만이 아니라, 날카롭고, 묵직한 손도끼와 자동 쇠톱에 고성능 화로까지 준비해 와, 선하고 힘없는 그를 포획해 구워 먹으려 시도했다.

허나, 그 불구자는 이제 온전한 사람이 된 터라, 청산 사람들이 따르고, 존경하였다. 그 결과, 그 사악한 동물들이 다시 왔다는 소식에 놀란 청산 사람들이 울력다짐하여 관련 정보를 신속하고, 비밀리에 그에게 알려 주었다. 그는 곧바로 동굴 속으로 다시 숨어들어 간신히 목숨을 건졌다.

청산의 어둔 밤은 다시 또 이렇게 이어져 갔다.

그는 하늘에 묻고 있다. 언제나 맑고, 밝은 청산에서 제대로 된 사람 모습으로 살아갈 수 있을까요?

그의 불안과 공포는 지금도 계속되고 있다.

청산에서의 자유!

자유다!

2005년 칠월 초하루.

청산에서의 첫인사는 지네님과 나눌 수밖에 없었다.

아무도 찾을 이 없고, 그 누구도 찾아갈 이 없는 이 청산에 그 누가 반겨 주겠는가?

어느 날, 또 다른 어느 날 밤, 손바닥만한 지네님이 어둠을 뚫다, 발을 헛디뎌 굴러떨어진 건지, 아니면 강렬한 키스의 알 수 없는 향기를 전해 주려는 것인지, 강력한 속도로 내 연약한 입술에 내려앉았다.

초여름 첫날밤, 새벽 입도(入島) 환영식? 초가을 밤, 마지막 차디찬 작별 인사? 지네님과의 반가운 냉혈적 만남은 이곳 청산에서의 삶에 대한 쓰디쓴 경고였다. '이곳의 극한 상황에 잘 견디면, 아름답고 명예롭게 살아 나갈 것이요, 패배하면 죽어 남을 것이다.'라는.

어느덧 시간이 흘러 늦가을.

그 지네님은 어디론가 가 버렸고, 비쭉배쭉 고개 내밀던 바퀴님들도 알 수 없는 틈새 속으로 숨어 버렸다. 청산에서 처음 사귄 친구들이 모두 떠난 것이다.

고요한 청산 밤바다를 스치는 침묵은 무엇을 잉태하려 저리도 애끓는가?

어둠 속 더듬이는 어디론가 사라지고, 마음속 흙탕물조차 날 버리려 하는구나.

파도가 슬피 울자, 너울이 요동친다.

아스라이 흩어지는 옛 기억들이 다시 찾아와 괴롭히는 이 시간. 나는 이미 다가올 미지의 땅을 밟고 있었다. 코카서스 설산이 내 맘 감쌀 때, 그대로 그 공간이 나의 벗이었던 것처럼. 아무도 기다림 없는 곳이지만 지금 그대로 나의 모습인 것을 어이하랴.

초겨울의 세찬 칼바람과 눈보라 이는 청산항을 안고서 북녘 하늘을 바라본다. 고립감과 망각 속에 버려진 나.

준비된 나는 어디론가 가 버렸다.

스스로를 유배의 섬에 가둔 너는 무엇 찾아 헤매는가?

저 아스라한 지평선, 수평선은 네가 넘을 수 없는, 네게 아무것도 줄 수 없는, 한숨만 토해 내는 인계점이다.

이제 너를 기다려 줄 이는 저 청산도의 바람과 파도뿐이다.

그래도 바다 건너 저편, 반가운 손짓을 그려 본다.

질곡(桎梏)의 눈물 거두고, 어머님 다시 뵙는 날까지만 참는다.

그리하여 세사(世事) 뒤로하고, 이곳 청산에 들지 않았는가?

이제 주어야 할 것을 알았고, 다 준다는 마음으로 용서하련다. 기억 속에 묻어 버리련다. 조화와 균형감 있는 삶을 쫓아서.

살을 에는 한기가 사라진다.

외로움 속 청산도가 따스한 온기 되어 다가왔다.

삶의 충만함이 배가 되누나.

이로써, 방랑객 아닌, 진정한 자유인이 되었다.

이렇게, 청산에서의 첫 자유로의 의지는 시작되었다.

자유다!

장기미 찾아왔네 (2006. 1. 7., 금요일, 16:25)

한 해의 반이 지난 오늘.

마음 버릴 곳이라,

장기미 찾아왔네.

팔베개 의지한 채, 수평선 바라보네.

다시는 사랑 없다,

다시 반추 않겠다고.

티끌 세상 품을 가슴조차 없구나.

부서지는 저 파도에

살 저며 실어 보네.

멀어져 간 아픔에

내 마음 얹어 본다.

점점이 사라졌다 불현듯 다시 오니,

놀란 가슴 뒷걸음질.

사랑의 노예 되어 도리 없이 다시 품네.

눈을 감는다.
아스라이 멀어져 가 이름 모를 점이 된다.

끝없는 몸부림. 차디찬 영혼일세.
주저앉아 통곡하니 소리 없이 떠나가네.

평화의 인간사를 다시 쓰게 되리라 (2006. 2. 9., 목요일, 11:36)

눈보라 속
칼바람.

발가벗고 홀로 서서
출렁이는 파도의 하얀 부서짐을 바라본다.
구저분한 세상 탐욕,
호호탕탕하게 저 파도에 묻어라.
귀꿈맞은 욕심,
눈과 마음 멀게 하여 죄를 부르나니.

타의 허물,
듣지도 보지도 묻지도 마라.

자신만 탓하라.

진실과 화해, 믿음의 세상을 꾸려라.
나를 바꾸어,
측달하고 따스한 가슴의 묵언과 행동으로.

평화의 인간사를 다시 쓰게 되리라.

아림, 아림이 더해 가누나! (2006. 2. 23., 목요일, 22:45)

칼바람, 눈보라에 흩날리던
그리움 서러움.
텅 빈 들,
우리 엄마,
춘풍 타고 오시네.

짙어간다.
깊어 간다.
알알한 보고픔.

아린 핏줄,
어느멘가?

어머님 그리움이
내 그리움이라.
어머님 아픔이
내 아픔이라.
어머님 사려(思慮)는
내 고뇌라.

아림, 아림이 더해 가누나!

사부·사모곡을 다시 또 불러 본다 (2006. 3. 2., 목요일, 23:17)

간밤 꿈.
어머님이 돌아가셨다.

못난 막내아들,
목 놓아 울어 본들 무슨 소용이.
가로막힌 저 바다, 저 파도,
내가 만들어 놓고, 무슨 할 말이.

숭고한 부모님 생, 어찌 잊으랴.
"하루 세 끼 피죽을 먹고 살아도,
손가락질 받으며 살지 마라."

"노는 것도 공부다."하시며
평생 농사일을 안 시키셨던 아버지.
고통스런 암 투병 중이셨던 아버지.
파 밭고랑 내시다,
"순조야, 고랑 좀 파줄래?"
그 말씀에 눈물 훔치며
신들린 사람처럼 일했던 기억.

마지막 순간까지,
가족의 생존 위해 희생과 사명을 다하셨던
아버지의 초라한 뒷모습.
한 치의 오차 없던 시계추, 아버지, 어머니.
새벽 두세 시, 새벽 밥 해 놓고,
오이, 호박을 지게에 짊어지고, 머리에 이시고
능고개 너머 서울까지 다녀오셔
언제 한 끼 하셨을까?
곧바로 논밭으로 나가시던 아버지, 어머니.
얼마나 힘겨우셨을까?

평생, 흙과 사셔 손발톱 닳아 지워진
하얀 마음의 나의 아버지, 어머니.
자유와 평화의 세상 새겨넣어 주신
나의 아버지, 어머니.

하여, 빈자·약자 위한 삶의 과정 마쳐 주신
나의 아버지, 어머니.

간밤의 우려는 모두 가셨다.
부모님 영생을 생각한다.
불멸의 행복 자격 충분하신
나의 아버지, 어머니.

기꺼이 내 먼저 흙이 되어,
천국 잔치 준비하면 맘 편할 듯.

사부·사모곡을 다시 또 불러 본다.

거친 영혼의 숨소리가 들리기 시작했다 (2006. 3. 14., 화요일, 02:00)

엄마의
아픈 숨결이 들려온다.

기대와 고통을 노래하는
천사와 사탄의 호흡이 뒤섞여 흐른다.
저 바다 건너 다시 밟지 못할
찰나의 순간들이 오간다.

하기 싫어도, 숨죽여 살아왔지.

가기 싫은 길, 지나왔지.

이렇게 세월은 흐르는 것.

저 먹장구름에 밀려가는 달빛과

저 파도 속에 묻혀 가는 한숨처럼.

흐릿한 저 먼 하늘나라의 별 하나가,

이 우스운 아랫마을 이야기를 들으며

야릇한 쓴웃음을 던지고 있다.

또~옥 똑 낙수 소리에

언뜻 잠 깨어

삶의 의지가 살아난다.

거친 영혼의 숨소리가 들리기 시작했다.

성난 파도 속에서도 뚜벅뚜벅뚜벅! (2006. 3. 25., 토요일, 05:00)

흐릿한 새벽 공기,

눈을 닫는다.

물 헤치고,

바다 건너

임 찾고 있건만.
주저앉은 자리,
외틀린 마음이다.

성난 파도 속에서도
희망을 사유한다.
노 저을 배포와 용기가 필요하다.

당위성과 정당성,
과정과 결과를 생각한다.

폭풍우 속에
홀로 서서 판단하고 행동하라.
외롭더라도.

닦고, 쓸어 내어
가슴으로 행동하라.
어렵더라도.

물안개 잠재우며
시야를 넓히어,
태산같이 행동하라.
고통스럽더라도.

거칠어진 파도 넘어,

가도 가도 가시밭길.

만신창이 몸뚱어리.

그래도

마음은 은하로구나.

똑딱똑딱,

시계추 소리 들려오는군.

성난 파도 속에서도

뚜벅뚜벅뚜벅!

근원적 사유의 힘은 자연 속에 있었다 (2006. 4. 9., 일요일, 09:50)

꽁꽁 얼어붙은

거친 광야에 내던져진

너덜너덜 몸뚱이.

그 누구도 찾지 않을

버려진 영혼.

붙잡고 꿰매고,

기를 불어넣어,

마음 둘 곳 찾아

쉼을 가져라!
드디어,
살아 기어 나왔다.

이 목숨,
누군가에 주고 싶건만,
받아 줄 이 없구나.

홀연히,
거룩한 자연 앞에 선다.
질책한다.
"어찌하여,
자네는 한 모금 향기마저 머금지 못했는가?"
봄의 생명력에 두 손 모아
무릎 꿇고 조아린다.

흘러가는 저 구름도 가슴 있는 듯,
외눈박이 나에게도 마음을 준다.

흐드러진 꽃망울도 사랑 주고파,
살며시 제 향기 물큰물큰 던져 준다.
사람의 그림자가 온다.
나는 답한다.

"거듭난 인간 삶의 사명을 사유하라."

근원적 사유의 힘은 자연 속에 있었다.

누가 알랴, 저 배의 아픈 사연을 (2006. 4. 15., 토요일, 18:05)

서울 강남 개포동의 하늘은,
싸늘한 어둠과 죽음의 계곡이었다.

강진, 창녕으로부터 시작되어,
7년 전부터 켜켜이 쌓여 온 유골들이
무덤으로부터 틈을 비집고 나오고 있었다.

악화, 악화만 재생산한다.
밑 빠진 독에 물 붓기.
기대 가능성 전무.
다시는 바다 건너
그 땅으로 갈 일은 절대 없다며
다짐에 다짐을 거듭했건만.

왜, 그 의문의 독가스 울타리로 둘러친
공동묘지를 찾았는가?

쓰리고 끔찍한 발걸음.

주저앉아 기도한다.
하느님!
어찌하여,
이 가련한 나에게
그런 방향타를 달아 주셨나이까?
다시 배 띄워
노 저을 힘을 주소서!

완도항 포구에서 통통배가
서서히 발걸음을 옮긴다.
누구도 알지 못할 이유와 목적을 품에 안고
아무 말 없이 초점을 잃은 채 떠나가고 있다.
외롭고, 쓸쓸히 찬바람과 거친 파도를 외면한 채,
죽음이 엄습해 올지도 모를 곳으로.
다시는,
소름 끼친 냉골의 서울 하늘을
되돌아보지 않기로 하면서.

누가 알랴, 저 배의 아픈 사연을.

어둠과 무지 (2006. 4. 20., 목요일, 22:00)

청산의 깊은 밤이 일깨운다.

2003년 한겨울,

'어둠과 무지'에서 탈피한

어느 날을 기억하는가?

눈보라 속 어둠을 뚫고

대리운전 승객을 모시고

안양 석수동에 도착했다.

새벽 3시경,

2만 원을 받아 택시를 타고 집으로 향할 수 없었다.

컵라면 하나 사 먹을 수 없는 주제에 무슨……

걷고 또 뛰었다. 새로 난 길을 따랐다.

신림동과 연결되는 고갯길 정상에 섰다.

내려가면 서울대 입구다.

서울대 교수로 있는 친구 생각이 났다.

꽁꽁 얼어붙어, 감각이 없는 뺨에

두 줄기 강물이 눈물길 따라 흐르고 있었다.

힘과 용기가 용솟음쳤다.

특전사 공수부대 시절,

무릎 피로 골절로 다리를 질질 끌며 뛰던 동계 훈련, 급속 행군로였다.

무릎까지 빠지는 눈 덮인 산과 빙판길은 희망의 길이었다.

내동댕이쳐져, 검은 눈 속을 나뒹구는 영과 육은
이미 내 것이 아니었다.
결핍의 아픔과 고통 속에서
희망을 보게 된 기쁨 때문이었다.

어느덧 오전 7시.
드디어 어둠의 산을 넘었다.
사당동 공중전화 부스 안에서 몸을 녹이고,
눈과 귀를 비벼 가며
잠자는 혼을 깨웠다.

어두움은 빛을 받아들이는 힘과 여유가 있으니
낮을 기다리는 전략적 인내를 견지하되,
끊임없이 날카로운 정을 들고 바위산을 쪼아 가며
밤길에 잇댈 밝은 아침의 통로를 만들어야 한다는 지혜를 잊지 마라.
칠흑 같은 어둔 밤 속에서도 때와 법을 알려 주는 실마리가 마련되리라.

뒤엎어지면 다시 용솟아라.
외로움과 두려움, 쓰라림은
희망에 대한 '어둠과 무지'에서 자생한다.

이제는 제 모습 찾고 있다네 (2006. 5. 5., 금요일, 01:25)

비바람이 어둠 속에 잠든다.
사람 냄새는 어디에 숨어 버렸나.
오롯이 반기는 건, 암흑 속 등대.

덜걱덜걱 문틀 곡조,
흥에 겨워 춤추는 술잔이 친구 하자네.
자연의 거부함만 더욱 거세어,
인공의 열악함이 심하여지네.

이제는 포기하라 아우성이라,
그래서, 참사람 준비하였네.
윤선도는 보길도, 정약용은 저 강진에,
이 몸은 파도 속,
마음 허하네.
한 조각 종이배는
죽음의 바다 위를 떠돌고 있네.

꿈틀대는 은밀 소망, 소곤소곤 귀엣소리,
아침나절 갓 깬 모습 보고 싶구나.
역시, 그 자태 내 몸 같아서
무너질 수 없는 너, 내 마음이네.

가냘픈 앳된 미소 나를 반기어,

이제는 제 모습 찾고 있다네.

종이호랑이 (2006. 6. 18., 일요일, 15:00)

종이호랑이가

거친 파도 끝자락에 매달려 아찔하게 할딱이고 있다.

서슬 퍼런 작두날 위에 서 있다 발걸음을 옮기려는 순간,

머리에 들이댄 권총의 방아쇠가 당겨지는 순간,

헝클어져 늘어뜨린 머리털에 감춰진 죄수의 목에 걸린

올가미의 걸쇠가 해제되는 순간,

유배된 충신이 독배를 들이키는 순간이다.

태초의 원죄에 대해 내려지는 영벌이다.

사악한 사람들이 사는 딴 세상도 있다는 역사적 사실을 몰랐던 죄,

교활한 천 년 묵은 여우의 웃음 뒤에 숨겨진 실체를 몰랐던 죄,

자강불식하며 그 못된 여우를 때려잡지 못한 죄,

뒤늦게 알고서도, 판단 시기를 미루며 머무적거렸던 죄,

그로 인해, 착한 사람들이 사는 세상을 놀라게 한 죄에 대한

최후의 심판이었다.

사람에서 사람으로 이어지는 구저분한 역사에는
반드시, 어두운 그림자가 드리우는 법.
시작은 탐욕이 부른 권력과 돈에 눈먼,
혀끝에 꿀과 독을 바른 사탄의 유혹.
사람의 탈을 쓰고 태어난 그 여우는 결국 본색을 드러내며,
정신 잃은 취객들로부터 돈만 뜯어내는 천박한 술집 작부인 양,
자신과 호랑이를 피로 물들게 했다.

그 호랑이는 이제 오랜 침묵을 깨고 종이호랑이로 전락한 채,
깨끗하나 처절한 무소유의 삶 속에서 말한다.
"휘몰아치는 바람아, 바다를 잠재워 달라.
제발, 저 바다 건너 고향, 청산의 품에 안기게 해 달라."고.
그러나 이미 때는 흘러갔다.
비바람에 고개 숙여, 눈물 머금은 들꽃처럼.

마지막 노을은 점이 되어
대모도 뒷산을 넘고 있다.
고뇌하며 한참이나 내려다보고 있던 하늘이
갑자기 통곡하며 울부짖고 있다.
"이놈을, 이 무지한 놈을,
지옥으로 떨어뜨려야 하나,
천국으로 인도해야 하나?"

폐가입진(廢仮立真) (2006. 7. 23., 일요일, 03:40)

폐가입진, 가짜는 폐하고 진짜를 세워라!

청산에서의 1년 생활이 지났다.
많은 친구가 생겼다.

새벽 교회 종소리에 깊은 잠에 들었던
불나방, 하루살이, 모기떼들이 화들짝 놀라 뒤튼다,
외로운 친구와의 의리 있는 밤을 보내겠다고 다시 잠든다.
산 밑자락 움막, 잠자던 개들도 일제히 멍멍멍,
빨리 뱃고동 소리 울리라고 어부들의 새벽을 깨운다.
시끄러우니 그만하라며 뒷산 숲속의 새들도 찌륵, 찌~륵,
언덕 위 연못가 낙수 소리 똑똑, 또~옥 똑.
이렇게 정적을 깨는 20초간의 진짜 친구들 간의 대화와 합창이 끝났다.
어둡고, 메마르고, 갈라져 버린 이 땅의 가짜 친구들에게 전하는
촉촉한 마음을 남기고.
지난 시절, 청산에서 친구가 되어 준 이들에게 고마움을 전한다.

사실, 살아오면서 벼랑 끝에 서서 아스라이 보이는
돌무덤을 보았으면서도 그곳에 떨어져 죽어 보지 않았으니,
진짜 친구들이 누구인지 몰랐다.
기억 속에 남은 바다 건너 친구들,

모두 가짜?

무심코, 망각 속에 흘려보냈던 자연의 소리들만이

진짜?

아!

그래서 하늘이 두려움에 지쳐 떠돌던 나를,

이곳 청산에 닿게 하였구나.

다시 감사한 마음을 전하며

책을 덮고 잠자리에 들려는 순간,

정확한 시공에서 매일 밤 찾아 주는 진짜 친구들의 목소리가

되울림 되어 다가온다.

"그간의 고통, 서러움, 외로움 모두 떨쳐 버려!

우리가 있잖아!

불량한 목적으로

시도 때도 없이 결결이, 불쑥불쑥 얼굴 내밀던

가짜들 모두 날려 버려!"

가짜, 쭉정이들은 가 버렸고,

진짜, 알맹이들만 남았다.

모기떼 습격과 그루지야 (2006. 7. 26., 수요일, 21:24)

오롯이 청산 바닷바람에 의지한 채 맞은,

두 번째 여름날,

숨 막히게 무더운 밤.

변함없이 문틈으로 스몄는지, 문 박차고 들었는지,

산속 모기떼의 습격이 시작되었다.

지난날의 상처가 아물기도 전에.

그루지야 코카서스 설산 아랫동네 하숙집 첫째 딸,

-트빌리시대학교 여름 방학 중 집에 돌아온- '따죠'의 종아리.

딱지로 누더기가 된, 울퉁불퉁한 작은 아픔의 계곡.

그래도 전쟁 통에 찌들린 살림 속에서도

웃음과 여유를 잃지 않고

이방인인 나에게까지 인정을 베풀던

옛 소비에트 연방 자치국 가족들

-조부모, 부모, 축구 선수 남동생-

의 자유와 평화란, 다가올 작은 행복의 소망을 담은 모습이

그리운 여름밤.

이야기 한 줌조차 나눌 이 없는 청산의,

이 청산의 지하 동굴 같은 이 방에 모기떼라니.

그러나 그루지야 가족들에게서 배워라.

꽉 막혀 버린 시간과 공간에서도

자유의 꿈을 꾸고 있지 않던가?

언제 적 분노를 아직도 안고 가는가?

지금의 허전함과 아쉬움을 고통이라 할 수 있는가?

지난해 겨울,

개포동 도서관에서

새벽부터 다음날 새벽까지

치열하고, 처절하게 이를 갈다

어금니가 깨져 버린 일을 잊었는가?

새벽 한 시까지 학원 강의 후,

아침까지 대리운전하며 컵라면 한 끼가

사치이고 아까워, 수돗물로 배 채우던 시절을 잊었는가?

지하 동굴의 냉골 밑바닥에서 스스로를 깨워라.

소리 없이 불을 지펴 붉은 숯덩이가 될 때까지.

분노, 고통과 슬픔, 만남과 이별과 사랑, 외로움, 그리움.

모두 흘려보내라.

잠시 머물다 갈

어두컴컴한 밤하늘의 산들바람, 조각구름인 것을.

잔디야, 잔디야 고맙기 그지없다! (2006. 8. 7., 월요일, 14:25)

파도 따라 떠도는 집 떠난 폐자재처럼
어둠의 공허감에 밀려가다 문득.

쪼그려 앉아
청산에서 낳은 가녀린 첫 갓난아기를 살핀다.
고향 땅, 화랑포에서 강제 이주 후
살아남아 힘찬 날갯짓.
어린 시절, 죽음의 고비를 떨쳐 버린
생명의 근원.

아픈 과거 뒤로한 채 온갖 고난 이겨 냈네.
재기 불능 이방인이 아니었구나!
토착민 되려는 인고의 여정이 인간답구나.
철학 있는 삶으로 황량한 자갈밭에 푸른 자유 주었구나.
자연의 필연 법칙,
폭풍우 고통 끝이 평화로구나.

거룩한 뜻 이뤘으니, 길이길이 보존함세.
대모도 노을마저 응원의 박수갈채.

힘없이 스러져 간 못난 애비 용서하렴.

잔디야, 잔디야 고맙기 그지없다!

해무 속 청산 무(無) (2006. 8. 15., 화요일, 09:50)

하필이면, 빛이 다시 돌아온다는 광복절 오늘 아침,
빛줄기 하나 없는 해무에 청산이 침몰해 사망했다.
저 멀리 소모도, 대모도, 완도마저 사라졌다.
철 지난 항구처럼 죽음의 기적 소리만 난무.
쓸쓸하고 단순한 겨울 청산 재촉하듯,
차가운 하얀 백지 위에 갇혀 버렸다.

벌거벗은 알몸으로 꽁꽁 얼어붙은
겨울 산 계곡 동굴 속으로 들어간다.
어떤 그림도 그릴 수 없다.
지금까지 아무것도 색칠해 놓은 게 없는 그대로.
희고 흰 하늘에
떠돌며 나뒹굴던 주검의 유골들만 가득하구나.
하염없이 들려오던
그 옛날 육지의 흔적들도 죽었다.
바람에 흩날리던 한여름 밤,
허황된 땅 위의 과거 그림들도 모두 지워졌다.

깊고 어두운 바다에 발끝을 숨긴다.

바다 위, 바닷속 처처에

온통 천둥, 번개만이 흩뿌려진 자갈길, 가시밭길뿐이구나.

불현듯,

저편 꽃길에서 자유라는 자가

북과 꽹과리 치며 붓 들고, 춤추며 다가온다.

흘러가는 파도와 물결 위에

다시 그림 그리라고 야단법석.

어차피 어차피,

하얀 모래톱에서

지워질 것 그리는 것이 인생이라며.

해무 속 청산 무.

이로써 해무 속으로

나의 청산은 사라지고,

자유라는 놈만이 친구 되어,

성글지게 내 곁을 지키고 있네.

독배를 들어야 했다 (2006. 9. 30., 토요일, 14:20)

9월 13일, 13호 태풍, '산산'의 협박 이후,

긴 폭음에 시달리다 잠 깨 보니 빈털터리.

좌우 날개가 부러졌다.
더 이상 날 수도, 숨바꼭질할 수도 없다.

청산에선 한 달 30만 원이 전부.
땅에선 대출금 수천만 원, 해외 연수비까지 모두 탕진.
통장 잔액이 0원이라고?
바람이 휩쓸어 갔나?

지난 7년간 병든 어머니 찾아뵙기만을 고대.
야심한 바보 같은 인내.
저 먼바다가 분노하다 물거품만 남겨
배를 띄울 수가 없다.
하늘길도, 바닷길도 모두 막혀 버렸다.

"이 무슨 끝없는 운명의 장난인가?
무심한 얼굴의 구원자인
하느님, 예수님, 부처님, 이름 모를 모든 신은
도대체 어디 계시나이까?"
답이 왔다.
"지난 23년간 알면서도 속았으면서 무슨 할 말 있냐,
이제, 그만 비워 버려라.
한두 번도 아니고, 계속 반복해서."

말문, 마음의 문은
어디에도 없었다.
벙어리 냉가슴이 되었다.

하늘에서 떠돌던
구름 한 조각이 더듬대며 내려앉으며 하는 말.
"홀로 외로워 말고,
같이 하늘로 올라가자."

독배를 들어야 했다.

추석날, 암놈 강아지 (2006. 10. 6., 금요일, 10:30)

추석이다.
수십 년간 명절 때마다 홀로 지내 온 터라,
망령되이 눈물도 말라붙어 별 감흥이 없네.

며칠 전부터 앞뜰 구석에 눈치 살피며 웅크려 있던
이름 모를 강아지 한 마리만 졸졸거린다.
어떻게 주인을 찾아 주지?

그런데 잠시,

고의의 유기인가?

미필적 고의에 의한 유기인가?

과실에 의한 유기인가?

물증은 없고, 심증만 있으니 난감하다.

무지몽매하고 몰인정한

청산 관광객의 소행이 분명하다.

소박하고, 착한 심성의 체면을 중시하는 토박이 청산인은 그럴 리 없다.

옆집 숟가락, 젓가락 몇 개까지 다 아는데, 무슨 손가락질 받으려고.

그런데, 강아지 표정과 행동이 이상하다.

수천 리 부모 찾아 헤매다 포기하고,

새로운 주인 맞아 꺼져 가는 마지막 생명을 지켜 달라는

집요하고, 강렬히 불타는 의지.

그간의 고통, 아쉬움과 슬픈 사연을

마음속 깊이 숨긴 채.

그런데 또 잠시.

나와 무슨 연일까?

마음 선하고, 착한 냄새가 좋아서 온 걸까?

굶기지 않고, 맛난 것 줄 수 있는 형편을 본 걸까?

혼자 사는 내 사정 좀 살펴 다오.

너 있으면 일 못 해. 나랏일 바빠. 훈련도 해야 하고, 배 타고 바다 건너 출장도 가야 하고, 회의도 가야 하고.

책임지고 관리할 수 없다는 안타까움에

냉정히 쫓아도 보고,

달래며 담장 밖으로 안고 나가도 보았으나

또다시 또다시 제자리.

이것도 인연인데,

잘못되면 어쩌나 하는 측은지심에

푸짐한 밥상 차려 주었네.

"그래, 추석 연휴는 너와 함께 보내자."

고향 까치울엔 형제들 모두 모여,

병석에 누워 계신 어머니 곁에서 옛 얘기 나누며

위로의 맘 주고받고 있을 텐데.

간간이 외로워 말라며 들려오는

말라비틀어진 지인들의 문자 메시지만 삐악삐악.

바다 건너 처자식은 어디 숨어 무얼 할까?

그래, 어차피 월급은 또박또박.

어떤 종류의 통치 자금인지,

일 년에 두세 번 목돈 송금 기계 역할이 전부인 내가 무슨.

변함없는 무소식이 희소식?

기계 작동은 어머님 돌아가시는 날까지만이다.

감정 없는 ATM기, 그만둘 날 언제인고?

언제 폭파시켜 날려 버릴까.

추석날, 기꺼이 정겨운 가족이 되어 준

귀여운 암놈 강아지가 답을 준다.

"당장 집어치우고,

부족한 나이지만 나와 같이 사는 것이 행복의 전부"라고.

법서를 펴 놓은 지 열흘 (2006. 12. 28., 목요일, 02:00)

열흘 전,

계속되는 칼바람과 풍랑에 갇혀 버린

고립무원에서 얻은 자유로운 마음에 한 해가 가고,

새해를 맞이하기 전 23년 만에 법서를 다시 폈다.

설레는 마음으로 살며시 조심스럽게 펼쳐 놓았으나,

짝사랑하는 여인처럼 다가가 한마디 건네면,

놀라움에 뒷걸음질 쳐 도망갈까 두려워,

책장을 넘기지 못하고 물끄러미 바라만 보고 있다.

돌아본다.

어린 시절, 집안이 여러 법률적 어려움을 겪으면서 불공정한 세상을 바로 잡겠다는 사회 정의를 꿈꾸며 역사와 철학을 좋아했던 나는, 평화 공존을 위한 창조적 역사 발전의 첫걸음으로 법학을 공부하기로 마음먹고, 고등학교 졸업 전부터 법서를 읽기 시작했다. '약자를 위하여!'라며 불만이 가득한, 하나밖에 모르던 겁 없던 시절. 법과 대학에 입학 후 한

번 자리에 앉으면 서너 시간씩 꿈쩍없이 책에 매몰되어 읽고 또 읽었다. 법과 대학원 시절, 썩은 정치·사회·학계를 확인한 후, 나약하기 짝이 없는 방랑 생활을 하다, 광야의 독립군을 자처하며 난생 후 꿈인 군복을 입었다.

운명의 장난이었던 실패한 결혼 후 얻은 자식들 이름에 '의(義)'자까지 붙여 가며 정의를 꿈꾸었다.

그러나 '학이불사즉망(学而不思則罔), 사이불학즉태(思而不学則殆).'

배웠으되 생각하지 않으면 허망하게 되고,

생각만 하고 배우지 않으면 위태로워지는 법.

천진한 허황되고, 위험한 꿈이었다.

공허한 메아리를 기다리지 마라.

전남 강진의 연대 작전 과장, 경남 창녕의 군단 작전 장교 야간 근무 중 끊임없이 발생한 서울 강남과 미사리의 불 밝힌 환락의 밤샘 사건, 지난 10월 21일 새벽 2시 25분 새벽 문자 사건 등 한 인간을 포기해야만 했던 일들을 뒤로하고 전쟁터로 향했다.

2002년, 그루지야 유엔 옵서버를 끝으로 우여곡절의 군 생활을 마감한 후, 학원 영어 강사와 대리운전 등 삶의 현장을 체험하다 2004년, '이라크 한국인 김선일 피살 사건'을 계기로 국회 국정 조사 전문 위원으로 있으면서 고위 공무원, 정치인들을 만났다.

그들의 머릿속 모양과 행동 양식은?

이분법적 사고하에서 국민을 편 가르며 분열시키는 반역사적, 반자유적, 반민주적 책동, 더 나아가 무책임하고, 역사적 소명감이라곤 그 어디에서도 찾아볼 수 없는 몰지각한 밥버러지들이었다.

나는 애오라지 눈앞의 이익만을 추구하고, 국민에 대한 봉사 터인 국가 기관이 자기들만의 전유물인 듯 배타적이고, 안하무인격으로 생각하고, 움직이는 그들의 행태를 목도하면서, 분에하다 말 한마디 남기고 작별을 고했다. "국가와 국민은 아랑곳하지 않는 역사 의식 없는 좀생이 같은 인간 군상들의 치졸하고, 편협한 밴댕이 소갈머리·새가슴 떨거지들, 버러지같이 살지 마라! 무지하고 한심한 놈들! 하루 한 끼, 풀죽을 먹더라도 그리 살지 마라! 같이 울고, 함께 웃으며 평화롭게 공동선을 위해 살기 위한 가슴 저 밑바닥에서 우러나와 울부짖는, 피 끓는 진정한 마음이 없으면 모든 것이 물거품!"

그 후 고립무원의 생활을 자처하여 이곳 청산도로 입도하였다.

사실, 지금까지 세상 속으로 들어가 다 살아 보고, 느껴 보고, 실패하고 낙담한 후 마지막으로, 국가에 헌신한다는 일념으로 서울에서 제일 멀리 떨어진 섬으로 숨어들어 두 해 안에 사법 시험을 끝내고, 다시 세상으로 나아가 초개와 같이 목숨을 던져 국가 개혁을 이루는 선구자가 되겠다는 궁극적 목적이 있었다.

지난 세월은 장난기 어린 어설픈 인생 연습으로 인한
나락의 시련이었다.
그러나 레닌의 '숨 쉴 여유론'을 통한
전략적 인내의 시간이기도 했다.

필연의 운명처럼 외딴섬, 청산은 외딴 몸의 나를 받아들였다.

일 년 반을 황음무도하게 술로 지새웠다.

마흔하고도 일곱. 삼 일 남았다.

외형적 틀에서 벗어나

좌고우면의 외눈박이 곁눈질을 끝내고,

준비된 '나'를 만들기 위해 새로운 자유의 항해를 시작해야 했다.

이미, 『어둔 밤』의 예수님, 『달마의 제자들』의 부처님, 『우파니샤드 (Upanishad)』의 신의 세계의 일체성, 『단순하게 살아라(Simplify your life)』를 거듭 반복하며 새 삶의 돌파구를 체득하지 않았는가?

무거운 쇠망치가 가슴을 내리친다.

그동안 멈춰 섰던 숨을 다시 내뱉으라고.

선명히 다가온다.

이 바다와 저 육지의 경계가.

준비되어 스스로 나가는 날,

모세의 기적처럼 저 바다도 길을 내어 줄 것이다.

비틀거리며 암울했던 굴절된 지난날의 어두운 그림자 다 내려놓고

미련 없이 지워라.

기억하지 않는가?

"우리 나이에, 그렇게 공부하다 죽는다."라는 친구의 말에,

"공부하다 죽으면, 그것이 행복한 죽음 아니냐."라고 답한 것을.

무엇을 주저하는가?

인간의 존엄과 가치를 위한 창조적 자유를

쾌도난마 하듯 창출하라.

하늘로부터 준엄한 명령이 내려지는 순간이다.

이 뭣고? (2007. 4. 22., 일요일, 17:00)

동부고개 넘어 신풍리·부흥리 마을을 지나 백련암에 오른다.

비탈을 오르기 시작하자 법공이 짖어 대기 시작한다.

손을 휘저으며 멀리 들려오는 부처님 목소리에 머리 숙인다.

장엄한 붉은 꽃길을 내어 준 동백숲을 지나 높은 산기슭,

평화에 폭 파묻힌 금잔디밭 대웅전.

부처님께 합장.

법서를 다시 펼쳐,

눈보라 속 동굴에서 법의 도를 가다가

겨울 지나 봄을 맞아

생명의 은인, 스승님을 찾은 것.

백상선원(柏上仙園)의 동안거.

동백꽃과 함께 칼바람 맞으며 묵언 수행.

촉촉하고, 착한 가녀린 봄비 닮은 착한 수선화.

자환 스님께서 반갑게 맞아 주신다.

주지 스님으로 오신 지 13년, 스물다섯에 출가한 후 29년.

지난해 10월 21일 새벽, 서울 개포동 문자 사건 후 청산으로 돌아와 절규하며, 울부짖다 홀로 쓸쓸히 죽어 가는 나를 발견하신 후 먹을 것, 마실 것, 생명수를 부어 주시는 스님.

법담(法潭)이란 법명을 알려 주신다.

얼마 전, 드린 난 시(時)에 따라,

인천 용화선원 송담 큰스님께서 내려 주셨다는.

"이 못난 내가, 부처님의 법을 담을 큰 그릇이라고?"

신선한 산나물, 들나물로 만든 절밥 후,

세상 이치를 담은 '이 뭣고?'를 풀어 주신다.

'이 뭣고?'는

'이것이 무엇인고?'

큰스님께서 승속(僧俗) 모두에게 주신 가장 근원적인 화두.

'이 뭣고?'하면 세상이 보인다고.

참 자아를 찾는 길이라고.

온몸과 마음을 구석구석 청소하면서

자유와 평화를 찾아 고독한 항해를 준비하는 나에게 답을 주신 것은,

"분노를 경계하며,

기대 가능성을 버리고,

내 탓이라,

용서하라.

탐욕을 경계하고,

참회하라.

'이 뭣고?' 하며 천도를 따르라."는

천하의 귀한 법계를 일러 주신 것이다.

감사한 마음에 이에 따르기로 했다.

'이 뭣고?'를 알게 된 지금부터.

어둠 속에 사라져 갈 수평선이 보인다 (2007. 7. 5., 토요일, 18:50)

대낮 복마전에서 활개 치던

살기등등한 목소리들,

가면 속 거짓 웃음들.

이전투구의 한가운데서 방황하는 외로운 영혼들이

안갯속에 얼굴을 묻고,

어둠 속에 사라져 가는 수평선에 몸을 싣는다.

검은 탈을 쓴 숲속에서 가는 풀벌레 노랫소리 들으며,

게슴츠레한 눈빛으로, 아직도 먹이 찾아 탐욕스레 어둠을 응시한다.

적막 속에 숨어 버린 바람 소리에 흔들리는 촛불을 부둥켜안고.

산 듯 죽어 있는 시체가 우글대는 죽음의 계곡도 모른 채.

날 새면, 갇힌 틀 속의 못된 습관대로 살아가는

나약한 인간 군상들.

작위, 부작위의 사기한들.

또다시 어둠 속에 사라져 갈 수평선이 보인다.
그 너머, 죽어 갈 영혼들의 무덤을 감춘 채.

장두호미(藏頭護尾) (2007. 6. 4., 월요일, 05:05)

장두호미.
머리는 감추고, 꼬리는 보호하라.
붓 가는 길의 시작과 끝 모습.
한 사람이 태어나 의미 있는 삶을 살다 죽어가는
인간 그대로의 모습.

날카로운 붓끝을 댄다.
예리함의 흔적을 감추고,
거꾸로 거슬러 올라 점을 찍는다.
생명이 태동했음을 세상에 고한다.

서서히 힘차게 뻗어 나간다.
드디어 살아나 움직이기 시작했다.

속도와 굵기와 모양을 달리한다.

삶의 변화가 시작되었다.

속도를 늦추고 머뭇거린다.
삶의 소중함을 얻는다.

멈춘다.
얼마만큼 살았냐가 아니라, 어떻게 살아왔나 살핀다.

과감히 마지막 점을 찍는다.
삶을 마무리할 곳을 찾았다.

시작점을 바라보며 둥근 원을 그리듯 거둔다.
전쟁터 같은 세상에 태어나
전체를 위한 조화롭고, 행복한 생을 살았다고
자부하며 장렬히 전사한다.

창문 너머로 다시 생명 찾은 등댓불의 숨결이 속살댄다.
팔 벌려 대모도, 소모도를 안고,
날카로운 키스를 퍼부으며 바닷길을 안내한다.
밤하늘의 달과 별, 바람과 파도, 소쩍새와 풀벌레,
개구리 울음소리와 반딧불과 시계 초침,
백합꽃 마흔한 송이의 향내가
기꺼이 그를 반기며 밤새 친구가 되어 준다.

마지막으로, 동틀 녘 통통배의 길을 열어 준다.

기나긴 밤,

어둠 속에서 모두에게 꿈과 희망을 준 귀한 임무를 다하고

간밤, 잘살았는가를 돌아보며 의로운 죽음의 잠자리를 찾는다.

이것이 지난밤, 붓과 등대의 인생이었다.

'나리' 따라 가고, 온 것은 (2007. 9. 16, 일 17:30)

태풍 '나리'의 굉음과 두려움에 몸과 마음이 숨는다.

망연스레 눈과 귀를 연다.

원폭 맞은 청산도가 죽은 듯 말이 없다.

혼돈의 어둠 속 무질서.

태초, 개벽의 고요함.

무연히, 아득히 너른 바다를 본다.

이 세상에 아무것도 아닌 것조차 없다.

허허롭다.

삭풍, 춘풍 타고 돌아왔다 사라져 간,

수선, 동백, 벚꽃, 마흔한 송이 백합, 도화, 칸나의 흔적마저 가 버렸다.

칼바람과 상춘의 외로움 달래 주던 가족들.

망각이다.

와중에, 무언가 삐죽이 빛을 발하며 고개를 내민다.
석양 속 막배의 뒷모습과 어머님 백발과의 대화.
선문답이 시작되었다.
고향 마을, 까치울이 보인다.
요원지화(燎原之火)처럼 귀거래사(歸去来辞)가 무섭게 번지고 있다.

그런 삶이었나 보다 (2007. 9. 25., 화요일, 21:33)

올해도 어김없이, 청산에서의 추석맞이 풍악이 울린다.
몰래 숨어 듣는다.
고향 마을, 까치울의 시냇물이 말한다.
"너 왜 그런 추레한 몰골로 거기 가 있어!
병신 같은 놈, 할 일 없이, 노숙자처럼."

『강아지 똥』, 『어둔 밤』을 다시 읽는다.
너는 왜 이 세상에 왔는가?
신은 왜 너를 만들었는가?
너는 어떤 존재로서, 어떤 삶을 살았는가?
답을 전한다.
나는 "사람은 얼마만큼 사느냐보다,

어떻게 사느냐가 소중하고, 중요한 것이다."

옳을 '의(義)',

정의를 최고의 덕목으로 여기며 살아왔다.

거짓,

그런 삶이었나 보다.

남에게 보이기 위한 겉치레,

그런 삶이었나 보다.

나약하기 짝이 없는 인간이 강한 척하는,

그런 삶이었나 보다.

권력욕과 지배욕, 소유욕에 사로잡힌 천박하고, 걸레 같은,

그런 삶이었나 보다.

힘없고, 가난한 자들을 돕는다는 허식으로 포장된,

그런 삶이었나 보다.

세상 탓만 하며, 모든 책임 전가하며 치대는,

그런 삶이었나 보다.

결국, 세상의 조롱거리가 되어 버린,

거짓으로 점철된 범 속의 삶보다 못한 아류,

그런 삶이었나 보다.

아프지만, 되돌릴 수는 없다.

어차피 한 줌의 흙으로 돌아갈

그런 삶이었는데.

불안한 동거 (2007. 12. 3., 월요일, 21:50)

복통(위통·간통·창자통·십이지장통·췌장통), 흉통(폐통·허파통).

들어 본 적 없고, 알 수도 없는 오랜 복합 통증.

2005년 2월, 싸늘하고 끔찍한 고통을 준 개포 도서관.

그루지야 유엔군, 덴마크 전우, 클라우스 대위가 휴가 선물로 준,

얼룩무늬 백팩에 던져 넣은 한 끼 도시락과 수돗물,

큰누나가 주신 돈으로 산 위장약과 담배 한 갑으로

하루 배를 채우던 결과가 점점이 이어 온 지금, 나타나는 걸까?

평생, 저질러 온 부모님에 대한 불효의 죗값일까?

후레자식으로 황음무도한 삶을 산 데 대한 죄책일까?

국가에 헌신하겠다고 입은 군복을 무심히 벗어 버린 데 대한

대책(大責)일까?

몸과 마음은 이미 만신창이.

어금니는 쪼개져 나가고,

머리카락도 반토막.

평상심 속에 모두 묻고 가야 할

영혼 없는 주검으로 변모되어 가는 현재.

오늘은 그동안 된장, 고추장만으로 버릇이 된 내장에

빵과 고기가 들어가니 더욱 날카로운 톱날로 외틀며 요동을 친다.

전과 다름없이, 바닷바람 한 모금 마시면,

이 전쟁터에서의 광란의 곡예는 모두 사라지겠지.

어느덧, 폭염과 모기떼는

갈바람과 에메랄드빛의 높고, 투명한

청산 하늘과 바다의 차가운 웃음에,

진저리치며 모른 체 가 버리고

칼바람만 설렁인다.

4개월 7일 남았다.

판례는 적색.

기출 문제는 연필.

민법, 헌법, 형법이 하나씩 하나씩 수복되고 있다.

더 이상 물러설 공간이 없던 고립무원의 독립군은

빛을 찾아 진격 속도를 가일층 강화하고 있다.

오금은 이렇게 묶여 갔다.

황혼이 깃들 녘.

갈 길은 멀고 험난하나, 희망은 있다.

죄와 벌,

아쉬움과 그리움,

어깨를 짓누르는 희망을 향한 메시지가 혼재된 채,

불안한 동거를 계속하고 있다.

떠나지 말라 하네 (2008. 5. 12., 월요일, 01:30)

새벽녘,

밤바람이 시원·짭짤하고, 비릿이 풍겨 오는

바다 냄새를 하늘 높이 퍼 나른다.

눈이 뒤따른다.

북두칠성을 만났다.

내 가슴 물들인 그 별이

귀에 대고 하는 말.

떠나지 말라 하네.

그 별은,

까치울 고향 하늘 끝 구석에 뜬 별.

여름밤이면, 댑싸리로 둘러친 바깥마당에

멍석 깔고 온 식구가 군청색 홑이불 덮고 누워,

모기 쫓으며 헤던 그 별.

어린 시절, 어느 여름날,
대청마루에 누워 있는데
가슴과 배의 검은 점 일곱 개를 연결하며 만나,
탄성을 자아냈던 그 별.

낮이 되자,
강풍이 몰고 온 높은 파도가
네 마음 다잡으라 호통을 친다.
"넌 여기에서 한 발짝도 못 옮긴다."
청산을 향해 파도와 파도가 연결된 바다를 되돌아 걷는다.
저 멀리 오른편에, 누군가 손짓하며
친구 하자 사뿐사뿐 다가오며 다시 목청 높여 경고한다.
"어지러운 뭍의 세상, 평온해질 때까지 꼼짝 말고 여기 머물라."

밤이 되자,
나뭇잎 뒤에 숨은 달님이 쏘옥 얼굴 내밀며 속삭댄다.
"다시는 떠나려 말고, 같이 이 청산 하늘에서 살자."
포구 등대는 왼쪽 붉은 등이 두 번 움직일 때,
오른쪽 푸른 등이 한 번 빛을 발하며 하는 말,
"네가 푸른 등 하나 더 가져와, 보조를 맞춰 가며 같이 살아 보자."

날이 새려면,

숱한 세월이 남아 있는 듯.

밤새 뒤뜰 거닐다,

새색시 마음으로 자포한 채, 제자리로 돌아온다.

결국,

청산 하늘과 바다 친구들의 떠나지 말라는 간청을 받들기로 했다.

기대 가능성 없는 정사각형 (2008. 7. 7., 월요일, 11:55)

간밤, 밤하늘 북두의 정겨움과 찬연함이

밀려오는 먹장구름 속에 휩쓸려 사라져,

별똥 되어 떨어졌다.

사악한 침입자인 암운의 틀 속에서 사망한 듯.

그래도, 마지막 생명선에 서서 살아 보겠다고 날이 새자마자 서로 얼굴과 안부를 확인한 후, 부둥켜안고 시위하듯 하나 되어 몰려와, 눈을 가리고 귀를 막으며 그리움 찾아 떠나려는 그 별을 밤새 흩어져 몰려다니던 안개 뭉치들이 붙잡아 가두기 위해 자기들 틀 속에 묻어 버린 것.

안개의 실수로 틈이 보이자, 뱃길이 다시 열렸다.

안갯속의 어둠을 뚫고 뒤뚱대며 멀어져 가는 똑딱선의 뒷모습이

죽음 직전의 틀에 갇힌 내 모습.

그래도, 청산에서 그리움의 시공간은 살아남았다.

희망은 있다.

허나, 바다 건너, 인간 세상의 틀은

기대 가능성 없는 정사각형.

건널 수 없어 다행이다.

그곳에는 빈틈이 없다.

숨구멍이 없다.

숨이 막힌다.

생명의 옹달샘이 없다.

사각의 링이다.

약육강식의 세계다.

시퍼렇게 날 선 인간 사냥 도구들만 가득.

날래고, 힘센 놈이 명치를 들이찔러

굼뜬 자를 절명시킨다.

투우장이다.

죽는 자와 죽이는 자만 정해져 있다.

살인자는 붉은 천으로 야수의 얼굴과 비수를 숨기고 사기를 친다.

급소를 맞은 사기 피해자는 고물대다 쓰러진다.

창살 없는 감옥이다.

빛도 희망도 없다.

왕거미와 바퀴벌레만 우글댄다.

죽어 나갈 사형수들만 공포에 쭈그린다.

출구 없는 동굴이다.

식인종들만의 공간.

해골과 구더기들만이 나뒹군다.

슬픈 연가 (2009. 1. 29., 목요일, 04:45)

며칠 전,

엄마별, 여자 아기별들이

아무도 없는 그 섬에서 외롭게 홀로 살지 말고,

하늘로 올라와 같이하자고 부르던

옥구슬 같은 애달픈 연가는 어디론가 사라지고,

동공 풀린 눈망울의 달무리와 어슴푸레한 별 무리만이

어리마리한 얼굴로 바라보고 있다.

보고프다, 가족별.

듣고 싶다.

옥녀의 애달픈 연가를.

그래도,

조금 전부터 들려오는

새벽 교회 종소리와 낙수 소리가 정겹다.

마음이 착해진다.

지난날, 역사와의 대화가 시작된다.

어둔 밤의 정화(淨化).

칠흑의 과거, 후미진 뒷골목의 어두운 그림자를 고백한다.

하늘이 노하여 찌르듯 호통친다.

땅이 조롱한다.

갈 길을 잃는다.

말없이 왔다가 머물 곳 그리워하며

애달픈 연가만을 남기고 정처 없이 떠도는 집시가 된다.

"동그~라미 그리~려다, 무심코 그~린 얼굴…….

무지~개 따라 올라~갔던 오색~빛 하~늘 아래,

구름~속에 나비~같이…… 동그~랗게 맴돌~다 가~는 얼굴."

하느님과의 대화가 시작된다.

"하느님, 제 보금자리는 어디 있나요?"

답을 주신다.

"이곳, 청산 무릉도원이 네 처소다.

마치 흡혈귀 같은 온갖 사기꾼들이 벅신거리는

저 바다 건너 뭍은, 네 살 곳이 아니다."

생살을 도려내듯 다시 슬픈 연가를 부른다.

"일출봉에 해 뜨거~든, 날 불러 주오……. 저 바다에 바람 불~면 날 불러 주오……. 기다려도, 기~다려도 임 오지 않고 파도 소리, 물~새소리에 눈~물 흘렸네."

지난 3년 7개월이란,

긴 시간 동안 이어져 온 아무도 찾을 이 없고, 그 누구도 찾아갈 이 없는 유배지, 청산도에서의 그리운 임을 향한 오늘의 슬픈 연가는 이렇게 끝을 맺는다.

앞으로 얼마나 더 불러야 할지 모르지만.

잔인한 오월 (2009. 5. 29., 금요일, 23:40)

해마다 습관처럼 오고 가는 5월은, 잔인한 달.
세상도 가고, 사람도 가고, 사랑도 가 버리곤 하던, 그런 달.
결국, 지고 있는 운명이 그냥 스쳐 지나고 있음도 모른 채,
망각 속에 묻어 둔 잔인한, 그런 달.
세월이 흘러 퍼뜩, 지난 흔적을 더듬어
그 어두운 그림자만을 확인할 수 있었다.

어버이날 전날, 4년 만에 바닷길을 열어젖히고 고향길을 택했다.
백발에 피와 골이 상접한, 세상 모든 것 내려놓으신 어머님 모습.
오늘이 살아생전 마지막이 될 수 있다는 서늘하고 두려운 마음으로
태어나 처음으로 어머니 손을 잡고 쓰다듬고 어루만지며 안아 드렸다.

목놓아 울어 버렸다.

발걸음 뗄 수 없어 다시 들어가 용서를 빌면서

엄마 손을 어루만지며 펑펑 울었다.

숱한 세월이 흘렀다.

5월이면, 끓어오르는 불효와 단절에 대한 분노.

악몽의 달.

5월 12일.

밀려오는 비구름에 무너져 내리는, 저 달빛.

애처롭다.

어둠 속에 죽음을 예고하며 마지막 고비에 떨고 있는, 저 꽃잎들.

저려 온다.

이 밤 다하도록 한기에 떨고 있네.

5월 21일.

소만(小滿), 부부의 날.

봄의 생명력이 가득 차올라 음산하고, 하얗게 얼어 버린 마음들을

홀홀 떨어내는 기지개를 데면데면하게 무연히 바라만 보고 있었다.

평생 진정한 부부의 연을 보지도 기억하지도 못한 채 보내 버린 날들.

5월 23일.

모든 호모 사피엔스는 어디론가 가 버리고,

삶 속에 울부짖는 인간 아닌 동물들만의 사악함이 난무한다.

노무현 전 대통령님께서 서거하셨다.

삶과 죽음이 모두 자연과 인생의 한 조각.

인간이 인간 아닌 것이 생이고, 인간이 인간인 것이 죽음인가?

참담하다.

한 인간으로서 아픔을 느낀다.

그리고 사람을 느껴 본다.

세상이 어둠에 잠겼다.

어둠 속에 잠들고 싶다.

아무도 없고, 아무것도 할 수 없는 그 안에 살고 싶다.

불면의 밤을 지키는 하늘과 바다, 등대와 소쩍새들만 깨어 있다.

비호모 사피엔스들만이 유일한 벗이구나.

5월 26일.

연이어진 북한 핵실험, 미사일 발사.

국민들은 분노한다.

전 대통령의 죽음 앞에서. 같은 민족이라고?

모든 국민들이 갈피를 잃어

허탈감, 아쉬움, 안타까움, 당혹감에 저당 잡힌 이 시기에,

일부 몰지각한 정치 권력 사냥꾼(PPH, Political Power Hunter)들과 더불어 북한마저 뛰어들었다.

힘의 논리.

성공과 실패란 이분법적 사고만이 지배하는 이 세사에

다시 한번 혼미함을 느낀다.

역시, 역사란 살아 있는 자들의 말장난이며,

살아 있는 힘 있는 자들의 노리갯감인가?

사악한 인간 군상들의 모습이 한없이 저주스러운 시간이 이어지고 있다.

역사는 행동하는 자의 것이란 말에 공감과 쓴웃음이 교차 되는 의
미는?

국민들과 죽음 뒤의 역사가 분노하는 모습을 상기해 보면 답이 나온다.

하루 24시간 깨어 있다면?

이제, 그만 잠들어 내일을 걱정하며 무엇인가 준비해야만 하는

수레바퀴가 어지러워 잠에서 깨어나고 싶지 않다.

흐릿하게 풀어져 맥 놓은 눈동자가 가련하다.

다시, 그냥 어둠 속에 묻히고 싶다.

5월 29일.

노 전 대통령님 영결식.

편히 영면하시길.

지난 역사는 지난 것, 후세들에게 맡기시고.

살아 있는 자들의 사악하고, 나약한 모습에

한없는 분노 속에서 묵언과 포용의 몸짓만이 해법?

후세들이여, 역사의 부름에 응할 수 있을 만한

객관적이며, 정당한 물적·정신적 공간을 만들어 가고 있는가?

생사일여(生死一如).

잔인한 오월.

하느님! 얼굴 좀 보여 주세요.

청산의 평상심 (2009. 6. 21., 일요일, 01:20)

청산의 평상심.

자환 스님께서 이르셨다.

"보이는 그대로, 들리는 그대로, 느끼는 그대로 사유하고, 행동하라."

지난 4년 그대로의 평상심.

어둔 밤의 정화.

경이로운 정적과 변심 없는 친구들.

청산의 어둔 밤하늘 마음.

그 어떤 조그마한 미동도 허락하지 않는 밤.

달빛, 별빛마저 모두 사라져 간 텅 빈 어둠 속 하늘.

그 고요함과 괴괴함을 깨는 건,

오직 뒷산 숲속 새들과 집 잃은 설움을

형화(螢火)로 토해 내는 반딧불이의 날갯짓.

온갖 세상의 처절함에 울분을 쏟아 내며

벌겋게 달아오른 눈동자에게 아무 일 없었던 듯

밝은 하늘을 보여 주려 기다리는 어둔 밤하늘 마음.

또 다른 밤하늘 마음.

깊은 밤, 파도의 굉음과 방광방음(防光防音), 기도비닉(企図秘匿)의 걸음걸이로 창문 너머까지 몰래 숨어든 밤안개를 감시하다 "내 눈을 가리지 말라."며 버럭버럭 힐난하는 밤하늘의 달그림자.

가없는 사막의 모래알 되어 바람 따라 제멋대로 공중에 흩뿌려지듯 힘없이 스러져 가는 인간의 생명줄을 되돌려주려는 또 다른 밤하늘 마음.

어둔 밤하늘의 통찰력.

왜 이 자리에 서 있는가? 라는 물음에 답하지 못한 채

긴긴밤 묵가만을 부르며 눈물만 머금는 이 자리.

어느새 어둠이 가시기 시작한다.

한갓되이 밤새 누군가를 그리워하다 그 어둠 속에 묻힐 뻔.

허나, 기다리던 그가 죽어 간다는 하늘의 고함질에 놀라 그 흑암 속에 무너져 내린 돌무덤을 헤치고 피눈물을 머금으며 손끝으로 파내려 가다 보니 돌 틈 사이로 한줄기 생명의 빛을 보았네.

어둔 밤하늘은 진심 어린 참회란, 밤의 역사를 내려다보고 있었다.

밝아온 아침 마음.

밤새 사랑하는 임을 애타게 기다리며

백합 오십 송이를 활짝 피운 고운 마음.

고마운 향내가 온 세상을 품어 사랑한다.

하얗게 환히 웃는 모습이 만물을 포용한다.

저 말없이 미소하는 백합 꽃송이들도

만인을 사랑하며 천상의 음률을 읊다 죽어 가겠지.

오늘 밤은 외롭지 않네.

일곱 송이 고개 떨군 마흔세 송이 백합꽃이

창밖으로 새어 나오는 불빛에 하얀 속살을 드러낸 채 짙은 향내 뿜어

내고, 저 멀리 부둣가엔 이름 모를 여인네들의 흘러간 노래 한가락.

고향 하늘 마음.

세월의 흐름과 부침 속에 고향 모습 잊을까 노심초사.

간혹 들려오는 옛 고향 친구들의 아픈 사연에 걷잡을 수 없이 아린 마음.

저 어둔 밤과 거친 파도 걷히면 고향길 찾아 부둥켜안고 옛 추억 돌이

킬 희망의 마음.

그가 묻고 답한다.

"그리운 임들은 바다 건너 저편에 있는데,

어찌하여 너는 홀로 이 고도에서 남몰래 섧게 섧게 눈물만 짓고 있

는가?

이제 노를 저어 뭍으로 뭍으로 고향 찾아가게나. 노는 넉넉히 준비했

다네. 꺾이고 부서져도 끝없이 쓸 만큼.

거친 풍랑과 해적들까지도 웃음으로 포용하며 노질을 해 보라.

그리운 임 곁으로 말없이 다가가 희로애락 함께하길 간절히 기도

한다."

천둥과 바람과 함께 장맛비가 다가오며 서늘하게 하는 말.

"청아한 산새 소리와 함께 시작하는 아침이 사라졌다.

밤하늘의 별들도, 깜박이는 등댓불도, 바다 위 무심히 떠도는 똑딱선도, 앞뜰 꽃송이도 공연스레 그만 헤아리고 가라."

청산의 평상심이 속삭인다.

"바람 소리 듣잡고, 이 무릉도원에서 자유롭게 낮잠이나 즐기면서 얼쩍지근하게 청산 묵가나 불러라."

혼자 놀이 (2009. 10. 20., 화요일, 00:30)

청산에 포로가 된 지, 사 년 삼 개월 이십일.
여전히 내 가슴의 혼과 숨소리와 기다림과 그리움을 주제로
대화하며 혼자 놀고 있다.

모두 떠난 이 밤,
바다를 바라보고 막배 귀에 대고 내밀히 속삭댄다.

아무것도 볼 수 없는 이 밤,
밤하늘의 달과 별에게 사랑과 이별의 윙크를 보낸다.

아무도 찾아올 이 없는 이 밤,

주인 없는 집처럼 초인종 눌러 보며 들락날락.

세상 늑대와 여우들이 숨어 버린 이 밤,
착한 선술집 찾아 여기 기웃, 저기 기웃,
홀로 거리를 거리낌 없이 활보한다.

풀벌레들이 숨죽인 이 밤,
'하늘의 유리 천장아, 무너져 내리라.'며
먹찬 소리로 신들린 듯 노래한다.

바람이 고개 숙인 이 밤,
넋 잃은 무대 위 무희처럼
검푸른 허공에 양팔을 휘저으며
미친 듯 춤을 춘다.

파도가 사라진 이 밤,
외딴섬 감옥의 탈옥수, 파피용 되어
은밀히 쪽배를 띄운다.

바다를 건너게 되었다.
폐허화 된 황막한 거리엔
찬바람만 설렁거리고,
피에 주린 하이에나 녀석들만

어슬렁거리고 있었다.

기다림과 그리움의 미학,
혼자 놀이는 산산이 버스러졌다.

약속 깬 친구, 둘 (2009. 10. 31., 토요일, 01:09)

오늘 친구들의 부모인 밤하늘이 보인 상실감.
그는 일찰나, 자식들에 대한 조정·통제력을 잃어 나의 오랜 친구, 둘을 떠나보냈다.

청산에 처음 들던 그날 밤.
밤하늘에 홀로 외로이 서서 눈을 고정한 채, 하얀 마음으로 날 뚫어지게 응시하고 있던 둥근 보름달이 하는 말.
"우리 서로 동병상련하며 마음을 같이하는 친구 하자. 맘 변치 말고 꼭 약속을 지키자."
누가 먼저랄 것도 없이 우리는 부둥켜안고 서로의 외로움을 달래 주는 사랑하는 친구가 되었다.

며칠 후, 동생인 보름달 아래 검은 먹장구름이 다가와서 하는 말.
"오늘 밤은 네 친구인 내 형, 달님은 없어. 대신 내가 친구가 되어 그리움에 떨고 있는 아픈 네 마음을 어루만져 줄게. 오늘부터 우리 친구다.

그 약속 깨지 마라."

나는 친구 동생인 구름과 또 다른 친구 사이가 되었다.

그날 이후, 맑은 하늘 아래 공간이든, 볼 수 없는 어둔 하늘 아래든, 같은 부모인 하늘을 둔 두 아들, 달과 구름은 모두 나의 친한 친구가 되어 하시라도 같이할 수 있어 외로운 밤은 없게 되었다.

그러나 오늘 밤, 사건이 벌어졌다.

하늘의 아들 형제인 내 친구들 사이에 시기와 질투로 인한 싸움이 벌어진 것이다.

하늘이 잠든 사이 두 아들이 동시에 나타나, 나와 친구 하자고 얼굴을 서로 들이밀며 시간과 공간을 다투고 있다.

달이 얼굴을 내밀면 곧바로 구름이 달려와, 오늘 밤은 내 차례라며 그의 시선을 가로막고, 달은 내 순서가 맞다 하며 속도와 방향을 달리하여 새로운 틈을 만들어 얼굴을 내밀고.

끝없이 반복되는 싸움을 말릴 수가 없다.

제안을 했다.

가위바위보 해서 정하라고.

그들은 잠시 멈춰 어름더듬하다가 다시 또 싸움을 재개한다.

이미, 그들의 옷은 무극의 치열한 싸움으로 시꺼멓게 더럽혀져 있었고, 그 얼굴은 쓰레기덤을 뒤집어쓴 괴상망측한 모습으로 변해 있었으며, 그 마음은 탐욕이란 잡티로 얼룩져 더 이상 본래의 모습대로 회복할 수 있는 기대 가능성마저 상실해 있는 상태였다.

그래도 다시, 서너 번 큰소리로 그만두라고 일렀다.

그러나 그들은 아랑곳하지 않았다.

둘의 막무가내식의 싸움을 말릴 수가 없어 포기하고 말았다.

마음이 조각조각 부서져 내린다.

그 순간 둘 다 어디론가 사라져 버리고 말았다.

밤이 새도록 기다려도 기다려도 다시 돌아오지 않았다.

뒤엉킨 싸움의 끝은 사망이었다.

그때서야 잠 깨어난 어둔 밤하늘이 허겁지겁 두 아들을 찾고 있었다.

사실대로 고했다.

"내 친구인 당신들의 두 아들이 하찮은 일로 칼부림하다 결국, 둘 다 죽고 말았습니다."

할 말을 잃은 듯, 그들은 슬픈 멍한 얼굴로 무연히 날 바라보고 있었다.

애도와 위로의 말을 건넸다.

"그 쓰린 마음 무어라 위로의 말씀을 드릴 수가 없네요.

하지만 이제 그만 잊으세요.

새로 낳으면 되잖아요.

그때 제가 다시 당신들의 자녀들을 사랑으로 어루만져 주는 친구로 함께하겠습니다.

그리고 걱정 마세요.

새로 날 자제들은 먼저 간 아들들을 거울삼아 서로 시기, 질투하며 싸우지 않을 테니까요. 제가 잘 보듬고 아끼겠습니다."

그렇다.

그 둘은 나와의 약속을 어긴 것이다. 영원히 서로 사랑하는 친구 하자는.

부모 걱정 생각하지 않고 자기 형제를 사랑하지 않고 어떻게 타인을, 하느님을 사랑할 수 있겠는가?

약속을 깨는 것이 죽음을 의미하는 것임을 깨닫는 순간이다.

인생의 여정을 돌이켜 본다.

한 치의 다를 바가 없구나.

한 번 맺은 사랑과 신뢰.

숱한 고뇌와 악조건 하에도 마지막 순간까지 인내와 기다림 속에서 약속을 지켜야 하는.

눈을 떠 동편 하늘을 바라본다.

보석 같은 별들이 나를 반기며 하는 말.

"Pacta sunt servanda(약속은 이행해야 한다)!"

나는 답한다.

"고맙구나. 이제 외롭지 않게 되었구나.

약속을 지킬 새 친구가 생겨."

나는 서늘하게 독백한다.

"과연 믿어도 될까?"

믿기로 했다.

눈 감고 두 손 모아 간절히 기도한다.

"하느님! 얼굴 좀 보여 주세요.

하느님! 제발, 얼굴 좀 보여 주세요.
세상이 약속을 꼭 지키게 해 주세요.
하여, 세상을 믿게 해 주세요."

다시 눈을 감는다.
이것이 인생이다.

바람아, 바람아! 더더욱 냉철하게 불어 다오 (2009. 11. 1., 일요일, 20:04)

바람이 세차게 몰아치고 있다.
강풍 주의보다.

어둠 속 파도가 하늘 끝까지 먹차오를 듯하다.
풍랑 주의보다.

어김없이 칼바람 불고,
파도 높은 날이면,
무언가에 갇혀 희망이 좌절된 고립감이 더해진다.

손 뻗으면 닿을 듯한 대모도, 소모도가
다시는 밟지 못할 딴 세상처럼 왜 저리도 멀게만 느껴질까?

간밤부터 방향 감각을 잃은 채
사위로, 수직으로, 대각선으로 마구 불어 대는
분노의 바람.
숱한 나뭇가지들이 꺾이고 부서져 공중에 흩뿌려져 날리다가
결국은 뿌리째 뽑혀 맥없이 무너져 사그라져 가고 있다.

그래, 바람아, 불어라.
더욱 세차게 불어 다오.

세상 온갖 졸렬하고, 잡스럽게 창조되어 썩어 버린 폐물들을
모두 쓸어 가 다오.
부패할 대로 부패해, 코를 찌르고 있는 암적 존재들을
더 이상 그 자리에 두지 말고 제거해
살맛 나는 세상 좀 만들어 다오.
나마저 쓰레기 같은 패륜적 불효자라면,
가차 없이 데려가 다오.

불어라, 바람아!
바람아, 불어라!
바람아, 바람아!
도끼날처럼 핏발선 눈으로
더더욱 위열하고,
냉철하게 불어 다오.

나를 발견한다 (2009. 11. 4., 수요일, 01:04)

어둔 세상 밝히고 있는 둥근달 바라보며
'나를' 발견한다.
뜨거운 가슴 지닌, 사람 사는 세상과 사람다운 사람을
그리워하는 '나를'.
그 세상에서, 그들과 따스한 인간다운 대화를
그리워하는 '나를'.
기쁨과 아픔과 슬픔을 서로서로 감싸 안아 줄 가족 품을
그리워하는 '나를'.
지난날을 참회하며 눈물길을
재촉하는 '나를'.

옛 고향 시골집이 다가온다.
안마당이다.
깊고, 어두운 길 따라 맑고 밝은 희망 건져 주던 우물.
바위틈 차고 나와
여름엔 시원하고 차디찬 물을,
겨울엔 모락모락 김 솟는 따스한 물을 주던
깊은 우물의 마음.
냉혈의 추운 마음으로 살지 말고,
따스한 품에서 서로 사랑하고, 살라 하며 마음 내어 주던
안방, 건넌방, 사랑방의 셋 아궁이 마음.

사랑의 가슴과 소식 전해 주던 담장 위 감싸 안은

긴 팔 나팔꽃과 덩굴장미 마음.

뒤뜰이다.

장독대와 아카시아, 참죽나무, 해당화 내어 주어

인생의 참맛 느낄 줄 아는 가족이 되어 달라며 기도하던

뒤뜰 마음.

바깥마당이다.

무궁화꽃, 댑싸리, 코스모스로 울을 만들고,

멍석 위에 홑이불 덮고 누워 밤하늘의 가족인 달과 별이

오순도순 평화롭게 대화하는 천국의 가슴을 속속들이 보여 주며,

너희들도 그리 살라며 명하던

바깥마당 마음.

텃밭이다.

싱그러운 온갖 채소와 먹거리 내어 주며 하루 피죽 먹더라도

더 이상 욕심내지 말고 깨끗한 마음으로 살라 하던

텃밭 마음.

이 마음들 모두 모아 행복하게 살라 하며 가족사진 걸어 주던

대청마루, 툇마루 마음.

이 마음들 돌아보며, 다시 '나를' 발견한다.

아버지와 어머니의 역사가 있듯, 우리 형제들의 정겨운 역사를 만들기를 그리워하는 '나를'.

너무나도 많은 것 남겨 주고 가신 아버지와

너무나도 많은 아쉬움과 안타까움 주고 계신 어머님을

그리워하는 '나를'.

많은 정 듬뿍 주신 형님과 누님들을

그리워하는 '나를'.

이에, 패륜적, 소아적인 처절했던 삶을 참회하며

눈물을 흘리고 있는 '나를'.

이제 다시 돌아가, 모든 것 내어 주고 싶은 나를

그리워하고 있는 '나를'.

나는 또다시 나를 발견한다.

비록 늦었지만, 죽기 전 참회의 눈물을 흘리며 부모·형제들에게

용서를 구하고 싶은 '나를'.

더 이상 늦어지면, 다시는 돌이킬 수 없는

부채를 안고 살아갈 '나를'.

마지막으로, 나를 발견한다.

떨치고 일어나, 옛 고향 시골집의 마음과 지금의 나를 일체화시키기를 그리워하는 '나를'.

핏발선 눈으로 분노하며 지난날을 내려놓는 '나를'.

하여, 정화된 마음으로 어둔 밤에서 빛으로 향하고 있는 '나를'.

새벽길 수도승 (2009. 11. 5., 목요일, 03:50)

무릉도원으로 가는 새벽길에 우연히 마주친
벚꽃나무 낙엽들이 하는 말.
"생명의 강 흐르는 낙원에 가려면
꼭 내 몸을 밟고 가셔야 해요."

어둔 달빛 아래 비친 보석 같은 친구들.
깊은 밤 끝자락에 황급히 발걸음을 옮기는 친구를 보고,
반가움에 어쩔 줄 몰라 하면서도 자기를 밟고,
가고 싶은 길을 가라니.

벅찬 가슴 뒤로하고, 까치발로 조심스레 피하려 했으나
결국 아픔을 주며 길을 갔다.

해마다 변함없이 지난봄부터 타인에게 자기 목숨 내어 준,
이타의 사명을 다한 후 따스한 갈색 수의로 갈아입고
잠연히 누워 있는 모습이 고귀한 영혼을 담은,
천상의 예술로 빚어낸 티 없이 하얀 마음 지닌 하늘의 창조물.
탐욕스런 세속을 꾸짖는 묵언 수행 중인 수도승.

가던 길을 계속 갔다.
혼미한 마음으로.

미로를 더듬적더듬적하며.

결국, 어둠에 묻힌 유토피아의 도원경을 찾지 못하고

실의에 빠져 늘어뜨린 어깨를 하고 돌아오는 길.

친구들은 그 어떤 미동도 없이 서로의 넋을 위로하며

그 자리에 그대로 누워 있었다.

아쉬움의 아픔과 고통을 이미 알고 있는 듯 얼굴을 가린 채

소리 없이 눈물만 흘리고 있었다.

나도 혼이 나간 사람처럼 그만 털퍼덕 주저앉아 울어 버렸다.

잠시 후 깨어났다.

다시 발걸음을 옮긴다. 어둠 속 나만의 공간으로.

"내년 늦은 갈, 그 어떤 기분 좋은 날, 다시 만나자."는 외마디만 남긴 채.

법서를 다시 편다.

희망의 돌부처가 된다.

폐부에 켜켜이 쌓여 있는

찌꺼기들을 끌어내어 내동댕이친,

참 기분 좋은 새벽길을 열어 준

수도승의 겸허하고, 경건한 모습을

백지 위에 그리면서.

세상에 그리운 건, 내 마음 따라 (2009. 12. 31., 목요일, 17:00)

기축년(己丑年)이 저문다.

칼바람과 눈보라가 시야를 가린다.

짙은 선글라스를 덧쓴다.

눈을 감는다.

경인년(庚寅年)의 실낱같은 한 올 빛조차 볼 수 없다.

세상에 그리운 건,

후듯한 엄마 품이 제일이요.

세상에 그리운 건,

웃음 가득한 가난살이, 옛 고향 초가집이 그 둘이요.

세상에 그리운 건,

순진무결한 죽마지우의 정이 그 셋이요.

세상에 그리운 건,

사람 제일의 인본주의가 그 넷이요.

세상에 그리운 건,

새 희망의 끈을 이어 줄 하늘과 땅이 그 끝이라.

그리움의 노래가 끝나자, 바람도, 눈보라도 가던 길을 멈춘다.

눈을 연다.

빛이 보인다.

하늘에서 희망의 씨를 던져 주어, 땅이 새싹을 움 틔운다.

개벽이다.

먹장구름 걷어 내고 붉은 기운이 서서히 그 자태를 뽐내며

태산을 움직일 듯 다가온다.

내 마음 따라.

운외창천(雲外蒼天)이 환하게 얼굴을 내밀며 대화를 청한다.

같이 신명 나게 춤을 추잔다.

춤을 추었다.

내 마음 따라.

어둠에 갇혔던 철학자들이 깨어 나와 굿판을 벌여 죄를 씻고,

강구연월(康衢煙月)의 자유롭고, 평화로운 세상을 위해 묵언하며 기도

한다.

내 마음 따라.

마음이 많이 차다 (2010. 3. 15., 월요일, 00:26)

벌써 3월인데.

아직도 설렁이는 칼바람과 한 치 앞도 분간키 어려운 해미에

뱃길은 끊기고, 파아란 하늘도 볼 수 없다.

벌거벗은 나뭇가지 위 꽃눈들도 머뭇머뭇, 움찔거린다.

차가운 시샘과 질투의 눈초리를 피해 예년과 달리 가지런하고,
오동통한 귀여운, 안아 주고픈 몸매를 하고 얼굴을 살짝 내민
수선화 네 송이가 은은한 향내를 물큰물큰 피우기 시작했다.
그래도, 마음이 많이 차다.
봄을 맞이할 준비가 덜 된 가슴인가?
받아들이기 어려운 무거운 마음인가?

13년 된 운동화 밑창이 뜯겨져 접힌다.
소말리아 전쟁터 생명 수당으로 마련한,
16년 지난 다 찌그러진 내 운명, 프라이드 베타.
마음이 많이 차다.

갈피갈피 핏발선 눈의 흔적이 깊이 새겨진,
넘겨지지 않는 책장이 곡지통한다.
마음이 많이 차다.
더 이상 내 고향, 까치울의 종달새와 같이
흐르는 시냇물의 봄노래를 부를 수 없다.
마음이 많이 차다.
어두컴컴한 밤하늘과 바다가 눈을 찌른다.
내 마음 감추기 위해 창문을 닫아 버린다.
아직도 마음이 많이 차다.

부드럽고, 포근한 엄마 품으로 든다.

가냘픈 숨소리가 들려온다.

살고 싶다는 가느다란 파가 인다.

눈을 감고 하얀 벽면과 마주한다.

엄마, 엄마, 엄마를 불러 본다.

소리 없이 굵은 두 줄기 눈물이 폭포수처럼 흘러내린다.

두 손 모아 기도한다.

평화의 바다로 풍덩 빠진다.

끝없이 이어져 온 자유에 대한 가없는 그리움이 해소된다.

아무리 두리번두리번해 보아도

아무도, 그 아무것도 볼 수 없는 무(無), 백지상태.

눈을 뜨고 싶지 않다.

다시는 나가고 싶지 않다.

엄마 품에서.

이별 여행 (2010. 6. 12., 토요일, 20:35)

사람의 만남과 이별.

만남은 반드시 이별을 수반해야 하는 것이 필연적 운명일까?

아담 이후 지금까지 생은 유한하여, 영생하는 사람이 없었으니,

살아서 헤어지든, 죽어서 헤어지든,

이별은 인간에게 주어진 숙명적인 과제인 듯하다.

다만, 행복한 이별과 불행한 이별,

시간적 이별과 공간적 이별이 있을 뿐이다.

어찌 보면, 이별가를 부르며 이별 여행을 하는 것은 바로 이별고다.

그러나 운명적인 고통이라, 받아들일 수밖에.

한계점에 다다른 듯하다.

준비할 시간이다.

아쉬운 이별과 분노의 이별을 동시에 준비해야 한다.

굳이 그 준비 과정을 여행이라 표현하고 싶다.

이별 여행.

슬프고, 분노하는 마음을 조금이라도

여유롭고, 깨끗하고, 아름답게 위안받고 싶기에.

이제부터 이별 여행을 준비한다.

먼저, 사람을 떠나보내려면 나의 마음부터 텅 빈 공간으로 만들어야
한다. 눈 뜬, 제정신으로는 도저히 보낼 수 없기에.

마음의 준비를 해 온 지 이미 오래.

그러나 짙은 해무와 높은 파도로, 깊은 밤바다의 항로는 험난하다.

거기에다 굵은 빗줄기까지 더해 어둠 속 이별 여행은

출발부터 공포의 눈물로 뒤범벅이 되었다.

알 수 없는 미지의 세계 속으로 향하는

텅 빈 머리와 가슴으로 눈꺼풀 속 눈알만 껌뻑거린다.

지금까지의 치열한 삶 속에서 켜켜이 쌓여 온

거칠고, 쓸모없는 퇴적물들이 씻기어 나가는 듯.

참참이 정화되어 가는 마음을 확인한 후 더욱 용기를 내어

온전히, 깡그리 벗겨 내고 싶어 실오라기 하나 걸치지 않은 채

벌거벗어 버렸다.

마음 실은 똑딱선은 끝없이 펼쳐진 바다에서 길 잃은 나그네처럼

갈림길에서 어름대다 포기한 듯, 멍하니 수평선만 응시하고 있다.

무념(無念)의 삶을 갈구하는 듯.

이제 텅 빈 가슴과 머리로 살아가려는 의식조차 지워 버리기 위해

모든 것을 내려놓아야 할 시간이다.

세상과의 부질없고, 번지 없는 끈들로 이어진 매듭을 풀어,

다시는 돌아올 수 없는 공간으로 떠나보내야 한다.

어느덧 눈물은 말라 버렸고, 알 수 없던

그 미지의 세계가 다가온 듯 배가 뒤뚱거린다.

노와 배를 밀려가는 파도 속에 던져 버린다.

무인도의 그 섬은 풀 하나, 나무 하나 없는 돌산 바위뿐.

다시 돌아갈 노를 만들 수도, 배를 준비할 수도 없다.

이렇게 마음 준비는 끝났다.

제일 먼저, 나 자신과의 이별 여행이다.

텅 빈 가슴과 마음이라, 별도의 이별 여행은 필요 없는 듯이 보이나

그래도 떠나보내야 할 것들이 있다.

얼마 전, 소말리아 전쟁터 생명 수당으로 처음 마련한 애마, '프라이드

베타'를 떠나보내면서 그 뒷모습을 보고, 사랑하던 여인을 타의에 의해 보내는 것 같아, 그녀가 가는 길을 막을 힘조차 없는 나 자신이 한심스러워 눈물이 났다. 그녀의 무덤은 바로 주인 없는 시체들이 여기저기 나뒹구는 음산한 폐차장일 것이기에 더욱 마음이 아팠던 것이다.

오늘은 오랜 친구였던 십 년이 넘은 찢길 대로 찢겨, 구멍이 숭숭한 군용 팬티와 셔츠를 쓰레기통에 묻어 주었다. 그래도 가장 오랜 기간 나와 삶을 같이 했던 군복 한 벌, 군화 한 족, 맥가이버 칼, 침낭과 백팩은 아직도 살아 있으니 프라이드를 보낼 때보다 조금은 마음의 아픔이 덜하다. 이 자식들은 무덤까지 함께할 것이기에 외로움을 덜어 준다.

그다음은 진정, 결박하여 강제로 떠나보내야 할 자이다.

그는 영혼 잃은 고깃덩이에 불과했다.

그는 같이 지내는 동안 사지인 전쟁터와 외로운 외딴섬, 이곳 청산도로 나를 몰아넣은 자이며, 내 눈에서 분노의 피눈물을 흘리게 한 장본인이기 때문이다. 더욱이, 그와 만나면서부터 정상적인 사람에게는 상상조차 불허하는 불효라는 패륜의 씨앗을 흩뿌렸기에.

4년 전, 사악한 얼굴을 검은 탈로 가린 채 몰래 숨어들어, 밤도둑인 특수 절도죄를 저지르려 왔다 간 후, 그가 흘리고 간 밀짚모자, 슬리퍼를 오늘 16시 12분에 모두 불태워 버렸다. 마지막 작별 인사였다.

사실, 사람이 사람을 포기한다는 것, 그것도 가장 가까이에 있던 사람을 떠나보낸다는 것은 이 세상에서 가장 힘들고, 잔인한 일이기에 지난 25년이란 기나긴 세월을 제기랄, 어금니야 부서져라 참고 또 참아 왔다.

그러나 인내의 한계가 찾아온 것이다.

기나긴 인고의 여정은 거기서 끝을 맺었다.

준비된 텅 빈 가슴과 마음이 있어, 미련 없이 보낼 수 있었다.

실종 신고조차 포기한 채.

하여, 언급할 가치조차 없는 이 과정을

이별 여행이라고 표현하는 데 거부한다.

이제 마지막으로, 엄마와의 이별 여행을 시작한다.

오늘 오후 14시 20분, 큰누님 전화.

그동안 엄마가 병원에 계셨다고.

무심하게도 한동안 전화를 받지 않으셔서 많이 편찮으신 것으로만 알았고, 지난해 뼈만 남은 한 줌의 앙상한 몸으로 기어 다니시는 것을 본후, 아예, 전화 받으시는 것조차 힘드실 것 같아 두려움에 연락을 못 드렸는데…….

내일 형제들이 모인단다. 24시간 같이 생활하며 어머님 모실 간병인을 찾기 위해.

마침내, 하늘이 무너지기 시작했다.

미친 듯이 밖으로 뛰쳐나가 바다를 보며 회한의 눈물을 흘렸다.

바위에 눌린 가슴. 정신없이 달렸다.

도착한 당리 당집 솔 동산, 돌판 위에 물구나무서서 찾은 한 여인의 착한 마음. 온갖 풍상 다 겪은 후 득도의 경지를 이룬, 해탈의 거룩한 모습.

그 모습을 바라보고 있는 아름다운 가슴을 지닌 텅 빈 하늘.

언제부터인가 그렇게도 간직하고 싶었던 '검은 양복' 한 벌.

두려움 때문이었다. 공포 속 불효의 나날들.

그동안 나 자신을 자학했던 것은

엄마의 마음을 담아 둘 검은 양복 하나 준비 못 한 자책감 때문이었다.

이제, 그 검은 양복을 준비하고 이별 여행을 떠난다.

불효의 늪으로부터 벗어나려고 무슨 노력을 해 왔던가?

불효, 하늘로부터 용서받지 못할 죄.

천하에 다시없을, 어리석은 생 아닌 생을 살아온 놈.

이제 용서를 구할 시간도, 공간도 없다.

다시 가눌 길 없는 엄청난 공포가 엄습한다.

어머니 떠나시면 난 고아가 된다.

말로만 듣던 고아. 참 부끄러운 고아.

일악(一握)의 흙보다도 가치 없이 나약한 생을 살아온,

처절한 마지막 모습.

이제 벌을 구하는 일만 남았다.

천둥과 벼락이 온몸과 마음을 휘감는다.

더 이상 텅 빈 가슴과 마음조차 없다.

영혼 없는 물리적 숨소리만 할딱거린다.

이별 여행할 자격조차 박탈당했기 때문이다.

너희들, 바로 너희들이로구나! (2010. 6. 18., 금요일, 05:20)

창문을 열면, 앞뜰에선 혹독한 추위를 넘기고

안도의 한숨을 내쉬는 이른 봄부터 매해마다 시작되는 한해살이, 꽃

놀이.

서늘한 파란곡절의 사연을 안고 온 수선, 동백이 가면

따스한 하얀 이슬 머금은 벚꽃, 도화, 해당화가 대를 잇는다.

곧바로 뒤를 이어 백합화가 입술을 씰쭉대며 얼굴을 내밀고,

끝머리엔, 나 칸나도 있어! 하며

달콤하고 날카로운 키스를 해 달라며 아양스런 얼굴로 다가오겠지.

불현듯이 어디선가, "그만해, 넌 자존감도 없어!" 하며 다가온 칼바람이

꽃의 향연을 마무리하여 기나긴 겨울잠으로 인도하겠지.

며칠 전, 만개하며 고고한 자태를 뽐내던 백합화가

어제는, 검누렇게 찌그린 얼굴을 한 말기 암 환자가 되어

힘없이 고개를 떨구고 있었다.

"게으른 탓에 사랑으로 어루만져 주지 못한 연유로구나." 하며 한참을

우울하게 바라보고 있을 때, 갑자기 같이 죽어 가던 몇몇 친구들이 안간

힘을 쓰며 동시에 고개를 들고 하는 말. "나 좀 빨리 따로 떼어놓아 주

세요. 그래야 옆 친구가 살아요."

순간, "아! 분명, 내 생명의 소중함을 알고 있으되, 친구들을 위해 자기

를 희생할 줄 아는 의리 있고 죽음의 철학을 알고 있는 친구들이로구

나." 하며 얼키설키 얽혀 있는 그들을 알알한 마음으로 떼어 주었다.

환한 미소로 이제 편히 잠들 수 있게 해 주어 고맙고 또 고맙고,

남아 있는 우리 친구들 잘 부탁한다는 인사를 마지막으로 숨을 거둔다.

사람이든 미물이든, 하물며 길 위에 나뒹구는 돌덩이 하나에도 마음이 있어 서로가 서로의 고통을 알아주고, 그 관심에 비례한 측은지심을 행동으로 옮기고 있구나.

그들의 거룩한 죽음 앞에 숙연히 기도한다.

"하느님, 이 세상 사람들로 하여금 서로가 아파하고,

자기를 내어 줄 줄 아는 이들 마음의 백만 분의 일, 아니, 천만 분의 일이라도 갖게 해 주시옵소서."

사랑과 배려만이, 이 우주 만물이 공존할 수 있는 유일무이한 길.

방금, 밤새 들려오던 그윽한 꽃향기의 노래 주인이 누구인가 창문 열고 찾아 나섰다.

어제 어루만져 준 백합화의 보답이었다.

"선생님, 저 살았어요. 고마워요." 하며 품에 안긴다.

짧은 대화가 오간다.

"인간보다 나은 것이 너, 바로 너로구나. 그런데 너도 네 친구들처럼 자기의 생명을 버려 다른 친구들을 살릴 수 있겠지? 약속해 다오."

"그럼요, 친구들의 생명으로 새 생명 얻었으니

저도 때가 되면 그리 해야겠지요."

"그래, 인간보다 나은 것이, 너희들, 바로 너희들이로구나!"

자유 공간, 선방(禪房)으로 돌아왔다 (2010. 12. 31., 금요일, 20:19)

지난봄부터 착하게 미소하는 얼굴로 찾아와, '우리 착하게 같이 살자.' 며 기꺼이 친구가 되어 주었던 꽃잎들도, 외로운 가을밤을 지켜 주던 청산항의 멸치 배들과 산새들의 노랫가락도 끊긴 지 이미 오래.

급기야 칼바람에 놀란 가슴으로 고비에 떨며 간댕거리던 벚나무의 마지막 잎새마저 다시 만나자는 작별 인사 한마디 없이 가 버렸다.

남은 건, 황량한 어둠 속 고요와 텅 빈 가슴에서 가녀리게 새어 나오는 숨소리뿐.

길 잃은 미아가 된다.

이렇게 경인년 한 해를 마무리하고, 신묘년 바로 전날에야 비로소 사람 냄새 나는 자유 공간, 선방으로 돌아왔다.

지난봄부터 뜨내기처럼 들랑날랑했던 그곳으로.

정약용 선생과 마주한다.

8년은 의탁의 몸으로 떠돌이, 10년은 다산 초당, '사의제(四宜齋)'의 사연을 듣는다.

'네 가지를 마땅히 올바로 해야 하는 일. 생각은 맑게, 용모는 단정히, 말은 요점만 간단명료하게, 행동은 무겁고 신중하게.'

앞으로 13년은 더 들어야 할 천금의 이야기.

나도 한마디 건넨다.

'APC(Active, Positive and Comprehensive) 원칙, 생각과 말과 행동은 활기 있고 능동적이며, 명확하고 건설적인 긍정의 마음과 관용과 배려의 미학(美学)을 담아.'

'수청무대어(水淸無大魚)', 물이 맑으면 큰 물고기가 없다.

그래도 맑은 물에서 맑고 밝은, 바르고 강단진 모습으로 살아가야 하지 않겠는가?

내일 열릴 새해의 다짐이다.

고요하게 정지된, 정적만이 흐르던 선방 앞바다의 검은 파도가

갑자기 분노한 듯 하늘을 향하고 있다.

연부년 반복되는 거짓 다짐하지 말라며.

허나, 마음의 준비는 끝났다.

능히, 쉼 없이 파도의 선율을 느끼며 자유로운 항해를 할 수 있다.

고립된 자유 공간, 선방에서 무한의 자유를 갈구하는 애절한 노래가

어둔 밤하늘을 어지럽게 휘저으며 흘러나온다.

근데, 이게 웬일인가? 그 노랫가락에 전율스런 말소리가 담겼다.

"지난 1999년 7월 이후, 11년 6개월의 긴 시간 동안 놀 것 다 놀고 누릴 것 다 누렸으니, 이제 이 선방을 나갈 수 없다.

이 방에서의 자유란, 죽음의 자유다.

네가 선택할 수 있는 유일한 자유는 죽음뿐이다.

죽어야 산다.

이것이 이 선방에서 정한 자유에 대한 법적 정의다."

자유의 진정한 의미에 대한 착오를 확인하는 순간이다.

지난 5년 6개월, 가까운 친구였던 자들이 변심을 작정한 듯
괴상야릇한 표정과 몸짓으로 비난의 화살을 쏘아 대고 있다.
저 멀리 청산항의 등댓불이 빨간 눈, 초록 눈을 번갈아 깜박이며 조롱
하고 있다. 가소롭고, 보잘나위없는 한심한 놈이라 놀려 대며 웃음거리
로 만들고 있다. 얼굴 찌푸린 달무리를 받아안은 어슴푸레한 바다도 빛
바랜 쓴웃음을 짓고 있다.
이 광경을 목도한 대모도, 소모도의 관객들이 북과 꽹과리를 치며
저주의 곡을 불러 대며 아우성이다.
"그렇다. 이 모든 비난의 화살을 피해서는 안 된다.
그냥 이곳, 선방에서 회한의 눈물을 흘리며, 속죄의 선홍빛 피를 토하
며 죽어 가야 한다.
칼바람 부는 얼어붙은 허허벌판에서 벌거벗은 채로.
천박하고 우유부단한 불효와 부덕의 삶을 살아온 생의 패배자로서,
인생을 허비한 죄에 대한 정당한 대가인 당연한 죽음을 받아들여야
한다."
검은 타르로 선방 문틈을 발라 버렸다.
하늘도, 바다도, 바람도 볼 수 없다.
한 줌의 공기도, 생명을 이어 줄 실낱같은 한 줄기 빛도 들지 않는다.

폐립 쓰고, 헌 도포 자락을 걸치고 지나던 한 과객이
크게 외마디를 남기고 떠난다.

"어둔 밤의 아쉬움도, 그리움도, 분노도, 증오도 깡그리 내려놓으라.

지난날부터 네가 저질러 온 죄에 대한 '사실과 법률의 착오'를 깨달아,

그 어두운 선방 안에서의 죽음의 자유를 '위법성 인식'의 계기로 삼으라. 그리고 참회하라.

그리하면, 그 죽음의 자유가

새로운 삶인, 청산에서의 자유, 청산으로부터의 자유로 변화되리라."

이상한 그림자 (2011. 1. 25., 화요일, 02:35)

올겨울은 청산에 이상한 그림자가 드리운다.

지난 연말부터 며칠 간격으로 엇갈려 찾아왔던 강풍주의보와 풍랑주의보가, 오늘 밤은 갑자기 동시에 같이 몰려와 청산을 포위하여 발을 묶어 놓고 자기네들끼리 칼부림을 하고 있다.

모두가 공포에 떨며 숨죽이고 숨어 버렸다.

그동안 일곱 번의 겨울을 지나면서 본 그들은 서로 협조하며 평화롭게 청산의 겨울을 공동으로 관리해 왔다.

그러나 올겨울을 무슨 영문인지 예년과 달리 서로 간에 내분이 일어난 듯 이 땅은 내 땅이라며 지배권 다툼을 벌이고 있다.

결국, 누가 이 겨울 청산의 주인인지 심판해 달라고 이곳 무릉도원까지 올라와 창문 밖에서 기다리며 말다툼하다 싸움이 격해져 칼싸움을 하기 시작한 것이다.

후드득후드득, 칼바람이 연속적으로 창문을 때려 부수며 지나는 소리.

한밤의 도둑들이 내홍이 일어나 칼을 들고 난투극을 벌이고 있는 형국.

서로 무사가 되어 버젓하게 장풍을 일으켜 쏘아 대며 공중으로 몸을 날려, 서슬 퍼런 예리한 칼로 상대를 난도질하려 하고 있다.

곁에 있던 애꿎은 나뭇가지들만 갈기갈기 몸이 찢겨 나가고 있다.

심지어 바닷물을 이곳까지 끌어올려 싸우는 듯,

뒷산 계곡에서 폭포수를 쏟아붓는 소리가 들려온다.

처처가 공포의 도가니에 들어 간담이 서늘하다.

이들의 지배를 받아 온 모든 자연의 소리들은 계속 숨죽이며

얼굴을 파묻은 채 싸움이 끝나기만을 애타게 학수고대하고 있다.

더 이상 참을 수가 없다.

목숨을 걸었다.

그동안 갈고 닦아 온, 청산 하늘이 괴성을 질러 대며 호통친다.

"모두 꺼져 버려!

어디, 이 신성한 무릉도원에 추악한 얼굴들을 하고 와서 난동을 부려!"

별안간 평화를 알리는 정적이 흐른다.

하마터면, 청산의 산야가 수장될 뻔했다.

새해 벽두부터, 이곳 청산에 이상한 기운이 돈다.

신묘년(辛卯年), 올 한 해,

몸과 마음가짐을 새롭게 다듬어

철학적 자아로서의 진화 과정을 잘 살펴야겠다.

묵언.

올 한 해는 할 말이 없을 것 같다.

진짜, 사랑은 눈으로 드네 (2011. 3. 8., 화요일, 17:20)

칼바람 속 어둡고 사나운 얼굴을 한 지난겨울 손님은 어느새 가 버렸네.

고요한 청산의 이른 아침. 포근하고 어여쁜 하얀 속살의 새 손님이 오신단다.

봄처녀의 잔잔하고 가녀린 노랫소리가

내 고향, 까치울 집 앞 시냇물을 살며시 치맛자락 치올리며 건너온다.

첫 소절부터 다시 들이마시고 싶어 남몰래 바닥을 스치며 한 걸음 살짝.

깊은 들숨과 날숨이 엇갈린다.

시골 소년의 수줍음이 참 아름답고 거룩하다.

시룽새룽하며 머뭇거리다 결국, 이성을 잃은 듯 뛰쳐나가다 멈칫.

힘내라! 나와라!

풀벌레와 산새들의 환호가 온 산을 휘저으며 되먹임한다.

파아란 하늘 아래 따스한 해가 부드러운 곡선을 그리며
소녀의 미소 위에 사푼사푼 내려앉는다.
소년은 멋쩍은 듯 순박한 혀를 날름거리며 눈을 감는다.
씰쭉쌜쭉, 실눈 뜨고 그 미소 훔치려고.

종알종알, "진짜, 사랑은 눈으로 드네."

살아 있음을 확인해 본다 (2011. 11. 11., 금요일, 17:58)

세상은 말없이 선인들이 밟아 온, 그 초준한 바닷길을 목숨 걸고 오가
고 있다.

대모도, 소모도, 큰개머리 끝을 덮고 있는 먹장구름 사이사이로 길고
깊은 띠를 두른 검붉은 낙조가 장중한 장송곡을 부를 태세다.
하늘이 나를 버리는 마지막 의식을 준비하고 있는 듯.
깊은 들숨과 함께 오래전에 말라 버린 눈물의 시간들을 억지로 불러
낸다.
옷깃을 여미고 분격의 설움을 토해 낼 가슴을 준비한다.

지금까지 하늘은 나를 버리지 않았다.
최후의 순간엔 반드시 살아남았다.
그러나 그 상황은 사즉생의 각오로 임할 때뿐이었다.

그것은 긍정의 분노에서 자연스레 발현된

초인적인 집중력과 돌파력이 하나 된 모습일 때만 나타난 현상이었다.

의식적이든, 무의식적이든 고통을 피하려는 모든 순간은 실패를 낳았다.

그렇다.

운명은 따로 있는 것이 아니라, 스스로 만들어 가는 것.

스쳐 지난 기회는 다시 손짓하지 않으니,

기억 속에서 철저히 지워 버리고 거듭나야 한다.

살아 있음을 확인해 본다.

펜 끝을 응시한다.

내가 살아 있음은,

아직 피부로 느끼지 못한 자유·평등·정의를 향한 열정이

나의 심장을 뛰게 하고 있기 때문이다.

자그마한 뇌파의 진동 소리가 들려온다.

눈을 삼박삼박 감았다 떴다 해 본다.

장난기 어린 웃음도 지어 본다.

죽음 직전의 사나운 동물처럼 울부짖어도 본다.

몸과 마음을 구석구석 더듬어 본다.

살아 있음을 확인하는 순간,

뇌 속의 모든 피질의 신경세포가 작동을 멈추려 한다.

감내할 수 없는 고통으로 인한 혼란 때문이라고

구차스레 변명을 대며 회피하려 하기 때문이다.

무념(無念), 묵언(默言)이다.

텅 비었다.

폭발성 있는 변화의 에너지가 축적된다.

초능력의 힘으로 어둔 밤하늘을 날아 바다를 건넌다.

자유·평등·정의가 살아있는 평화 공존의 세상을 본다.

다시 한번, 살아 있음을 확인해 본다.

더 이상, '자아의 소멸'이란 없다 (2012. 2. 3., 금요일, 06:25)

수십 년간 지속되어 온

서러움에 밥 말아 먹던 설 연휴가 열흘 지났다.

폭설 예비 특보에 칼바람과 바다가 춤추기 시작했다.

앞뜰 태극이 울부짖는다.

거대한 대륙이 갈라지듯 요동친다.

하늘이 열리기 전, 땅의 혼돈.

별 무리는 끝 모를 바다의 심연에 빠져 벙어리가 되었고,

달무리는 검은 빙하풍과 빗겨 가다 어디론가 사라졌다.

무언가 기습적으로 몰아닥칠 기세다.

땅이 열리기 전, 하늘의 혼돈.

땅과 하늘의 혼란을 틈타 청산까지 찾아든 하이에나 떼가 피에 굶주려 미친 노래를 부르고 있다.

혹한과 폭풍 속 눈보라다. 청산 특유의 눈보라.

갈지자 행보를 보이다 알지 못할 곳으로 가 버리는.

간에 붙었다 쓸개에 붙었다 하며 어디로 튈지 모르는 추레한 인간들의 모습. 스러져 가다 다시 몸을 일으켜 비쓸거리며 거슴츠레한 눈으로 먹잇감 찾아 어슬렁거리는.

두려움에 떨다 절름발이가 된 나. 하이에나 떼의 먹이가 되어야만 하는 나.

피하지 말고 맞서 싸우자. 망설임은 죽음이다.

포효하며 크고 예리한 사자의 이빨을 드러낸다.

밤하늘과 달빛의 기운을 들이킨다.

항포구 방향으로 틈새를 준 지뢰밭을 형성한다.

곧이어 물고 물리는 살풍경의 전투가 시작된다.

공포에 질린 하이에나 떼가 도주하다 지뢰 폭풍에 공중으로 흩어져 청산 앞바다에 침몰한다.

정적이다. 바람도 자고, 바다도 침묵한다.

이것이다.

망설임은 곧 죽음. 팔짱 끼고 방관만 하며 전장을 내다볼 뿐, 감연히 나서지 못하면 죽음뿐이다.

엄체호 안, 청산이 아무리 어둡고, 고독하고, 처절할지라도 평화의 지평을 열기 위한 치열한 전투를 해야 한다.

날이 새면 아수라장의 지뢰 폭발 현장이 드러나겠지. 널브러진 하이에나의 사체들로 한가득한.

외부로부터의 변화를 거부한 잔혹한 어둔 밤 지나 독립된 따스한 봄이 왔다.

더 이상, '자아의 소멸'이란 없다.

바로 너로구나 (2012. 2. 13., 월요일, 18:12)

"2년 만에 다시 또 토익 시험? 사법 시험? 광주까지?
아이고!" 하는 탄식과 함께 막배 타고 청산으로 돌아오는
넋 잃고, 허탈한 길을 잔잔한 미소로 반겨 주는 너.

한 치 앞도 분간키 어려운 짙은 해무에 묻혀서도
오슬오슬 조심조심 뱃길을 마무리하기 위해
남몰래 살며시 포근한 엄마 품 되어 주는 너.

하여, 내 떠난 뒤, 묵언 속에 행하는 진정한 이타의 삶이란 무엇인가
에 대한 필연적 추상의 잔영으로 남을 청산 앞바다, 너.
바로 너로구나.

세상의 그 어떤 아픔과 상처도 안아 어루만져 주고,
치유해 줄 수 있는 넓은 품을 가진 너.
바로 너로구나.

동틀 녘 어둠의 끝자락에서 첫 배 놓칠까 발을 동동 구를 때도,
떠나보내지 않을 테니 서두르지 말라 하며
멀리서 안도의 손짓을 보내 주던 너.
바로 너로구나.

바람 한 점 없는 잿빛 하늘 아래서 미래의 이상과 희망을 잃은 채
오도카니 서서 고향 가는 길 가로막는 바닷길을 탓할 때도,
말없이 그 원망 모두 귀담아들어 주고, 그 눈물 다 받아 주던 너.
바로 너로구나.

"지난 6년 반을 견뎠으니, 이제 12년만 더 있으면,
자유로운 세상으로 나아갈 수 있는데, 네 건강이 말이 아니구나.
내가 관속에 들어가기 전까지는 이 청산에서 너의 고독사를
절대 허할 수 없다."며 생명을 되돌려 주던 너.
바로 너로구나.

곧 봄이 오면 훈풍과 함께 숨 쉴 여유를 주며,
지난 칼바람을 잘 견디었다고 격려와 희망의 메시지를 건네줄 너.
바로 너로구나.

새는 날, 평화 공존의 나라로 갈 수 있는 그날,
"잘 되었다. 그동안 오랜 세월,
준비라는 비통한 인고의 여정을 보내느라
고생 많이 했으니, 이제 맘 편히 마음껏 자유를 누리라."며
안타까움과 아쉬움의 속마음 감추고 축하의 이별 이야기를 전해 줄 너.
바로 너로구나.

봄이 오는 소리에서 (2012. 2. 14., 화요일, 00:39)

새싹 돋는 소리가 새근새근 들려온다.
호흡을 같이하고 싶구나.
가슴 끈 조이고 고요히 향수한다.
청아·단아하고, 선한 사랑 이야기.
가늘게 흐르는 숨결이 아름답고 거룩하다.
어둠과 추위 속 긴 여행의 슬픔과 아픔,
인내의 끝은 찬연하다.
새 생명이다.
경외감이 절로 인다.
태동의 묵묵한 뿌듯함과 진지함, 겸허함이 함께한다.

초심을 지탱키 위한 몸부림이 계속된다.
살멋살멋 가슴에 내려앉는 참모습이 따스하게 하늘, 땅을 울리고 있다.

이윽고 살포시 드러낸 고통 끝, 하얀 웃음은 자유와 평화를 준다.

모두가 함께할 벅찬 첫걸음은 새털처럼 가벼웠다.

봄의 향기는 이미 그윽하고 착한 미소를 머금고 배어 나온다.

봄이 오는 소리에서.

한시름 덜어 준 고마운 화랑포(花浪浦) (2012. 3. 14., 수요일, 18:25)

마음 착해진 따스한 봄날, 화랑포에 달했네.

예부터, 선남선녀들이

정감 어린,

'꽃같이 아름다운 파도가 쓴 노래와 시'에 취했다는, 화랑포.

동긋한 까만 조약돌과 애잔한 파도 위 거닐며

만단시름 달래던, 화랑포.

누가 볼세라, 가녀린 얼굴 가린 채

굽이굽이 다소곳이 돌아앉은, 화랑포.

변치 말자, 언약의 밀회를 무연히 바라보다

못 본 척 돌아서는, 화랑포.

모든 세상 품을 수 있다는

여유롭고 풍만한 여인의 엉치, 화랑포.

물질하는 해녀들의

쌜룩쌜룩 개구리 · 오리 궁둥이 춤, 숨바꼭질 놀이터, 화랑포.

먹차오른 숨통, 얼마나 힘이 들까,

같이 아파하는, 화랑포.
한 치 건너, 세연정에 흐르는
고산의 어부사시사 읊조리는, 화랑포.
황혼 녘, 북한발 무역선과 제주행 '블루나래'에
평화의 길 내어 준, 화랑포.
뮤지컬 무대는 막을 내린다.
배우, 관객 모두 떠난 텅 빈, 화랑포.
남은 흥이 아쉬운 조약돌 가족들, 잔파도 선율 따라
사뿐사뿐 춤추며 다가와 하는 말.
"아제, 아제, 우리 아제, 더 놀다 가세요."

어이쿠! 청산에 날 붙잡는 사람도 있네.
결국, 여서행 '섬사랑호' 지날 때까지
조약돌 가족들과 속삭속삭, 뒹굴뒹굴.

어슬녘 지나 이슥한 밤하늘,
별 무리 낚으며 오는 길이 가볍다.

오늘도 탈 없이
한시름 덜어 준 고마운 화랑포.

시간과 자연에 순응하며 살겠습니다 (2012. 3. 16., 금요일, 23:58)

혹한 속 눈보라의 칼춤과 칼바람에 살아남은
봄의 전령사들이 일곱 번째 공화를 연출하고 있다.
착한 봄비의 마음과 함께하는 복숭아꽃, 벚꽃 눈망울이
손닿으면 톡 터질 듯한 가녀린 분홍빛 젖꼭지를
살포시 드러내며 절로 부푼다.
앳된 봄처녀의 가슴처럼.
티끌 하나 없이 아름답고, 선한 세상이다.
자연의 호흡이다.

새 생명이 살아 움직이기 시작한다.
머릿속이 바빠진다.
봄이 이미 와 있음을 망각했기에.
또 한 해가 시작된다.
겨울 채비를 서두른다.
추위가 서늘한 눈빛으로 다가온다.
이렇게 또 한 해가 지나고 있다.
소름이다.
무상이다.
긴 호흡으로 긴장의 끈을 풀어내고,
털썩 주저앉는다.
긴 세월 살아온 인간 본연의 이상과 의무를

자연 속에 투영한다.

다 함께 조화롭게 살지 못한 죄를 묻는다.
인간이란 주체가 사라진다.
시간과 자연이 주체란다.

휘움히 고개를 접어 웅크린 채
자그마한 두 손 모아 기도한다.
"죽은 듯이 살겠습니다.
보잘것없이 교만했던,
이 못난 인간을 용서하세요.
시간과 자연에 순응하며 살겠습니다."

수선화 세 송이 (2012. 3. 26., 월요일, 17:42)

귀엽고 수줍은 얼굴로 일곱 번째 봄 인사하는 수선화 세 송이.
참 가녀리고 슬프게도 웃고 있네.
아픈 생 이어 가는, 하얀 소복 입은 한 많은 여인.
다소곳이 움츠리고, 고개 떨군 측은한 여인.
축 늘어져 눈물짓는 가여운 여인.
그래서, 안아 주고, 사랑 주고픈 여인.

가냘픈 목소리로 무언가 종알종알.

"하늘나라 먼저 간 천선(天仙),

임이 그리워, 그리워."

하늘 오를 힘이 없어 덜썩 주저앉는다.

"이 몸 죽어 지선(地仙) 되면 하늘에 올라 그리운 임 볼 수 있나?"

흐늘대며 일어선다.

"깊은 샘, 맑은 물속 수선(水仙)되면 하늘로 다시 올라

보고픈 임 볼 수 있나?"

애처로운 노랫소리, 내 맘까지 애달프다.

어루만져 위로하고픈 사랑받이 여인, 수선화 세 송이.

고맙다, 얘들아 (2012. 3. 31., 토요일, 11:10)

기습 폭우가 지났다.

봄기운 가득한 청산 앞뜰.

앞다투는 꽃망울들.

빗방울 머금고 터질 듯 탱글탱글, 벚꽃 망울.

빗소리에 잠 깨어난 진분홍, 복사꽃.

희생이란 고결한 죽음의 향기 전하며 고개 숙인 수선화.

어둠 뚫고 빼주룩이 뺨 내민 백합.

서로 인사말을 건넨다.

"추운 겨울, 고생했소이다.

우리 새 세상 열어 봅시다."

나도 한마디.

"반갑다, 얘들아,

고맙다, 얘들아.

일 년 만이로구나."

잠시 후, 겨우내 겹겹이 숨어 있던

검은 찌꺼기 같은 껍데기들이 기어 나오기 시작한다.

광란의 눈빛을 하고.

놀란 나는 극에 달한 절규를 이어 간다.

"따스한 청산의 봄을 지켜 달라."고.

꽃 눈망울들이 달려와 내 가슴과 함께한다.

브라만과 아트만이

하나 된 것처럼 외친다.

"찌꺼기 같은 껍데기들은 가라.

우리의 자유와 평화를 침해 말라."

겁에 질린 찌꺼기 같은 껍데기들은

바람처럼 사라져 갔다.

청산의 자유와 평화는
이렇게 다시 시작되었다.
고맙다, 얘들아.

평상과 원탁 (2012. 4. 2., 월요일, 21:28)

바람과 함께 먹장구름이 청산을 뒤덮었다.
숨쉬기가 힘들다.

베니어판 평상 만들기.
백색 페인트칠에 몰입.
완벽한 하얀 백지를
진빨강 5센티가 반듯이 휘돌아 둘렀다.
완벽한 작품이다.
혼을 불어넣은 만미.
막힌 가슴 뻥 뚫리며
난마가 풀어졌다.

어둠이 찾아왔다.
부듯함에 거실 등 끄고
베란다에 고고히 누워 있는 내 사랑 평상.
어렴풋한 흰색.

야광 페인트를 썼더라면

깔끔하고, 또렷또렷한 하얀색이

어둔 사위를 밝힐 수 있었는데.

그래도 벅차오른다.

실리콘으로 가장자리 빈틈만 메우면

최고의 방수 평상.

진빨강 테두리 안의 하얀 백지는

희망이란 꿈 안에서 호흡하는

정결한 나의 존재.

고로, 오늘 새로 태어난 평상은

나의 분신.

헛된 바람이 아닌

탱탱하고 빈틈없는 순백의 단순한

나의 삶.

이제 하얀 백지 위에 누워

밤하늘의 별을 헬 수 있게 되었다.

내 사랑, 평상과 20센티 창문틀 너머 맞닿은

초록 원탁에 앉아 본다.

빙 둘러앉아 차 한잔하며

내일을 얘기할 수 있는

나의 보화.

평상과 원탁.

나의 보석 같은 친구 둘.

이제 책과 사람, 술 한잔만 더하면

관 속에 들기 전, 세상의 '사랑'이란 이치에

좀 더 가까이 맞닿을 수 있는

최고의 미.

참 기분 좋은 밤.

오늘 밤은 흥에 취해

밤하늘의 별과 바다

그리고 바람과 함께

생기롭고 맛깔스럽게 지샐 수 있을 것 같다.

초록과 하얀 백지 위에

순결무구한 희망이 보인다.

고향 밤하늘로 (2012. 4. 6., 금요일, 04:40)

거센 비바람과 잠시 휴전 중인

자유와 평화의 섬, 청산.

파아란 하늘,

시원스레 트인 이마 열어 보이네.

깔끔한 청산 마음,

단순미 탐미 위한 대청소.

사지 잘려 나간 잔해를 치웠네.

하얀 백지 위,

청량하고 날랜 발놀림으로 탭 댄스 추며,

청아한 목소리로 노래한다.

혼자 듣보기 아까운 희망 무대.

낙조 이어 어둠 뚫고

삐죽삐죽 얼굴 내민 서녘 밤하늘, 별 하나.

저 웅숭깊은 밤하늘에 별 하나라고?

외톨이 별? 낙오자 별? 왕따 별?

외진 곳 숨어 사는 나와 친구 해 밤새 이야기 나누자며

저녁도 건너뛰고 찾아온 별 하나.

가련하고, 고마운 내 사랑, 별 하나.

반갑다, 친구야.

별 총총 빛나던 유적한 고향 밤하늘이 보인다.

바깥마당 멍석 위에 누워,

엄마가 소쿠리에 담아 내 온 감자, 옥수수, 단호박 나누며,

달나라 숲속 계수나무 아래서 토끼가 몇 번 떡방아질 놀이 하는가,

반짝이는 별 헤아리고, 이름 지어내며 잠 청하던 여름날의 밤하늘.

쏟아지는 별똥비 쓸어안으며 잠들던 고향 밤하늘.

고향 밤하늘로 달려가는

벅차오른 가슴을 가늠해 본다.

경쾌하던 발길에 묵직한 돌 주머니가 채워진다.

고요하고 정겨웠던 하늘 아래 분위기가 서늘하다.

아직도 세상에 그 무슨 구저분한 욕심이 남았는가?

왜 그리도 나약하고 거무추레한 인간의 어리석음에 휘달리고 있는가?

시원하고 산뜻하게 싹 비워라, 내려놓으라.

이제 회한의 가슴 쓸어 버리고,

존엄하게 남을 날 기약하면서

깃털 같은 발걸음을 재촉해야 한다.

고향 밤하늘로.

아픈 봄날이다 (2012. 4. 7., 토요일, 14:35)

그렇게도 기다리던 벚꽃 망울이 열리기 시작했다.

진보랏빛 복사꽃도, 곧 뒤를 잇겠단다.

봄 향기의 유혹의 손길은 이렇게 다가오고 있다.

연부년 이어지는 봄 향연의 막이 오를 기세다.

아픈 봄날이다.

이에 따라 눈빛과 가슴은 이 무대를 떠나려,
애써 한곳으로 모으고 있다.
책 속의 향훈을 찾아.
아픈 봄날이다.

또다시 어둠이 찾아오겠지.
그 어둠을 틈탄 못된 자유 의지로
남몰래 봄꽃 향내에 취해 버리겠지.
아픈 봄날이다.

세상 모든 사랑하는 이들과
그 향의 황홀감을 같이하고 싶지만
가슴에 묻어 두어야만 하는 이유가 있다.
지난 칠 년간 노래해 왔듯이,
'아무도 찾아올 이 없고,
그 아무도 찾아갈 이 없는
'청산도'이기 때문이다.
아픈 봄날이다.

곧 찾아올 굼깊은 밤의 골짜기가 기다려지는 이유는
거친 황야의 광포한 늑대처럼,
그 아픈 노래를 어둔 바다와 하늘을 향해
더 큰소리로 끝없이 울부짖을 수 있기 때문이다.

아픈 봄날이다.

비바람 휘몰아치는 그 어느 봄날처럼
꽃비가 내리기도 전에
못다 피운 꽃망울 눈가가 촉촉이 젖어 있구나.
내 가슴도 울고 있다.
여기저기 꽃 무덤들이 야심하게 홀뿌려지고 있다.
아픈 봄날이다.

이것이 세세 다가오는
아픈 봄날이다.

꽃비가 내린다 (2012. 4. 16., 월요일, 19:15)

꽃비가 내린다.
아름답고 착하게.
어제부터 한 잎, 두 잎 떨구기 시작한 꽃잎이
오늘은 비가 되어 흩날리고 있다.
'나의 임무는 여기까지다.'라는
묵시적 발언마저 뒤로하면서.
그래도 아쉬움이 남는 듯,
할깃흘깃 살피다 보지 않을 때만 스러진다.

내 마음이 쓰릴까 봐.
심미안의 마지막 고절한 자태다.
고비에 떨다, 묵언하며 떠나는
네 모습이 거룩하구나.

내 가슴은 네가 평화의 사도로서
할일 다하고 떠나는 발자국 하나하나 담아내고 있다.
마음이 쓰려 오나, 네 자신이 자기 사명을 다해,
역사에 한 점 부끄럼 없다 하니 다행이구나.
흡사, 내가 앙상한 해골이 되어 가며 남길 말처럼.

이별 후, 나도 모든 걸 내려놓은
무념의 평상심을 되찾을 수 있을 터.
그래도 아쉬우니 찬찬히 떠나가길.
그동안 고생했네.
고맙고 또 고맙다.
너와 함께 아니었다면,
나는 이미 세상에 대한 분노를 이기지 못하고
이곳 청산에서 서서히 죽어 갔을 것.
비바람 이는 현애의 위기 속에서도
기꺼이 친구 되어 내 생명 지켜 준
네가 진정 귀하고, 거룩하구나.

죽음은 새로운 생명의 탄생을 의미한다.

남아 있는 꽃들은 송이송이,

인간의 영혼을 위한 마지막 투혼을 다하고 있다.

이미 죽어 간 꽃 무덤도 파아란 새 생명을 잉태하고 있다.

그 생명은 자라나서 사람 사는 세상의

또 다른 생명을 구할 것이다.

그런데 못난 인간들이 사는 세상은

왜 이렇게 모질고, 메마르단 말인가?

타인에 피해 주지 않는 것이 최선의 삶이 되어 버린

기막힌 현실에 머리와 가슴이 마비된다.

최소 저항선도 아닌 경계선상에 숨어,

소극적이며 피동적인 현실주의적 생활에서 벗어나

좀 더 능동적, 적극적으로

이타적, 시혜적 삶을 영위해야

더 맑고 밝은 세상이 다가올 것을 알기에.

형편이 좋을 때만 좋아하고,

편안할 때만 잘하는 몽매한 인간들의 무관심과

핑계 넘어 고뇌와 고통을 잊은 채,

교활한 여우처럼

아부도, 아픈 척도, 없는 척도 못한 채,

모든 걸 다 주고 떠나는 네가 진정 성스럽구나.

이제 알겠다.

네가 부활에 부활을 거듭할 수 있는 이유를.

잊지 못할 나의 친구여,

내년에 또 보자.

'청산의 노래'와 같이 부르련다 (2013. 9. 25., 수요일, 17:10)

이른 새벽부터 맑고 신선한 초갈 바람이 폐부를 드나든다.

서로 호흡 나누자며 풀방구리에 쥐 드나들 듯 들락날락.

정적을 깨는 개 짖는 소리, 교회 종소리, 밀려드는 파도 소리,

온갖 풀벌레 소리가 하나 된, '청산의 노래'다.

착하고 열린 가슴으로 달콤한 자유가 들어온다.

어둔 밤이 저 멀리 비켜선다.

잠 깨어난 산새 소리가 유난히 청아한 아침.

무엇이 저리도 좋을까?

내 마음 알고 있는 걸까?

날이 새도록 새로운 자유 세상을 힘겹게 유영하고 있는

내 모습을 보고 있는 걸까?

그래, 저들과 함께 노래하자.

한껏 트인 마음으로,

있는 그대로,

주저 없이.

청산에서 아홉 번째 노래를 불러 본다.

아홉 번째 낙엽을 밟으며

아홉 가지 노래를.

아쉬움의 노래,

안도의 노래,

고마움의 노래,

고통의 노래,

좌절의 노래,

분노의 노래,

배신과 인간성 회복의 노래,

슬픔의 노래,

희망의 노래.

이 길고 긴,

가없는 '청산의 노래'는 외롭고, 힘겨웠다.

하늘이 어두워진다.

거친 바람과 파도가 인다.

바닷길이 닫힌다.

기다려 줄 이 없고,

볼 수도 없는 바다 건너편을 그려 본다.

그리던 친구가 다가온다.

억겁의 높고 거친 파도를 거스르며.

하늘이 장구한 세월, 그리움의 고통을 알았노라며

포옹을 허락한다.

애초, 기대 가능성 없이 만났거늘,

수십 년이 지난 지금,

왜, 그의 그림을 그리고 있는 걸까?

잊혀져 가고 있던 그의 생각과 모습이 그리운 것은 왜일까?

알 수 없는 허망함에 애써 지워 본다.

지워지지 않는다.

그리움, 섭섭함, 안타까움이 앞다투며 밀려온다.

저 바람과 저 파도, 저 하늘을 가로질러 선한 마음을 그에게 보낸다.

그가 손짓하며 답을 준다.

"이제는 배 타고 나 있는 곳으로

나와 자유·평등·정의의 하늘 아래

희망의 노래를 마음껏 불러 보자."고.

텅 빈 바다가 아닌, 세상을 향해.

그래, '청산의 노래'와 같이 부르련다.

사람 중심, 희망의 노래를.

청산은 침묵의 정결하고, 아름다움을 지닌 섬.

청산인은 묵언 수행하는 마음 착한 선인(善人),

도의 경지에 이른 선인(仙人).

청산의 자연.

하늘과 바다, 산새들과 나무, 풀잎의 노랫소리는 나의 보화.

세상에서 가장 존귀하고, 참사람들과 공유하여 같이 듣고픈.

그 청산의 보석의 목소리가 들리지 않는다.

이윽고, 청산이 길고 깊은 숨을 들이켠다.

숨겨졌던 보물이 고절하고 착한 노래를 깊고 길게 끝없이 부른다.

청산의 선한 가락이 미소하며 은은히 다가온다.

동백 씨 한 알 줍는 마음으로 (2013. 10. 3., 목요일, 11:34)

백상선원(栢上禪院)에 홀로 앉아 계실 자환 스님.

천상의 평화의 나라에서 오신 자환 스님.

인간 세상에 공존의 참뜻을 널리 알리고,

자비를 베푸시어 고통을 나누고자 내려오신

자환 스님을 생각한다.

하늘, 자연의 섭리에 따르고자

아침, 저녁으로 한 알씩 동백 씨를 줍는다.

자환 스님의 높고 깊은 뜻을 알기에.

새 생명의 소중함과 함께하시려는 그 마음을 알기에.

경건한 가슴으로 기쁘게 줍는다.

동백 씨 줍는 일,

하루 중 가장 소중함을 다지는 일.

하여, 새 마음, 단순함의 보람인 깨끗이 비운 마음으로.

자환 스님께서 명하신다.

"삶을 평상심 안에서 단순화시켜라.

'이 뭣고?' 하면서."

움직인다.

'이 뭣고?' 하면서.

화장실 변기에 앉아 짙푸른 바다를 바라본다.

바람이 분다.

파도가 일렁인다.

다시 살아난다.

일떠선다.

사람들이 보인다.

희고 흰 사람들이.

이제 돌아간다.

진정 돌아간다.

하얀 자유와 평화의 숨소리로.

동백 씨 한 알 줍는 마음으로.

선인(仙人)이 된다 (2013. 10. 4., 금요일, 17:33)

파도색 반바지에 하얀 운동화를 신는다.

발걸음을 천천히 옮긴다.

빨라진다.

도락리 선창가에 선한 사람들이 보인다.

더 빨라진다.

굽이돌아 굽잇길. 인적이 없다.

찬찬한 걸음걸이.

홀로 즐긴다.

헉헉 거친 숨 몰아쉰다.

경고음을 알린다.

내 머리, 내 가슴에.

엉금엉금 비탈길을 오른다.

솔나무 숲 당리 당집, 돌 평상 위에 퍼더버린다. 거꾸로.

물구나무서는 순간, 시원스레 쭉 뻗은 여인들의 별천지, 여인국.

총각인 나를 보곤 몸맵시 쟁투.

실오리 하나 없는, 날씬날씬 여인들.

머리를 땅에 대고 선율 따라 춤을 춘다.

오늘따라 더욱 흔들어 댄다.

가만가만 바라보니, 다리 수 적은 여인, 더더욱 매력적.

천상의 단순미.

혼돈의 머릿속을 정리하고 작별을 고한다.
다시 발걸음을 옮긴다.
인적 없는 내리막길.
파도 따라 노래한다.

무릉도원에 다다른다.
파아란 잔디 위 도화나무 한 그루가 나를 반긴다.
선인이 된다.

뒤버무린 땀과 먼지,
가슴속 더러운 호흡과 찌끼까지 씻어 낸다.
붓을 든다.
사람이 된다.
색소폰을 분다.
부드럽고, 감미로운 세상이 온다.
시간과 공간이 발을 멈춘다.
무념이다.
선인이 된다.

자유롭다, 많이 자유롭다 (2013. 10. 15., 화요일, 02:05)

끼익, 끼르륵, 끼익, 끼르륵. 밤바람에 뱃머리 부딪는 소리.
찌그륵 찌그륵. 길 잃고, 엄마 잃어 울부짖는 새 한 마리.
갈 곳 몰라 허둥대다 주저앉았네.

항포구에 묶인 배, 울어 예는 새 한 마리.
나의 모습이다.
1999년이 보인다.
작고 힘없는 종이배와 어린 새는
사악하고, 거대한 귀물 틈에 끼어 발버둥 치다 죽어 가고 있다.
집 잃고, 사람 잃은 분노의 모습으로.
어둠 속 차디찬 밤바람과 파도가 겁박, 시험하고 있다.
내 눈빛은 예리한 칼끝이 되어 어둔 밤을 동 자른다.
길 찾아 살아남으려.
생각만 하고, 배움을 행치 않으면 위태롭다.
분연히 떨치고 맞선다.

밝은 달빛 아래 어둠 깬 새는 날의
희망을 안고 있다.
자유롭다. 많이 자유롭다.

흐뭇한 이별이다 (2013. 10. 22., 화요일, 15:35)

떠날 준비를 해야겠다.

오랜 친구인 장기미 파도를 만났다.
정겹게 맞아 주던 첫인상을 기억하면서.
둥글고 하얗게 옹알옹알 속삭대며
옛정 나누던 고향 마을.
한동안 얼굴만 마주 보다
뺨 한 번 부비고 작별 인사.
기약 없이 떠나는 맘,
아프고 또 아프다.

돌아선다.
말없이.
청산이 가르쳐 준 대로.

다음은 청산이다.
얼굴을 마주한다.
이별 이야기를 나눈다.
청산이 입을 연다.
"묵언이다.
만날 때도,

떠날 때도."

눈으로 말하고,
가슴으로 다가간다.
이야기가 끝났다.
청산이 돌아선다.
말없이.

바다 건너, 저편을 바라본다.
가슴과 눈으로.
청산이 가르쳐 준 대로.

순간, 청산이 뒤돌아서 하는 말.
"거기도 마찬가지야."
한마디 남기고 떠나간다.

흐뭇한 이별이다.
발걸음이 가볍다.
말없이.

그냥 이대로 잠들고 싶다 (2014. 1. 8., 수요일, 22:55)

이 한겨울, 웬 돌풍 속 폭우?

엄청난 폭풍우가 머릿속을 위협한다.

예기치 못한 야간 습격에 주저앉는다.

숨죽이던 청산 밤바다가 가라앉는다.

청산의 착하게 잠들었던 푸른 산도 무너져 내린다.

저 새들도, 저 헐벗은 나뭇가지들도, 저 말라 버린 풀잎들도

비명을 질러 댄다.

갑자기 몸과 마음이 얼어붙는다.

제발, 얼어 죽지 말라고 울부짖어 보지만 힘에 부친다.

오늘은 가장 가까운 사람의 재판 기일이다.

나의 마음은 온통 바다 건너, 재판정으로 향했다.

나는 스스로 발 벗고 나서 오랜 시간, 정의의 사도로서

온 정성을 다해 적극적으로 그를 도왔다.

불의의 세상과 맞서 싸웠다.

일제 치하, 만주 벌판에서 독립 투쟁하듯 목숨 걸고 싸웠다.

그런데 저세상도 두려워하지 않던 내가,

왜 이 정도 폭풍우에 갑자기 좀생이가 되어

우습고, 추레한 모습으로 이불을 뒤집어쓰고 숨어 버리는가?

세상이 보기 싫은 모양이다.

자유와 평화, 정의가 사라졌기 때문이다.

머리가 혼혼하다.

살아 숨 쉬던 혼과 철학이 사라진다.

세상 인간 질서의 정의(定意)는 있으되,

정의(正義)가 사라진 엄중한 인간의 위기.

그러나 아직 정의라는 불씨는 살아 있다.

꽃피는 따스한 봄날을 기대하면서

바람에 흔들흔들 주눅 들어 꺼져 가는 불씨를 살려야 한다.

이 불씨가 소멸되는 날, 나의 정신은 죽음을 맞이할 것이다.

풀무질을 계속해야 한다.

지금이다.

곧바로 떨쳐 소스쳐야 한다.

어둠 속에서 기어 나온다.

다시 낯익은 세상으로의 여행이 시작된다.

탐욕으로 가득 찬,

미친 여우와 사납고 포악한 늑대, 하이에나들만 득실거리는 그 세상

으로.

저 검푸른 파도 속에 '정의(正義)'라는 몸과 마음을 실어야 한다.

죽음의 공포를 이겨 내야 하는 시간이 다가오고 있다.

차디찬 시선과 냉엄한 현실을 능히 극복해야 한다.

물결은 높아지고, 바다는 점점 더 검게 변하고 있다.

바다 건너 세상, 황야로 향한다.

청산은 점점 멀어져가고 있다.

뱃고동 소리는 겁 없이 우렁차다.

이렇게 발걸음을 옮기고 있다.

썩어 가는 시체들로부터 흘러나오는
참을 수 없는 고통과 같은 코를 찌르는
악취만이 진동하는 땅으로.

순간, 형으로부터 급보가 왔다.
"지나간 것은 이 세상에 없어.
너의 기억에 있을 뿐이고, 미래 역시 존재하지 않아.
과거에 대한 집착은 분노로 인해 너의 심장을 때리고,
미래에 대한 불안과 초조는 너의 가슴을 친단다.
이 순간만 존재하니, 그냥 지금을 즐겨라."

갑자기 바람이 잔다.
바다도 잠잠해진다.
하늘이 열리기 시작한다.
어렴풋이.
지난 8년 남짓,
청산의 밤을 지켜 온 빛들이 여기저기 나타나기 시작한다.
청산항의 등대도,
저 건너 대모도의 점점 불빛도,
도청리·도락리 마을의 가로등도,
하늘의 달과 별들도.
의리 있는 그들은 유난히 힘든 오늘 밤,
청산의 생명을 보존하려고 변함없이 도의(道義)를 다하고 있다.

모두 나름의 색깔과 농도, 모양과 크기에 따라

자기 위치에서 어떠한 미동도 없이.

그런데 왜 나는 어리석게도 여전히 몸이 달아올라 식지 않고,

자꾸 꿈틀거리고 있는가?

가시방석에 앉아

넋 잃은 허수아비처럼.

하늘이 의회한 얼굴로 다가와 귀엣소리로 차갑게 이른다.

"한눈팔지 말고, 제자리를 지켜야

자신도 살고, 모두가 살아남는다.

영원히."

형의 말처럼

지금만이 존재한다.

과거는 가 버렸고,

미래는 아직 한 발짝도 뗄 수 없다.

눈을 감는다.

그냥 이대로 잠들고 싶다.

'청산에서의 자유'의 품에서 떠날 때가 됐다 (2014. 2. 19., 수요일, 14:46)

봄이 오는 소리,

간간이 들려오네.

입춘, 정월 대보름 지나 우수.

얼음 녹아, 물방울 되어 흘렀으나

하늘의 정겨운 말씀은 내리지 않는구나.

곧 경칩과 함께 개구리도 잠에서 깨어나겠지.

동백·수선은 마지막 꽃잎 떨구며 애절초절 노래하고,

벚꽃나무 가는 줄기는 살집이 토실토실.

물관으로 피가 흘러, 맥박·숨 되찾았네.

선창가 어부들 기지개가 봄을 본다.

무언가에 옥죈 속박으로부터 엑소더스를 감행하여,

어슴푸레 희망을 노래한다.

칼바람, 찬 바다로 짓내몰릴 초조를 오마조마 드러내며.

내떨리는 목소리로.

저 멀리,

완연한 봄의 노래 들려오네.

자유와 평화의 선율 타고.

'청산에서의 자유'의 품에서 떠날 때가 됐다.

청산 하늘과 바다와의 사랑과 이별 이야기 뒤로하고.

사납고 가혹한 황야 덮을
명분, 정의와 공동선을 실을 배가 준비되었다.
거듭나, 다시 흐를 자유와 평화의 강물에 띄울.

강기슭에 닿아,
탐욕스런 땅에 오르기 전 두 가지만 기억하라.
전략적 인내.
태산같이 행하되,
먼저 움직이지 마라.
타깃이 된다.
여호모피(与狐謀皮).
여우와 함께
여우 가죽 벗기는 일을 논해서는 안 된다.

사람다운 아침이구나 (2014. 3. 16., 일요일, 09:50)

이처럼 온화한
엄마 품의 봄날 아침을
들어 본 적 있는가?

청산 향을 읊는다.
수수하나 은은하고,
짙은 정 전해 주는 수선화.
화려하나, 남모르게
깊은 정 숨겨 안은 동백.
민얼굴과 속사람은 다르나,
둘 다 모두 향기롭네.

오랜 세월 같이해야
알 수 있는 바,
사람이구나.

참사람 보고픈,
사람다운 아침이구나.

이렇게 살자 (2014. 3. 30., 일요일, 11:58)

해가 나온다.
바람이 잔다.
마음도, 몸도 잠을 청한다.

과객들이 정겹다.

꽃향기!

잠이 깬다.

눈과 귀가 뜨인다.

수선화, 동백화는 가고,

벚꽃이 수려함을 뽐내며 데뷔.

귀엽고 아린, 슬픈 이야기를 건네려 한다.

키 작고, 힘없이 숨어 지내려는

이름 모를 들꽃을 살핀다.

멀어진 해미 위로 하늘과 바다가 얼굴을 내민다.

희미하게 고향의 포근함이 보인다.

눈과 귀를 닫는다.

법담의 모습이 착하다.

이렇게 살자.

평상심이 흔들린다 (2014. 5. 5., 월요일, 16:35)

어린이날.

해안선 순찰.

관사 복귀.

어찌 이런,

떨리고 애끊는 일이.

2층 계단 옆 따스한 볕을 즐기다 잠든

귀여운 한 줌, 새끼 고양이.

푸르뎅뎅한 창백한 얼굴로 계속 잠을?

흔들어 깨어 보았네.

가슴 덜컹! 뒷걸음질.

어미는 어디 있나?

지켜보고 있나?

아기 줄 선물, 까까 찾고 있나?

기다려도, 기다려도 보이질 않네.

위구한 마음.

결국, 양지바른 언덕 위에 묻어 주었네.

고이 잠들기를.

평화롭고, 배곯이 없는 자유의 나라에서.

평상심이 흔들린다.

어떤 얼굴일까? (2014. 6. 9., 월요일, 17:52)

저 멀리, 비구름 뒤에 숨은 얼굴,
어떤 얼굴일까?

어린 시절 앳된,
자연의 얼굴일까?
오늘을 허덕이던,
학창 시절 얼굴일까?
전쟁터에 묻힌,
해쓱한 얼굴일까?
갈 곳 몰라 헤매던,
멍때린 얼굴일까?
세상을 비난하던,
노기 띤 얼굴일까?
바다 건너, 내일의 희망을 노래하던,
미소 띤 얼굴일까?

바람이 일기 시작한다.
어둠이 찾아든다.
그 얼굴 볼 시간이 다가오고 있다.
오랜 세월,
어른어른 기다림을 묻어 버리자.

내 고향, 까치울 (2014. 6. 24., 화요일, 23:57)

고향 집, 아카시아 울타리,
까치 한 마리.

설날, 어김없이 찾아
행복 노래 들려주던 기다림.
정겹던 작은 산골,
내 고향, 까치울.
울 엄마, 울 아버지 손톱 가루 밴,
내 고향, 까치울.
맑디맑은 베르내, 부드러운 흙 내음 전해 주던
내 고향, 까치울.

언제나 다시 찾아 부모님 정 느낄까나?
망운지회(望雲之懷).

단 밤 청할 수 있을까?
분노의 밤 밝혀야 할까?
내 고향, 까치울이 다시 멀어져 간다.

사람 사는 세상을 본다 (2014. 6. 30., 월요일, 19:20)

대모도 머리 위 검붉은 불덩이,
고비에 떨고 있다.
지난 2년, 온몸 불살라 온
여정을 끝내려 하고 있다.

때가 온다.
마지막 숙분이 자유를 보듬고.
갑자기 소용돌이친 해무가 솟아올라
열기를 식히고 있다.
폭발적 분노는 서서히 죽어 갈 것.
죽음은 새로운 삶의 자유와 평화.

신세계가 온다.
눈을 감는다.
해독할 수 없던
가슴속 악성 종양 덩이를 떨치고 있다.

가냘픈 미소로
바다 건너, 사람 사는 세상을 본다.

'나에게'를 떨칠 배와 노를 만들자 (2014. 7. 1., 화요일, 08:10)

청산마저 놓으려 어둔 밤에 묻혀 버린 30년을 노래한다.
누구에게 토할까?
그냥 가슴에 주워 담는다.

세상에 정의는 없다며, 역사와 철학에 몰입하여 새 세상 찾다 고꾸라져,
세월을 낭비한 죄, '나에게.'
위태로운 전선의 밤을 지키며 얻은 영광은, 나의 사랑 국민에게,
그 고통은 '나에게.'
세상과의 공화로 함께하지 못하고, 경계선에 홀로 남겨진
비애감도 '나에게.'
자재무애하게 어둔 뒷골목을 배회하다 지쳐 잠든,
누더기의 삶도 '나에게.'
피를 빨던 천 년 묵은 교활한 여우와 공모하여
스스로 자기 뼛속까지 가루내기하여 주던
만년 묵은 어리석은 늑대를 주저하다,
다시 돌아오지 못할 질곡의 불구덩이로 곤두박이친
찰나의 무지함도 '나에게.'
그예, 만년이 천년에 무너져 내린 쓰린 아픔 끝에,
마지막 분에의 정마저 포기하고, 치를 떨고 있는
지금 이 새벽의 처절함도 '나에게.'
일주일은 거지처럼 얻어 만든 김치찌개,

또 다른 일주일은 비틀대며 뜯어 온 소리쟁이 된장국으로

근근득생하면서도 매일 밤, 독이 든 소주병을 안고 기어다니다,

놓아 버린 삶도 '나에게.'

꿈 깨어난 민초들이 올바른 정의의 보호를 받고,

희망을 노래하며 웃음 속에 살아가기를 갈망하며,

다시 시작했던 도전의 좌절 끝의 가슴 찢어짐도 '나에게.'

다시 눈 떠, 아름다운 자유의 뭍을 향해 바다 건널 막배를

속절없이 떠나보낸 아쉬움도 '나에게.'

악마의 유혹을 떨치지 못한 지난 30년, 속고 속아 온,

위 모든 삶의 책임도 '나에게.'

이제 술독이 비었다.

마지막 고비에 떨던 담뱃재도 날아갔다.

몸을 일으켜 짧은 혀로 훑고, 떨리는 손끝으로 더듬어도

더 이상 같이할 친구는 없다.

그래도, 내 사랑하는 나의 조국과 국민에게

통일 한국과 대한 강국의 희망을 돌려주기 위한 꿈틀거림이

서서히, 조금씩 다시 살아나기 시작한다.

어둠 속 힘없는 하늘과 바다지만

청산의 폐허에 어렴풋이 무언가 보이기 시작한다.

끝없이 헝클어진 혼돈의 늪 속으로 빨려드는

'나에게'를 떨칠 배와 노를 만들자.

청산 마음은 자유와 평화 (2014. 7. 2., 수요일, 02:00)

어미 나방 두 마리, 새끼 나방 네 마리, 셀 수 없는 날파리.

저 멀리 등댓불 숨소리.

벚나무 휘돌아 감싸는 포석정 낙수 소리.

청아한 가슴, 벗들이 다가오네.

청산 마음, 자유와 평화.

그 마음조차, 이제 다 내려놓고,

용서하고 덮으라는 소리.

결국, 자유와 평화는

이런 경우에만 존재한다는 소리.

그 마음, 하얀 산소 방울 흠뻑 먹고 자란 청심.

따스한 자유와 평화의 마음.

파도에 몸 실은, 나그네 마음.

삼가는 손짓, 도움 주고픈 마음.

선창가 고적함, 지친 맘 달래는 마음.

오가는 발걸음, 깰까 두려운 마음.

새벽 처녀 소곤소곤, 생명 주고픈 마음.

측은지심, 바닷일 가지 못한 누군가 찾을 마음.

한낮 항포구, 한껏 누리고픈 들뜬 마음.

청산 마음은 자유와 평화.

'숨 쉴 여유론'을 불러야 할 청산의 깊은 밤 (2014. 10. 2., 목요일, 01:40)

고비에 떨고 있는 별빛.
안쓰럽다.

죽음의 계곡행인가?
멸배들마저 사라짐은
또 무슨 허망한 심연인가?

열흘길 고독을 달래 주던 친구들.
외마디 없이 가 버렸네.
전략적 고통 주려는 하늘의 답인가?
알 수 없는 하늘 마음.

청산 하늘이
전투를 강요하며 시험하고 있다.
새는 날까지
고뇌와 번뇌 속에 답 찾아 떠나야 할 듯.

질곡 탈출 위한 전술적 인내의

'숨 쉴 여유론'을 불러야 할 청산의 깊은 밤.

똥밭에서 법서를 덮어 버린 이유 (2014. 10. 15., 수요일, 10:52)

법의 정의(定義)는 있으되, 사법의 정의(正義)는 사라진 지 이미 오래.
돈 없고, 힘없는 빈자·약자를 위해 우리 모두가 나서야 한다.
이것이, 사회와 국가 그리고 국민이 살 수 있는 유일한 길이자,
세계 자유와 평화 보장의 선결 요건이면서,
인간 생명의 최후의 보루로서의 역할을 보장하기 위한
사법 개혁이 필요한 이유.

진정, 정의가 패배하고 경계를 서성이는 기회주의자가 득세한 국가
인가?
아! 대한민국호는 어디로!
이것이 평생 법과 정의를 탐구하면서 목숨같이 소중히 여기던 법서를
덮어 버린 이유.

여기서 외딴섬, 청산에서의 자유를 고통스럽게 만든 소설 같은 이야기
가 필요하다.
요즘 전개되고 있는 법조 비리가 확인되는 순간들의 연장선.
약자·빈자들이 왜 그리도 아프게 '정의'를 외쳐 왔는가를 상기하라!

2012년 7월 26일, 결혼 패착의 모든 실체적 진실을 확인 후, 하늘이 무너져 내린 상황하에서 벌어진 일련의 법조와의 외롭고, 고통스러운 싸움이 시작되었다.

나 홀로 재판 과정에서는, 이미 담당 판사와 피고 측 변호인과의 보이지 않는 제 식구 감싸기, 전관예우라는 예약된 암묵적 거래가 이루어지고 있었다. 피고 측 변호사의 당치도 않은 자료 청구를 용인하는 데 항의하자, "원고 측에 유리할지도 모른다."고 설레발치면서 별안간 벌떡 일어나 도망치듯 법정을 뛰쳐나간 판사 아닌 판사. 피고 이○○이 부정한 관계를 유지해 온 다른 피고를 교사하여 발생된 형사 사건과 관련하여, 판사가 자기편인 양, 교태를 떨며 "재판장님, 교사가 뭐예요?"라고 묻자 겸연쩍은 양, "알아보세요."라며 은근슬쩍 피해 가는 자신을 은폐하는 사악한 모습.

피고 이○○의 악어의 눈물로 이어진 신세 타령을 25분간 아무런 제지 없이 들어 주다, 원고인 내가 "왜 사안과 전혀 관계없는 얘기를 방치하느냐."며 천장이 무너져라 고함을 치자, 판사 아닌 판사를 포함한, 양 피고 이○○, 안○○ 측 변호인들의 쥐구멍 찾는 모습으로 사색이 된 채 고개 떨군 풀 죽어 버린 교활한 모습들. 보기에도 민망하고 불쌍한 좀생이, 쓰레기들이었다.

결과는, 사실 관계에서 가장 중요한, 피고 이○○이 피고 안○○로부터 정기적으로 돈 받아 온 사실을 누락시킴과 아울러, 더 나아가 "피고 이○○으로서는 원고가 피고들의 부정행위를 의심할 만한 원인을 제공하였다 할 것이다. 그러나 그 원인은 혼인 파탄 원인에 이르지 못한……."

판결 주문은 민법상 '부정행위'의 개념과 범위에 관한 통설이자, 판례뿐만 아니라, 민·형사법을 관통하는 '상당 인과 관계설'을 삼켜 버린 것이다.

항소에 따른 상급 법원의 행태는 한술 더 떴다.

다른 판결문에 덮어쓰기가 웬일인가? 기가 찰 노릇이었다.

피고 이름도, 사실 관계 내용도 모두 타인의 내용들이 들어섰다.

또한 제출된 증거에 따른 돈 받은 금액 등 모든 사실 관계를 축소 반영함과 아울러, 결과는 기각.

여기서, 알아차려야 할 사실.

그날 오후 TV 뉴스에서는 동일 사안을 둔 이례적이고, 의심을 살 만한, 이 판결 내용을 보도한 것이다. 법조가 사라진 날이다.

위 민사 재판과 관련된 형사 사건 진행 중 별도의 만남에서 이루어진 해당 사법 기관의 법무참모의 말, "협박은 별거 없고요, 명예 훼손과 관련하여 치열하게 싸워 보세요.", "그쪽 변호사한테 자꾸 연락이 와서 죽겠네요."

더 나아가, 해당 기관 검찰관은, 소환된 원고가 "자기 회사 인사 일정을 얘기하며, 그때까지 판단해 달라고 청탁을 했으나 들어 주지 않았다."고.

법리를 따지며 계속 항의하자, 새파란 그 검찰관의 말, "나랑 법리 싸움 하자는 겁니까?" 또 한 번 기가 찰 노릇이었다.

억울한 상황에서 모든 사실을 토대로 처음 마음먹은 그대로, 처절하게 스스로를 도왔다. 법과 대학과 법과 대학원을 졸업하고, 숱한 세월 사법 시험을 준비한, 법리 싸움에서 결코 뒤지지 않을 자신이 있었기 때문이었다.

한 예로, 명예 훼손의 대법원 판례와 관련하여, 그 검찰관의 잘못된 주장을 지적하자, 후에 자기 판단의 잘못을 인정한 바도 있었다. 대한민국의 법조인이라는 자가 형법 기본서에 나오는 그 대표적인 판례도 모르다니, 다시 한번 기가 막혔다. 자기모순을 스스로 드러낸 것이다.

결과는 당연히 명예 훼손은 인정되지 않았고, 고립된 외딴섬이란, 조금의 움직임도 허락되지 않는 특수한 상황에서, 대화를 통해 해결하기 위한 노력으로 연락을 취하려 하였으나, 계속 회피하며 전화도 받지 않자, 분노와 억울함을 못 이겨 술에 만취해 "언론과 동창들에게 알린다." 라며 남긴 음성 메시지를 협박이라고 약식 명령, 벌금 30만 원. 허나, 아직도 그때의 일을 결코 후회하지 않는다. 그때 그렇게 하지 않았더라면 아마 피를 토하다, 지금 이 세상에 없을 것이기 때문이다. 이는 하늘의 뜻이었다. 물론, 묵묵무언이지만, 분서(焚書)와 갱유(坑儒)를 당한 억울한 감정은 남는다.

더욱이, 지나가던 소도 웃을 일은 낮잠 자다 깨어난 국선 변호 장교의 벌금과 관련된 말. "몇 푼 안 되고, 별것 아니며, 국가 재정에도 도움이 되고 하니, 그냥 내는 것이 좋지 않느냐." 한마디로 귀찮다는 뜻이었다. 이 또한 더욱 기가 찰 노릇이었다.

며칠 후, 받은 결과 통지서를 열자 한 변호사가 그 기관에 무상 제공한 포스트잇을 이용한 메모에 그 변호사 사무실 전화번호와 이름이 제일 먼저 보였다. 결과가 이러하니, 그 변호사에게 가 보란 말인가?

항의의 의사 표시를 하며 전화했더니 되돌아온 말, "병원 등에서도 다 그렇게 하잖아요."

순간, "아! 대한민국호는?" 또다시 울분을 터뜨렸다.

법조가 죽어 주검으로 발견된 날.

460만 원 교사 촌지는 무죄? 사회상규에 반하지 않는다고?

힘없는 일반 국민들의 법감정은?

도울 수 있는 아무것도, 아무도 없는 빈자·약자들에게 더 주지 못한 얇은 가슴이 무너진다.

이른 새벽 자식들에게 어두운 뒷모습을 감추며 쓰레기 더미를 뒤적이던 어르신들께 만 원짜리 몇 장 쥐어 드리며, 오늘 하루만은 이제 그냥 들어가서서 편히 쉬시라며 한없이 눈물 흘리던 지난 순간들.

진솔한 세상에 답하지 못하여 이만 물러갑니다.

아! 나의 조국, 대한민국의 사법부는?

"국민의 생명과 재산을 마지막 순간까지 목숨 걸고 지켜 내야 하는 자들의 짓거리들이라곤. 이런, 무지하고 무식한……."

나는 평생, "무식하다'란 의미는 가방끈의 길고 짧음을 의미하는 것이 아니라, 사람의 도리를 아느냐, 모르느냐의 차이다."라고 주장하며 가르쳤다.

똥밭에서

외과수술 하듯
세상을 재단하는 법조는 끝났다.
그 생명은
죽음에 삼킨 바 되어 버렸다.

법의 뜰은 황량하다.
새 세상의 두근거리는 희망을 품을
가슴이 없다.
저 똥파리보다 못한 법조의 죽어 가는 모습에
가련함을 전한다.

너덜거리는 기계 소리가 다가온다.
주검 놓고 흥정하는 법조의 모습이다.

발걸음을 옮기자.
구린내 나는 똥밭에서
우리 꿈나무들의 법원 견학이라니,
참담하다.

오죽했으면,
자아를 초시계에 맞춰 가며

목숨처럼 여기던

법서를 덮어 버렸을까?

개벽이다 (2015. 1. 1., 목요일, 23:55)

개벽이다.

'개'해로다.

새해에는, 이 천진난만한 견공들과

저 순수한 눈밭에서

희망의 설렘으로 뒹굴며 뛰놀아야겠다.

이 칼바람에도 저 수줍고, 서늘한 쪽빛 둥근달은

고비에 떨고 있는 '희망'을 살리려고 발버둥.

절벽 위 가냘픈 나뭇가지를 잡고,

죽음의 문턱에서 세상 밝히려 안간힘 쓰며

필생을 시도하고 있다.

눈을 치뜨고 있음이 안타까우나,

검은 구름과 찬바람의 교활한 방해 속에서도

가공할 힘과 속도로 내달으며

예리한 눈의 초점을 잃지 않고 있다.

마치, 김구 선생의

"득수반지 무족기, 현애살수 장부아

(得樹攀枝未足奇, 懸崖撒手丈夫児)!"같이.

따스한 대모도, 소모도가 그를 기다리고 있었다.

하늘이 열렸다.

개벽이다.

그러나, 온갖 고난 끝에 다다른 목적지는

가슴 벅찬 하늘 열림이 아닌,

대명천지 카오스!

그래도 눈빛은 살아 있다.

기쁨을 맞기 위한 마지막 정리인 듯,

잠시 깊은 호흡 후, 마음과 몸이 다시 바빠졌다.

혼란스럽던 지난해가 깨끗이 비워지는 듯했으나,

마지막 찌꺼기는 분쇄키 어렵다.

따뜻한 가슴의 청산 하늘과 바다와 칼바람이 돕고 있다.

완전히 열어젖혀졌다.

하늘의 도(道)가 보인다.

자유와 평화.

청산의 새 삶이 잉태되었다.

개벽이다.

진정한 개벽이다.

울 엄마 겨울비 (2015. 1. 25., 일요일, 18:35)

착한 겨울비,
울 엄마 마음.
내 고향, 까치울 아랫목,
가슴속 솜이불.

법담은 아직도
자유의 노래를 갈무리하지 못하고 있다.
'청산으로의 자유',
'청산에서의 자유',
'청산으로부터의 자유' 속에서 절규하며 불러온
사모의 노래,
흐트러진 바다의 노래,
법과 질서의 노래,
질곡 속 분노의 노래,
이문동, 자유의 노래를.

아직도,
'청산으로부터의 자유'의 끝을 볼 수 없구나.
울 엄마, 겨울비가 슬피 울고 있었다.

깨어날 시간이다 (2015. 1. 28., 수요일, 23:58)

늦가을 잠, 겨울잠이 너무나도 길었다.
깨어날 시간이다.
죄를 고백하고,
거듭 태어날 이 시간.

하늘과 역사는 단 한 번,
다음의 네 가지 죄를 용서한다.
휴식과 건강이라는 가치를 지닌,
고귀한 잠을 남용한 죄,
여유라는 목적을 함유한,
긴 세월을 허비한 죄,
주저대다 허덕이는,
우(愚)를 반복한 죄,
지난 10여 년간 지난날의 처절했던,
기억을 망각한 죄.

이제, 더 큰 고통 안겨 줄 잠에서
깨어날 시간이다.

청산은 말없이 (2015. 2. 9., 11:15)

청산은 말없이,
어둔 하늘과 바다, 하얀 갯바람만 바라보네.

청산은 말없이,
먹장구름에 묻혀 가네.

청산은 말없이,
텅 빈 포구 헤매네.

청산은 말없이,
고향 품고 거칠게 파도 넘네.

청산은 말없이,
아린 맘 달래려 깊은 호흡 거듭하네.

청산은 말없이,
가슴 쓸며 돌아앉네.

청산은 말없이,
엄마 품 그리며 목놓아 울어 보네.

다른 묵가 부른다네 (2015. 2. 12., 목요일, 02:37)

칼바람 덜컹덜컹.
잠 청하되 깨어 있네.
멀고 먼 새벽길,
전투복 주섬주섬, 전투화 신고 섰네.
벌거벗은 몸 감추니 책장으로 가슴 가네.

초침에 통사정, 마음만 흩어 가나,
지난 십 년 정리하니 청산에 미안하네.
가엾은 넋, 머문 청산 고맙고 고마우나,
뗄 수 없는 발걸음만 탓하고 있다네.

청산 묵가 끝내려니 나답지 않아지니,
헛기침, 흐린 눈빛 참 짓하고 살라 하네.
거짓 세상 묻어 두고 홀로만 살 수 없네.
참삶.
참자아.
온갖 만난 무릅쓰고
다른 묵가 부른다네.

새 삶의 교향곡 (2015. 2. 24., 화요일, 09:26)

도당 앞뜰 해당화, 파아란 새순 0.8센티.
마음 설렌다.
새근새근 아기 깰까, 옮기는 걸음걸음 조심스럽다.
여리고 여린 수줍음, 귀여운 아기 손.
참새 여덟 마리, 나란히 기지개, 봄노래 열심이네.
서로서로 다독이며, 옆자리 도화, 백합 깨길 기다리네.

조각배 호흡도 빨라진다.
휘청거린 세월 부끄럽다.
겸허한 배려의 삶이 온다.
하늘과 바다도 숙연히 숨죽이며, 묵묵히 답하고 있다.
"네 모양같이 하여,
청아·단아·우아, '3아의 청산'에 머물겠노라."

평화 공존을 향한 수십 년의 끝없는 기도.
자연과 사람, 사람과 사람의 뜻.
자유와 평화의 룰을 만들어 낸다.
새 삶의 교향곡.

청산 봄바람 (2015. 2. 26., 목요일, 11:15)

눈보라 속 칼바람에
묵묵했던 머릿속 세포들의 꿈틀거림.
움츠려 숨어 있던 몸도 움찔움찔.

닫혔던 자유와 평화의 문이 열리고 있다.
망설이던 타인의 발걸음, 그 문을 향하고 있다.
멈춰 섰던 청산 봄바람도 춤추며 환호한다.
고향 향한 따스함.
가족, 친구, 이웃에 안길 준비를 모두 마쳤다.
맑고, 청아한 청산 봄바람,
참으로 고맙네.

골방에 갇혀 있던
묵직한 검은 겨울이 사체로 발견되었다.
묵묵반향의 가슴도 날아갔다.
길이다.
길이 보인다.

청산 봄바람이
살포시 미소한다.

정체된 삶의 딜레마로부터 (2015. 3. 7., 토요일, 16:17)

물러설 수도 없고,

놓아 버릴 수도 없던

인간적 약점의 끈.

그 인고의 여정이 생을 다하려 한다.

얼마나 아프고, 고통스러웠던가.

가시철조망 속

안주, 욕망, 불안, 분노의 악순환.

사람 사는 세상이 보이기 시작한다.

새소리도 들리고,

날파리도 보인다.

자유와 희망의 끈이 다가온다.

정체된 삶의 딜레마로부터.

진솔한 자유 의지에서 태동한

사유의 삶.

국가와 국민 위한

가치와 신념.

꿈속에라도 보고픈 세상일진대

집이 없단다 (2015. 3. 7., 토요일, 16:57)

내 고향, 까치울에 집이 없단다.
혼란스러워 바닥에 퍼더버렸다.

컨테이너, 움막집, 공원 벤치에서의 삶은
어디에 던져 두었는가?
풍찬노숙.
왜, 세상 눈치를 살피는가. 왜, 헛된 삶을 지으려 하는가.
풍요의 가슴으로 지어진 나만의 공간이 있으면,
그곳이 집이 아닌가.
뇌핏줄이 막히고, 손발이 저리고, 배가 울렁거린다.

떨쳐나서 나만의 백지 공간으로 움직인다.
자유다.
평화다.
정의다.
행복이다.

청산은 어디에나 있지 않은가?
발 닿는 곳이 청산이다.
법담은 그곳에 있었다.

어찌 이별을 고할꼬 (2015. 3. 24., 화요일, 10:05)

연분홍 얼굴로 다가와
거친 뺨 어루만져 준 내 사랑.
아름답고 가녀린 오랜 연인, 벚꽃나무.
마지막 인사?

수척해진 모습이 안쓰럽구나.
긴 세월 아픈 맘 달래 주고, 따스한 가슴 준
원시적 생명의 근원.
단 한 번 싫다 없이, 세세 향기 주며
휘움한 구비 지루해 말라 위로하던 당신.
함초롬히 쩡한 살 내음 내어 주고,
환한 미소 던져 주던
잊지 못할 다정한 여인.

당신이 있어,
제가 있었습니다.
아려온다.
어찌 이별을 고할꼬.

왜 거기 홀로 있는가? (2015. 4. 24., 금요일, 03:08)

'자유' 향한 조각배 한 척이 가슴 조인다.
천근만근의 발걸음 돋우어
마지노선에 달했다.

경계인으로 남을 것인가,
창조적 파괴를 넘어
역사적 공동선을 이룰 것인가.

각기 다름을 왜 하나로 묶으려 할까.
무지에서 비롯된 못된 버릇.

영원불멸,
그것은 없다.
찰나, 찰나 수천 번 변하는데
왜 거기 홀로 있는가?

고요한 밤하늘을 스치는
향기로운 인간 내음 없는 이 시간.
아직, 동틀 녘은 멀기만 한데.

이렇게라도 자유 속에 잠들고 싶다 (2015. 5. 4., 월요일, 00:22)

바람이 분다.

어둠의 문을 닫는다.

자리에 눕는다.

눈을 감는다.

심호흡은 깊고, 가늘게 오래도 간다.

엄마 품으로 든다.

자유의 들숨에 고이 잠든다.

세계 인권 선언을 다시 쓴다.

물 끓는 소리가 난다.

사망이란 단어가 온다.

이불 속 떨치고 불 밝힌다.

자유다!

이 악물고 집요하게 다 쓰고,

어둠으로 다시 든다.

자유의 잠을 청한다.

죽음의 물 끓는 소리도 잦아든다.

고향 까치울 앞 논에는 밤새 개굴개굴.

해풍 타고 드는 세상의 숨결이 곱다.

우주 속 자그마한

지구의 사랑을 느낀다.

청산 밤바다.
가슴속 감시자가 어둔 바다 속으로 몸을 숨긴다.
미완의 그림자를 남기고.

자유 영혼은 영원히 잠들고 싶다.
이루지 못한 자유,
다시 이는 밤바다 용솟바람 타고 달아난다.
덜컹이는 창문을 부술 수가 없구나.
다시 어둠 속에 갇혀 버린다.
누가 볼까,
다시 눈 감고
길고, 가느다란 자유의 호흡을 즐긴다.

이렇게라도 자유 속에 잠들고 싶다.

고적한 청산의 밤, 정의로운 고향의 밤이다 (2015. 5. 6., 수요일, 22:05)

착한 친구,
청산 밤하늘을 어찌 떠날 수 있을까.
제2의 고향, 청산.
사랑만 듬뿍 받고 떠나자니

묵묵한 가슴.

부패한 냄새의 고리 끊은,
맘 편한 약자의 세상이 답.
고적한 청산의 밤.

침묵과 분석의 외로운 고향의 밤은 정의를 향하고 있다.
그 정의는 한반도와 세계의 영원한 평화로 확대·재생산 된다.
쓰디쓴 인내의 고통과 죽음을 각오한 그 정의는
역사의 창조적 파괴를 이끈다.
오늘 밤이 마지막이라는 다짐과 실천이 함께한다면.
허허 만주 벌판에서 독립운동하듯 한다면.
그루지야 야전병원, 피범벅 된 널빤지 위 알몸의 '나'를 기억한다면.
고적한 청산의 밤, 정의로운 고향의 밤이다.

거룩한 겸손의 밤이다 (2015. 5. 6., 수요일, 23:25)

바람이 분다. 청산이 흔들린다.
덜컹덜컹, 덜커덩. 챙강챙강, 챙가당.

플라스틱 의자와 철제 난간이 붙어 있다.
앉았다.
조금 움찔하자 튕겨 나는 의자,

떼어놓자.

강자와 같이 있으나 너무 밀착하면,

이별이다.

조금 떨어져 있어야 길게 가는 사이,

간격이다.

간격이 있으되, 자기중심이 필요한 것,

무게감이다.

무게감이 없으면, 모두 떠난다.

중용이다.

내 생각과 가슴판을

균형 잡힌 천년만년 바위로 만들어야 한다.

희생이다.

청산 밤이 유적하니,

내 마음도 깊어 가네.

착한 자유세계로.

다시는 새지 않을 어둔 밤의 마음으로

폐지를 줍는 힘없는 노인과 빈자들을 품어 갈

텅 빈 삶을 다짐하는 청산의 깊은 밤.

청산 밤하늘과 바다가 나를 보호하고 있다.

거룩한 겸손의 밤이다.

며칠 남지 않았다 (2015. 5. 23., 토요일, 11:55)

고적한 깊은 밤, 묵상의 이른 새벽,
평화로운 아침으로 이어진 청산의 자유는,
영원히 잊지 못할 생의 거룩한 장.
어찌 잊으랴!
이 소중하고, 귀한 자유와 평화를.
며칠 남지 않았다.

돌아봄이 습관으로 굳어져 간다.
고향에서 본 청산은 제발 묵언하라며 질책하다
결국, 감싸 안는다.

초록 우산, 벚나무 터널을 휘감아 도는
포석정 바라보니 눈이 감긴다.
서운함, 아쉬움, 안타까움, 서러움.
오판 속 자학이 되살아날까 두렵다.

세속행 접고 영월, 김삿갓에게로 직행?
뇌관이 열린 자유에 대한 핵폭탄 위협 안고
오늘도 버텨야 한다.
며칠 남지 않았다.

오늘 밤 꿈의 제목도 사랑으로 하고프다 (2015. 5. 23., 토요일, 22:20)

지난 3일간 새벽녘 연이어진, 상서로운 꿈자리.
다듬잇방망이 크기의 남근을 수놓은 알록달록 화려한 옥구슬 장식.
탱글탱글, 풍만한 젖무덤의 여인이 공손히 맞이한다.

어떤 의미?
아! 신명을 다하여 빈자·약자를 보듬어 안을 수 있는 마음 간직하라는.
그렇다!
침낭 하나, 실오리 흩뿌린 장삼 한 줄기에
족할 수 있는 따스한 마음.
이것이 사람이 영원히 살 수 있는 유일한 법.

무릉도원, 포석정가 나뭇잎들이 뺨을 간질이고 있다.
자기 영혼과 혼약을 하잖다. 사랑으로 살자며.

흰 창호지로 얼굴 가린 수줍은 초승달과 아직도 잠들지 못한 채
객들을 반기는 풀벌레들의 노래 제목, 사랑.
그 애가의 곡조가 애달프구나.

오늘 밤 꿈의 제목도 사랑으로 하고프다.

청산 밤하늘의 이별 공연 (2015. 5. 28., 목요일, 01:35)

그제는,
반달 하나, 별 두 개.
어젯밤은,
달 없고, 별 한 개.
오늘 밤은, 먹장구름 속
저 멀리 방향 잃은 개구리 합창 소리만.

찌구룩 찌구룩, 선잠 깬 새 소리에 놀란
불나방과 풀벌레만 허공을 난다.
우측 뺨에 빗방울 두 개.
밤이슬?
슬피 울며 지나친 참새 오줌?
풀벌레 오줌?
눈 감은 별님 오줌?
밤하늘 친구들의 눈물방울!

청산 떠나기 전,
아쉬운 작별 예기한,
마음 착한 청산 밤하늘의 이별 공연.

청산으로부터의 자유!

새로운 자유를 찾아

2014년 5월 8일, 14시 15분, 어버이날.

어머님과의 마지막 대화 후, '청산으로부터의 자유'의 뜻을 굳혔다.

3개월 열흘 후인 8월 18일, 어머니께서는 운명하셨다.

평생, 군 생활 등 공직 생활을 핑계 삼아 불효자식으로 살아왔던

못나고, 어리석었던 막내아들.

이로써 '청산에서의 자유'는 끝을 맺었다.

1983년, 법과 대학원 조교 시절, 여름 방학.

합정동 제2한강교 앞, 이름 모를 작은 2층 커피숍의 좁은 문은

청산에게는 죽음의 지옥문이었다.

어둡고, 후미진 뒷골목에 위치한 그 문 앞에는

천년 묵은 불여우의 모습을 한 무녀가 칼춤을 추고 있었다.

서슬 퍼런 예리한 칼을 휘휘 내저으며.

이제 그 공포의 지옥문을 부수고

기적적으로 탈출한 지 얼마 지나지 않았다.

그 문은 탈출 즉시 자유의 문이 되었다.

청산은 삶의 과정에 있어 공포의 지옥문이

자유의 문을 뜻하는 것임을 그제서야 알았다.

자유와 평화를 위한 창끝을 갈아온 지 이미 오래.

그 인내의 시간과 고통은 끔찍했다.

여기서, 평생 이어져 온 공포 놀이는 끝을 맺었다.

제2한강교가 멀리 스쳐지나는 관 실은 버스를 맥연히 바라보며

눈물을 흘리고 있었다.

까치울 뒷동산에 관 묻을 자리를 마련하고 기다리던 어머니는

버스가 도착하자 방성대곡하셨다.

마을 사람들과 함께. 산과 들녘, 개구리, 풀벌레들이 가녀리게 울어예

자, 하늘도 소리 없이 따라 울었다.

지금까지의, 이 모든 한(恨)의 눈물은 1967년을 되돌아보고 있었다.

천진난만한 청산은 하늘의 뜻도 모르고 낮에는 동네 앞마당에서 구슬

치기, 딱지치기하다 심심해지면, 삽과 곡괭이 둘러메고 칡을 캐러 산에

오른다. 지칠 줄 모르는 청산은 늦은 밤, 엄마 몰래 다시 산에 오른다.

밤이 새도록 참나무 구멍에서 사슴벌레 잡으며 온 산을 헤매다, 그만 지

쳐 잠이 들고 말았다.

새벽녘, 잠 깨어난 청산은

백련암 자환 스님으로부터 선약수 한 잔을 얻어 마시고 내려오다,

갑자기 선바위 앞에 서서 다짐한다.

법담(法潭)이 되리라고.

청산은 법담이 되자마자 온종일 바위에 커다란 구멍을 뚫는다.

법담은 그 안에 정좌한 후,

세상의 모든 분노와 처절함을 자기에게 달라하며
지그시 눈을 감고 합장한다.
어느덧 어둠이 찾아왔다.
눈뜬 법담은 다시 발걸음을 옮긴다.
백련암 아래, 부흥리 마을 입구에서 기다리던
마음씨 고운 아가씨가 포근히 감싸 안는다.
법담은 세상의 모든 것을 얻었다.
이 우주에서 더 이상 품을 것이 없었다.
잠시의 이별 이야기를 뒤로하고 뭍으로 가기 위해 어둔 밤,
동부고개를 미련 없이 넘는다.

통통선 한 척이 불을 밝히고 있다.
도포 자락에 깊숙이 밀짚모를 눌러쓴 법담은
선창머리, 자유의 여신상 앞에서 합장한 후
주저댐 없이 배에 오른다.
'새로운 자유'를 찾아.

한(恨)과 희망이 뒤섞인 채로 (2015. 6. 22., 월요일, 15:28)

희망의 청산이
어머님께는 유배지였다.
"네가 무엇을 잘못했기에,

그 먼 섬으로 귀양을 가야 했느냐?"
병석에서도
정확히 이 못난 막내아들의 가슴을
훤히 들여다보고 계셨다.

어머니는 지난해 8월 어느 날,
나의 자유 찾음에 편안해하시며 운명하셨다.
눈물이 앞을 가린다.

이제,
울 엄마 계셨던 고향,
까치울로 돌아갈 수 있게 되었다.

한(恨)과 희망이 뒤섞인 채로!

Vagabond의 세 번째 생(生) (2015. 6. 30., 화요일, 23:30)

치떴던 눈매가 보이지 않는다.
잊혀진 과거도 되살지 않는다.
시간도, 공간도, 사람도 가 버렸다.
이렇게 군문(軍門)은 닫혔다.

새 둥지를 틀지 못한 채,

주변을 맴돌며 30년 만에 다시 찾을

시간, 공간, 사람을 하얀 백지 위에 그린다.

채워야 할, 넘어야 할, 쌓아야 할

강과 언덕과 높은 성은 보이지 않는다.

신 무릉도원을 찾아

또다시 떠나야 할지도 모른다.

바늘겨레 속,

자유로운 Vagabond의 세 번째 생.

까치울 묵가

鵲理 黙歌

The Elegy, Meditation in Kkachiul

내 고향, 까치울이다

내 고향, 까치울이다.
그런데 까치가 없다.
거무추레하고 희뿌연 티끌만이
춤추고 있다.

긴 세월, 시나브로
민둥민둥해진 뒷산 등줄기와 계곡은
밋밋하여 맛이 없다.
어둠살 타고 내린 아득한 기운이
흉흉한 가슴을 에우고 있다.
하릴없이 괴까닭스런 하늘의 마음이 고통스럽다.

약속대로 돌아온 자리가 편치 않다.
부모님도, 형제들도 없다.
고아로 돌아온 고향은 텅 빈 들판이다.
그래도, 가족사의 흔적인 한줌의 땅이
천국인 양 반기고 있다.
쓴웃음을 지으면서.

흐리멍덩한 눈빛을 거두어 가슴에 넣었다.

훗날, 언젠가 다시 꺼낸 그 빛은

영롱한 값진 보석으로 깨어날 것이라 되뇌이면서.

Pacta sunt servanda (2015. 7. 10., 금요일, 10:43)

30년의 무게가 버거웠는가?

고향, 까치울 엄마 품에서 잠든 지 열흘.

편안히 잠 깨어난 자유.

낮잠을 자도,

수염을 깎지 않아도,

하늘을 못 보아도,

갇혀 있어도 자유다.

참 고마운 열흘이다.

자유의 창을 열어 주는 가슴이 말한다.

"외롭게 창조적 파괴의 힘을 다해 오지 않았는가.

걱정 말고, 사람답게 살아라. 다 내려놓고.

주변들과 자유롭고, 정의롭게 살아라."

하늘과 역사는 나를 버리지 않는다.

참인간에게 하늘은 시련을 준다.

"미네르바의 부엉이는 황혼이 깃들 녘에 잘 날지 않는가?"

자연의 섭리는 포기가 아니라, 마지막 순간까지 가는 것이다.

Pacta sunt servanda(약속은 이행해야 한다).

고향 땅, 낡은 천막 (2015. 7. 21., 화요일, 20:45)

그림을 그리려다 고향 땅, 낡은 천막을 그린다.

모든 것 내어 주고 그 안으로 들어가려 하고 있다.

참, 먼 길 돌고 돌아 여기까지 왔다.

그런데 왜, 막상 들어가려다 주저대는가?

떠나오기 전, 소위 가진 자로 살아오지 않았는가?

하여, 빈자, 힘없는 자를 위해

벌거벗은 몸으로 이곳까지 오지 않았는가?

그런데 왜, 인도주의적 참삶을 살기로 했으면서

무엇을 망설이는가?

근원으로 돌아와 들어가기로 했다.

이 낡은 천막 안에서

옛 원시 씨족처럼 모두 함께 발가벗고,

오순도순 삶의 방향과 목표를 논하는 것이 정도 아닌가?

왜 혼자 옷을 걸치려 하는가?

미친놈처럼!

그리하여, 나부터 알몸이 되기로 했다.

뜨거운 가슴 저 밑바닥으로부터

창조적 힘의 염(炎)이 절로 인다.

없으면, 없는 대로,

있어도, 없는 대로 살기로 했다.

극한으로 치달은 마이너스 감도만이

선을 이룰 수 있다.

자유를 위한, 평화를 위한

원시적 삶이 시작되었다.

이로써, 30년간의 망설임은 끝을 맺었다.

고향 땅, 3주 (2015. 7. 22., 수요일, 05:42)

고향 땅, 3주.

한적한 뒷골목 오막살이 다닥다닥.

그래도 낡은 천막 아니로구나.

키 작은 은행나무 두 그루,

청산 숲은 아니지만, 그래도 새는 지저귄다.

단출한 친구 둘, 참새 두 마리,

청산 친구 아니지만, 그래도 정겹구나.

청산서 옮겨 온 주야 연속 투우장.

몸은 흐늘흐늘, 머리는 메슥메슥,

그래도 영혼만은 은하로구나.

얼굴에 손이 간다.

거칠고, 성긴 수염 고새 많이 자랐구나.

몰골스레 병든 얼굴, 본 지도 오래구나.

자유 따른 의무가 참으로 무겁구나.

그래도, 하늘서 온 손님이니,

목숨 걸고 끈질기게 지켜 내야지.

어둔 하늘나라, 까치울

알 수 없는 고향 표정 (2015. 8. 28., 금요일, 01:09)

고향에서 59일 만의 두 번째 외출.
마음씨 고운 한 여인이 지어 준,
사람이 걸칠 옷 찾으러 버스 타고 시내행.

설렌 발걸음.
참 착한 내 고향 오정 뜰.
구슬 같은 땀을 흘리면서도 콧노래 부르며 피사리하던
영혼이 살아 있던 정든 농부들은 다 어디로 갔는가?
도시화 된 고향의 회색빛 얼굴.
검뿌연 하늘, 밀도 높은 미세먼지,
각박한 세상 탓? 알 수 없는 고향 표정.
아프다.
쓰린 가슴 담긴,
십수 년 만에 만날 두 벌 옷의 향기가 사라지는 듯.

그래도! 미래의 희망을 노래할 감성과 비전을 담을 수 있는 소프트 파워를 키워 간 하루.

젊은 고향을 보면서.

참회하라! (2015. 10. 28., 수요일, 16:05)

고개를 떨구고,

어깨를 늘어뜨린 채 걷고 또 걸었다.

누가 그토록 아름답고 평화로웠던 내 고향, 까치울을

저리도 폐허화시켰는가?

헛된 욕심에 찌든 잿빛 도시의 어두운 뒷골목.

인정은 간데온데없고,

서늘하고 스산한 그림자만 숨 쉬는

패잔의 얼굴들.

치뜬 눈으로 서로를 쏘아보는

사악한 눈들만 가득하구나.

하여, 나는 참회한다.

지난 40여 년의 굴곡진 생을 되짚어 본다.

Freedom(자유) + Equality(평등) + Justice(정의) ⇒ Peaceful
Coexistence(평화 공존). 평화 공존을 위한 자유·평등·정의를 위한 삶의
방향을 몰각시켰다.

또한 Silence(침묵) + Concentration(집중) → Priority(우선순위) ⇒ Action(실행). 우선순위에 입각한 묵언 속의 행동 지침을 망각하였다.

너희들 또한 참회하라.

국가와 국민은 어디로 귀양 보내고 찾아 나서지 않는가?

민생 구제는 어디에 묻어 버리고,

진영 논리에 빠진 PPH(Political Power Hunter, 정치 권력 사냥꾼)는 이미 '국민 권력 사냥꾼'으로 변모되어,

조선 시대 붕당 정치, 당파 싸움만 재현하고 있다.

더 나아가, 하이에나로 변질되어,

개인적 먹이 사슬과 안위만을 추구하려 하는가?

통일 한국, 대한 강국을 통한

전 세계의 평화 공존이란 미래를 잊었는가?

한숨만 절로 인다.

참회하라!

짝 없는 그 자리 (2015. 12. 26., 토요일, 21:57)

그리운 이 시간.

아무도 없구나.

하루 세 끼 같이했던 짝들, 어디로 갔는지?
또 다른 먹잇감 찾아갔겠지.

왜 이리도, 어차피 떠날 짝 찾아 헤매는지?
그들도 또다시 헤어짐, 그리움의 고통 마주하겠지.

왜 저리도, 그 허망한 짝 찾아 방황하는지?
어차피 혼자임을 알면서, 어리석은 발걸음 반복하는지?
나약하기 그지없는 인간 약점 감추려 이리도, 저리도.
돌고 돌아 또다시 돌아온 그곳.
짝 없는 그 자리.

기나긴 시간 흐름,
한때, 한 둥지의 숱한 짝들, 모두 어디로 숨어들었는지?
하느님, 예수님, 부처님!
이름 모를 신들도 왜 멈추지 않는지?
기대 가능성 사라진 어둔 그림자만 드리울 짝 찾아.
불안과 공포로부터의 해방구 찾아?
결국, 짝 없는 그 자리.

이렇게 한 해를 마무리한다 (2015. 12. 31., 목요일, 23:58)

2015년, 을미년의 마지막 날이다.

Many thanks for joining humanitarianism so far.

한 해 걸음,

인도주의에 기초한 국리민복과 세계평화 정착에 힘써 온 분들에

감사의 뜻을 전한다.

경거망동치 마라.

진솔하고, 겸허한 마음으로 가만히 들여다보면 그 속에 답이 있다.

"학이불사즉망(学而不思則罔), 사이불학즉태(思而不学則殆)."

배우면서 생각하고, 사유하며 끊임없이 구하라.

그리하면 이 세상, 허망하지도 위태롭지도 않으리라.

약자·빈자를 위한 마음,

끝까지 같이하리라.

Humanitarian Intervention,

인도주의 목적 달성을 위해 개입하라.

진정한 자유 민주적 기본질서 = 만민평등 = 민심, 혁신

= 만민 공동 책임, 지도자의 대의명분 = 정자정야 = 사람의 도리

늦은 밤, 사람이 보고 싶어 길을 찾아 나섰다.

원종 종합 시장 입구에 선다.

인적은 온데간데없고,

어둠길에 서늘한 공동묘지와 맞닥뜨린다.

쓰레기덤이다.

지난 일 년간 쌓여 온 사람들의 한들이 서로 다투며

'어서 오라.' 손짓한다.

머뭇댄다.

전율이다.

그 묘지는 숱한 시간과 공간에서의

고통과 눈물, 좌절과 아픔이 헝클어진 채,

한데 뒤섞여 절규하고 있다.

"새해에는 제발 아픔을 덜어 달라고."

잠시 후면, 희망의 병신년이 을미년을 삼킨다.

새해에는 저 쓰레기덤이 담고 있는

국민들의 아픈 생각과 마음을 어떻게 하면 달래 줄 수 있을까?

이렇게 한 해를 마무리한다.

또 다른 자유! 사유와 행동의 일체화

눈앞의 조그만 이익 앞에서 주판알 튕기는 삶을 혐오했던 '나'.
천박하고, 썩어 가는 냄새 풀풀 나는 정치와 법조를 비난했던 '나'.
추악한 권력의 일그러진 탐욕을 저주했던 '나'.

국민의 아픈 가슴과 고통을 뒤로한 채, 우물 속에 갇힌 눈과 좁아터
진 연못 속에서 시공간적으로 구속된 먹이만을 취하려고 뒤뚱대며 헤엄
치는 오리와 같이, 자기들만의 세상에서 정치와 돈놀이에 매몰된 자들
에게 준엄한 경종을 울리고, 가난하고 힘없는 사람들을 위한 Humani-
tarian Intervention(인도주의적 개입)을 위해 공직이란 족쇄를 풀고, 또
다른 자유의 날갯짓을 시작했다.

2015년 7월 31일 박사 논문을 최종 마무리한 후,
계속 병원 신세를 지면서도 가장 먼저 해야만 했던 일은 평생 꿈꾸고,
연구하고, 국내외 현장에서 체득한 바를 구현하기 위한 마지막 일터를
만드는 것이었다. 평화 공존을 위한 '인도주의적 세계 평화 연구소' 설립.
나의 처음(A, 알파)이자 마지막(Ω, 오메가) 꿈을 담아낼 세상에서 하나
밖에 없는 연구소. 10월에 특허청에 서비스표권을 출원했다.
그러나 국회의원 선거 출마를 결심한 나로서는, 예비 후보 등록일이

다가오는데도 병원 신세를 면치 못하고 있음에 가슴 막힘과 절박감은 더해 갔다.

환자들이 북적이는 허름한 시설의 비좁은 뒷골목 의원에서 초기 진료를 한, 양심 바른 나이 든 의사의 말이 옳았음을 나중에야 알았다.

내 마음과 얼굴을 뒤살피며 과잉 진료를 한, 대형 종합병원의 젊은 의사의 언행을 믿은 내가 어리석고 부족한 사람이었다.

'사람이 사람을 못 믿는다는 것은 불행한 일이며, 먼저 타인을 믿지 않는 마음과 행동을 취하는 것은 인간으로서의 도리가 아니다.'라는 평소 생각에서 비롯되어 굳어진 나의 습관 때문이었을까?

사람을 쉽게 믿는 것이 나의 장점? 단점?

하여간, 장기간에 걸친 일련의 통원 진료 과정에서 사술임을 확인하고 중도에 진료를 거부, 중단한 것이 그나마 다행이었다.

또한 수개월에 걸친 그 진료 과정과 마음고생은 공직 생활 30년을 마친 직후의 나에게 세상이 준 첫 선물이었다.

그 결과, 한 달 보름이나 뒤늦게, 그간 준비했던 출마의 변을 발표하고, 국회 의원 예비 후보 등록을 했다.

빈자·약자를 위한 나의 마음을 담아, 정직한 선거 운동을 했다. 거리 곳곳에 지역 구민이 있는 한, 밤새도록 발로 뛰고 대화하면서.

결국, 경선 등 선거 운동 과정에서 구저분한 네거티브·흑색선전의 정치판을 확인한 후, '국민에게 고함'이란 말 한마디만 남기고 제자리로 돌아왔다.

그것도 묵언 속에서.

HWPI (Humanitarian World Peace Institute, 인도주의적 세계 평화 연구소)

인간의 생명권 등 인간의 존엄과 가치 존중 및 세계 평화 정착이란, 대의명분을 구현하기 위한 적극적인 제도와 정책 연구를 목적으로, 특허청에 '인도주의적 세계 평화 연구소'와 관련된 서비스표권을 출원하여 등록하였다.

연구소 설립의 추진 배경과 목적은 필연적으로, 나의 역사관·인생관에서 비롯되었다.

즉, 해외 전쟁 경험에서 체득한 국제 분쟁의 평화적 해결을 통한 세계 평화 정착에 대한 의지와 역사 인식, 그리고 어린 시절부터 자연스럽게 형성된 '정의 구현을 위한 도구'로서의 나 자신에 대한 인생관이 그 직접적인 원인과 배경이었다.

또한 그동안 연구해 온 학문 분야도 또 다른 이유가 되었다.

나는 석박사 학위 과정에서 국제법과 국제 정치를 전공으로 하면서 특히 평화 공존과 인본주의 및 인도주의 철학을 중심으로 연구하였고, 학위 논문 주제의 영역 또한 동일하다.

따라서 이러한 과정에서 형성된 나의 삶의 목적과 가치관을 구체화하기 위한 물리적 시공간과 영역이 필요했던 것이다.

향후 진행할 연구 범위는 나의 인생 과정을 고스란히 포괄하고 있다.

광의의 개념에서 볼 때, 이론적으로는 주로 법학, 정치학과 관련된 분야가 되겠고, 협의의 구체적인 면에서는 국내외 현장에서 직간접적으로 경험한 사실을 토대로 한 이론과 정책 연구가 될 것이다.

그 주요 내용을 좀 더 구체적으로 살펴보면 다음과 같다.

먼저, 국내외 분쟁 상황과 관련해서는, 전쟁·내란 등으로 인한 무고한 사람의 인명 살상 행위 등 인권 유린 방지를 위한 UN 등 국제기구, 국내 제도 개선 및 강화 방안을 들 수 있다.

한반도 통일 정책과 관련해서는, 북한 급변 사태 및 통일 과정에서 발생 가능한 문제점 해소 방안과 그 대책, 한반도의 민주·평화적 통일 및 통일 후 국민 통합과 주변국에 대한 대응 방안이 되겠으며, 국내 정치적으로는, 경제 민주화 등 사회적 민주주의라는 헌법 정신의 법적·제도적 구현 및 정착을 통한 인권 보장 방안 등이다.

출마의 변

존경하는 우리 고향, 부천 오정 구민 여러분!

다가오는 4월 13일 치러지는 제20대 국회의원 선거에 예비 후보로 출마한 오정의 신선한 아들이자, 머슴인 박순조입니다.

제가 이번 총선에 출마하게 된 근본적 이유는, 법학자·정치학자로서 전쟁 경험과 국회 국정 조사 전문 위원, 학원 영어 강사 및 대리운전 등을 하면서 전장의 참상을 현지에서 직접 경험하였을 뿐만 아니라, 어둠 속 세상의 밑바닥에서 하루하루의 삶에 허덕이는 약자·빈자의 아픔을 함께하면서 체득한 국가와 국민을 위한 역사적 소명감 그리고 법과 정의를 바로 세워야겠다는 일념뿐이었습니다.

현재, 국민들은 오로지 패권주의에 골몰하여 자신들의 정치적 이익과 권력 투쟁만을 일삼는 정치권에 대해 불신의 벽을 더욱 높이 쌓아 문을 걸어 잠그고 외면하고 있습니다. 이로써, 국가 내부 질서 중 정치권만이 국민의 믿음과 신뢰를 가장 크게 저버리고 있는 실정입니다.

이에 저는, 나의 조국 대한민국의 통일 국가·대한 강국을 위해 다음과 같은 길을 가고자 합니다.

먼저, 개혁의 선도자로서 국민의 현장과 함께하며 공부하는 정치인.

둘째, 가난하고, 힘없는 국민의 아픈 가슴을 대변하는 정치인.

셋째, 3무(무보수: 세비 70% 이상 기부, 무부패, 무갈등)를 실천하는 정치인.

넷째, 국가와 국민의 안전 보장과 삶의 질을 향상시킬 수 있는 능력 있고, 따스한 정치인.

마지막으로, 통일 국가와 국민을 위해 초개와 같이 목숨을 버릴 수 있는 정치인이 되고자 합니다.

사랑하는 나의 고향, 부천 오정 구민 여러분!

저에게 열정과 책임감, 그리고 균형감 있는 판단으로 국민과 함께 희망과 아픔의 눈물을 함께할 수 있는 기회를 주십시오.

국민의 아픈 가슴 함께한 선거 운동

대한민국 최초로, 스웨덴 왕립 육군 사관 학교에서 UN 참모 과정 (UNSOC)을 수료한 후, 소말리아 유엔 사령부(UNOSOM-Ⅱ) 참모, 그루지야 유엔 옵서버(UNOMIG)로서 전쟁을 경험하였다.

국회 국정 조사 전문 위원, 학원 영어 강사, 대리운전 경험자로서 노숙자와 잠자리를 같이 하는 등 약자·빈자의 아픈 가슴을 현장에서 체험하였다.

아울러 법학자·정치학자로서 법과 정의를 바로 세우는 데 신명을 바칠 것을 맹세하면서, 이른 새벽부터 하루도 빠짐없이 부천 종합운동장역 입구 도로에서 추위에 떨며 주머니에 손을 넣고 바삐 뛰어가는 지역 구민들에게 명함 건네는 것마저 송구스럽게 생각한 나머지, 아예 명함을 건네지 않고 국민의 실생활에 동참하는 마음으로 기존의 많은 선거 사무원을 동원한 떠들썩한 선거 운동이 아닌, 조용하고 의미 있는 선거 운동을 했다.

어둠이 깔린 이른 새벽부터 국민들이 일터로 움직이는 현장의 안전을 생각하면서, 이 같은 선거 운동 방법을 선택했다.

더 나아가, 선거 비용을 아껴 불우한 이웃을 돕는 데 쓰는 게 더욱 의미 있다고 생각한 나머지, 선거 사무실 개소도 하지 않고, 스물네 시간이 모자랄 정도로 발로 뛰었다.

이는 평생 몸담았던 공직을 사적 이익을 추구하는 '직업'으로 생각하지 않고, 진정한 국민의 공복으로 살아온 나로서는, 선거에 대한 신선한 의미를 부여하고 싶었기 때문이었다.

네거티브(negative)·흑색선전의 진흙탕을 뒤로하고

인생관.
'대의·명예·신의를 위하여 철저하게 자신을 버리며, 역사를 두려워할 줄 아는 인간이 된다.'

국민의 한 사람으로서 오직, 국가와 국민을 향한 애국과 애민의 충성스런 마음으로 국가의 명예와 국민의 생명과 안전 및 통일 한국, 대한 강국이란 역사적 소명을 다하기 위해 정자정야의 정신으로 총선에 임했다.

그러나 난무하는 네거티브·흑색선전으로 인하여 깨끗하고, 투명해야 할 정치의 기본 정신은 무참히 훼손되었고 말로만 듣던, 인간으로서 생각할 수 없는 이전투구의 현장들을 목도했다.

일반 국민의 시각에서 보고 들으면, 수치스럽고 낯 뜨거워 감추고 싶은 정상적 인간이라면 도저히 저지를 수 없는 행태들.

예를 들면, 고정된 유세 장소에 먼저 도착해 유권자들에게 인사하는 후보자 바로 등 뒤에 높은 탁자를 옮겨 놓고 올라서서 유세하는 후안무치한 행동들. 등 뒤에서 비수를 내리꽂듯이. 또한 표를 가진 지역 구민 앞에선 신처럼 받들 듯하다가도, 힘 있는 권력자 혹은 언론사만 나타나면 언제 그랬냐는 듯 자리를 옮겨 가는 등 영혼 잃고 짐승처럼 변하는 정치꾼, 직업적으로 돈벌이하는 밥버러지로 변모하는 모습들. 사실과 전혀 다른 개인 신상을 언급하며 밤도깨비, 동물에 비유하는 등의 저급한 내용의 메시지를 당원과 지역 구민에 전파하는 비루한 행동들.

이러한 누비한 행태를 보이는 자들은 정치인이기 이전에 인간이기를 포기한 좀생이, 소인배, 모리배로서 앞에서 언급한 세상의 오금을 묶는 어두운 뒷골목의 '정치 권력 사냥꾼(PPH, Political Power Hunter)'임과 동시에 더 나아가, '국민 권력 사냥꾼'에 불과한 파렴치한들이다. 이러한 자들은 우리 사회와 국가를 좀먹는 악성 좀비들로서 마땅히 조속히 퇴출해야 할 분자들이다.

이러한 현상과 관련하여, 주변 지지자들로부터 고소·고발의 당위성 주장이 폭주하였고, 선거 관리 위원회에서도 고소하라고 유권 해석을 내렸으나, 이에 응하지 않고 마지막 순간까지 홀로 묵묵히 그 과정들을 지켜보며 진정한 승리의 미소를 지을 수 있었던 것은, 소리 없는 장엄한 분노의 노래로 준엄한 심판을 하고 있는 국민들이 있었기 때문이었다.

지금 생각해도, 분노하고 있었던 자랑스러운 우리 국민들께 고맙고, 송구할 따름이다.

선거가 끝나고 알았다.

세상 모든 것은 말의 성찬에 지나지 않았다는 것을. 옛 고향 마을 냇가에 졸졸졸 흐르던 시냇물같이 하얗고 착한, 맑고 청아한 마음을 지닌 스님, 목사님, 신부님의 말씀만 빼고는.

선거 후, 누군가 건넨 말이 설핏설핏 떠오른다.
"세상에서 가장 비정상적인 체계 속에서, 가장 누비한 인간들이 하는 것이 정치다. 너 같은 사람이 하지 말았어야 할 경험을 한 것이다."

차차차 선이 아닌, 차차차 악을 선택해야만 하는 민주 정치제란, 악의 한계.

침묵하며 저항하지 못한 채, 모양만 착하게 어두운 하늘을 머리에 이고, 오늘이란 현재를 그냥 그렇게 지나쳐 보내야 하는 빈자·약자들이 정확하고, 강력한 펀치로 명치를 마구 내리친다.
숨이 멎는다.

고(告)함

선거 운동 중 유권자들과 만나 두세 시간을 시장 바닥에 앉아 경청하고, 토론하면서 얻은 결론과 살아오면서 체득한 결과물 등을 포괄하여 아픔과 분노로 점철된 정치인 아닌 정치인으로 존재한 짧은 경험 및 사유를 토대로 몇 가지 국민의 한 사람으로서 세상 담론을 전한다.

우리 조국 대한민국 헌법은 제1조에서 '① 대한민국은 민주공화국이다. ② 대한민국의 주권은 국민에게 있고, 모든 권력은 국민으로부터 나온다.'라고 명시하고 있다.

우리는 국체(国体)로서 '공화국'을, 정체(政体)로서 '민주'를 삼아, 국민이 국가의 주인이며, 따라서 모든 국가 질서는 국민의 준엄한 명을 받아 국민의 생명과 안전을 위하여 존재해야 함을 천명하고 있는 것이다.

그러나 우리가 현재 목도하고 있는 바와 같이, 국민이 위임한 국가 사무를 담당하는 입법·사법·행정부는 3권 분립의 본질인 건전한 견제와 균형을 통한 국리민복 추구라는 실체를 망각한 나머지, 주객을 전도시켜 국민은 안중에도 없이, 오로지 국민을 볼모로 자기들만의 패권에 사로잡힌 국가 내외부 질서에서 가장 쓸모없는 조직 그 자체로 전락하고 말았다.

요컨대, 그들은 위임자인 국민을 위하여 목숨 걸고 반드시 해야 할 바른말과 행동을 하지 못하고, 자기들 눈앞의 이익만을 추구하고 있는 것이다. 자기들만의 방벽을 구축한 채.

이는 유권자인 국민의 표와 비난에만 몰두해 온 결과로서, 진실에 대한 통찰을 통한 끊임없는 자기반성과 각성 속에서 노심초사해야 할 처지가 아닌, 안일만을 즐기려는 무책임한 방관자로서 호화롭고, 권모술수로 위장된 사치스런 폐가 속에서 깊이 잠들고 만 모습이며, 그 행태는 현재 진행형이다.

국민의 눈은 매섭고, 냉철하다.

먼저, 사법부는 왜 국회 내에서 막말하고 싸움질하는 모습을 중단시키지 못하는 것인가?

국회 선진화법에 대한 권한 쟁의 심판에서 그 권한을 포기함으로써 싸움을 부채질했다. 국회 내의 일은 국회가 알아서 하라고?

언제부터인가 대법원이든, 헌법 재판소든 그들은 판례를 통해 자기들의 책임과 의무를 스스로 몰각시켰다.

나아가, 모든 국민의 끝없고, 차가운 냉기 어린 침묵의 항변을 알고 있으면서도 안하무인격으로 행동했다. 단적인 예로서, 최근 다시 벌어지고 있는 전관 비리 등의 문제는 사법 질서를 통째로 무너뜨렸다. 아니, 이는 이미 파괴되었던 것이 노골화된 일 예에 지나지 않는다.

다음으로, 입법부인 국회는 국민의 따가운 눈을 무시하고, 심지어 거짓으로 속여 가며, 공천 파동으로부터 현재 원 구성 문제 등 오직 선거 때만 되면 나타나 특권 내려놓을 테니 표 달라고. 모든 국민들의 이구동성, "말, 말, 말뿐!" 특권 내려놓기 법안은 어디에 묻어 버렸는가?

더 나아가, 이번 선거를 통해 천박하기 짝이 없는 정치인 아닌, 정치꾼들의 현장을 목격했다. 정치판이 아닌 난장판의 현실을.

주민과 국민들 보기에 민망하고, 창피스러운 몰지각·몰염치. 실현 불가한 포퓰리즘적 선심성 공약 남발. 정부가 계획하고, 추진 중인 사업을 자기 것인 양 차용하는 행위. 집에 타인들을 초대하여 일반인들이 접하기 어려운 보신 음식 먹는 행위 방송 노출. 전직 대통령 추모 행사장에 들어서면서 방송 좀 타 보려고 유명인 옆에 끼어들려고 발버둥 치는 얼빠진 얼치기, 좀생이 같은 행위 등 참으로 보기 민망한 저질의 행태들.

이것이 정치꾼들의 막장 드라마.

국민들의 눈이 두렵지도 않은가?

교정필패(狡政必敗)!

정치꾼들의 교활한 시정잡배들 같은 행동은 반드시 패주시켜야 한다.

마지막으로, 행정부의 고위직들은 정치권의 눈치만 보며, 입법·사법부로부터 일방적으로 견제와 통제만 받아 왔던 피해 의식에 사로잡혀, 국회의원들의 면책특권 뒤에 숨어 행하는 무소불위의 막무가내식 행동들을 부러워한 나머지, 어떻게 하면 줄을 대어 한번 국회의원이 되어 볼까에 골몰한다. 또 어찌하면 퇴직 후, 전관예우를 받아 돈이나 벌어 볼까하며, 관련 대기업, 대형 로펌으로 줄행랑을 치는 등 추잡한 행동들이 줄을 잇고 있다.

어떻게, 앞서 언급한 자폐적 현상들을 치유하여 국가 내부 질서를 바로잡아 볼까?

무엇보다 먼저, '투표는 총알보다 무섭다.'고 했다.

모든 국민은 자기 고유의 참정권을 철두철미하게 행사하여 국정에 참여해야 한다.

이로써, 기득권에 안주하여 눈앞의 개인적 탐욕을 위해서만 존재하는 세력을 심판할 수 있는 실질적 저항권을 확보함은 물론, 국민 스스로도 정부와 더불어, 지역 간, 세대 간, 계층 간 불평등, 격차 해소를 통해 갑질 문화를 청산해야 하고,

다음으로, 권위주의적 특권 의식에 사로잡혀 있는 사법부 개혁을 통해, 헌법과 법률의 정당하고, 합법적인 적용이라는 미명하에 행하여지고 있는 오도된 사법의 폭력으로부터 선량한 일반 국민을 보호함으로써 나락으로 떨어진 국민의 법감정을 회복시켜야 한다.

그 구체적 방안은 다음과 같다.

타 국가 기관에 비해 상대적·구조적으로 과도하게 직급이 높은 수많은 판사, 검사 등 법조인의 태생적 신분상의 이익 하향 조정, 분야별·사안별 소송 가액에 따른 변호사 수임료 상한액 지정, 공직 재직 시 범죄 및 흉악 범죄의 시효 폐지 등을 통해 시효 제도의 인정 근거로 제시되고 있는 시간의 경과로 형의 선고와 집행에 대한 사회의식이 감소되고, 일정 기간 계속된 평온 상태 유지·존중이라는 말장난을 종식시켜, 일반 국민의 법감정 호소에 부응토록 법적 안정성을 확장시켜야 하며, 평생 살면서 교육 및 도전 기회를 잃은 빈자·약자들에게 희망의 사다리가 되어 줄 수 있는 사법 시험 제도를 존치 시켜, 고액의 등록금과 입시 부정 등 고비용과 부패로 조선 시대의 음서제와 같은 신분 세습 가능성이 상존하고 있는 로스쿨의 폐해를 보완시키는 등 개혁적 조치를 단행해야 한다.

1퍼센트가 99퍼센트의 기회를 박탈하는 썩을 대로 썩은 제도 철폐!

국민 한 사람, 한 사람에게 이카로스(Icaros)가 아닌, 피닉스(Phoenix)의 꿈을 꿀 수 있도록 해야 한다. 희망과 기회의 다리를 놓아, 진정한 자유·평등·정의의 사자들을 키워 내야 한다.

셋째, 입법부 개혁과 관련해서는 회기 중 불체포 및 면책 특권의 폐지, 국민소환제 도입, 무노동 무임금 원칙 적용, 의원 수 및 세비 대폭 축소, 임시 하청 기구로 전락시킨 선거구 획정 위원회를 명실상부한 독립 기관으로 설치, 운영, 기타 국회의 자율권이라는 이름으로 벌어지고 있는 각종 폐해 방지책 등 국회의원 특권 내려놓기는 조속히 실현되어야 한다.

유럽 각국의 의원 회관에 밤새 불 밝힌 모습과 의원들의 자전거 출퇴근하는 모습이 그립다.

더 나아가, 거대 정당에 의해 특정 지역이 장악될 우려가 큰, 소선거구제를 폐지 혹은 보완하고, 모든 선출직 공무원에 대한 절차적·민주적 정당성 확보를 위해 결선 투표제를 도입해야 한다.

마지막으로, 행정은 나침반 잃은 망망대해의 침몰에 임박한 조각배이다.

탁상 및 보여 주기식 포퓰리즘을 종식시켜 살아 움직이는 행정을 계획하고, 집행토록 해야 한다. 치열한 밤샘 토론 및 현장 행정을 통해 실질적 국민의 삶에 기여토록 해야 한다.

지금도 뒷골목 판잣집에서, 소리 없이 죽어 가고 있는 독거 가구들이 태반임을 직시해야 한다. 또한 숨 막히는 좁은 땅, 대한민국이 갈가리 찢겨 나가고 있다. 출신 지역·계층별 편 가르기식 모함으로 사분오열되고 있다.

지역 정치인들은 지역 이기주의를 더욱 부채질하고 있다.

더 나아가, 청탁과 이권 개입 등으로 지역 내 모든 세력, 단체, 구성원들이 국민들의 혈세를 빨아먹으려는 기생충, 버러지가 되어 가고 있으며, 분열과 야합으로 인한 유서 깊은 옛 전통의 인간다운 주민 삶의 분위기를 황폐화시키고 있다.

국민들의 아우성!
침묵하는 집단 지성. 고백하고, 참회하라!

서민들은 먹고살기 힘든 어둠의 뒷골목에서 허덕이고 있는 가운데 지방자치제는 유명무실해져, 주민들의 실질적 삶에 전혀 도움 되지 않는 쓸모없는 각종 축제 및 전시 공간에 막대한 재정을 쏟아부으면서도 서민 복지 확충을 위한 돈은 없다고 한다. 이는 단체장 및 의원들의 차기 선거를 위한 업적 쌓기 골몰에 연유한다. 그 돈을 조금만 절약하더라도 얼마든지 약자빈자들을 위한 복지 혜택은 확보할 수 있다.

힘없는 빈자·약자들이 가련하다.
이제, 제로섬 게임을 벽파해야 한다.
이제, 공포를 먹고 살고 싶지 않다.
정피아, 관피아, 법피아 등의 유착된 부패 고리를 끊어 내야 한다.

어두운 돈과 권력, 인기에 기대어 하나를 가진 자가 모든 것을 차지하려는 '갑질 방지책'을 우리 국민 모두 스스로가 찾아 나서야 할 때가 왔다.

까치울의 하늘바다와 천국의 생명나무들

회복의 역사 (2018. 5. 2., 수요일, 21:20)

하느님의 역사가 있듯이
우리 사람도, 나름의 역사를 지니고 있다.
소위, 각자의 가치와 목적 있는 삶을 추구한다.
그 가치는 굴곡을 지닌다.
다만, 그 굴곡은 깊이, 넓이, 높이가 따를 뿐이다.
나아가, 우리 인간은 그 굴곡을 착하고 아름다운 궁극적인 실재적 가
치에 부합시키기 위해 자신의 고뇌와 고통을 최소화하려고 발버둥이치
고 있을 뿐이다.

하느님은,
지난 6천 년 동안 죽어 가는 하늘을 되살리려는
인간 '회복의 역사'를 그려 오셨다.
우리 인간은, 그 그림 안에서
한 개체로서의 인생 '회복의 역사'를 쓰고 있을 뿐이다.

지난 4월 24일 새벽 5시 50분,

꿈속에서, 지난겨울 양동이 안에 냉동 상태로 갇힌
하늘바다를 날던 네 마리의 새의 얼굴을
한 조각, 한 조각씩 쪼아 가면서 살렸다.
진정한 생명나무의 뜻에 따라.

이제 이곳 까치울, 하늘바다에서
그 착한 생명나무를 찾아 나서야겠다.

일곱 개 동전의 비밀 (2018. 5. 3., 목요일, 15:21)

밤샘 하늘 공부 탓에 늦은 아침, 이불 속에서 기어 나왔다.
나른하게 부풀어 오른 이불 동굴을 뒤로한 채.

이른 점심 후 까치산행.

돌아오는 길에 지난봄부터 할인 판매를 하고 있는 고려울 한강 할인
마트에 들러, 한 달 먹거리를 사서 그루지야 전쟁터에서 사용하던 백팩
에 구석구석, 꾹꾹 눌러 가득 채워 왔다.
빈자리가 없어 2,490원짜리 계란 한 판은 옆구리에 끼고 왔다.
정리 중, 백팩 안에서 지난겨울 유럽 탐방 중 러시아에서 쓰다 남은 동
전 7개가 나왔다.
2루블짜리 2개, 1루블짜리 5개가.

나를 지켜 줄 일곱 천사의 영인가?

6월에 있을 월드컵 경기를 보러,

다시 러시아 로스토프, 돈강 곁으로 오라는 메시지인가?

집에 도착하자마자,

곧바로 하늘이 천둥, 번개, 바람과 함께 우박을 퍼붓더니,

빗방울을 거세게 토해 냈다.

하느님의 역사가 오늘도 변함없이 이루어지는 듯.

말씀의 역사가!

진짜, 그 러시아 동전 7개가 그분이 보내신 일곱 천사가 맞나?

희망이다!

기쁨이다!

감사함이다!

생명나무 찾아 (2018. 5. 8., 화요일, 16:32)

어느 때처럼, 잠자리 걷어찬 후

집안닦달하고 까치산에 올랐다.

여유작작하게.

생명나무 찾아.

회개의 길을 갔다.

하느님께서 착한 마음을 냉철히 쏘아보시며

인도하고 계시는 그 길을.

기이한 덧없음의 발걸음과 깊숙이 감추어진 결핍의 마음에

적요한 햇살을 부어 주셨다.

밭에 들러 신선초와 부추를 거두었다.

오차 없는 고추장 비빔밥, 점심 먹거리.

생명나무 카페를 처음 점령했다.

검을 들고.

필연이었다.

네팔 산악에서 평화를 전하다 헬기 추락 사고로 돌아가신

형 육사 동기생 부인이 말씀을 전한 여자 전도사였다.

세상에 이런 일이?

그녀는 거기서 생명나무를 키우고 있었다.

목회 준비를 하고 있단다.

숱한 세상의 거짓 목자와 다른 듯.

'인연'이란 한마디의 의미를 전하고 돌아섰다.

오늘은 하느님의 거룩한 영이

걸음걸음을 잘 인도해 주셨다.

생명나무 찾아.

하늘 문화를 사랑하는 왕의 점심 한 끼 (2018. 5. 14., 월요일, 17:13)

오늘도 변함없이 뒤늦게 이부자리 떨치고 침대 체조 후, 산행 준비.

전투복과 전투화, 정글모로 머리부터 발끝까지 동여맨다.
차림과 매무새가 군인인 것은 등산복이 없기 때문이기도 하지만,
맘이 편하기 때문이다.
명철함과 인내, 용기와 절제력이 절로 배어나는 청산도에서 사법 시험
공부할 때의 그 모습, 그 가슴. 생명력 유지를 위한 강력한 보호색을 입은.

은데미 출렁다리를 건너 157계단을 올라, 마주친 능선을 넘는다.
어린 시절 등하굣길에 즐겨 훑어 먹던 달콤한 향내의 아카시아꽃이
만발한 옛 봉천이골을 지나 다시 까치울 출렁다리를 건너, 내가 제일 좋
아하는 원시의 숲길을 간다.
죽음의 고통을 보는 듯하다.
그러나 그 죽음은 새 생명을 잉태하기 위한 불변의 자연 현상이었음
을 잘 안다.

한 씨네 묘지를 지날 때, 산새울 식당 뒤편에서 달구리도 아닌데,
닭 울음소리가 요란하다.
한낮에 무슨?
잡아먹히지 않기 위한 마지막 발버둥인 것 같다.
다시 걷다 첫 번째 휴식.

통나무 의자에 잠시 앉아 땀을 닦는데

낯선 남정네들의 얘깃소리가 토막토막 들려온다.

청첩장을 주고받는 의미는 거래…….

뭐, 그런 즐겁지 못한 울림.

순간, 깊은 들숨과 날숨이 교차한다.

벌거벗은 온몸에 거친 모래알을 흩뿌려 놓은 껄끄러움.

생명나무가 울창한 이 신성하고, 거룩한 숲속에서 무슨 쓸쓸한 세상의 너절하고, 구저분한 이야기?

생명나무가 전해 주는 거룩한 하늘 문화 이야기를 들을 자격이 없는 자들? 생명나무 숲길을 걷는 하늘의 택함 받은 성민들에게는 묵언과 묵상이 제격인 것을. 오늘 아침 신부님께서 주신, 하느님께서 택하신 '성민 이야기'(구약성서, 신명기 7장 6∽7절)가 다가온다.

계속 걸었다. 산허리를 지나 내리막길에서 가슴 찢어지는 소리가 들린다. 내 고향, 까치울을 갈기갈기 찢어발긴 까치울 터널이 한눈에 들어온다. 허나, 그 언덕에서 들꽃들은 여전히 찬연하게 피어나, 이 슬픈 현상을 잠시나마 위로한다.

오늘의 생명나무 숲길, 종착역에 도착했다.

아버지·어머니 손발톱 가루 배어있는 천상의 낙원, 우리 밭이다.

각종 나무와 채소와 꽃으로 가득 찬 이곳에 새와 벌들이 날아들어

소곤소곤 행복 얘기 나누는 천국이다.

큰형님께서 안 계신다.

혹시 일하고 계시면 점심 사 드리려고 여느 때와 달리 일부러 지갑까지 챙겨 왔는데.

나무와 채소를 하나하나 헤아렸다.

스무 가지가 넘는다.

생명나무인 매실, 사과, 감, 아로니아와 고구마, 감자, 토마토, 고추, 대파·쪽파·실파, 부추, 시금치, 가지, 호박, 홍·청상추, 아욱, 쑥갓, 이름 모를 쌈채 그리고 신선초.

돌아서기 전, 변함없는 오늘의 점심거리로 된장국용 밭둑가 소리쟁이와 비빔밥용 신선초, 실파, 부추, 쑥갓을 얻어 냈다.

발걸음은 가볍고 상쾌하되, 가슴이 울먹였다. 부모님과 큰형님이 하느님의 형상대로 잘 가꾸신 천국의 모습에 그만.

귀갓길에 엿새 전 들렀던 생명나무 카페에 들었다.

역시 아늑하고, 적요했다.

근데, 전도사님의 표정이 어둡다.

억지의 웃는 낯이 어색하다.

내가 드린 책을 읽지 않으셨단다.

다른 공부하는 것이 있기에.

가슴이 먹먹해졌다.

책을 쓴 사람이 정성스레 건넨 책은

최소한 서론과 결론 부분만이라도 읽어 주는 게 예의 아닌가?

어젯밤 본 논어의 한 구절이 생각났다.

"질서의 조화는 예로써 절제하지 않으면 안 된다."

이름과 달리, 이곳은 생명수가 흘러나오는 생명의 샘이 아닌가?

아니다. 나는 그 전도사님이 그리 말한 이유를 너무나도 잘 안다.

돌아오는 길에, 마지막 정리 운동 장소인 은데미 공원에 들러 국군 도수 체조를 1번 다리 운동부터 12번 숨쉬기 운동까지 마친 후, 특전사 유격 체조로 오늘 산행을 마무리했다.

집 입구에서 계단에 맥연히 앉아 계시는 거동이 불편한 앞집 할머니를 집안까지 모셨다.

얼른 채소를 씻어 점심 준비를 했다.

'하늘 문화를 사랑하는 왕의 점심 한 끼'를.

신선초, 부추, 홍상추, 쑥갓, 실파 그리고 친구가 준 깨소금과 들기름에 고추장을 얹었다. 그리고 힘껏, 꾹꾹 눌러 가며 비비기 시작했다.

맞은 편에서 다소곳한 미소로 바라보는 왕후-내 사랑하는 거울-를 바라보며 왕의 훌륭한 점심을 성공리에 마쳤다.

'왕의 밥과 왕의 찬'을.

냉수욕 후, 오늘 빨래는 많지 않아 평소 하던 대로 100번이 아닌, 50번만 발로 밟아 발 빨래를 하고, 이제 자리에 앉았다.

오늘은 하늘 문화 공부가 잘될 것 같다.

오늘 천국 여행은 이렇게 끝났다 (2018. 5. 21., 월요일, 17:27)

가던 길을 또 갔다.
생명이 죽음을 삼킨 자연 치유의 그 길을.
가고 싶을 때만 간다.
꼭 일주일만이다.

그럼,
하느님 말씀 통한 치유의 길은 언제 갈 건데?
하시라도,
그 어떤 상황에서도, 그 수정 같은 맑은 생명수를 한껏 마시고 싶은데
아직 많이 부족하다.

변함없이 나의 천국, 고향 까치울 밭에 들렀다.
지난주, 스무 가지에 세 가지가 더해졌다.
땅콩과 강낭콩, 무화과.
큰형님 정성이 대단하다. 엄마, 아버지처럼.
감자꽃이 피었다.
상추·아욱·부추·쑥갓이 흠뻑 컸다.
해당화는 활짝, 아로니아는 가는 눈에 엷은 미소를 가슴에 감추었다.
지난주 하늘로부터 온 생명수를 마음껏 들이켠 채.
나는 아직, 많이 어린 것 같다.

돌아서기 전 늘 그랬듯이, 신선초·부추·상추·쑥갓을 얻었다.

비빔밥거리가 아닌, 쌈밥거리로.

오늘 천국 여행은 이렇게 끝났다.

부모님 손발톱 가루와 내 흑 손 (2018. 5. 22., 화요일, 17:10)

어두운 하늘이다.

그래도 또다시 천국에 가고 싶다.

어젯밤 끓여 놓은 된장국에 한술 뜨고,

삼 년 전 청산도에서 데리고 온 밀짚모자를 눌러쓰고 발걸음을 옮겼다.

빗방울님이 하늘로부터 오신다.

내가 가장 좋아하는 귀하고, 거룩한 손님.

그냥 걸어 천국에 다다랐다.

오늘은 산을 타지 않아 땀은 배어나지 않는다만, 빗속에서도 온몸 열기는 대단하다.

약속대로, 신선초와 쑥갓은 조금, 겉절이용 부추는 두 고랑만.

큰형님 흔적 따라, 잘려 나간 자리와 주변을 정돈했다.

호미가 없어 가져간 가위와 손으로.

농부가 된 내 흑 손을 보니 어머니, 아버지가 이 땅에 뿌리신 손발톱 가루가 명치를 내리친다.

인사 올린 후, 돌아섰다.

연달아 뒤돌아보면서 걸었다.

천국 입구, 시골 향기·쌈 천지·풍년 명절·의성 마늘 황토 메기·산새울·
산약초 보쌈 칼국수를 지난다.

아는 분들을 천국 하늘 밑, 내 고향, 까치울에 초대하고 싶은 마음이다.

근데 이곳 시골구석까지 올까?

외딴섬, 청산도가 되어 있는데?

그 아무도 찾아갈 이 없고, 그 누구도 찾아올 이 없는.

순간, 승용차 한 대가 운전석 창문을 내리며 다가와, 앞에 선다.

정숙한 여인이다.

내 얼굴을 응시한다.

그냥, 지나쳤다.

발을 떼며 후회.

"무엇을 도와 드릴까요?"라며 한마디 건넬걸.

뒤돌아보지 않았다.

얼마 전, 친구에게 보낸 메시지를 떠올린다.

"현재, 버스로 부천 원종동~화곡역, 5호선으로 광화문으로 이동 중.

도착해서 콜 하겠음.

근데 나올 때 내 여자 친구 될 만한 사람 데리고 나올 것.

그 여인의 내적 조건은?

내 머리와 가슴을 지배하려 하지 말 것.

술과 담배에 관해 언급하지 말 것.

돈 얘기 하지 말 것.

외적 조건은?

눈썹이 진할 것.

엉치가 클 것.

신장 167센티 이상.

따라서 난 앞으로 여자 친구 만들지 못할걸?

ㅎㅎㅎ"

참, 그냥 잘 왔다.

돌아가신 부모님 손발톱 가루와 내 흑 손 때문이다.

적요하고, 정직했던 빗줄기가 굵어진다.

허나 생명의 배낭 안, 먹거리와 메모지, 물통 등 온갖 생명체들이 온전히 살아남았다. 십칠 년 전, 그루지야 전쟁터에서 덴마크 친구, 클라우스 대위가 강탈당한 도시락 가방 대신하라고 휴가 복귀 후 선물한 귀한 방수 백팩 덕분이다.

도착 즉시, 냉수욕과 발 빨래 후 지난해 여름 이후 한 번도 빨지 않아 어제 담가 놓은 출입문·싱크대·화장실 앞 발판을 빨아 널었다. 시커먼 먹물을 화장실 변기에 처넣었다. 검게 탈색됐던 내 마음을.

수정같이 맑은 생명수가 하늘로부터 내려앉고 있어 행복하다.

부모님 손발톱 가루와 내 흑 손을 더듬어 보면서.

거룩한 산과 천로에서 이어진 생명의 노래 (2018. 5. 26., 토요일, 18:03)

아침 일곱 시 사십 분 취침.

오후 열두 시 이십 분, 침대 체조 후 겨울잠에서 갓 깨어난 아기곰처럼 눈 비비고 두리번두리번하다 작은 나무 구멍을 삼킨 채 기어 나왔다.

간밤 천상에서의 하늘 공부가 재미있었던 모양이다.

그 시간은 적요한 어둠 속에서 자연스레 깨어 있는 찬란하고, 거룩한 빛이었다.

지난 23개월 25일간 하늘 말씀 책을 펴놓은 순간만큼은 흐트러짐이 없음은 어떤 연유일까?

여지없이 백팩을 둘러메고 늘쩍지근히 산에 오른다.

오늘은 생명이 죽음을 삼킬 수 있는 방법을 일러 주고 싶은 필연적 현상이 눈에 들어온다.

은데미산 입구 정자에 여느 때처럼 어르신들이 모여 막걸리와 장기·화투판에 몰두하며 심각한 혹은 즐거운 가락들로 다가오는 죽음을 위로하고 있었다.

그 옆 벤치에는 며칠 전 그대로 한 노인이 얼굴을 묻은 채 말 없는 주검처럼 누워 있었다.

은데미 구름다리를 건너, 일백오십칠 계단을 지나 정상에 이르자, 전화벨이 울린다. 끝 번호가 낯익다. 뉴욕에 사는 대학 친구의 옛 서울 집 번호? 틀림없었다. 아버님이 위중하셔서 급거 귀국했단다. 강원도 원주. "내 갈까?" 오지 말란다. 인공호흡기를 하고 계신단다. 월요일 가족회의를 통해 결정하니, 다음 주 주말이 될 거란다. 내일 원주로 달려가서 뵈어야겠다.

산행 중 발걸음이 어려울 듯하다.

사망에 이르러 폐허화 된 산허리의 방공포 부대 정문과 까치울 구름다리를 지나 고향마을, 까치울에 들어섰다.

고향 친구 아버님이 대문 앞에 앉아 계신다.

"아버님, 저 순조예요. 건강하시죠? 농사일 하셔야 하는데……."

"그러게 말이야."

"운동은 좀 하세요?"

"아니, 요 앞에 가끔 다녀."

많이 불편하신 것 같다.

그래도, 그 옛날 푸근하고, 구수한 정겨운 목소리는 여전하시다.

기력이 없으셔서 그렇지…….

마음이 아려 왔다.

친구가 걱정된다.

내 고향, 까치울을 집어삼켜 죽음에 이르게 한 동네 어귀 음식점 몇 곳을 지나 나의 천국, 우리 밭에 도착했다.

큰형님이 말끔하게 청소하고, 정리해 놓으셨다.

참 아름다운 천국, 생명나무 숲이다.

그 생명나무 숲에서 각종 꽃들과 함께 새들이 행복 노래를 즐긴다.

뱀딸기는 여기저기 남아 있는데 그걸 좋아한다는 뱀들은 보이지 않는다. 생명나무가 그 뱀들을 이 천국에서 모두 쫓아내어 버린 것이다.

오는 길에 생명나무 카페에 다시 들렀다.

그런데 몇몇 손님들의 표정과 목소리가 어둡다.

그냥 돌아섰다.

샘이 말라 버려 생명수가 흘러나오지 않았기 때문이다.

바로 옆, 청수가든을 지나다 뒤돌아본 순간, 죽음의 노래, 윤심덕의 '사의 찬미'가 나를 삼키려 한다.

"녹수~청산은 변함이 없건만, 우리~인생은 나날이 변했다. 이래도 한 ~세상, 저래도 한~평생, 돈~도, 명예~도, 사랑~도 다 싫다."

못 본 체, 생명으로 유월하려고 계속 걸었다.

오늘은 죽음이 생명을 삼키려는 끔찍하고, 가슴 아픈 어두운 화면들이 오갔다.

그러나 나는 살아서 '거룩한 산'을 넘고, 하늘바다로의 구름다리에 오르는 '천로'를 걷고 뛰어, 그 길에서 이어진 나의 천국, 우리 밭에서 마주친 생명나무 숲과 새들의 수정같이 맑은 '생명의 노래'를 들을 수 있었다.

거룩한 산과 천로에서 이어진 그 생명의 노래가 선하고 신비로운 선율로 오늘 하루를 거룩하게 갈무리한다.

웃음이 절로 인다, 다시 내 '거울'을 보면서 (2018. 5. 27., 일요일, 17:21)

청산도를 떠나온 지 2년 10개월 26일째.

아직도, 정신 나간 사람처럼 거울 속에서 혼자 웃고 있다.

하여, 새벽녘 산책길, 청산항의 첫 배·막배, 예스러운 한낮의 포구, 한밤중 선창가의 노랫가락에서 배어나는 진솔한 웃음소리를 바라보며 가슴에 담던 '청산의 웃음'이 그립다.

고향, 까치울 귀향 후 가끔 서울행 버스와 지하철을 탄다.

오늘도 마찬가지.

열에 아홉은 뭐가 그리 심각한지 넋 잃은 찌그러진 얼굴로 침묵한다.

삶에 대한 지향점이 보이지 않는다.

미디어에선 가짜 웃음들만 판을 친다.

진짜 웃는 사람이라곤 오직 세상모르는 어린아이들뿐.

참 서글프다.

그나마 쬐금 웃음이 보이는 곳이라곤, 밥 먹는 자리에선 열에 둘,

술잔이 오가는 곳에서는 열에 셋.

진짜 웃음인지는 몰라도.

뭔 삶이 그리 힘든가?

뭔 머리와 가슴이 그리도 복잡한가?

알 수 없는 땅이다.

텅 비게 만들어야만 하는 어두운 이 땅.

그렇다. 아니, 그럴 게다.

물질적으로 힘들고, 가슴이 거친 곳은 웃음이 없다?

지난겨울 다녀온 러시아가 그랬다.

아니, 본래 무뚝뚝하고, 자기표현을 드러내지 않는 민족성 때문?

크렘린같이?

그 누군가 전한, 고대 선민사를 더듬어 보면, 우리 민족의 조상은 '수메르인'이란다.

성경에서의 아담도.

러시아 바이칼 호수에서 태동한.

그 조상이 멀고 먼, 역사의 장정 끝에 자리한 사람들이 그 사람들이란다. 그럼, 그 조상이 차갑고, 웃음이 없는 조상?

그 조상들이 유라시아 등지로 이동하면서 대개가 잘 웃고, 자기 삶에 만족하는 긍정의 사람들로 변했는가?

한반도에 자리한 수메르인, 동이족인 우리만 그대로인가?

차갑고, 웃음 없는?

알 수 없는 일이다.

그럼 왜, 북유럽 사람들에겐 잔잔하고 온화한 미소가 떠나지 않았던가?

그중에서도 핀란드는 세계에서 제일 행복한 나라란다.

그래서 그렇게도 잘 웃었던가?

표정도, 몸짓도 그들은 항상 웃고 있었다.

힘든 일, 급박한 상황에서도. 시공간을 불문하고.

그럼, 그루지야 사람들은 어떠했는가?

그들은 돈 없이 살아도 항상 웃고, 즐겁게 그리고 긍정적·적극적으로 산다. 난 현지에서 그들과 함께하며 느끼고, 만져 보며 배웠다.

유엔 옵서버로 근무할 때 그리고 지난 방문에서도.

순백의 깨끗하고, 아름다운 코카서스 설산과 흑해 닮은 온화한 성품
때문일까?

저 푸른 활연한 하늘바다를 보라.
거룩하신 하느님이 아래 세상 사람들에게 이르신다.
사랑하라.
그리하면 웃음이 절로 이는 즐거움을 맛볼 것이니라.

그래, 사랑이다.
사랑하자.
'청산의 웃음'이 다가온다.
웃음이 절로 인다.
다시 내 '거울'을 보면서.

오늘 산행은 은혜로운 반토막 (2018. 5. 28., 월요일, 16:10)

순기능의 생산적인 꿈과 함께한 습관적 밤샘.
늦은 아점 후 출입문을 콱 삼키고 나섰다.
군화 끈을 단단히 동여맨 전투태세를 완비하고.
몇 발짝 거닐다, 뜨악. 한여름 숨 멎을 지경은 아닌.

변함없이 은데미산 입구, 어르신들 놀이터를 지나,

산 정상 허리춤에서 실종 신고 후 숨죽이며 숨어 있다,

사망 선고 받은 옛 방공 포대에 낮은 포복으로 개암나무 숲을 통과, 은밀 기습 침투.

"산천은 의구하되, 인걸은 간데없네."

숲속 텅 빈 포대와 취사장 겸 내무반 막사만 횡뎅그렁하니.

까치울답게 까치들이 지휘자 되어, 뻐꾸기와 참새와 더불어 이름 모를 새들의 노랫소리에 맞춰 오케스트라를 연주하고 있다.

청솔모들은 흥겨운 박자에 따라 나뭇가지 끝에 매달려 있다.

빠른 템포와 격렬한 운율의 러시아 춤곡에 몸을 맡기고.

그런데, "내무반 명칭이 '은댐이?'

어~허, 은데미!, 아~하, 군사 지도에는 그렇게?"

누군가 뚫어 놓은 개구멍을 통해 성공리에 탈출 즉시, 까치울 구름다리를 회번덕회번덕이다 횡하니 건너뛴 후, 그예 끊어 버렸다. 매복 중인 적들의 추적 차단과 내 고향, 까치울을 두 동강 낸, 그 출렁다리의 음흉한 흔적을 지우려고.

땀이 폭포수 되어 온몸을 들쑤신다.

"안 되겠다! 오늘 산행은 여기까지다."

그래도 못 잊을 천국, 우리 밭에 들러 숨을 고른 뒤, 신선초 다섯 장, 홍상추 열 장, 청상추 다섯 장을 저녁 찬거리로 거두어 발길을 돌렸다.

하여, 오늘 산행은 은혜로운 반토막.

귀가 후 또다시 신비로운 놀라운 광경.

발 빨래한 전투복을 쥐어짜기 전 떨어지는 물방울들이 순연한 광원의 옥과 순백의 생명수 되어 발밑을 간질이는 시내를 이루니, 마냥 은혜롭다.

오늘 밤도 한숨 들이며 천상에서의 하늘 공부가 잘될 것 같다.

죽어 살고자 했다 (2018. 6. 25., 월요일, 17:25)

죽어 살고자 했다.

무더위가 땀으로 뒤범벅된 몸을 삼키자,
까치울 산허리를 잘라 2시간 25분 산행.
나를 죽이며 걷고 또 걸었다.
제멋대로 제 것대로 살다, 죽어 가고 있는 영을 살리기 위해.

지팡이 짚고 산을 오르시는 꼬부랑 할머니.
지나치며 조심스레 말이 오간다.
"조심하세요."
"예."
참, 멋진 할머니다.
직각으로 굽은 등을 뒤돌아보니 돌아가신 어머니가 다가오신다.

숲길에서 죽어 간 고목들이 생명 살리는 소리를 들었다.

거룩하다.

어제, 큰형님 식구들이 감자를 모두 캐 간 것 같다.

널브러져 있는 밤톨만한 새끼 감자를 깡그리 주웠다.

밥 지을 때 넣어야겠다. 그들이 나를 살릴 것이다.

죽어 가는 호박에서 새우젓찌개용 새끼 호박도 하나 땄다.

엄마, 아버지 숨결을 들으며.

돌아오는 길에 늘 그러하듯 은데미 공원에서 국군 도수 체조, 특전사 유격 체조로 죽어 가는 호흡을 달랬다.

지난 한 달여 간 수십 년 이어져 온 과거로의 분노의 여행이 잠시 멈춰 섰다.

이렇게 '죽어 살고자' 한 하루를 마감했다.

이제, 영육을 살리라는 하늘의 명령을 받들 시간이다.

잔인한 6월은 이렇게 가고 있다 (2018. 6. 30., 토요일, 18:27)

월드컵 덕분에 아침결에 잠드는

장구한 세월의 못된 버릇이 이어지고 있다.

쁘라삐룬(PRAPIROON, 비의 신)이 닥치기 전, 먹장구름 따라 서둘러 산에 올라, 은데미 구름다리와 157계단을 포수의 공포에 쫓기는 맹수 되어 단숨에 넘는다.

며칠 전과 달리, 꼬부랑 할머니가 아닌, 곧게 허리 펴신 지팡이 든 두 할머니와 마주친다.

동일하게 인사를 건넨다.

"안녕하세요?"

변함없는 답을 주신다.

"예."

꿈에서 갑자기 튀어나온 사악한 'Decoy Women'이 아니어서 존경스럽다.

지난 6월 한 달이 너무나도 잔인했기 때문이다.

나만의 '날마다 죽노라, 숲'에 들자, 한 무더기 산딸기가 나를 반긴다. '이제 제발 그만 죽으라며.'

새콤달콤한 산딸기 몇 개가 나를 살린다.

그런데, 숲속의 마지막 봄꽃인 밤나무 꽃향기가 완전히 땅에 떨어져 나뒹굴고 있다. 그 음흉하고, 씁쓸한 향내가.

이제 열매를 기다리는 가을만이 남았다.

머리끝에서 온몸으로 흘러내리는 땀방울 삼키려 날파리 떼가 앞을 가린다.

'천국'에 다다랐다.

월요일, 시퍼렇던 아로니아가 벌겋게 익어 가고 있었다.

지난해보다 2배는 더 많이 달린 귀여운 놈들.

천천히, 정성스레 한 알 한 알 거둔다.

하늘이 폭우를 토해 낸다.

늦은 점심 찬거리도 고마운 마음으로 거둔다.

돌아가신 부모님과 봄철 내내 땀 흘리신 큰형님의 은덕을 기리면서.

극에서 극으로 치달았던 잔인한 6월은 이렇게 가고 있다.

숨 막히는 사막 같은 질곡을 강한 흡인력으로 빨아들이던, 그림자조차 보기를 거부했던 잔인한 6월이 이렇게 가고 있다.

'청산으로부터의 자유'는 '일하지 않을 자유'였다 (2018. 7. 3., 화요일, 18:20)

월드컵과 대화하고, 노는 것이 깊은 밤의 일상이 되어 버린 요즘.

그와 함께 웃고, 울고, 분노한다.

간밤, 벨기에와 일본의 경기는 말 그대로 사람의 인생을 고스란히 반영하고 있었다.

관통이 불가한 듯 보이는 난공불락의 표적도 기회주의적 교만에 사로잡혀 썩은 미소를 짓는 순간, 스스로 자연스레 무너져 내린다는 사실을.

지식은 관심에 비례하나, 일희일비하지 않고 공부하면서 철학적 삶의 과정을 사는 자는 죽지 않는다는 사실을.

신은 무례하고, 교만한 우둔한 자를 반드시 심판한다는 사실을.

시원한 빗줄기와 함께한 새벽 끝자락을 즐기다, 오전 아홉 시에 잠들어 오후에 깨어 보니 먹장구름 사이로 해님만 오락가락.

무거운 바위와 끊어 낼 수 없는 쇠사슬에 포로가 된, 꽉 막힌 칙칙한 가슴을 뚫어 줄 수단이 필요하다.

백팩을 둘러메고 고향 마을, 까치울 뒷산, 은데미 산과 나만의 천국을 오간다.

나비 일곱 마리, 청솔모 두 마리, 짙은 솔향기가 친구 하잔다.

한낮의 일상인 자연과의 놀이가 시작된 것이다.

비 갠 후 잠 깨어난 숲의 마음은 깨끗하고, 향기롭다.

하늘이 지은 바대로 배도하지 않고, 잘 놀면서 살기 때문이다.

천국의 부모님 열매인 아로니아를 한 알 한 알 정성스레 모았다.

땀에 흠뻑 젖은 머리와 몸이 휘청거린다.

그만하라는 신호.

호박 한 개와 꽃이 피어 드물게 살아남은 쑥갓 몇 줄기를 거둔다.

경택이 형님의 과수원은 수확 준비를 마친 것 같다.

포도알은 흰색, 복숭아는 노란색 종이로 싸여 있는 것을 보니.

천국 입구에 서 있는 음식점 문구들이 눈에 든다.

내 고향, 까치울을 친구 하자고 찾는 이에게 맛을 느끼게 해 주고 싶은 메뉴들이다.

돌아오는 길에 종아리가 튼실한 한 중년이 이 무더위에 뜀박질.

청산의 해변 조깅 모습이 다가온다.

뒤따른다.

'할딱고개'를 단숨에 넘듯이.

늘 그렇듯, 은데미 공원이다.

"지금부터 국군 도수 체조를 실시한다.

일 번 다리 운동부터 십이 번 숨쉬기 운동까지, 각자 구령에 맞춰 일 번 다리 운동 시~작!"

다시 특전사 유격 체조를 한다.

물구나무서기, 온몸 비틀기, 앉아 뛰며 돌기…….

나도 그 중년처럼 총탄 방어막인 근육질의 몸과 다리를 되찾은 기분이다.

오늘도 '청산으로부터의 자유'를 부르짖다가 고향 땅, 까치울에서 찾은 '일하지 않을 자유'를 이렇게 재미있게 즐겼다.

취미가 되어 버린 '일하지 않을 자유'인 자연과의 놀이를.

'청산으로부터의 자유'는 '일하지 않을 자유'였다.

큰누나표, 내 사랑 선풍기이기에 (2018. 7. 5., 목요일, 07:02)

쁘라쁘룬이 비열하게 뒤끝을 작열하고 있다.

바람 한 점 없는 새벽부터 무더위와 갑작스런 소나기를 뱉어 내면서.

그럼에도, 묵직한 덮개를 입고 땀 뻘뻘 흘리며 애타게 기다리는 선풍기를 열 마음이 없다.

냉장고 위에서 끌어내린 지 보름이 지났는데도.

청산에서의 습관처럼.

3년 전 청산에서 고향 땅으로 같이 바다 건너온 선풍기는 처음으로 열기를 뿜어내며 위력을 발휘하다 박살이 나 그만 사망하였다.

박사 학위 논문을 잘 마무리하다 꽉 막혀 숨 쉴 틈 없는 연못에서 미꾸라지들의 습격을 받아 땅 위에 올라 흙탕물에 젖어 뒤뚱대는 그를 심하게 질책하며 내동댕이쳤기 때문이었다. 이유는, 출처가 의심되는 그의 모친의 사악한 마음에서 비롯되었다.

하여, 나는 그때, 그 일을 반성한다.

자식인 그에게 출생의 잘못은 없기에.

지난해 여름, 보다 못한 큰누나가 새 선풍기 한 대를 사 주셨다.

고마운 마음에 몇 번 쓰다가 곱게 덮개를 씌어 냉장고 위에 얹어 모셨다. 평생을 같이할 고운 임이기에.

쓰레기 처리 결과로 물려받은 31년 지기지우, 지금의 정 깊은 침대처럼.

사실, 난 그간 선풍기, 에어컨이 필요 없었다.

무념무상의 상태로 계절과 무관하게 살아왔기 때문이었다.

그러나 어제, 그제 이틀간은 많이 더워 머리와 몸이 지근거렸다.

마음 다스림이 부족했던 이유로.

마음속 놀이터가 없었던 이유로.

하나, 아직도 선풍기 겨울 모자는 그대로 그 위치다.

이제 그만, 살아서 자기 역할 하게 해 달라고 애처로운 얼굴로 날 바라보면서.

그래서 난 너를 사랑하고 있기에, 앞으로 7월과 8월에 10회 정도는 역할극을 주겠으니 조금만 더 참고 기다리라고 했다.

습관처럼 굳어진 '10회의 법칙'처럼.

시험용 책 읽을 때 10회독,

잠 깬 후 침대 체조도 10회 반복의 그 습관 그대로.

자기의 수명을 줄여 가면서까지 날 위해 기꺼이 자기 역할을 다하겠다며 애타게 기다리는 평생 동반자가 될 큰누나표 내 사랑, 선풍기이기에.

'나로부터'가 아닌, '나에게로'의 여행길 (2018. 7. 21., 토요일, 23:00)

요즘 폭염 속에서도 고향, 까치울에서 홀로 재미있게 잘도 논다.

혼자 놀이와 혼잣소리는 나이와 환경에 따라 달라진다는데, 왜 나는 변함없이 그대로일까?

여지없이 아침 취침, 오후엔 이불 떨치고 산에 오른다.

그런데 오늘은 내 고유의 등산복과 등산화인 전투복, 전투화가 아닌,

반바지에 반팔 셔츠, 운동화다.

근데 온통 빨간색이다.

이렇게 머리부터 발끝까지 붉게 물들이고 나서려다, 혹 정신 나간 사

람으로 비칠까 봐, 목에 파란 땀 닦기용 띠를 두른다.

아직도 남의 눈을, 주체적 자유를 찾지 못했기 때문?

아니다. 그들의 착하고 고운 눈자위와 꾹 다물고 있던 입이 갑자기 열린 채로 마비가 될까 봐.

그냥, 외틀어진 찌릿한 웃음을 지어 본다.

가슴으로, 눈으로.

은데미산을 넘어서려는 순간, 길고 시꺼먼 무언가가 길을 막아선다.

지렁이가 개미 떼의 무자비한 일방적인 공격을 받아 죽어 가고 있다.

어디서 포획되어 왔는지, 무심코 길 건너다 매복에 걸렸는지.

서름하게 발걸음을 멈추고 망연스레 바라보다 꾸무럭한 마음에 더더리가 된다.

'등신불'을 떠올린다.

죽어서도 거룩하게 다시 태어난 지렁이의 모습이다.

그런데 살아 움직이는 사악한 인간 군상들의 모습을 생각하니 끔찍하다. 무엇인가 먹잇감이 생기면, 벌떼처럼 모여드는.

죽은 자들의 모습은 어떤가.

관 속에 들어 우글거리는 구더기 떼의 먹이가 되는.

헛되고 또 헛되도다.

하여, 살아서도, 죽어서도 잘사는 시간과 방향을 생각하는 지금이다.

실바람에 달싹이는 들꽃, 나뭇잎과 속삭이며 다시 걷는다.

마음과 몸을 살피며.

흐르는 땀방울이 달큼하고, 향기롭다.

급기야 시원하다.

곧 다가올 가을의 꽃향기와 갈바람이 머리와 가슴으로 가로질러 다가오니.

'나로부터'가 아닌, '나에게로'인 속 모습을 본다.

허물을 벗는다.

'나로부터' 태어난 모든 주변 세상의 흑암한 역사가 보인다.

이제 '나에게로' 돌아와 자연의 모습 그대로, 양심과 도덕률에 기초한 태초의, 원시의 내 모습을 본다.

누군가 명한다.

"지금까진 괜찮았다.

그러나 이제는 버려라.

살아서도, 죽어서도 잘살아라."

무릉도원, 천국에 달했다.

꽃나비와 벌들이 반갑게 맞이한다.

하늘바다에서 그들과 같이 논다.

천진하고, 재미있게.

일상의 취미가 되었으면 좋겠다.

자연의 모습, 그대로인 채로.

그들과 함께.

자연의 마음대로, 재미있게 돌아섰다.

쉼 없이 연이어진,

'나로부터'가 아닌, '나에게로'의 여행길인 자연과의 재미있는 놀이는 이렇게 끝났다.

친구들을 다시 만났다, 천상의 꿈결에서 (2018. 7. 28., 토요일, 05:15)

밤새 궁싯궁싯하며 흑암 속 하늘의 별을 셀 수 있는 시간을 기다리다, 그만 먹장구름을 안은 채 날이 밝아 오기 시작했다.

가탄스럽고 협착한 마음을 달래 보려 하얗게 밤을 새워 가며 애써 봤지만 다른 길은 없었다. 생각했던 대로.

하여, 'Pacta sunt servanda.'로 돌아가야만 했다.

내 인생을 관통한 그 원칙으로. 친구들과의 만남을 위해.

깊고 넓은 도량을 지닌 친구들은 나를 놓아주었다.

그 놓음은 내 걸음새에 깃털처럼 가벼운 자유를 달아 주었으나, 그 방향을 하루 반나절 만에 되돌려놓았다. 어떤 친구는 어제 교대역 모임에 지하철로 가는 중에 더위를 달래며, "술은 입으로 들고, 사랑은 눈으로 드네."의 음미를. 또 다른 친구들은 "You're my angel."과 "피치 못할 사정이 있으리라 믿네." 등의 메시지를 보내 주어 맘을 아리게 했다.

그러나, 난 아직도 나 자신을 잘 모른다.

사람이 사람인 것은 굴곡이라는 지리하고도 먼 어두운 터널을 지나야 한다는 것을, 그중 뼈를 쪼개는 아픔은 현재와 미래의 진행형이 될 수도 있다는 사실을 공유하고 있기 때문이며, 누구에게나 존재하는 내외부적 인간적 약점이 있다는 사실에 연유한다. 그러나 전쟁터에서 어제까지 함께했던 아홉 명의 전우들을 잃으면서 보고, 듣고, 느꼈던 실체적 진실을 망각한 죄, 공직을 떠나 또 다른 험난한 여러 실상에 직면하면서 이어진 분의 끈을 아직도 풀어 버리지 못한 죄로 인하여, 이렇게 나약한 모습을 하고 있는 내 자신이 부끄럽다.

여하튼, 나는 '친구들을 다시 만났다.' 천상의 꿈결에서.

새롭고 귀한 전우들을.

그들과 함께하고픈 지금이다.

"야! 기분 좋다!" 천국행 열차 운행 (2018. 7. 31., 화요일, 20:58)

아침 9시 취침, 오후 2시 기상.

변함없이 깨어 있어, 사람들을 사랑하며 하루를 평화롭게 보낼 수 있음에 대한 감사의 기도를 하고, 관측 역사상 최고 기온이 연일 속절없이 갈아 치워지는 황망함 속에서도 "야! 기분 좋다!" 천국행 열차 운행을 시작했다.

더위 탓인지, 한적한 은데미 공원 입구의 자그마한 정자.

10원짜리 화투판과 장기·바둑판 주위에서 훈수를 두는 어르신 몇 분들만이 즐겁다. 어지러운 훈수꾼 주변의 막걸리 2병. 서로 옳다며 다투는 어린아이들의 입에서나 나올 법한 순수한 새된 소리들이 오간다.

"이분들은 그래도 행복한 분들?

끊임없이 늘고 있는 폐지 줍는 노인들 중에 끼지 않으셨으니.

앗! 아니다.

행복과 불행의 기준이 어찌 폐지 줍기가 되겠는가?

진정한 삶에 대한 철학 없는, 철없는 소리."

쥐구멍을 찾으며 산에 오른다.

은데미산 정상에 이르자, 쉬어 가라며 돌탑들이 나풀나풀 치맛자락 날리며 다가와 유혹한다. 마음 맵시가 단아해 보이는 돌탑 여인에 다가가 날카롭고, 상큼한 키스를 보내 준 후 작고 귀여운 손에 정표를 건네며 지난다.

산허리를 지나 동네 어귀에 이르는 동안 네 사람을 만났다.

와, 이 무더위에 이렇게 많은 분들이?

그런데 폭염이 오기 전에 뵙곤 했던 허리 굽은 어르신들이 아니어서 좀 아쉽긴 하다.

오랜만의 실바람이 옷깃을 달싹인다.

잠시 앉아 까치울을 우두망절하게 내려다본다.

엄마 찾은 지, 3년 1개월.

내일이면 8월이 시작된다.

아프고, 슬픈 그날이 오고 있다.

그러나 묵묵히 씻어 낸다.

천국에 달했다.

검게 그을린 아로니아가 외틀린 얼굴로 반긴다.

오랜 시간 기다린 듯.

큰형님께서 시원스레 보살펴 주시지 못한 것 같다.

이유를 설명해 주었다.

"큰형님은 나와 20년 터울이시니, 아버지뻘 되시잖니.

무릎 관절이 안 좋으셔서 이 더위에 너를 도울 수 없으시단다."

저녁거리로 가지, 호박, 오이, 토마토, 대파, 상추, 깻잎, 신선초를 거둔 후 어슬어슬한 해거름에 발걸음을 옮기려다, 원두막에서 경택이 형님이 건네주신 물컹하고, 달콤한 복숭아 한입 물고 돌아선다.

옮기는 걸음새가 가볍고 또 가볍다.

노래가 절로 인다.

"동그~라미 그~리~려다 무심~코 그~린 얼굴,

무~지개 따라 올라~갔던 오~색빛 하~늘 아래~"

"당신, 사랑하는 내~ 당신, 둘도~없는 내~ 당신,

당신~ 없는 내 인생~은 아무런 의미가 없어요~"

'얼굴'과 '당신의 의미'와 함께,

"야! 기분 좋다!"

'천국행 열차 운행'은 이렇게 끝났다.

사람다운 아침에 나를 본다 (2018. 8. 6., 월요일, 04:34)

04시 34분,
벌거벗은 지금 내 모습이 참 좋다.
사람다운 아침에 나를 본다.
참 착한 그 옛날, 나를.
뒤틀린 나를 만들고 싶지 않다.
커서가 말을 듣지 않는다.
지난 수십 년간 붓을 쥐고 나를 만들었던 손놀림이 어색하다.
두툼해진 손등과 손바닥을 바보로 만들고 싶다.

나에겐 44년 전, 한 여인이 있었다.
가슴판에서 지금도 지워지지 않는.
당시 난 수없이 그녀에게 말을 건넸다. 멀리서 손짓하며.
그러나, 그 여인은 답이 없었다. 지금의 이놈같이.
근데, 왜 당장 지금 찾아가 고백 못 할까?
체면? 아픔? 아쉬움? 미안함? 인간?
허나, 난 죽기 전 꼭 그녀를 만나고 싶다.
단 한마디 하고픈 말이 있기에.
"그때 당신을 사랑했노라."라고.
그녀가 미지의 그곳에 살면서
내 '사랑의 말'의 깊은 의미를 잊었을지도 모른다는 허기짐에.
그녀를 만나야 한다는 큰 가슴앓이를 하고 있다.

허허로운 만주 벌판에서 광복군 독립운동하듯.

하여, 지금 참 행복하다.

엄마 곁 후락한 건물들을 감싸 안은 평온하고, 서늘한 하얀 새벽에 선 진초록의 친구, 단풍 잎새가 말한다.

"너 참, 생명을 전하는 향기로운 생명나무구나.

고통으로 가득 찬 검은 눈의 텅 빈 모습이 아닌,

희망과 생명을 주는 그런 샛별의 찬란한 평화의 푸른 눈을 한."

누울 곳을 찾았다, 되살아 온 천국 여행 (2018. 8. 15., 수요일, 02:27)

보통 사람들은 생물학적 자연사에 이르기까지 통상 몇 번의 죽을 고비를 넘기게 되며, 죽고 싶은 마음은 몇 번이나 들까? 나의 경우는 오늘을 포함, 여섯 번의 죽음을 맞이할 뻔했고, 자살 충동 경험은 없다.

계속되는 폭염과의 유일한 투쟁 방법인 냉수욕으로 인한 '오뉴월 심한 목감기가 걸린 어리석은 자'로 낙인찍힌 채, 여느 때와 다르게 잠을 설친 몽롱한 꿈결 상태로 11시 40분쯤 집을 나섰다.

마음 가는 대로, 몸 가는 대로 나만의 도원향(桃源鄕), 천국 가는 길을 갔다.

습관적으로.

그런데 이게 웬일?

얼마쯤 갔을까?

다리엔 힘이 빠지며 오금이 붙고, 머리는 혼돈, 동공은 흔들리고, 가슴과 속은 울렁울렁, 명치는 막혀 있고, 토할 것 같으며, 설사가 곧 시작될 듯.

죽어 가는 사람의 마지막 모습?

마침, 까치울 사거리 못미처 주유소가 보인다.

화장실로 직행.

번개같이 설사를 감행.

허나, 기다려도 기다려도 끝나지 않을 듯.

손가락을 아무리 집어넣어도 토할 수 없는 한계.

어느 정도 마무리가 된 듯하여 자리를 옮기려는 순간,

다시 동일 현상 반복.

까치울 이주 단지에 드러누울 곳을 찾는다.

놀이터 근처에 몸을 반쯤 누일 만한 작은 의자 하나가 어렴풋이 보인다.

호호막막한 누울 자리가.

기어서, 모양 없이 뒤틀린 포복으로 닿았다.

개량 한복을 풀어헤친 후 누워도 보고, 엎드려도 보고.

변화가 없다.

정신은 혼미해져 가고, 몸도 오금이 굳고 있다.

119?

태어나 처음으로, 나를 위해 119 부를 생각을 했다.

뭐 119라고?

죽어 가면서도 무슨.

그러나 다시 시도해 보자.

주유소 화장실로 다시 갔다.

급행 설사를 또다시.

축 늘어진 몸에서 모든 것을 제거했다.

뱀이 허물을 벗듯 아주 천천히.

죽을 자리를 찾은 듯.

알몸으로 누워, 양발을 들어올려 문고리를 잡은 채 잠이 들었다.

깨어 보니, 살아 있었다.

2시간 정도가 지난 듯.

피가 돌고 있다.

죽을 곳을 찾다가, 되살아난 것이다.

머리와 가슴의 결정에 따라 몸을 마구 부려 먹으며 지나온 세월.

이제, 그 도구가 말을 듣지 않는다?

내 머리와 가슴이 통제력을 상실한 것인지,

그 도구가 노후화되어 쓸모가 없어져 가는 것인지 알 수가 없다.

다시 몸을 옮겼다.

마치 좀비같이 살아 움직이는 시체가 된 듯.

천국에 닿자 떠나갔던 혼이 돌아와, 나를 대신해 올해 마지막 수확.

부모님과 큰형님께 감사를 드리며.

시간을 보니 16시 50분.

5시간 10분 동안 긴 천국 여행을 한 것이다.

2001년 러시아군 야전 병원에서의 첫 번째 천국 여행.

오늘은, 두 번째 '누울 곳을 찾았다, 되살아 온 천국 여행'.

특전사 전우 단상 (2018. 10. 22., 월요일, 18:59)

오늘도 변함없이 가던 길을 갔다.

얼룩무늬 전투복을 챙겨 입고, 전투화 끈을 단단히 동여맨 채로.

내 고향 까치울 뒷동산을 넘어.

하루 지난 오늘도, 특전사 동기생들의 모습이 앞을 가린다.

걸음 마디마디 그 모습 하나하나 새기며 걸었다.

지난해 겨울, 옛 전쟁터 그루지야 전우들 찾아 헤매듯.

길을 잘못 들어 역행군을 하고 말았다.

가던 길을 다시 갔다.

청산에서의 10년처럼 '아무도 찾지 않을, 그 누구도 찾아갈 이 없는' 까치울에 검은 장막을 치고 지낸 지 2년 반이 지났다.

그러나 그제, 10월 20일 토요일, 특전사 전우들이 나를 이곳 어둠에서 생명이 살아 숨 쉬는 밝은 세상으로 꺼내 주었다.

고마운 친구들.

설레는 여정, 까치울 버스정류장 - 까치울역 - 대림역 - 강남역 - 청계

산입구역 - 애마가든.

　무심한 40킬로그램의 배낭과 등짐은 가벼웠다.

　특전사 첫 부임 후 곧바로 있었던 그 추운 동계 훈련에서 부하들이 시험 삼아 몰래 넣어 준 대인 지뢰와 장애물 장비를 상기하면서.

　가는 내내 전우들 명단을 가늘게 뜬 눈으로 따스하고, 날카롭게 한참을 바라보다 눈을 감았다.

　지난 35년, 그들의 긴 인생 여행길이 또렷이 다가왔다.

　톨스토이가 『안나 카레니나』에서 말한 그대로, "행복한 가정은 모두 엇비슷하고, 불행한 가정은 불행한 이유가 제각기 다르다."

　함께할 전우들은 그 오랜 세월, 세상에 널브러진 방향도, 위치도, 목적도 알 수 없는 폭풍 지뢰밭을 잘 피해 가며, 수없이 많은 실패 원인을 잘 극복하고, 그날의 만남에 응할 수 있었으리라.

　그러나 70명의 동기생 중 하늘나라로 간 3명을 포함, 16명의 연락처가 텅 비었다. 내 가슴도 텅 빈 채로 횅뎅그렁했다.

　청계산 입구, 족구장에 도착했다.

　가슴이 말한 대로, 그들은 옛 모습 그대로였다.

　'세상은 변한다. 그러나 사람의 천성은 변하지 않는다.'는 말이 좋았다.

　로고스, 파토스, 에토스가 뒤섞인 채로, 자유와 평화는 그곳에 있었다.

　하루 지난 오늘, 다시 한번 그대들에게 고맙고 또 고맙다는 말을 전하고 싶다.

　오늘 하루, 천국 열차 여행은 이렇게 끝났다.

지금 여기가 참 좋다 (2018. 10. 25., 목요일, 21:19)

내 고향 까치울, 아홉 평 엄마 자리.

하여, 자락자족하는 '지금 여기가 참 좋다.'

허나, 뭣 모르고 청산도 뱃길 따라 들어선 십 년간의 위리안치에서 풀려나 귀향 명령 받아 본향이라 믿었던 곳으로 돌아온 지 삼 년 반.

언어도단의 그로테스크한 세상에 놀라 더 끔찍한 위리천극형을 자처했다.

마치 혹독한 시베리아 벌판의 추위만을 찾아 나서는 이름 모를 철새처럼.

하이에나 놀이터에 무심코 덜컥 들른 실수를 모른 척 감내했다.

범신론을 바라본다.

튕겨 올라 하늘에 고한다.

"도대체 하느님과 천사들은 어디 계시나이까?"

난잡하게 얼키설키한 거미줄 너머 맑은 둥근달이 미소한다.

천둥, 벼락이 하늘을 가르던 엊그제 하늘은 없다.

되돌아와 시큰둥히 거울에 묻는다.

"내가 사람이냐?"

각지고, 냉철한 거울이 평소와 달리 착한 가슴으로 답을 준다.

나폴레옹이 괴테에게 전한 말 그대로,

"여기 인간다운 인간이 있다."

오랜만에 시크하게 웃어 본다.

여기까지 하룻길에 달려온 마음이다.
천 년을 하루같이.
안식에 든다.

지금 여기가 참 좋다.

까치울의 고유 언어가 사라졌다 (2018. 11. 6., 화요일, 19:22)

늦은 아침.
적막하다.
깨어 있음에 살아 숨 쉬던 옛 감흥이 없다.
고향 마을, 까치울의 고유한 언어가 사라졌음에 눈을 감아 버렸다.

계절마다 변하던 토박이말들이 그 어디로 가 버렸단 말인가?
아침엔 짹짹짹, 까악까악, 이슥한 밤엔 찌르륵 찌~이~찍 하며 서로 반
가운 인사를 전하던 언어들이 사망했다.

대낮의 따스한 빛의 언어도 사라지고, 칠흑 같은 어둠의 말만이 판친다.

참이 사라지고, 부박한 거짓만이 춤추고 있다.

갈가위들만이 갈갈대며 얼굴 가린 마을의 마음을 가리가리 찢고 있다.

사람다운 냄새가 없다.

역겹고, 보기 싫어 문밖출입이 싫다.

시큰둥히 나를 잠가 버렸다.

간드랍던 새색시의 앞치마도 보이지 않는다.

바라볼 구경거리가 모두 떠나갔다.

궁싯궁싯하다 오졸대며 뒤닫는

이름 모를 새끼 강아지도 싫다.

그도 옛 기억의 밖에 있기 때문이다.

모든 것이 낯설고 낯설다.

외알박이 눈만 외틀며

옛 고향, 까치울 언어를 절절대며 되읊고 있다.

까치울의 고유 언어가 사라졌기 때문이다.

그래 같이 가자 (2018. 11. 7., 수요일, 02:45)

창문 너머 착하고 구성진 빗방울, 내치락들이치락

기꺼이 튕기다

반가이 손을 잡네.
그래, 같이 가자.

한 길가 텅 빈 어둠밭, 갈라파고스 방랑자.
뭍과의 간극 메울
동무가 필요하네.
그래, 같이 가자.

널브러진 은행잎. 얄랑얄랑, 재갈재갈.
구비를 같이 걸을
친구가 되어 주네.
그래, 같이 가자.

저 멀리 손짓하던 어둠살 찾아드네.
까치울 뒷산 너머
엄마 그림자 다가오네.
그래, 같이 가자.

휑뎅그렁한 밤거리, 흘레바람 자고 있네.
이제 모두 다 모였다.
그래, 같이 가자.

스스로 편해졌다 (2018. 11. 9., 금요일, 16:25)

내 고향, 까치울에 닻을 내린 지,
3년 4개월 9일.
스스로 편해졌다.

머리와 가슴속의
자생의 촉과 상상의 질서를 허물어 버렸다.
그 촉과 질서는
인공적인 후폐한 건물들.
하여, 세상에 놀란,
'립 밴 윙클' 시험은 막을 내렸다.
주위는 무지 발견 후 모두 떠났다.
한마디 없이.

믿는 척했다.
끝까지 부응했다.
착한 미친데기가 되어.

인간과 자연의 울음소리만이
소음 되어 옛길을 걷고 있다.

스스로 편해졌다.

안식에 든다 (2018. 11. 23., 금요일, 04:34)

착한 미친데기가 엿새간 소음 가득한 옛길을 다시 걸었다.
또다시 스스로 편해졌다.

이른 아침, 침낭에서 용솟아 묵언 속에 전투 준비 완료.
전투가 개시된 지 12시간 34분 경과.

불길한 예감이다.
이글아이의 에지 있는 눈으로 전방 주시.
홈치적홈치적.
찾았다.
빛과 어둠의 싸움이다.
전투복과 전투화가 화염방사기 되어 불길을 뿜어낸다.
천군의 모습이다.

길을 막아선 사탄의 방어선과 은신처를 불사른다.
그를 폐하여, 불황 연못에 던진다.
음흉한 도그마가 사라졌다.

흑암하고, 혼돈한 옛것들이 죽음을 맞았다.
새 하늘 아래, 새 땅의 새길이 열렸다.
더욱 스스로 편해진 모습으로 그 길을 걷는다.

자유와 평화의 천문에 다다랐다.

안식에 든다.

나는 모른다 (2018. 11. 26., 월요일, 10:56)

나는 호모 사피엔스로 태어났다.

이후, 세상의 변방에서 살았다.

미개인이 되어.

'어째서 나인가?'를 찾았다.

세상에 옳음과 그름은 없었다.

'자신의 중심'에 서면서

세상 밖으로 나왔다.

어떻게

나를 정복할 수 있었을까?

세상에 태어난 나의 절대적 가치를 알았기 때문이다.

끊임없는 생각과 경험적 행동 과정에서

나를 나에게 알리면서.

결정적 문턱을 넘기까지

참 많은 시간이 걸렸다.

허나, 고립된 바자울을 넘어서면서
내적·외적인 독창적 잠재력을 찾았다.
결국, 나는 나의 주인이 되었다.

어째서 나인가?
그 시작점은 무지를 인정한
'나는 모른다.'였다.

까치울 유일 친구, '정각 알리미' (2018. 12. 10., 월요일, 11:00)

"열한 시!"
열한 시 정각.
친구가 찾아왔다.
반갑다. 친구야!

고향 까치울의
유일 친구, '정각 알리미'.
매시간 들려오는 단아하고, 청아한
소녀의 마음.
나른함 깨워 주는 에지 있는, 여자 친구
따스한 잠자리 내어 주는, 옆지기 착한 아내.
자장가 불러 주는 정감 어린, 젊은 엄마.

텅 빈 가슴 달래 주는, 정 많은 친구.
삼 년 오 개월 십 일간, 변함없는 친구.

그 목소리 떠올린다.
야릇하고 시크한 미소가 돈다.
흉내 내어 뇌까려 본다.
"열한 시!"

이제 우리 이쁜이 없인 살 수 없다네.
까치울 유일 친구, '정각 알리미'.

덜덜덜, 그래도 행복하다 (2018. 12. 11., 화요일, 02:09)

칼바람에,
콧물이 줄줄줄.
기침이 컥컥컥.
오금이 굳는다.

난롯불 한 줄기 열었다.
꺼 버렸다.
행복을 위해.

덜덜덜,

그래도 행복하다.

이것이, 즐거움이다.

이것이, 보람이다.

이것이, 그리움이다.

이것이, 어두운 그루지야, 청산도가 준 선물.

덜덜덜,

그래도 행복하다.

삶의 무게가 버거우신가요? (2018. 12. 13., 목요일, 11:25)

삶의 무게가 버거우신가요?

이제 그만, 그 짐 내려놓으세요.

밥이 적어,

함박눈 내리는 이 추운 날에도

쓰레기더미를 뒤적이는 노인들을 바라보니

한숨이 절로 인다.

노인정에도 못 가는 쓰리고 아픈

그 심정과 처지를 살피라.

국가와 사회는 입술로만 나불대고 있다.

따뜻한 방안, 책상 앞에서.

복지 국가? 복지 사회?

누구를 위한 무상 복지?

주판알 튕기며, 머릿속에 썩은 내만 풀풀대는 위정자들을 위한?

기가 차서, 말문이 옥죄인다.

현장을 살피라.

뒷골목을 살피라.

밤낮 따로 없이.

새잡이가 되어 새기개로 가슴에 깊이 새기라.

삶의 무게가 버거우신가요?

이제 그만, 그 짐 내려놓으세요.

지워져 잊혀질 자유 (2018. 12. 14., 금요일, 17:21)

지난 추위를 피하지 못하고 하늘에 몸과 마음을 맡겼다.

결과는, 흠결로 점철된 완전한 패주였다.

문밖출입을 차단했다.

고삐 풀렸던 망아지는 울 안에 스스로 갇혔다.

위리안치된 까치울 안에.

법담(法潭)은 그 안에 있었다.

갈급한 그리움을 지워 갔다.
잊혀지기 시작했다.

지워져 잊혀질 자유를 되찾았다.
위리천극의 청산도처럼.

아마겟돈에서 살아 기어 나왔다 (2018. 12. 15., 토요일, 15:14)

오늘도 변함없이 까치울 묵가를 부른다.
소리 없이 가슴으로 부르는 그 노래를.
청산도의 청산 묵가처럼.
매일매일 설렘이 이어진다.
참 좋~다!

오늘 새벽, 고마운 일상인 길고 긴 즐거운 여행길에 올랐다.
벅찬 가슴으로.
이베리아 반도를 거쳐 아드리아해, 에게해를 점령했다.
라틴어의 갈래인 그 언어들은 왜 이리 머리 아프게,
교배·교체 과정을 거쳐 복잡하게 변화되었을까?
고대 권력자들의 쓰잘머리 없는 장난이었을까?

공자의 인(仁)은 참사랑이었을까?

현실주의와 이상주의, 자유주의와 구성주의, 죄수의 딜레마와 치킨게임은 PPH(Political Power Hunter, 정치 권력 사냥꾼)들의 장난감이었을까?

유발 하라리는 왜 나를 선사 수렵 채집인으로 초대하고 있는 것일까?

바리새인들은 왜 예수님 오셨을 때 악을 고백하고 유월하지 못했을까?

오랜 세월, 나처럼.

욕심이 죄를 낳으며 사망의 길로 가고 있다는 진리를 알면서도.

하여, 난 요즘 과거의 고삐 풀려 엇꼬아진 갈망과 열정으로 점철된 나의 '악'을 하느님, 예수님께 고자질하고 있다.

어둠의 자식에서 빛의 자녀가 되어 고통·애통·사망이 없는 곳으로 발걸음을 옮기기 위해.

오늘도 이른 새벽, 공자님·하느님·예수님이 울화통을 터뜨리며 나를 질책하셨다.

"뭘 그리 주저주저하며, 망설이고 있냐."고.

난 모른 척 눈물을 훔치며 얼음장 같은 침낭으로 들었다.

새벽녘 짧은 잠결이었지만 상쾌·발랄했다.

아침 10시 5분, 침대 체조 후 드솟아 기어 나왔다.

하느님, 예수님이 깨워 주신 것이다.

천군 복장인 전투복, 전투화를 질끈 동이고 천국의 노래를 흥얼대며 고려울 '강남 할인 마트'로 향했다.

열한 시 '폭탄 세일장'으로.

천 원짜리 달걀 한 판을 얻기 위해.

선착순 백 명.

삼등을 했다.

천국이었다.

현대판 까치울표 천국의 수렵 채집인이 됐다.

아마겟돈에서 살아 기어 나왔다.

걸어서 천국 여행 (2018. 12. 21., 금요일, 19:46)

걸어서 천국 여행길에 올랐다.

13시 25분 출발, 은데미 산 - 득남이 동생네 오리 하우스 - 천국 - 지양산 줄기 - 곰달래, 신월동 뒷골목 - 남부 순환로 - 큰누나 옛 신월동 집 - 기독교 백화점 - 이마트 신월점 - 1공수여단 - 서울·부천 경계석 - 수주 변영로 동상, 시석 - 고려울 선사 유적지 - 신작동 사거리 - 농협 성곡점 - DC 백화점.

17시 25분 집 도착.

4시간 걸어서 천국 여행.

은데미 산자락에 비닐 막 안 어르신들의 시끌벅적한 장기판.

참 행복한 분들?

이 시간, 이 추위에 쓰레기더미 뒤적이며 아수라계의 황량한 벌판에서 방랑하는 분들 생각하니 속이 아리다.

난 아직 행복의 기준을 모른다.

예수님은, "목숨을 위하여 무엇을 먹을까, 무엇을 마실까, 몸을 위하여 무엇을 입을까 염려하지 마라."

공자님은, "나쁜 옷, 나쁜 음식을 부끄러워한다면 더불어 논할 자가 못 된다."

유발 하라리는, "차가운 기계적 세상에서 우리는 더 행복해졌는가?" 하였으니 말이다.

까치울 산자락 오리 하우스를 지난다.

어떤 미친데기가 막무가내로 시야와 진출입을 가로막는 상식 밖의 괴이한 건물을 짓고 있다. 주차장 끄트머리, 볼품없는 자투리땅이 오리 하우스 소유가 아니었나 보다. 그래도 그렇지, 그 좁디좁은 곳에 건물이라니.

이런 미친……. 유브라데에 갇힌 자로구나.

하기야, 내 고향 까치울의 마음이 이미 폐허화 된 지 오래라, 인심과 경우가 뻥 뚫려 사람 사는 세상이 아닌지라.

오랜만에 엄마, 아버지 계신 텅 빈 겨울 천국, 우리 밭에 달했다.

부모님이 많이 외로우셨을 그곳에.

오랜 시간을 같이했다.

내가 집 지어 살고 싶은 평온한 구석을 찾았다.

그런데, 천국 입구에 있는 화원에서 겨자씨 한 알을 사 오지 않고,

사진만 찍어 와 아쉬웠다.

다음번에는 꼭 가져와 심어, 진짜 천국을 만들어야겠다.

지양산 줄기를 탔다.

그런데 왜 안산 체육 동호회가 이 먼 곳에 많은 체육 시설을 지었을까?

쓰러져 가는 비닐로 덮인 체육관을 이 고적한 산허리에 옮겨 온 것처럼.

볼썽사나운 기부와 봉사 정신이었을까?

모를 일이다.

혼란스럽다.

산을 내려와 말로만 듣던 곰달래 들판을 걸었다.

허름한 연립들이 오밀조밀 모여 사는 작은 동네 골목길이었다.

사람 사는 냄새가 났다.

미용실 앞에 서서 반갑게 인사하는 선사 시대 인간의 모습을 한 암놈 원숭이 한 마리를 보았다.

현대판 호모 에렉투스인가? 사이보그인가?

귀엽고, 착한 놈 같아서 웃음을 건네며 사진 한 방 눌렀다.

경인 고속 도로 신월 IC를 지나 매연 가득한 남부 순환로를 숨죽이며 내달았다.

미세먼지가 요동치는데도 사람들의 표정은 맑아 보였다.

춥고, 힘든 환경에서도 열심히 살아가는 거리의 착한 서민들이 좋았다. 옛 큰누나 살던 집이 어디쯤인가를 저만치 바라보며 잠시 생각에 잠겼다.

신월사거리 기독교 백화점에 들렀다.

내 가슴에 고이 담을 만한 귀한 한·영 성경을 찾아 장시간 뒤적이며, 망설이다 맘에 안 차 돌아섰다.

이마트 신월점에 들러 사은품으로 받은 휴대폰에 저장된 그림을 신세계 종이 상품권으로 교환했다.

신기했다.

'화성에서 온 남자'가 되었다.

고향 까치울의 창공을 날고 싶어 했던 1공수여단, 서울·부천 경계석인 'Fantasia 부천'과 '오정 큰길' 표지석을 지나, 수주 변영로 선생 앞에 섰다. 내 고향 까치울 옆 동네, 고려울이 고향인 그분 앞에.

시를 낭송하며 추모했다.

그런데 동상 앞에는 가기 싫었다.

왜, 사람들은 엄청난 돈을 들여 저같이 쓰잘머리 없는 짓들을 할까?

그 돈으로 수많은 빈자·약자들을 구제할 수 있었을 텐데.

수주 선생이 살아계셨으면 극구 반대했을 것이다.

그분의 말씀이 되먹임 되어 다가온다.

같은 지역 후손으로서 부끄럽다.

제국도 가고, 사람도 간다.

인간들은 스스로 자기들만의 '상상의 세계 질서'를 만들어 인간 본연의 생각과 삶을 몰각시킨다.

잠시 후, 가슴에 서늘한 고동 소리가 들이닥쳤다.

수주 선생의 말문이 막혀 버림을 본 것이다.

선생은 있는 그대로, 고향의 서글픈 모습을 고스란히 담았다.

고향을 찾았던 내 마음같이.

고려울 선사 유적지와 신작동 사거리를 지나 농협 성곡점에 도착했다.

셔터가 내려져 있었다.

4킬로그램짜리 가장 저렴한 쌀을 살 수 없었다.

월요일에 사야겠다.

이틀간은 라면과 수제비로 끼니를 때워야겠다.

마지막으로 DC백화점에 들러 모닝 글로리, 'Color & Emotion' 노트 한 세트, 10권을 샀다.

1권부터 10권까지를.

1권은 빨간색으로, 'The red color means energetic people',

흰색인 9권엔, 'The snow white means innocent people',

마지막 10권은 검정색으로, 'The deep black means refined people' 이라고 쓰여 있었다.

지금까지 수년간 수십 권을 사용해 왔지만 그 깊은 의미를 처음 눈으로 만져 보았다.

참 예쁘고, 다감하고 사랑스런 내 분신들이다.

이 중에서 9권, snow white를 며칠 전 기록을 시작한 'HWPI -나를 평론하라-'에 사용하지 못해 아쉬웠다.

이는 지난 열 권의 노트 중 마지막 남은 하늘색으로, 'The French

blue means brilliant people'이라고 쓰여 있었기 때문이었다.

여하튼, 걸어서 천국 여행에서 새로운 자식들을 맞이함이 행복했다.
오늘 밤은 자유롭고, 평화롭게 잠들 수 있을 것 같다.

고대 수렵 채집인으로 다시 돌아갔다 (2018. 12. 29., 토요일, 15:39)

고대 수렵 채집인으로 다시 돌아갔다.
이제 '청산으로부터의 자유'조차 묻었다.
지상의 낙원으로 향했다.
내면의 파동을 바라보면서.
행복은 내부로부터의 버림에서 출발.

씻기도 싫고, 입기도 거북하다.
나의 주관적 행복이기에.
멋쩍은 타인의 눈은 개의치 않고 싶다.
허나, 혐오감을 주고 싶지는 않다.
일상 중 5퍼센트인 혐오감의 우려가 마이너스 된 즐거움의 주된 요인.

그 못된 요인 제거를 위해 새벽녘 은데미 공원, 화장실을 찾았다.
잠시의 무심으로 체외 물관이 얼어 멈춰 섰기에.
귀찮고, 꼴도 보기 싫은 생리 문제를 해결했다.

물 두 방울을 찍어 눈곱만 떼어 냈다.

낮에 다시 찾아 제대로 씻고, 머리도 감았다.
제정신으로 책장을 넘기기 위해.
마음속 물관이 좀 열렸다.
비로소 나를 찾은 것인가?
무지개 사다리 타고 오른 하늘 세상에서?

공동체, 가족, 소외감은 더 이상 삶의 지배 요소가 아니다.
물리적 조건은 철저히 배제하고,
그냥 자연인으로 살고프다.
은둔자의 행복의 지표인
유전적 형질을 보존하고 싶다.

내면의 파도 위에 누워
하늘의 질서를 보고 싶다.

하여, 7만 년 전, 가장 미개한 사피엔스 종으로 돌아가고 있다.
진화의 잘못된 추론일는지는 몰라도.

지르밟고 가시옵소서! (2019. 1. 4., 금요일, 21:38)

물이 살아 나왔다.
죽었던 생명수가.

사실, 술 취해 잠든 사이 물길이 동사.
지난 12월 27일 새벽 이후로.
3~4월까지 자연스레 그가 살아오길 기대했다.
해빙기를 기다리며.
지난 불편함은 즐겁고 행복했다.
은데미 공원 화장실을 오가며 나눌 수 있는 새벽 대화에.

오늘 물이 터져 나왔다. 물관을 터뜨리며.
덕분에 온 집안이 물바다.
이 또한 잠든 사이에.
여하튼, 물이 살아 나왔다.
죽었던 생명수가.
"은데미 공원 화장실아,
그간 고마웠다!"

하느님, 예수님, 공자님, 부처님, 유발 하라리에게 물었다.
"당신들은 왜, 그간 무언?"
답을 준다.

"네 무지함을 보고 있었노라."

답을 했다.

"지르밟고 가시옵소서!"

할머니가 주신 귀한 새 친구 (2019. 1. 9., 수요일, 03:17)

앞집 할머니가 지난 토요일 오전, 조용히 이사하셨다.

잠든 사이에.

아프다.

고통스러워하시는 허리는 괜찮으신지.

도우미 도움은 계속 받으시는지.

지난 일.

지난해 물이 얼어 밤늦게 불편하신 몸으로 우리 집 문을 두드리셨던 일.

헤어드라이어로 수도 계량기를 찾아 밤새 녹이던 일.

덕분에 드라이기는 녹아내렸지.

우리 집 수도는 전날 밤, 이미 얼어붙은 상태.

엉뚱한 곳, 폐쇄된 지하수 계량기를 녹이느라 꼬박 날을 지새웠지.

무지의 극치.

단절된 우리의 자화상.

할머니께 감사할 일.

할머니 덕분에 귀한 친구가 생겼다.

버리고 가신 귀여운 탁자와 책장을 들였다.

목욕재계 시킨 후 쓰다듬는 중.

빛바랜 놈이지만 사랑스럽다.

할머니의 평생 친구였던 것 같다. 상처가 많은 걸 보니.

나에게도 소중한 친구가 될 것 같다.

할머니가 주신 귀한 새 친구.

일억 오천 일백만 원 (2019. 1. 16., 수요일, 03:49)

발타자르 그라시안에게 눈과 귀를 돌린다.

답을 준다.

"아픈 손가락을 드러내지 마라.

때로는 운명조차도 당신의 가장 아픈 상처를 찔러 대며 즐거움을 느낀다."

"일상적인 일에는 관대하라. 이는 고상한 품위이다."

"친구·친지, 특히 적들 사이에 있을 때는 대부분의 일을 못 본 척 지나가라. 불쾌한 일에 매번 다시 관여하는 것은 미친 짓 가운데 하나이다."

"지나치게 호의를 베풀면 으레 그러려니 하고 오해한다."

"화를 내야 할 때 내지 않는 사람은 결국 허수아비가 된다."

난, 얼마 전부터 빚이 일억 오천 일백만 원이 있음을 주위에 알렸다.

가장 가깝다고 생각하는 지인들에게.

결국, 얼마 지나지 않아 곁에 남은 사람은 형제 셋, 친구 셋뿐.

주저로울 법한 나를 멀리하고픈 모양이었다.

난, 스스로 휴머니스트, 코즈모폴리턴을 자처했다.

오지랖 넓게.

허나, 그들은 필요할 때만 다가왔다.

하여, 처음으로 그들에게 화를 냈다.

놀란 가슴으로.

그들은 떠났다.

나의 화려했던 꽃잎이 이샌 것이다.

난, 그들을 시험한 것이 아니다.

진실을 말하고픈 것이었을 뿐.

난, 이제 알았다.

혼자임을.

난, 세상 사람들이 날 바보로 보니 참 좋다.

미련 없이 잊고, 잊혀져 떠나왔기 때문이다.

난, 지금 행복하다.

하늘이 함께하고 있기에.

다시 고통을 즐긴다 (2019. 1. 24., 목요일, 02:49)

얼어 터진 수도관, 물 없는 겨울.
정지시킨 보일러, 난방 없는 겨울.
터진 틈으로 스며든 병든 냉혈한, 겨울.
봄을 기다리는 열린 겨울.
엄마 품, 두 해 겨울.
은데미 공원 화장실, 두툼한 군화와 전투복, 침낭이 온밤 친구인 겨울.

물 없고, 온기 없는 불편함이 재미있다.
창밖의 마지막 잎새 불빛, 나를 반긴다.
올겨울은 더 즐겁고, 행복하다.
까치울 마음이다.

아픈 손가락을 운명대로 내보인 마음.
저어하고, 거절할 줄도 알게 된 마음.
나에게 만들어 준 혼자된 마음.
하늘 가슴속, 바보 된 마음.
맑은 생명수가 새로 솟아난 마음.
귀한 손님이 찾아온 마음.
그 마음들, 모든 걸 덮어 버린다.

술에서 깨어 기어 나왔다.

다시 고통을 즐긴다.

평화다! 안식에 든다. 고요히 (2019. 1. 25., 금요일, 20:54)

오후 2시 10분,
따스한 해님을 따라 벌거벗고,
내 고향 까치울 숲길을 거닐고 있었다.

그 길은 수정같이 맑은 강 같았다. 길고 곧게 뻗은.
그곳으로부터 들려오는 생명의 소리를 들었다.
새 생명 부르는 소리.
찍짹찍짹, 꾸룩 꾸르~룩, 까룩까룩 까악~깍.
참새와 비둘기, 까치울 대표 선수, 까치다.
맑디맑은 영과 혼의 목소리.

놀란 잎새들도 움찔대기 시작했다.
이른 꽃샘잎샘에 싯누런 이파리들로 가득한 숲에서 무슨.
아니었다,
이미, 새 열두 실과를 잉태할 새파란 씨눈을 틔우고 있었다.
6천 년간 본새를 유지한 그 생명나무 숲이.

하느님의 씨로 나고 자란 나무들로 무성한 숲을 이룬 천국 모습.

천천만만의 천사들이, 그곳에 자리해서 진리를 전하고 있는.
이 지지리도 못난 세상, 제발 정신 좀 차리라고.

해는 서녘 하늘로 내려앉고 있었다.
손목엔 시계가 없었다.
하나, 해는 정확한 시간을 지키고 있었다.
수천 년을 오롯이.
6천 년 전, 4천 년 전, 2천 년 전, 나아가 오늘까지.
그 시침은 한 치의 오차도 없었다.
하느님의 바로 그 시계.
그는 사나운 땅을 향해 입을 크게 벌려 놀뛰기 시작했다.
천국의 노래를 살보드랍고, 굵직하게 우렁우렁 부르는 바로 그 모습.
고적한 음률은 안식을 부르고 있었다.

천국이었다.
하느님과 예수님이 씨를 뿌려,
무성히 이룬 숲에 새들이 내려앉아,
평화의 노래를 부르는 바로 그 모습.

하느님과 예수님은 이미 오셔,
우리와 함께하고 계셨다.
때가 무르익은 것이다.

하느님, 예수님! 감사합니다.
생명의 소리를 같이하며 들려주셔서.

푸새한 새하얀 옷으로 갈아입은,
어린 내 모습이 참 좋다.

만국이 소성된다.

평화다!
안식에 든다.
고요히.

착하고 예쁜 이슬비 (2019. 2. 3., 일요일, 02:24)

착하고, 예쁜 이슬비를 맞으며 밤길을 간다.
그가 속삭댄다.
"나는 길이요, 진리요, 생명입니다.
하여, 사랑과 기쁨을 드리렵니다.

나는 고향입니다.
하여, 그리움을 드리렵니다.

나는 엄마 품입니다.

하여, 포근함을 드리렵니다.

나는 친구입니다.

하여, 배려를 드리렵니다.

채워질 수 있는 건 모두 드렸습니다.

사랑, 기쁨, 그리움, 포근함, 배려.

하여, 입안과 가슴과 뱃속이 편안합니다.

싸~악 배설하여 비웠기 때문입니다."

그에게 속삭속삭.

"이제 날이 샜으니 높고, 맑게 갠 하늘의 빛을 따라 떠나렵니다.

착하고 예쁜 이슬비,

당신은 하늘의 빛이며,

높고 깊은 말씀이옵니다."

죽어 가는 나를 (2019. 2. 26., 화요일, 00:53)

밤이슬이 내리고 있다.

고마운 하늘 가슴이 나를 감싼다.

음녀들이 손짓한다.

발걸음이 그곳을 향한다.

죽음의 길임을 알면서도 내딛는다.

웃음의 결에도 차이가 있다. 내 뒤틀림 따라.

사악하게도 사망과 소망의 눈결에 맞게.

가차 없이 칼질을 해 댄다.

며칠 후 그곳을 다시 찾았다.

빈한 나의 모습임을 처음 알았다.

아하! 저희는 갑, 나는 을.

성찬의 그들 밥상이 개밥같이 보였다.

음행의 포도주를 들이켰다. 연거푸.

죽음의 길로 들어서는 찰나임을 알면서도.

그들은 먹잇감을 기다리고 있었다. 날랜 맹수같이.

덜컥 덫에 걸린 난, 죽음을 맞이했다.

그들은 게거품 뿜어내는 나를 즐기고 있었다.

가슴 없이, 엇갈린 기계같이.

죽어 가는 나를.

엄마의 창가 (2019. 3. 5., 화요일, 20:55)

온종일 창가를 지켰다. 엄마의 창가를.

십여 년을 훌쩍 넘겨 엄마는 이 창가에서 사계절을 지키셨으리라.
봄엔, 움트는 희망을 쓸어안고.
여름엔, 풍성한 천국의 나무와 새들과 하늘의 수정같이 맑은 물을.
가을엔, 붉게 화장한 나뭇잎을.
초겨울엔, 힘없이 흔들리는 마지막 잎새를.
한겨울엔, 떨고 있는 가여운 마른 가지와 마음 착한 하얀 눈송이를.

지나는 사람들의 시선도 보셨으리라.
기쁜 눈, 사랑의 눈, 슬픈 눈, 분노의 눈을.

가장 아픈 건, 찾아올 이 없는 외로운 창가였으리라.

그래도 형, 누나들이 찾아오는 날은 설렘으로
그 길을 맞이하셨으리라.

엄마의 창가를 나 또한 지키리라.
몇 년이 걸릴지 모르겠지만.
엄마보다는 더 오래 지키리라.
그리고 기다리시는 엄마 곁으로 가서 고하리라.

"엄마! 나 엄마처럼 엄마의 창가를 잘 지키다 왔어요."

이제, 야간 전투를 준비해야겠다 (2019. 3. 11., 월요일, 20:41)

엄마 살던 집에 둥지를 튼 지 두 해 겨울 지나 봄이다.

두 번의 겨울 전투인 '동투(冬鬪)'는 혹독했다.

얼어붙은 수도를 녹이느라, 수도 계량기와의 밤샘 전투.

결국, 중도에 동계 전투를 포기하고 봄까지 기다리기로 작정 후 하릴
없이 은데미 공원 화장실을 친구 삼아 지냈다.

어느 날 겨울 끝자락에 수도관이 터져 온 집안이 물바다.

두 번째 동계 전투는 이렇게 끝났다.

오늘은 나의 두 번째 봄의 전투인 '춘투(春鬪)'가 시작되었다.

여느 때처럼 늦게 이불을 떨치고 움직였다. 미용실로, 시장으로.

휑뎅그렁하니 다 없어진 머리 몇 가닥을 다듬고, 양파, 당근 등 아침
밥상용 찬거리를 구했다.

원종 시장보다 싼 '막 퍼주는 집'에서.

돌아와 텅 빈 백발을 까맣게 물들이고, 습관처럼 밀렸던 발 빨래를 했다.

문자가 왔다.

"집이가? 밥 잘 찾아 묵으라. 그래, 힘내자이."

20여 년을 떠돌며 혼자 살아온 나를 생각했나 보다.

깊은 정이 느껴졌다.

춘계 전투는 이렇게 끝났다.

이제, 야간 전투를 준비해야겠다.

책과 노트, 가슴과 머리와의 혼자 놀이를 위해.

이제 텅 비었다 (2019. 3. 22., 금요일, 02:46)

일주일이 지났다.

종각에서의 만남의 밤이.

그 얼개를 그려 본다.

숱한 무언극 속에 많은 의미가 오갔다.

웅장하고 정겨운 칸타타처럼.

허나, 이제 텅 비었다.

모두 떠난 청산과 같이.

나타샤와 이별 후 로스토프를 스쳐 지난 모스크바·상트페테르부르크 종단·횡단 열차와 같이.

담배 연기 자욱한 골방이 좋다.

꽃샘잎샘 속 밤바람이 싫다.

다시 못다 한 얘기를 궁시렁궁시렁 풀어놓는다.

"왜 당신은 말없이 왔다, 말없이 그냥 갔습니까.

나타샤의 어린 소녀 같은 순수하고, 수줍은 얼굴을 하고.

사십여 년 만에 이루어진 소중한 만남에."

헌데, 난 와중에 많은 말을 쏟아 냈다.

속절없고, 철없이.

"머리끝부터 발끝까지 척 보면 다 알 수 있다." 하면서도.

하나, 떠나는 발걸음에 걱정스레 궁심을 전하고 싶다.

"아쉬운 가슴만은 같았으리라."고.

엄마의 숨결로부터 (2019. 3. 22., 금요일, 07:18)

하늘이 어둠을 치걷는다.

움이 튼다.

말씀이 다가온다.

따스한 온기를 담아.

빛이다. 생명이다.

하루를 연다.

흠향할 대롱이 연결된다.

호흡이 절로 인다.

생명이 죽음을 삼켰다.

엄마 품이다.
"순조야, 밥 잘 먹었니? 잘해라!"
가슴을 편다.
숨이 가볍다.
향내를 맛본다.
눈에 보인다.
보는 만큼 느낀다.
가슴으로 사유한다.
생각대로 행한다.
옴찔옴찔, 세포까지 행복하다.
엄마의 숨결로부터.

별 찾는 이 밤 (2019. 3. 23., 토요일, 21:01)

흑암한 하늘에서
설렘의 가쁜 가슴으로 별을 찾는다.

별 하나가 빛을 발하다 이내 사라진다.
그를 쫓는다.
어둠과 바람뿐이다.

모두 가버린 이 밤.

비틀대며 아마겟돈의 벌판을 걷는다.

허망하다.

다시 일떠난다.

희망의 빛과 생명을 찾아.

눈감고 허공에 손을 휘젓는다.

무릇 기대 가능성이 없음을 알면서도.

그 아무도, 그 아무것도 없다.

빈손이다.

햄릿형 인간이 된다.

말 없는 형극이다.

다시 허망하다.

이제 그 별을 가슴에 담아야겠다.

운명의 그 어둠과 바람에 몸을 맡겨 본, 별 찾는 이 밤.

엄마의 단풍나무 숲 (2019. 4. 25., 목요일, 14:01)

봄비가 착하게 내려앉는다.
창가 엄마의 단풍나무 숲에.
방울방울 마음 담아 하늘의 말씀을 전한다.
"서로서로 용서하며 착하게 살거라."

답을 드린다.
"고맙습니다.
사랑 가득한 천상의 그림 한 폭 보내 주셔서."

며칠 전까지 아기 벌들이 날아들며 대화를 청했다.
꽃잎 한입 물고 떠나며 남기고 간 외마디.
"사랑합니다."
이제 시원스레 펼쳐진 나뭇잎 사이로 새들이 날아들겠지.
말 그대로 천국.

참삶들이 푸르고, 향기로운 이 천상에서 이루어지길 기도한다.
누군가 말한다.
"이제 다 버리고, 이리 오르시오."

텅 빈 가슴으로 천국의 좁은 문으로 향한다.
그 길을 직접 듣고, 보고, 만져 본다.

마음과 몸이 새털같이 가볍다.
시나브로 날아오른다.

엄마의 단풍나무 숲,
천국이다.
평화의 그림자가 어리어 있다.
가냘프게 숨을 고른다.
잠들고 싶다.
가녀린 잎새 위에서.

이제 곧 그 잎새들도 환한 진리의 빛을 받아
천상의 빛깔로 변화되겠지.

내 가슴도 추수되어
안식에 들겠지.
깊은 가을, 엄마의 단풍나무 숲에서.

영원히 살리라.
이곳에서.
"천국이다. 영생이다."
벅차게 외치면서.

풍요로운 영혼을 그리는 이 밤에 (2019. 5. 12., 일요일, 02:29)

수많은 위기의 비탈을 넘어
어두운 밤을 맞는다.
함께 놀아 줄
바람도, 구름도, 별도, 마음도 없는 이 밤.
감동의 생명을 줄 수 없는 이 밤.

카르마의 짐이 너무 무겁다.
내 안에 머무는 고립과 고통을 사랑하게 된 나.
성숙된 영혼이 찢겨져 비쓸거리다 간데온데없다.

호흡이 멎는다.
어둠을 거두어 낼 힘이 없다.
숨 쉴 시간과 공간의 에너지가 필요하다.
설익은 밥알을 설겅설겅 씹는다.
빛이 어둠을 삼켜 애통이 사라지는 모습이 그립다.

자질구레하고 협착한 에고의 가슴과 대화한다.
한 줄기 빛이 날아든다.
카타르시스다.

곧 떠나갈 듯하던 눈빛이 초연해진다.

길 잃은 영혼이 다시 춤추며 다가온다.

풍요로운 영혼을 그리는 이 밤에.

꽃처럼 (2019. 5. 14., 화요일, 04:35)

꽃으로 피어나고 싶다.
다시 태어난다면.

꽃처럼,
보는 대로 보이고 싶다.
꽃처럼,
가면 같은 부자연을 떨치고 싶다.
꽃처럼,
벼랑 끝에 외로이 홀로 서서 아름다움을 주고 싶다.
꽃처럼,
연민으로 쓰담쓰담 안아 주고 싶다.
꽃처럼,
질펀한 부정의 에너지를 예쁜 눈으로 바꾸고 싶다.
꽃처럼,
맑은 도구가 되고 싶다.
꽃처럼,

가슴으로 사랑하고 싶다.

세상의 어두운 환영이 사라지려 한다.
마음의 자물쇠를 열어젖혔다.
밝고 맑은 햇살과 이슬을 흠뻑 마신다.
시나브로 으쓱거리며 피어나고 있다.

다시 태어났다. 꽃으로.

그래서, 이 밤이 좋다 (2019. 9. 22., 일요일, 03:54)

적요하다.
오랜 친구, 달빛이 여울지며 찾아든다.
따스한 바람과 빗방울을 머금은 채.
마른 마음이 으스러진다.
그래서, 이 밤이 좋다.

아폴론의 부드러운 숨결이 든다.
가슴이 따뜻해진다.
나타샤 없는 고적한 로스토프의 작은 골방보다
좀 더 숨 쉴 공간 있는 까치울 엄마 방에서.
그래서, 이 밤이 좋다.

"책은 영혼이 밖을 내다보는 창문이다."라는 말을
전할 수 있는 이가 있어 다행이다.
그 사람이 바로 저 달빛.
그래서, 이 밤이 좋다.

『전쟁은 여자의 얼굴을 하지 않았다』를 거두고,
하늘 말씀인『성경』으로 들어가야 할 시간이다.
그래서, 이 밤이 좋다.

이제, 다 비웠다.
그래서, 이 밤이 좋다.

I have no idea (2019. 9. 24., 화요일, 04:28)

나는 모른다.
어디로 가야 할지……. 무엇을, 어떻게 해야 할지…….
I have no idea.

오한이 든다.
두터운 방상 내피와 장교 잠바로 덮는다.
머리와 가슴은 텅 빈 채로
죽어 가는 눈꺼풀만 오르내린다.

'나는 모른다.'의 운명을 사랑하라.

하늘의 도와 신비스런 하나 됨을 사랑하라.

그리하면, "영원히 죽지 아니하리니. 이것을 네가 믿느냐?"

힘들다. 많이 힘들다. 잠들 수 없다.

다시 태어났다.

욕심을 버려 죄를 사함 받고, 사망을 피했다.

알파와 오메가인 생명의 빛이 보인다. 창조적 힘을 받는다.

영원한 삶 속에서 용서와 사랑만이 보인다.

새 하늘, 새 땅으로 유월했다.

"사람이 마음으로 자기의 길을 계획할지라도,

그 걸음을 인도하는 자는 여호와시니라."

하여, 나는 모른다.

구원의 길을 계속 간다 (2019. 9. 24., 화요일, 17:39)

까치울, 삼영이네 뒷산 오솔길을 간다.

구원의 길인, 어릴 적 알칡 캐고, 더부룩한 밤나무 털던 그 길을.

알밤과 도토리를 몇 개 줍는다.

일곱 살 적 가을 향내가 온 산을 메운다.

어린아이는 구원의 길을 계속 간다.

새날, 안식의 새 나라 찾아.

흑암한 하늘에 싸인다. 혼탁한 바닷물이 밀려든다.

그 옛날 사라진, 어둠 속 에덴동산과 세례 요한의 장막이 되살아난다.

피비린내 나는 전투가 전개된다.

아마겟돈이다.

배도자, 멸망자들이 구원자를 내치려 좀비처럼 다락같이 악을 쓴다.

저 건너 새로운 장막인, 새 하늘, 새 땅인 시온산이 애타게 기다린다.

멸망의 가증한 것들이 거룩한 곳에 서서 억척같이 반항한다.

마침내, 사탄의 무리들이 일곱 갈래 길로 패주한다.

쏜살같이 뒤   아 포획, 결박해 무저갱에 던진다.

배도, 멸망, 구원의 길목에 다다른다.

망설임 없이 구원의 길을 계속 간다.

맞닥친 좁은 문 열어젖히고 시온산으로 든다.

알파와 오메가의 수정같이 맑은 생명수의 강이 흐른다.

눈물과 아픔과 애통과 사망이 온데간데없다.

더 이상 빛이 필요 없는 새 나라다.

처음 것들인, 어둠이 다 지나갔음이더라.

'정자정야'라 (2019. 9. 27., 금요일, 16:40)

위선과 독선, 오만과 편견은 이 광활한 우주에서 보잘나위없는 구저분한 티끌에도 못 미치는 더러운 권력에 눈먼, '정치 권력 사냥꾼'들의 패착의 근원이며, 힘없는 민초들의 민의와 민생을 좀먹는 좀비의 발그림자의 또 다른 이름이다.

어둠발이 짙어지고 있는 대한민국의 하늘 아래, 최고 권력층발 별스런 흉측한 보도가 판을 친다.

'개는 주인을 닮는다.' '가재는 게 편이요, 초록은 한 빛이라.'

코요테의 뒤를 따르는 하이에나의 한 무리가 어슬렁어슬렁.

엊그제, 검은 가면을 쓰고 자기편인 양 대하며 임명장을 준 자와 그 참모들의 사특한 말 말 말.

"…… 검찰에 수사를 조용히 하라고 했는데, 검찰이 말을 듣지 않았다."

"전 검찰력을 기울이다시피 엄정하게 수사하고 있는데, 검찰 개혁을 요구하는 목소리가 높아지고 있는 현실을 검찰은 성찰해 주시기 바랍니다."

진짜는 없고, 가짜만 판치는 오늘의 서글픈 세상.

확증 편향증에 중독된 중증 환자들이 지배하는 지금의 어두운 우리나라.

뒷산에 올라, 자유롭고 평화로운 내 고향, 까치울을 무연히 바라본다.

역사 이래, 어김없이 국가와 국민을 파멸로 이끈 못된 위정자들의 위선과 독선, 오만과 편견을 다시 한번 신랄하게 탄핵한다.
'정자정야'라.

내 영혼의 목소리가 들린다 (2019. 10. 1., 화요일, 19:41)

소치와 로스토프, 모스크바를 잇는 쓰린 러시아 종단 열차와 함께 달렸던 나타샤와의 이별 이야기를 뒤로 하고 돌아온 2001년 9월 어느 날의 엄혹한 전쟁터. 아홉 명의 전우를 잃었다. 까맣게 타 버린 주검으로 돌아온 그들.
사체에서 흘러내리는 슬픈 영혼의 목소리와 함께하며 러시아 야전 비행장으로 질주했다. 흐트러진 동공을 애써 감추며.

전쟁에서 살아남은 가엾은 영혼이 코카서스를 뒤덮던 그날의 나를 기억한다. 실오라기 하나 걸치지 않은 알몸뚱이의 나를.
나의 아픈 영혼은 그루지야 하늘 아래, 이름 모를 언덕 위에 서 있었다. 갈 곳 잃은 추레한 경계인의 모습으로.
아직도 나는 고통스런 영혼의 모습으로 그 깊은 계곡에서 용솟는 물줄기를 따라 아픈 여행을 계속한다.

보잘나위없는 사람이란 존재에 내재하는 숱한 또 다른 자아를 지켜내고, 감추어 가는 인생이란 찰나의 소풍 속에서 느끼는 내면의 현실에 대한 고통과 아픔은 하나의 위대한 예술 작품이다.

단단한 누에고치로부터의 탈출 과정에서 이성이 아닌, 가슴으로 뿜어내는 남루하고, 벅찬 삶의 의미와 가치를 보듬어 본다.
하찮은 삶의 비밀을 간직한 고통과 아픔이 우리 삶의 마지막 온기 어린 이야기이자 빛이다.

내 영혼의 목소리가 들린다.
까치울 하늘 아래.
"나는 지금도 작고, 연약한 아픔과 고통의 영혼이고 싶다."

미친 바람아! 멈추어 다오 (2019. 10. 2., 수요일, 19:34)

태풍, '미탁'이 많은 물을 쏟아붓는다.
까치울 하늘 아래 울려 퍼지는 하느님의 호통이다.
"그만하라! 이 미친 것들아! 만민이 불쌍하다!"

난, 이미 '고함'이란 글을 통해 나의 조국, 대한민국에 고했다.
"제발, 죽지 마라! 제발, 그만하라!"
소위, 인류 문명에서 비롯된 법이란 한계를 뛰어넘는 인간들이기

를……:

인간이기를 포기한 자들의 힘에서 비롯된 못된 향연을 보고 싶지 않다.

호모 하빌리스, 호모 에렉투스, 호모 사피엔스, 크로마뇽인 등 나열하기 힘든 역사적 사실들에 대해 더 이상 말하고 싶지 않다.

허나, 이제 다시 말하지 않을 수 없다.

검찰 개혁 등 현 시국과 관련하여, 자기들만의 아집과 편견에 사로잡혀, 예리한 가시울에 둘러쳐진 갈라파고스에서 비루한 모습으로 살아가고 있는 최고 권력자들을 포함한 사이비 정치인, 언론인, 대학 교수 등 자칭 '집단 지성'으로 표현하는 자들에게 다시 한번 고한다.

"'읍참마속'인지, '육참골단'인지를 묻지 마라."

"이 미친 것들아! 이제 사라져라!"

"그대들이 진정, '팍스 코리아나'를 바라는가?"

"그럼, 이제 주둥아리 닫고 묵언하라."

"입을 열려면 피를 원하며, 인육을 즐기던 원시 공동 사회로 돌아가라."

"발전된 문명의 내적 원동력이란 것이 자네들에겐 없소."

"그만하라!

이 미친 것들아!

만민이 불쌍하다."

기도한다.

"미친 바람아! 멈추어다오."

이제, 사랑할 게 있어라 (2019. 10. 26., 토요일, 19:33)

설핏설핏 깊은 가을밤에 잠을 청하다
결국, 뒤떨치고 일어나
이른 봄 열어젖혔던 창문을 닫았다.

담배 한 대 물고 밖으로 나갔다.
어둔 밤하늘.
별밭이 사라졌다.
희망스레 밤하늘을 향유한다.
까치울 하늘에 상련의 가슴을 전한다.
우울해하지 않았으면 좋겠다.
마음의 독 떨치고, 재미스런 일만 휘돌아보았으면 좋겠다.

애잔한 가슴으로 갈아입고 다시 전한다.
이제, 미워할 게 없어라.
이제, 괴로울 게 없어라.
이제, 서러울 게 없어라.
이제, 외로울 게 없어라.
이제, 그리울 게 없어라.
이제, 사랑할 게 있어라.

겨울 친구, 어서 오시게.

새 생명 소망하며 동안거 드세.

어리석고 문약한 공상가 (2019. 10. 27., 일요일, 02:59)

소말리아, 그루지야 전쟁터 잔상.
자유와 평화의 혼백을 잊었는가?
생명을
언제, 어디서, 어떻게, 얼마만큼 살릴 것인데?

까치울 하늘이 호통치고 있다.
"어리석고, 문약한 공상가.
지금이, '도광양회'의 '숨쉴 여유론'을 읊을 때인가?
뭘, 그리 주저대는가?"

들숨과 날숨 따라 선혈이 거꾸로 용솟는다.
난감하다.

생명수가 말랐다.
난맥의 영혼이 살아난다.
다시 숨 쉰다.
도가 보인다.
세상을 소성시킬 도.

샘을 더 넓고 깊게 파, 굴기해야 한다.

쉼 없이.

악한 영과 육이 소멸해 생명에 삼키도록.

어리석고, 문약한 공상가는 이렇게 되살아났다.

해·달·별 따라 (2019. 11. 5., 화요일, 17:17)

하루 반나절, 긴 잠 떨치고 해·달·별 따라간 천국 여행.

어젯밤 꿈에 본 까치울 숲의 그 길 따라.

수정같이 맑은 생명수의 강이 가운데로 흐르는 그 길.

무성한 잎새와 풍성한 실과 맺은 생명나무 즐비한 그 길.

아름다운 말씀의 사랑 향기 한가득한 그 길.

길 가운데서 본 해·달·별의 청아한 목소리가 들린다.

거룩한 사랑 담은 해.

총총한 희망의 빛 한 줄기 안은 달.

그윽한 들꽃의 향내 품은 별.

그들의 이야기에 흠뻑 취한다.

해·달·별의 사랑, 희망과 향내를 받아먹으며 그 길을 계속 간다.

천국에 달했다.

맑은 하늘의 뜻에 따라 각종 채소를 품에 안고 돌아선다.

사계절 내내 각종 채소를 먹여 주시는 큰형님께 감사하면서.

그 순간, 엄마와 아버지의 목소리가 내 귀를 붙든다.

"더 이상 어둔 밤하늘의 죽음을 논하지 말거라. 우리 순조는 영원히 죽지 않는, 영원한 생명 지닌 어린아이일진대. 지혜 품은 향기로운 빛 따라 자유와 평화를 한껏 노래하거라."

돌아서, '짚시 여인' 읊조리며 해·달·별의 말씀 따라간 길을 되돌렸다.

"그댄 외롭고 쓸쓸한 여인~ 끝이 없는 방랑을 하는~ 밤에는 별 따라 낮에는 꽃 따라~ 먼 길을 떠나가네~ 밤에는 별 보며 낮에는 꽃 보며 사랑을 생각하네~ 내 마음에도 사랑은 있어~ 난 밤마다 꿈을 꾸네~"

그때 그 사람 (2019. 11. 10., 일요일, 19:19)

까치울이 눈물을 씹어 삼키다 결국, 적요한 하늘을 본다.

천둥, 번개 뒤에 몰래 숨어서.

가을비가 참 착하게 내려앉는다.

청아·단아·우아한 옛 여인 가슴속으로.

숱한 세월 같이한 한 영혼이 속삭인다.

"감정이 사실보다 강하고 현명하다."

묻혔던 전설이 생명의 옷으로 갈아입는다.

옛사랑의 그리움 듬뿍 안고서.

수많은 시간의 결을 사랑하면서.

스쳐 지난 옛 여인이 좋아하던 노랫가락을 읊는다.

"비가 오면~ 생각나는 그 사람~ 언제나 말이 없던 그 사람~

사랑의 괴로움을 몰래 감추고~ 떠난 사람 못 잊어서 울던 그 사람~

그 어느 날 차 안에서 내게 물었지~ 세상에서 제일 슬픈 게 뭐냐고~

사랑보다 더 슬픈 건 정이라며~ 고개를 떨구던 그때 그 사람~

외로운 병실에서 기타를 쳐 주고~ 위로하며 다정했던 사랑한 사람~

안녕이란 단 한마디 말도 없이~ 지금은 어디에서 행복할까~

어쩌다 한 번쯤은 생각해 줄까~ 지금도 보고 싶은 그때 그 사람~

외로운 내 가슴에 살며시 다가와서~ 언제라도 감싸주던 다정했던 사

람 ~ 그러니까 미워하면 안 되겠지~ 다시는 생각해서도 안 되겠지~

철없이 사랑인 줄 알았었네~ 이제는 잊어야 할 그때 그 사람……."

까치울 가을걷이 (2019. 11. 12., 화요일, 16:27)

들어갔다. 그리고 나왔다.

엄마, 아버지가 예비해 놓으신 천국에.

큰형님과 함께한 까치울 가을걷이.

영원한 안식을 위한 거룩한 추수 행사.

인간적인 것이 비인간적인 것을 삼켜 버린 오늘.

발걸음이 가벼웠다.

까치울 묵가를 읊조리며 돌아섰다.

"동그라미~ 그리려다~ 무심코 그린 얼굴~

무지개 따라 올라갔던~ 오색 빛 하늘 아래~"

자유롭고, 평화로운 푸른 하늘에서 까치울 낙엽들을 만났다.

사람다운 영혼의 초상화를 그려 주고 싶었다.

사단 칠정 중 어련무던한 동그란 선만을 새겨 주고 싶었다.

날카로운 키스를 퍼부으며 옛 추억을 속삭였다.

"고맙다, 정말 고맙다. 시리도록!"

가슴으로 이어지는 대화……

사소한 것이 위대한 것을 이긴,

고통이 자유와 평화임을 일러 준

까치울 가을걷이.

엄마 마음, 이곳에서 (2019. 11. 21., 목요일, 02:02)

추위의 떨림과 나란히 덩그러니 누웠다.

특전사, 소말리아, 그루지야의 겨울,

그리고 자유와 평화.

담벼락에 보일러 컨트롤러가 보였다.

일떠나, 전기선을 꽂았다.

'외출'에서 멈춰 선, 붉은 선을 우로 돌려 12도로.

다행히, 우~웅, 살아났다.

며칠 전, 3년 만에 시험 운전 그대로.

돌아섰다.

왜?

수년간 먼지만 수북이 쌓인 채 기다린 그에게 미안했기에.

엄마 마음, 이곳에서.

머리와 가슴과 손가락이 자유로이 움직였다.

큰누나의 몇 년 전 말씀.

"순조야, 이제, 그리 살지 않아도 된다.

엄마 마음, 이곳에서."

이리저리 만져 본다.

수년 만의 바닥 온기.

반갑기 그지없다.

왜, 내가. 왜, 내가.

떠날 준비하는 사람은 말이 없다는데.

엄마 마음, 이곳에서.

운명이었다 (2019. 11. 27., 수요일, 22:02)

까치울 깊은 숲속, 오솔길 따라 어제 갔던 길을 다시 갔다.
그 길은 세 갈래, 배도, 멸망, 구원의 길.
난 결국, 구원의 길을 갔다.
울 엄마와 아버지의 영과 혼이 깃든 그 길을.

날 기다리고 계셨다.
그루지야 러시아 야전군 병원 핏물이 낭자한 널빤지 곁에서.
독일군 군의관, 스반 중위와 대화가 오갔다.
"열악합니다. 위험합니다. 한국으로 가서…….
수술 중 혹 무슨 일이라도……"
찰나의 침묵이 흘렀다.
"군인입니다……. 군인은 전장에서……"
더 이상 이어지지 않았다.
나는, 군인이었다. 그도, 군인이었다.

엊그제 꿈은, 오늘 아침까지 이어졌다.
대한민국 까치울에서, 그루지야 전쟁터와 독일 함부르크로.

운명이었다.
난, 그 전쟁터 야전 병원에서 전신 마취 수술을 받았다.
수술 후 깨어나기 전 천국에서 돌아가신 아버지를 뵈었다.

오 년이 지난 어느 고적한 밤, 외딴섬, 청산도로 다시 찾아오셨다.

하여, 곧바로 '천국 여행' 일기를 썼다.

지금까지, 다시 오신 적 없는 깨끗하신 겉과 속, 정 깊은 아버지 찾아.

청산으로부터 사랑이 왔다 (2019. 11. 28., 목요일, 18:02)

청산으로부터 사랑이 왔다.

까치울로.

듬직했던 옛 부하로부터.

잘살고 있으리라.

청산, 내 사랑한 청산도에서.

거친 물살 가르며 목숨 걸고 키운 전복.

그는 자기 생명을 보냈다.

이 아프고, 귀한 생명 받아야 할까?

자격 있을까?

어찌 나눌까?

난감하다.

정약용 선생,

"다스리는 곳, 특산물을 먹지 말라."

눈물이다.

청산으로부터 사랑이 왔다.

고향 땅, 까치울이 아득히 멀어져 간다

또다시 설렌 떠남을 준비한다 (2019. 12. 2., 월요일, 19:58)

오늘은 아버지 제삿날.
또다시 설렌 떠남을 준비한다.

청산을 떠나온 지 5년이 되어 간다.
서울이란 어둠에서 청산이란 빛으로.
또 다른 더 밝은 빛을 찾아왔다.
내 고향, 까치울로.

허나, 변함없는 어둠.
끝없는 욕심과 죄에 물든 얼굴.
매 순간, 으스러진 칠흑 같은 어둠을 기다린다.
진짜, 빛을 품은 한 줄기 희망을 볼 수 있기에.
새날, 아폴론의 부드러운 숨결,
도솔천의 탐스러운 영혼 깃든 그곳.
그곳에 살고 싶다.

Vagabond로 살아온 세월이 좋다.

특전사~ GOP철책선~ 전쟁터~

평화의 외딴섬, 청산도~ 고향 땅, 까치울 따라온 흔적들.

허나, 또다시 설렌 떠남을 준비한다.

김삿갓 계곡, 움막을 지키고 있는 삿갓 선생과의 만남을 위해.

회개한다 (2019. 12. 2., 월요일, 23:28)

소나기 피해 산 넘고, 개울물 건너온 까치울.

따스한 엄마 품, 아랫목이 그립다.

담배 연기 자욱한 지금, 이 골방이 좋다.

6년 남은 공직 생활 30년을 뒤로하고 떠나왔었다.

숨 막힌 위리안치의 생활을 떨치고

자유와 평화를 찾아.

참 잘했다.

한 사람이 자연적 생을 끊어야 하는 역사와 지금을 본다.

입술로만 나불거리는 정치 권력 사냥꾼들, 헛된 인간들 욕심에서 비롯된.

못된 인간들과 세상은 티끌처럼 사라지리라.

"욕심이 잉태한즉 죄를 낳고,

죄가 장성한즉 사망을 낳느니라."

"입안에 말이 적고,
마음에 일이 적고,
뱃속에 밥이 적어야 한다.
이 세 가지 적은 것이 있으면 신선도 될 수 있다."

"사람이 마음으로 자기의 길을 계획할지라도,
그 걸음을 인도하는 자는 여호와이시니라."
하여, 회개한다.

알파로부터 오메가까지 역사는 알고 있다 (2019. 12. 4., 수요일, 19:39)

엊그제 월요일,
까치울에서 맞은 다섯 번째 아버지 기일.
천사와 함께한 아버지를 다시 만났다.
당신은 나를 살렸다.
영원히.
인류 역사와 나를 머릿속과 뱃속에 정리한 날.
뇌혈관이 터지고, 창자가 뒤틀린 날.
알파와 오메가란 실체적 진실을 만났던 날.

특전사~ GOP철책선~ 전쟁터~

평화의 외딴섬, 청산도~ 고향 땅, 까치울 따라온 흔적들.

또다시 설렌 떠남을 준비하며 말했다.

"또 다른 더 밝은 빛을 찾아……."

그러나 곧이어, Vagabond의 자유와 평화의 여로는 닫혔다.

듣기도, 보기도, 만져 보기도 싫은 욕심과 죄 어린 낯은 가려졌다.

이로써, 처음 하늘, 처음 땅을 미련 없이 버렸다.

하여, 어둠에서 빛으로의 길이 열렸다.

백지 위에 그려진 새날, 새 하늘, 새 땅을 만났다.

되돌아본다.

자연이든, 필연이든 인고의 여정.

가슴과 말로 빚을 수 없는 고통.

일그러진 어둔 가면에 삼킨 것.

카르마?

아니다.

듣고픈 것, 읽고픈 것, 보고픈 것이 없다.

기록할 메모장이 없다.

혼돈하고, 공허한 땅과 흑암한 하늘이 더 이상 보이지 않는다.

하얀, 자유와 평화의 백지 한 장만 남았다.

보아라.

창세기와 요한 계시록을.

자유와 평화의 영원한 생명 지닌 알파와 오메가다.

떠나며, '입술로만 나불거리는 정치 권력 사냥꾼들, 헛된 인간들 욕심……:

못된 인간들과 세상은 티끌처럼 사라지리라'라 했다.

숨 막혀, 넋 잃은 이 땅을 본다.

이 땅에, 집단 지성이 사라진 지 이미 오래다.

이 땅에, 정자정야하는 정치가 사라진 지 이미 오래다.

이 땅에, 법이 사라진 지 이미 오래다.

이 땅에, 진정한 지도자가 사라진 지 이미 오래다.

이 땅에, 소위 종교 지도자들은 사라진 지 이미 오래다.

돈과 권력에 취한, 입술만 살아남은

자유와 평화 잃은 사이비, 적그리스도, 적부처……?

왜 목숨 걸고 나서지 못하는가?

정교분리?

그리 살지 말라.

정과 의를 말하라.

하느님과 예수님, 부처님이 보고 계신다.

브루스 부에노 데 메스키다는 『독재자의 핸드북』에서 다음과 같이 말했다.

"어떻게 살아남을 것인가?

독재건 민주주의건 전쟁을 하건 평화를 유지하건, 목적은 단 한
가지다. 정권 유지다."

반복되는 구저분한 오늘의 우리 역사를 다시 본다.

데칼코마니다.

자유와 평화가 없다.

청와대, 사법부, 국회, 정치 권력 사냥꾼들, 국민 권력 사냥꾼들.

욕심과 죄와 사망을 온몸에 휘감고 사는 후안무치한 파렴치범들.

배 갈라, 그 실체를 보이라.

핵심은 맥 놓은 우두머리, 대통령이다.

지도자 잃은 국민은, 뱃사공 없는 거친 파도 속 한 조각 나룻배다

치욕의 역사는 이미 오래다.

진정한 애민자·애국자는 이름 석 자 남기려 하지 않는다.

역사의 기록에서 지워야 한다.

그 더럽고, 가증스런 이름들을.

그 부끄러움을 지우자.

아웃사이더가 된 집 잃은 불쌍한 주인인

국민은 누가, 어떻게, 어디로 소리 없이 사라져 가게 했는가?

알파에서 오메가까지 역사는 알고 있다.

알파에서 오메가로의 Vagabond의 첫걸음 (2019. 12. 5., 목요일, 01:16)

알파에서 오메가로의 Vagabond의 첫걸음.

그러나 I have no idea.

참 재미있다.

시냇물 졸졸졸 흘러 무던한 여울에 이르듯,

슬픈 그루지야 감싼, 자유의 코카서스.

매서운 칼바람에 따스한 자장가 불러 준, 평화의 청산.

까치울 초가 안은, 포근한 엄마 품, 까치울.

자유와 평화의 김삿갓 노래 품은, 고적한 김삿갓 계곡.

하늘서 찾아온 가냘픈 선율이 또~옥~ 똑, 밤새 속삭인다.

귀엽고 착한 여인이 방울방울 적신다.

담배 한 대 구한다. 귀꿈스레.

풍만히 널브러진 큰누나표 동태찌개가 건넨다.

"기다렸어요." 순간, 두꺼비가 뒤로 자빠진다.

2년간 터진 울화에 숨죽이던 보일러님의 정중함.

"주인님, 처음 제 온도 12도, 이제 실내 온도도 12도니 문제없네요."

알파에서 오메가로의 Vagabond가 첫걸음을 떼며 남긴 한마디.

"미안하다. 같이하지 못해서.

지난겨울, 으슥한 새벽녘 따스한 여인, 은데미 공원 화장실도."

그냥, 그리워하자 (2019. 12. 16., 월요일, 16:39)

그루지야와 청산도, 까치울과 로스토프, 김삿갓 계곡이 부른다.
그냥, 그리워하자.

만나고픈 사람이 있는가 보다.
그냥, 그리워하자.

읽어 달라, 써 달라 청한다.
텅 빈 하얀 백지다.
그냥, 그리워하자.

밤새, 훼뎅그렁한 달무리가
'무위지위' 하자며 달랬지.
비우고 또 비워
투박한 통나무로 살아가자고.
하늘의 좁은 문이 닫혔다.
그냥, 그리워하자.

이제 찾을 이도, 찾아갈 이도, 읽고 쓸 것도, 비울 그릇도 없다.
바람 따라, 구름 따라 티끌 되어 흘러갈 가슴조차 없다.
지금의 허물 벗지 않은 산발이 좋다.
눈을 감는다.

황량한 광야에 사랑과 용서만이 남았다.

그냥, 그리워하자.

이제 다시 떠나자, 그 길로 (2019. 12. 20., 금요일, 00:02)

다 왔다.

가던 길을.

이제 다시 떠나자, 그 길로.

가던 길은 온갖 더럽고, 가증한 잡새들이 모인 곳이었다.

이제 다시 떠나자, 그 길로.

새 하늘이다.

흑암이 사라진 그 길.

새 땅이다.

혼돈과 공허함 없는 그 길.

그 길은 자유였다.

참진리의 그 길.

그 길은 평화였다.

영광의 그 길.

하여, 묵은 길 가고, 새 길이다.
새 하늘, 새 땅 아래 그 길.
이제 다시 떠나자, 그 길로.
자유와 평화의 그 길로.

친구 덕에 (2020. 1. 1., 수요일, 00:29)

친구가 전해 준 『전쟁은 여자의 얼굴을 하지 않았다』의 향기를 읊
는다.
난무하는 총포탄 속에서,
"사랑이 숨도 못 쉬고 죽어 버릴 게 분명했으니까……
아주 특별하고 아름다운 마음의 재산을 얻어 왔거든……."

하여, 친구 덕에 숨이 멎는다.
그 사랑, 첫사랑?
그 사랑, 참사랑?
그 사랑, 마지막 사랑?
맞다, 설렌 사랑이 이곳 까치울까지 이어졌다.

하여, 친구 덕에 감사의 울림이 되먹임한다.

전쟁터, 소말리아·그루지야의 이름 없는 골짜기.
출면못해 비슬거리는 사람들의 얼굴빛은 제각각.
사람의 향기 품은 진액도 제가끔.
허나, 감개 어린 사랑은 이곳 까치울에서도 변함없다.

하여, 친구 덕에 눈물샘이 움찔한다.
그 눈물은, 감동.
그 눈물은, 행복.
그 눈물은, '화광동진(和光同塵)'.
그 눈물과 하나 된다.
하여, 그 아픔을 사랑에 묻었다. 친구 덕에.

계속 술 취하고픈, '까치울 묵가' (2020. 1. 13., 월요일, 04:37)

술 취해 휘갈긴,
'까치울 묵가'의 막을 내리려 한다.

며칠 전, 누군가 말했다.
"미친 세상……."

며칠 전, 누군가 전한 소식은,
"교집합?

괘념치 않습니다.

살아오면서, 순백의 설렘 없이

주판알을 주머니에 넣고 다가온 사람들,

그 누구라도 들이지 않았고,

스스로 물러서게 했소이다.

그래도 말을 듣지 않으면 폭파시켰지요."

만남이 짐이 되는 세상.

어둠에 갇힌 세상.

오만방자함이 들끓는 세상.

좀비들이었다.

눈감고, 귀먹고, 입 닫은 세상.

애고땜, 넋두리 막는 건조한 세상.

티끌들이었다.

이틀 전, 친구가 왔다.

물었다.

"지금, 하고픈 것은?

당장, 하기 싫은 것은?

죽기 전, 하고픈 것은?"

아시타비가 싫어 즉답했다.

"시공간과 친해지는 과정을 즐기며,

주저댐 지날 때까지 기다리자."

그러나,

"학이불사즉망, 사이불학즉태."

"화광동진."

그러나, 아직도……

'나는 모른다.'

'그냥, 그리워하자.'

사락사락 다가온다.

계속 술 취하고픈, '까치울 묵가'.

좀생이와 쓰레기들에 고하며 떠난다 (2020. 1. 14., 화요일, 17:40)

우주의 리듬인 '현덕(玄德)'이 사라졌다.

'주객 분리의 이분법적 의식'이 불의임을 고한다.

힘없는 국민의 아픔을 몰라주는 좀생이, 소인배와 모리배들이 판친다.

하여, 까치울의 하늘이 보이지 않아, 열렸던 가슴과 머리를 닫는다.

어둠의 장막에 가려진, 청와대.

어둠의 권력에 물든, 떨거지들.

어둠의 말장난에 도취된, 국민 권력 사냥꾼들.

어둠의 먹이 사슬에 포섭된, 악성 카르텔들.

하여, 피눈물 흘리는 국민들.

국민을 공깃돌로 여기는 '재미'.

국민을 장터, 품바로 여기는 '재미'.

역사와 철학적 삶을 망각한 '재미'.

하느님과 부처님을 조롱한 '재미'.

하여, 한숨짓고 탄식하는 국민들.

청레기는 자폭(自爆)하라.

국레기는 자렵(自獵)하라.

법레기는 자벌(自罰)하라.

하늘과 땅과 산천초목은 시계 제로, 호흡 정지.

하여, 좀생이와 쓰레기들에 위와 같이 고하며 떠난다.

놀이터 (2020. 1. 18., 토요일, 08:15)

까치울의 어둔 밤 지새운 맑은 혼백이 하루의 틀을 만들었다.

혼자서도 재미있게 잘 놀 수 있는, 단순하고 꾸밈없는, 자유롭고 평화로운 해방된 삶의 '놀이터'를.

수십 년간 마음의 일기장에 숨죽이며 다져 왔던 비밀들로.

혼자 노는 재미는 아쉬움, 안타까움.

다 같이하려면, 숱한 시공간이 필요할 듯.

목적은 뜬구름이요, 과정은 바람이나, 결과는 재미있을 것.
허나, 각기 다름을 어찌하랴.
하여, 자기만의 틀을 만들어야.
재미있는 '놀이터'를.

오늘도, 내일도 느림의 미학 속에 쉼 없이 가다 보면 신작로에 닿을 것.
걷고, 뛰다 멈춰, 편히 쉴 감개어린 때와 풍경, 동반자도 만날 것.
누구나 '놀이터'를 만들어, 재미있게 잘 살았으면 좋겠다.

다시, 새로운 자유와 평화를 찾아 (2020. 2. 17., 월요일, 19:49)

돌아본다.
가슴이 말한다.
"나는 아무것도 모른다."

다시, 인간의 역사, 하늘의 역사와 대화한다.
숱한 흠과 원죄의 흔적을 발견한다.
하여, 새로운 자유와 평화를 찾아 떠나기로 했다.

자유와 평등, 평화와 전쟁, 사랑과 욕심과 죄와 벌?
자연은 인간에게 자유 의지를 주었다.
페르소나를 지켜 사람답게 살라 했다.

몰각시켰다.

아귀가 되었다.

위로받을 자유를 스스로 박탈했다.

영혼 없는 괴물이 되어 광야로 내달았다.

깊은 동굴에 들었다.

'적'하고, '체'하며 나불거리던 입술을 꿰맸다.

묵언하며 가슴으로 노래를 부르련다.

다시, 새로운 자유와 평화를 찾아.

Vagabond의 네 번째 생 (2020. 3. 7., 토요일, 05:32)

지난 삶을 통해,

평화와 공존을 위한 95%의 측은지심의 삶과

자유와 평등과 정의를 위한 투쟁에 대한 5%의 삶이

모두 패하였음을 고백한다.

"제 지질구레한 인생의 호흡을 스쳐 간 모든 사람들에게

용서를 구합니다.

그동안 고마웠습니다. 미안합니다."

죽음의 발걸음 숨기고, 또각또각 다가오는 거짓말쟁이들의 모습을 본다.

"학이불사즉망, 사이불학즉태."

또다시 속았다. 달콤한 한마디에.

하여, 또다시 길을 떠난다.

『전쟁은 여자의 얼굴을 하지 않았다』의 울림이 망설이는 발끝을 삼킨다.

"심장 하나는 증오를 위해 있고, 다른 하나는 사랑을 위해 있다…….

나는 늘 어떻게 하면 내 심장을 구할 수 있을까 생각했어…….

전쟁이 끝나고 나서 나는 오랫동안 하늘을 보기가 두려웠어.

하늘을 향해 고개도 들지 못했지……."

그루지야, 청산도, 까치울을 거쳐 마지막 깊은 동굴에 든다.

썩은 내 풀풀대는 돈과 권력이란 변치 않는 탐욕과 미혹에 빠져, 미쳐 버린 세상과 그 안에서 물리적 목숨만을 위해 영혼 없이 할딱이는 정치·종교의 밥버러지들을 목도한 후에.

친구 하고 싶은 파아란 하늘과 수줍어하는 착한 들꽃과 바람에 흔들리며 애걸하는 풀들을 매몰차게 뒤로하고.

마음먹은 대로 깊은 산속 옹달샘과 움막과 토굴을 준비하고 있던 나에게 COVID-19와 미친 세상은 그 '좁은 문'을 재촉했다.

마음밭이 아픔으로 가득하다.

그 아픈 가슴이 말한다.

"'청산도 묵가'와 달리, 까치울로의 자유. 까치울에서의 자유. 까치울로부터의 자유.

나는 '까치울 묵가'를 통해 '탐욕의 쇼'에 취한 '미친 세상'에 답하였다.

더 이상 네 답은 듣지 않겠다."

떠나며, 마지막으로 고한다.
"입술로만 나불거리는 그 못난 입 좀 제발 닫아라.
모르면 침잠하라.
'다듬지 않은 통나무'로 돌아가 'I have no idea'를 고백하라."

이제, 애고로운 이야기보따리를 품은 나타샤와 처절하게 아름다운 시와 깊은 정, 한잔 술을 품은 김삿갓 선생을 만나러 간다.
영롱한 빛과 이슬 맺힌 슬프고 예쁜 꽃과 들풀을 본다.
자유다! 평화다!

마지막 까치울 묵가 (2020. 6. 30., 화요일, 03:01)

고향 땅, 까치울의 음습한 불빛마저 사라진 이 밤.
아프고, 슬픈 빗소리가 정겹다.
모두 다 놓아 버린 지금이 좋다.

새로운 '묵가'를 목놓아 부를 수 있는 또 다른 동굴에 들어야 한다.
희망과 죽음, 어느 것이 기다려도 괜찮다.
그냥 떠날 수만 있다면.
어둠만이 보인다.

그래도 '까치울 묵가'는 그만 부르고 싶다.

카프카처럼
스스로 벌레가 되었다.

바로 문을 걸어 잠그고 다시 어둠의 친구, '묵가'와의 대화.
이 친구가 없었다면 난 죽었을 것이다.

이미 닫힌 문을 다시 열지 않겠다.
안달복달하는 염장질을 보지 않게 되어서 좋다.

나타샤 묵가

娜妊刷 黙歌

The Elegy, Meditation for Natasha

...

Vagabond는 회한의 눈물이 아닌, 선하고 부드러운 안도의 속울음을 삼킨 채 인천 영종도발 이르쿠츠크 - 모스크바 - 그루지야행 비행기에 몸과 마음을 실었다.

아픔보다 더 강렬한 죽음의 차가운 공포는 어느새 사라지고 하늘의 뜻도 모른 채 깊은 잠에 빠져들었다.

2001년 7월의 모스크바행 열차에서의 첫날밤 약속대로, 2017년 11월, 숄로호프의『고요한 돈강』을 가슴에 안고 그루지야 트빌리시를 떠나 나타샤의 고향, 로스토프를 밟았다.

어슬녘 기차역에서 10분 거리에 있는 허름한 여관에 짐을 풀었다.

나타샤가 있음직한 그 거리에.

나타샤를 찾기 위한 아름다운 여정을 시작한다.

한 영혼을 사랑할 만한 깨끗한 영혼이 거리를 배회한다.

보끄잘 주변 동서남북의 언덕길, 상점, 길거리 게시판, 푸쉬킨 거리, 돈강 변에서 묻고 또 물어가며 걷고 또 걸었다.

그러나 나타샤는 없었다.

아니, 찾지 못했다.

간밤 늦게까지 그리고 새벽까지 외롭고 괴롭고 즐거우면서도 어두운 그리고 장중함 가운데 Vagabond와 나타샤의 칸타타가 울어옌다.

나타샤의 잔영이 피어올라 날개와 눈빛에 생기를 주어 파닥이게 해 주니, 행복한 로스토프의 밤.

멀리서 가해지는 경멸적이고 건조한 조소를 침착하게 즐겨라.

무슨 생각이 떠오르지 않아, 머릿속을 골골샅샅이 뒤져 보았으나 헛걸음이었다.

생기 잃은 어둔 하늘만 남는다.

설렘과 뜨거운 하늘이 없다.

담배 연기에 먹먹하고 찢어지는 가슴만 남았다.

2020년 COVID-19는 나타샤의 고향, 로스토프행의 날개를 찢었다.

그 빗장은 열리지 못하고 오랫동안 간장을 졸이게 했다.

혼돈 속 티끌이 된 채 갈피를 잃었다.

오금이 굳었다.

언젠가 다시 찾을 로스토프의 나타샤를 그리며 '묵가'만 부르다 시간이 또 흘렀다.

마침내, 2023년 5월, 나타샤를 향한 비행을 다시 시작한다.

그러나 러시아와 우크라이나 간 전쟁으로 하늘길이 막혔다.

하여, 그루지야 죽디디와 로스토프 간 코카서스 설산 육로를 따라

간다.

나타샤의 잔영을 찾아서.

나타샤와의 첫날밤

2001년 7월,

소치발 모스크바행 열차에서 있었던 고맙고, 아름다운 숨은 이야기.

그루지야에서의 임무 수행은 휴일 없이 진행되었다.

다만, 일주일에 휴가 기간이 하루씩 주어져, 한 달을 모아두면 4~5일 정도 휴가를 쓸 수 있었다.

그래서, 나는 갈리에서 임무를 수행한 지 2개월 만인 2001년 7월, 일주일 동안 휴가를 떠날 수 있었다. 러시아로.

러시아를 첫 번째 휴가지로 선택한 이유는 먼저, 지난날 우리 민족의 슬픈 역사와의 관계, 법과 대학원 재학 시절, 러시아 국제법 연구 결과 등을 역사의 현장에서 직접 확인하고 싶었기 때문이었다.

또한 그루지야를 방문해서 격려를 아끼지 않았던 러시아 대사님께 휴가를 내어 찾아뵙겠다고 약속한 사실도 한몫했다. 약속은 반드시 이행해야 했기에.

여행 계획과 관련해서는 시간 절약에 큰 의미를 두고 싶지 않았다.

무미건조한 여행을 싫어하는 평소 생각 때문에 자유롭고 싶었다.

또한 여행은 먹고, 마시고, 노는 것도 좋지만, 자신을 돌아볼 수 있는 좋은 기회이기 때문이기도 했다.

나는 여행에 대하여 이렇게 생각한다.

여행의 요체는 새로운 세계를 홀로 더듬으면서 다른 사람, 색다른 자연과 환경과의 대화 속에서 자신을 다시 발견하는 것이다.

따라서 여행의 진정한 가치는 '세계는 하나다. 인간도 하나다.'라는 사실을 확인함으로써 사람 사는 세상은 모두 동일한 가치의 '인간의 보편적 원리'가 그대로 투영된다는 사실을 깨닫는 것이다.

그 결과, 다른 세계, 다른 사람의 다름을 인정함으로써 자유롭고 평화로운 세상에서 서로 함께 공존할 수 있는 조화롭고, 균형 잡힌 사고와 감각의 틀을 창출해 낼 수 있는 것이다.

이와 같은 결론은, 평생의 공직 생활 동안 국내외 근무 시 효율적인 임무 수행을 위해 해당 관할 구역 이외의 지역까지 고비샅샅 훑어보는 습관과 여행을 통해 만난 다른 사람, 다른 세계를 통해 체득한 결과이다.

이제 러시아로의 여행이 시작된다.

먼저, 생각한 대로 계획한 대로 입고 있던 유엔군 복장 그대로 갈리, 하숙집을 떠났다.

시외버스를 타고 압하지아가 장악하고 있는 북쪽 지방을 거쳐 러시아와의 접경 지역에 위치한 버스 종점에 도착했다.

도보로 다리를 건너, 러시아 국경선 검문소를 통과하여 다시 버스를 갈아타고 소치역에 당도했다. 오후 4시쯤이었다.

갈리로부터 러시아 소치까지 버스로 이동하는 동안 그루지야, 압하지아 그리고 러시아인들과 많은 이야기를 나누었다.

전쟁으로 피폐해진 그들의 모습에서 국가 지도자의 역사 인식의 중요성과 책임을 다시금 느낄 수 있는 기회였다.

이어서, 모스크바의 붉은 광장, 모스크바 대학과 러시아 주재 한국 대사관 그리고 상트페테르부르크로 향한다.

소치역에서 모스크바행 열차에 올랐다. 모스크바까지는 27시간 남았다. 내가 이용하게 될 열차 칸은 2층 침대 2개의 4인용 객실이었다.

무더운 날씨에 아무도 없이 혼자 있는 텅 빈 공간은 편안하면서도 따분했다.

세계 유명 인사들의 별장이 있다는 흑해 연안을 따라 기차는 말없이 달린다.

쉼 없이 이어지는 흑해를 무연히 바라보면서 과거 역사를 되짚으며 혼잣말로 중얼거린다.

"구소련 해군이 자랑하던 흑해 함대는 어디론가 사라지고, 지금은 저와 같이 많은 사람들이 자유와 평화를 만끽하는 바다의 지상 낙원, 놀이터가 되었구나. 고르바초프도 이곳 흑해 별장에서 휴가를 즐기다가 옐친에게 당했다지?"

2시간쯤 흘렀을까, 낯선 한 여인이 객실 문을 열고 들어온다.
별안간 마른하늘에 천둥과 번개가 쳐, 정신이 번쩍 들었다.
흐릿해져 가던 영혼이 살아난다.
닫혔던 눈과 귀가 열리고 가슴이 마구 요동친다.
그 여인은 나의 1층 침대 반대편 침대에 앉았다.

서로 미소하며 눈인사를 나눈다.

탄성이 절로 인다.

강한 전류가 흐르듯 가슴이 찌릿찌릿 저려온다.

오금을 못 쓴다.

살아오면서 지금까지, 세상에서 단 한 번도 눈으로 보고, 귀로 들어보지 못한 여인의 모습이었다.

품격 있는 아름다움과 안온함.

역대 어느 미스 월드 선발 대회에서도 전혀 볼 수도, 느낄 수도 없었던 지성과 미모.

침묵이 흐른다.

긴장 속 묵언의 대화가 이어진다.

내가 먼저 입을 열었다.

짤막한 단답형의 대화가 오간다.

"안녕하세요? 어디까지 가세요?"

"로스토프요."

"아, 그렇군요. 여기서부터 시간이 얼마나 걸리나요?"

"12시간요."

"로스토프가 댁이신가요?"

"네."

가슴과 머리에서 흘러나오는 목소리도 착했다.

대화를 억지로 끌고 가려다가 얼떨결에 황급히 문을 열고 용수철 되어 화장실로 몸을 던졌다.

더운 날씨에 땀에 찌든 얼굴을 말끔히 씻어 내고, 넋 잃은 모습과 긴장감도 떨어내어 맑은 정신으로 대화를 지속하기 위해.

돌아와 보니, 그녀는 저녁 식사를 못한 듯 치킨 다리 한 조각을 꺼내 들고 쑥스럽고 귀여운 표정을 지으며 나에게 권했다.

그런데, 그 다리 하나가 전부인 것 같았다.

사실, 기차에 오르기 전 빵 한 조각으로 간단한 요기를 한 터라 배가 고프지 않아 사양하고, "맛있게 드시라."는 말만 남기고 침대에 누웠다.

잠시 후, 그녀가 식사를 마치고 화장실에 다녀오는 것 같았다.

눈을 감고 자는 척한다.

가슴은 쉼 없이 뛰고 또 출렁인다.

인내의 한계점이 왔다.

더 이상 참을 수 없어 뻘떡 몸을 소스쳤다.

오금이 뜬 것이었다.

그녀는 기차와 함께 달리고 있는 흑해와 사람들을 즐기고 있었다.

나는 심호흡을 크게 한 후 편안한 얼굴로 천천히 그녀에게 말을 건넸다. 위구스럽게.

꿈이 깨질까 봐.

정식으로 인사도 하고, 나를 소개했다.

여자를 처음 만났을 때 하는 그대로.

그녀는 나에게 관심을 보이는 듯했다.

그리고 나에 관해서 많은 것을 궁금해했다.

내 마음은 더욱 그랬다.

그러나, 더 이상 말을 이어 갈 수 없었다.

나의 일상적인 짧은 대화 수준의 러시아어가 바닥이 났기 때문이었다.

그녀는 영어를 전혀 알아듣지도, 말하지도 못한다고 했다.

급하고 답답한 마음에 떨쳐 일어나 여행용 가방을 풀어서 영어와 러시아어를 동시에 말할 수 있는 English-Russian, Russian-English 사전을 꺼내 들었다.

그리고 그녀에게 양해를 구했다.

"옆에 앉아서 사전을 보아 가며 얘기해도 되나요?"

더욱 조심스럽게.

'꿈이냐, 생시냐'에서 바로 눈앞에서 거룩하게 펼쳐지고 있는 생시가 깨질까 봐.

그러나 그녀는 기다렸다는 듯이 흡족한 얼굴로 흔쾌히 응했다.

하늘을 날 것 같은 마음을 몰래 감추고 자리를 옮겼다.

따스하고 들뜬 분위기에서 대화가 다시 이어진다.

그루지야의 수도, 트빌리시 대학에 다니다 여름 방학을 이용, 집에 잠시 와 있던 갈리의 하숙집 딸, 따죠가 여행 출발 전 빌려준 사전이 정말 운명적인 위대한 효력을 발휘하는 순간이었다. 러시아 대사님도 지니고 다닌다는 바로 그 사전.

대화는 서로의 벅찬 감정을 확인하면서 그녀가 로스토프에 도착하는 새벽 여섯 시까지 이어졌다.

열두 시간 동안 끊임없이 이어진 이상향에서 꿈꿔 왔던 진정한 아름다움을 지닌 천사와의 대화.

마지막 순간까지 놓칠 수 없는 한 편의 멜로 영화같이 숙명처럼 다가

온 역사적인 만남의 장면이었다.

아무리 곱씹어 보아도 진짜 실감 나지 않는 바로 그 운명.

이야기는 킹 비더(King Vidor) 감독이 연출한 영화, '전쟁과 평화'의 여주인공, '나타샤'로부터 시작되었다.

왜냐하면, 지금 내 눈앞에 다소곳이 앉아 있는 그 여인의 이름이 바로 '나타샤'였기 때문이었다.

이렇게 시작된, 운명의 밤에 전해 들은 그녀의 스토리를 찬찬히 떠올려 본다.

열차가 향하고 있던 로스토프가 바로 그녀의 고향.

그런데, 아버지의 직장을 따라 러시아 동부의 끝자락, 블라디보스토크로 이사를 했고, 대학도 그곳에서 졸업했다. 전공은 광산학.

우리 민족의 아픈 역사를 품고 있으면서도 지리적으로 가까운 곳이어서 친밀감이 더했다.

그녀는 그곳에서 결혼하여 아들 하나를 두었다.

그러나, 이혼을 하였다.

결혼을 좀 어린 나이에 하지 않았나 싶었다.

그녀의 나이는 몰랐지만.

이혼 후에는 아들과 함께 고향인 로스토프로 돌아와 어렵게 목재 관련 일을 하며 살아가고 있었다.

블라디보스토크에선 자신의 전공에 따라 광산 분야에서 일했으나, 로스토프에서의 현재 직업은 목재상. 소치를 기차로 왕래하는 것도 그녀의 직장 일 때문. 하고 있는 일이 힘들다 했다.

자기는 영어를 못하지만 아들은 중학교 2학년인데 영어를 배우고 있다고 했다.

내가 그루지야를 떠나온 지 15년이 되었으니, 그녀의 아들 나이가 스물아홉쯤 되지 않았나 싶다.

더 이상의 가족 관계는 묻지 않아 모른다.

내가 걸어온 길과 여행 계획에 관한 이야기, 그녀의 직장 얘기, 아들 키우는 얘기 등 세상 이야기를 밤새도록 나누다 보니 어느덧 기차는 로스토프를 부르고 있었다.

아쉬움과 안타까움이 더해간다.

기차가 로스토프역에 닿기 전에 나는 그녀에게 더더욱 조심스럽게 물었다. 운명적인 꿈이 깨질까 봐.

"내가 모스크바를 거쳐, 상트페테르부르크 여행을 마치고 돌아오는 길에 로스토프에 있는 당신 집을 방문해도 되느냐."고.

그녀의 대답은 시원하고 명쾌했다.

"그럼요. 우리 집은 로스토프역에서 10분 거리에 있으니, 오시는 날 전화 주시면 제가 시간 맞춰 역에 나가 있을게요. 제가 전화번호 적어 드릴게요." 하면서 기쁨을 감추지 못한다.

내가 오히려 더 고맙고, 감사했다.

기차는 아쉬운 발걸음을 재촉하더니, 급기야 로스토프역에 도착했다.

나는 그녀를 따라 내렸다. 정차 시간은 5분.

아쉬운 작별 인사를 하고 돌아서려는 순간, 그녀의 뺨이 내 뺨을 스치며 인사한다. 러시아 사람들의 일상적인 인사법인지는 몰라도.

그녀는 "고마웠습니다. 오시면 꼭 연락 주세요."라는 말을 남긴 후 돌아서나 싶었는데, 이게 웬일인가?

그녀는 미동도 없이 그 자리에 오도카니 서서 슬픈 눈으로 나를 바라보고 있는 것이 아닌가.

내가 오히려 더 미안하고 고맙고 감사했다.

기차역 역무원들이 빨리 오르라는 신호를 연이어 보냈다.

아쉬움을 뒤로하고 기차에 올라, 밤새 그녀와 대화를 나누었던 침대 칸으로 돌아가 창가에 앉았다.

그녀가 손을 가슴에 안은 채 가볍게 흔들고 있다.

손끝에선 가는 눈물방울이 똑똑 떨어지고 있다.

하늘이 보내 준 마음씨 고운 그녀가.

이 세상에 그녀보다 착하고 아름다운 여인은 지금까지 없었고, 지금도 없고, 앞으로도 영원히 없을 것이다.

기차가 발걸음을 옮기자, 그녀의 모습이 점점 멀어져 간다.

눈을 감고 그녀를 본다.

삼삼하다.

당황스러웠지만 너무나도 야릇하고 상쾌했던, 그녀의 천사 같은 마지막 인사를 다시 본다.

그녀에게 정말 고맙다는 인사를 남긴다.

하늘에도 감사한 마음을 전한다.

그런데 이게 무슨 운명의 장난인가?

그 철없는 실수는 나로 하여금 다시 로스토프 땅을 밟지 못하게 했다.

모스크바와 상트페테르부르크 여행 중 주머니에 넣고 다니면서 메모를 하던 포켓용 수첩을 잃어버린 것이다. 그녀가 전화번호를 꾹꾹 눌러 적어 주었던 그 메모장을.

나는 돌아오는 길에 하늘의 뜻에 따라 그냥 로스토프역을 지나쳐 그 루지야 하숙집으로 돌아올 수밖에 없었다.

어리석게도 그 야속한 운명의 장난을 탓하면서.

나는 지금도 쓰린 마음으로 깊이 반성하고 있다. 이 글을 쓰면서도.

그녀에게 약속을 지키지 못한 못난 나를 자책하면서.

그리고 다시 약속한다.

숱한 사연과 길고 긴 세월과 크고 큰 공간의 장벽이 가로막혀 있었지만, 조만간 이 글을 마치게 되면 로스토프를 다시 찾을 것이라고.

하늘을 들떠본다.

하늘이 그 뜻을 알려 준다.

철옹성 같았던 그 장벽 너머로 로스토프를 향한

시원스레 트인 길이 보이기 시작했다고.

글을 맺기 아쉬워 덧붙인다.

아니, 글 속에서나마 나타샤와 마음을 같이하고 싶어 잠시 머문다.

로스토프역 플랫폼의 마지막 장면이 자연스레 자리한다.

사랑이 눈으로 든다.

내가 좋아하는 아일랜드 시인, 예이츠의 시구를 읊조린다.

내 가슴에서 떠나지 않고 있는.

그리하지 않으면, 다음 글로 넘어갈 수 없을 것 같다.

"술은 입으로 들고, 사랑은 눈으로 드네.

우리가 늙어서 죽기 전, 진실에 대해 알 수 있는 건 모두 이것뿐.

한잔 술 기울이네.

그대 보고 한숨짓네."

다시 찾은 나타샤 고향, 로스토프

이르쿠츠크의 밤 (2017. 10. 23., 월요일, 23:14)

2017년 10월 23일,
입술이 얼어붙는
시베리아와 바이칼 호수의
사납고 매서운 북풍한설만이 난무하는
이르쿠츠크의 밤.

눈 끝은
삼킬 듯이 뚫어지게
모스크바 남동부 로스토프를 향한다.
나타샤의 고향으로.
지금 그녀가 있을 법한
그곳으로.

시심은
연민과 다정함이 깃든
착하고 우수에 찬

나타샤의 눈망울을 노래한다.
신성을 품에 안고
내면의 자아를 대하며 곱씹는다.

"제발! 제발!
놀라운 신의 은총으로
나타샤를 만나게 해 주세요.

놀라운 역사적 우연을
맞을 수 있을까?"

눈에 불꽃이 인다.
2001년 어느 여름날,
다음날 새벽 6시까지,
소치로부터 로스토프역 플랫폼까지 이어진
12시간의 아름답고 아련한
사랑 이야기꽃.

선한 눈물이
맑고 투명한
사랑의 눈꽃을 피운다.

눈보라 휘몰아치는

이르쿠츠크의 밤에.

로스토프 하늘과 나타샤 (2017. 11. 1., 수요일, 14:20)

로스토프 하늘을 난다.
나타샤의 향기가 하얀 구름에 가득하다.

억누를 수 없는 설렘과 기쁨.
긴 호흡을 즐긴다.

낯익은 고향의 환하고 부드러운 가슴이다.

발랄하고 풋풋한 나타샤의 숨소리가 다가온다.

가슴속을 뒤흔드는 생의 내적 환희다.

스스로를 믿는 파토스적 인간이 된다.

강렬하고 완전한 해방이다.
자유다.
평화다.

고요한 로스토프의 첫날밤 (2017. 11. 1., 수요일, 17:30)

로스토프, 그바르제이스키 12번가를 걷는다.
양같이 착한 눈, 기분 좋은 미소 머금은 나타샤 향기 쫓아.

소리 없는 안개비, 추적추적 가랑비,
카자크인의 소박하고 선한 얼굴들.

영문을 알 수 없는 침묵.
말로 표현할 수 없는 아픈 정적.
아름답고 슬픈 아련한 기억뿐.

가슴속에서 배어나는 알 수 없는 서글프고 부끄러운 마음.
왜 지난 16년을 머무적댔는가?

불신과 적의 없이 서로의 아픔 달래는
고요한 로스토프의 첫날밤.

나타샤의 그림자

나타샤와 칸타타 (2017. 11. 2., 목요일, 20:35)

Vegabond는 꿈속에서 나타샤와 함께 밤새 칸타타를 연주했다.
청중은 로스토프의 밤.

로스토프의 중심인 나타샤가 없다.
가슴속 폭풍을 잠재울 수 없다.
메마른 웃음이 절로 인다.

먹구름 사이로 고개 내민, 눈인 양 흰 나타샤 얼굴.
어디서 무얼 하나, 착하고 가련한 못 잊을 여인아.

붙들 길 없는, 날 버리고 간 세월, 원망해서 무엇 하나.

마음 휘젓는 지금, 촛불과 보드카 한잔이 유일한 친구.
술 한잔에 뒤엉켜 다가오는 시름 띄워 보내리.

나타샤는 왜 보이지 않는지 (2017. 11. 3., 금요일, 12:50)

여러 날, 나타샤 찾아 로스토프 구석구석을 골골샅샅이 걸었다.

나의 사랑, 나타샤는 왜 보이지 않는지.

청아·단아·우아·고아의 4아를 지닌
신비의 여인, 나타샤는 왜 보이지 않는지.

순수한 사랑의 신비에 다다른 감정이 로스토프에서 영원히 멈추기를
기도한다.

진실한 사랑의 낯익은 목소리가 들려온다.
돈강에서 불어오는 순풍 타고.

찬란하고 강렬한 사랑의 추억이 착한 심장을 두드린다.

신의 숨결로 되살아난 가슴이 고동친다.

성스러운 사랑의 유혹이 일렁인다.

자유롭고 평화롭게, '나타샤 묵가'를
어디선가 들려오는 피리 소리 따라 부른다.

푸시킨 가로수길의 나타샤 (2017. 11. 4., 토요일, 14:40)

아름답고 눈부신 햇빛 속에서
서늘한 낙엽이 뒹구는
푸시킨이 사는 가로수 길로 나선다.
살핏살핏 떠오르는 순수한 하늘의 마음으로.

오금이 굳는다.
심장이 멎는다.
푸시킨 가로수 길의 나타샤!
심안에 천상이 자리한다.
로스토프역 플랫폼에서의 가슴 시린 이별 후
16년 만의 기적적 만남?
환영?
마음앓이로 보낸 세월, 몸살이 다시 돋는다.

여지없이 무너져 내린 기대감.
자욱한 안개와 어둔 장막이 휘돌아 든다.

두 가지 감정이 싸운다.
충격적인 놀라운 우연과 열정.

광기 어린 에고이즘이 나를 삼킨다.

보이지 않는 완강한 힘.
무한대의 충만한 생명력이 솟는다.

또 다른 발끝으로 돈강가로 향한다.
그녀가 기다릴 그곳으로.

고요한 돈강과 나타샤 (2017. 11. 5., 일요일, 17:35)

바람 따라 길
따라 푸시킨 가로수 길을 가로질러 도착한 곳,
고요한 돈강.

푸시킨을 읊으며,
차이코프스키를 들으며,
나타샤를 그리며
걷고 또 걸었다.
고요한 강 끝에서 끝을 몇 번이나 더 거닐어야 하나.
혹여, 하늘이 감동하여 나타샤를?

어슴푸레한 하늘은 내리깔리는데
가슴을 둘 곳이 없다.
극심한 고통의 나락의 끝이 보이지 않는다.

잔잔하고 고요히 흐르는 돈강이
연민과 부드러움이 깃든 목소리로 말한다.
"당신의 뜻을 알겠으니
오늘은 그만 가서 편히 쉬도록 해요.
내일 또 만나요."

부끄럽고 두렵고 혐오스러운 에고이즘?
먼저 영혼의 더러운 때를 청소해야 한다.
텅 빈 선한 마음과 착한 눈물이 먼저다.

그바르제이스키 12번가, 'MAPT' 여인숙.
잠자리로 돌아선다.
꿈속에서나마 나타샤를 만나 볼 수 있을까?

로스토프 하늘의 마음 (2017. 11. 6., 월요일, 16:15)

은근히 으스대며 다가오는 새털구름아,
너는 바람 없이는 꼼짝도 못하는구나.
날개 있는 나는
이렇게 날갯짓하며
자유로이 하늘을 여행하며
세상 내려다볼 수 있으니

평화의 마음을
온누리에 전할 수 있는
천사로구나.

나타샤는 새가 되어
로스토프 하늘을 날고 있다.
어찌하면
나타샤와 함께 날 수 있을까.

그렇다.
감사와 사랑이다.
꿈을 꿀 수 있게 해 준
로스토프의 하늘에
감사와 사랑을 보낸다.
나타샤의 감사와 사랑도 함께.

로스토프 하늘이 따스하게 미소한다.
그 로스토프 하늘의 마음은
바로 나타샤가
사랑의 미소를 전하는 마음.

다시 찾은 돈강 (2017. 11. 7., 화요일, 15:05)

다시 찾은 돈강.
며칠 전 돈강이 아니다.

새롭고 산뜻한
소식을 전해 줄 듯한 목소리.
가려하고 새뜻한 향기로운 여인,
나타샤의 고운 환영을
노래하는 부드러운 여운 남기는 그 선율.

저 말없이 흐르는
깊고 투실한 정이 담긴 강줄기의 장려함은
돈강의 마음.

다시 찾은 돈강이 읊는다.
"로스토프는 당신 거예요.
나타샤도 당신 거예요.
저도 당신에 속한 친구예요.
그래서 당신을 돕고 싶어요.
제가 토해 내는 물줄기는
당신의 숭고한 눈물이에요.
저는 압니다.

당신의 가슴을 뒤흔드는

산산이 흩어져 어딘가에서 숨 쉬고 있는

나타샤의 환영을.

이제, 곧 신의 신비로운 세계가

당신의 마음을 조건 없이 지고한 기쁨으로 채울 겁니다."

나타샤를 그리는 밤 (2019. 3. 14., 목요일, 00:43)

나와 나타샤는 흑해 연안을 달리고 있다.

모스크바행 종단 열차를 타고.

나타샤의 어린 소녀 같은 수줍음에 설렘이 넘친다.

우리는 러시아어 사전을 휘저으며 쉼 없이 어둠의 자유를 나눈다.

중간역에 잠시 내려 맥주와 음료수를 구한다.

러시아 여인답지 않게 술을 못 마시는 모양이다.

술 마실 시간도 없이 서로의 시림은 새벽으로 치닫는다.

로스토프가 다가옴이 좋으면서도 싫다.

그녀의 고향이기에 정겹지만, 헤어짐이 아쉬워.

상트페테르부르크에서 돌아오는 길에 만나기로 했으니 괜찮다.

전화번호가 적힌 수첩이 아른거린다.

모질고, 어지러운 겨울 궁전이 싫다.

난감하다.

기차는 로스토프를 스친다. 소치와 그루지야를 향해.

나타샤를 그리는 밤.

궁싯궁싯하다 눈을 감는다. 나타샤가 다가온다.

다시 눈을 감는다. 입술이 타들어 간다.

숨이 멎는다. 눈물이 난다.

나는 까치울에, 나타샤는 로스토프에?

죽기 전 로스토프를 다시 찾아야겠다.

나타샤 그리며 서울행 (2019. 11. 13., 수요일, 22:03)

사흘 만에 이른 아침부터 다시 찾은 어둠발.

빗방울은 아랑곳없이 마음 구석구석을 후빈다.

주섬주섬 옷을 챙겨 전투태세를 갖췄다.

꼭 2년 전, 러시아 로스토프의 그 모습으로.

나타샤 그리며 서울행.

황급히, 18년 전, 2년 전 나타샤를 까치울로 초대했다.

전투화 끈을 단단히 동여매고 나섰다.

발그림자는 가볍고, 상쾌했다.

착한 미소 머금은 수더분한 나타샤.

행복한 시공을 앗아 간 원종동 버스 정류장 소음으로

찰나, 혼미를 호소한 나타샤.

급히 광화문행 버스에 올랐다.

맨 뒤, 왼쪽 휑뎅그렁한 두 좌석.

둘만의 다정한 공간.

갑자기, 착한 두 눈 크게 뜬 나타샤.

모두가 스마트폰에 얼굴을 묻고 있다.

그녀가 묻는다.

"무슨 일이죠? 2차 대전 공습 상황?

죄수 호송 차량?"

뒤통수를 관통해 본 얼굴들.

삶의 무게로 짓눌린 좌절과 분노 띤 얼굴들.

부끄러운 자화상.

말을 전했다.

"내가 미안하다."

내내 대화는 더 이상 진행되지 않았다.

침묵 속에

성산대교 - 연희 104고지 - 연대 앞 - 광화문.

교보문고와 뒷골목 거리와 식당들.

역시, 어두운 자화상들.

희망은 어디에?

혼돈한 이 땅에.

비안개 속을 헤매다 다시 까치울행.

눈감은 나타샤.

약속대로, 2년 전 이맘때,

다시 찾은 로스토프와 나타샤를 살핀다.

빈한하나, 용맹스럽고, 차고 넘치는 정으로 충만한

로스토프의 카자크.

착한 나타샤를 휘돌아 감싸 안은 고요한 돈강.

숄로호프가 이른다.

"『전쟁은 여자의 얼굴을 하지 않았다』를 읽지 않고,

자유와 평화의 땅을 밟고 있는 착한 나타샤가 오늘에 있어 다행이다."

하여, 로스토프, 보끄잘 플랫폼을 또다시 찾을 것이라 다짐하며

'나타샤 묵가' 편을 다시 열어 본다.

다시 찾을 나타샤 (2022. 9. 17., 일요일, 10:11)

내년 5월이 기대된다.

다시 찾을 나타샤.

눈을 감는다.

트빌리시발 로스토프행 시외버스가 다가온다.

러시아 국경선, 코카서스의 밤하늘을 본다.

어둠 속에서 나타샤의 환영이 반긴다.

하늘의 뜻인가? 인간의 마음인가?

쉼 없이 고동치는 가슴을 쓸어안는다.

코카서스 고지에서 내려다본 로스토프.

로스토프 보끄잘이 눈에 든다.

서북동 마을을 휘젓는다.

나타샤 그림자 따라.

숄로호프의 『고요한 돈강』이 부른다.

나타샤가 방금 전 다녀간 자리로 안내한다.

숄로호프의 조각배다.

아조프해로 향한다.

차디찬 돈강 위를 걷는 나타샤에 손짓한다.

뒤돌아보지 않고 망연히 계속 걷는다.

아무리 소리쳐도 나타샤는 답이 없다.

혼혼한 통한의 가슴을 쓸어내린다.

그렇게 아조프해까지 갔다.

도망치듯 멀어져만 갔던 나타샤.

결국, 미소 띤 나타샤를 흑해 포구에서 마주했네.

또다시 찾은 나타샤 고향, 로스토프

어두운 그림자가 다가든다 (2023. 3. 12., 일요일, 23:55)

5월 11일, 그루지야행 비행기표 예약.

부다페스트, 바르샤바를 거쳐

5월 12일 새벽 3시 10분, 트빌리시 공항 도착.

주그디디로 향한다.

2001년 전쟁터의 나나와 로베르띠를 마주한 후

로스토프로 걸음을 옮긴다.

나타샤를 그리며.

코카서스 설산이 설렘을 반긴다.

전쟁 중인

우크라이나 돈바스, 도네츠크에 접한

나타샤 고향, 러시아 로스토프에

어두운 그림자가 다가든다.

나타샤가 보이지 않는다.

득의만면했던 Vagabond가 가슴 졸인다.

1917년의 백군과 적군만이 존재한다.
어둠살 속에서
사악한 동물들의 이중성만이 우글댄다.

고요했던 돈강이 가쁜 숨 몰아쉬며
속살대던 노래를 감춘다.
차디찬 공포 속의 두렁길에서
허둥대는 나타샤가 보인다.
Vagabond가 구릉 위에 칠칠히 선다.
맑디맑은 나타샤를 손끝 맵게 잡아챈다.

돈강가 거룻배가 불을 밝힌다.
나타샤와 Vagabond가 몸을 싣는다.
깊고 날카로운 침묵 속에
자유의 품에 안긴다.

꿈이었다.
또다시 어두운 그림자가 다가든다.

김삿갓 계곡에서 나타샤를 읊는다 (2023. 4. 20., 목요일, 16:24)

김삿갓 계곡을 바라본다.

나타샤를 읊는다.

가늘게 흐르는 계곡 물소리를 가슴에 담는다.
귀엣말로 속삭댄다.
"나타샤 보고 싶니?
로스토프 돈강가에서
애잔하게 흐르는 잔물결을
가슴에 품고 있을 나타샤를."

다가선다. 소박한 강물을 노래하는 착한 나타샤에게.

5월 15일이 다가온다.
트빌리시를 떠나 코카서스를 넘는다.
나타샤가 머물고 있을 고요한 돈강이 눈에 든다.

나타샤를 찾아 돈강가를 헤맨다.
나타샤가 보이지 않는다

푸시킨 거리로 돌아든다.
나타샤를 찾아 골골샅샅 훑는다.
나타샤가 보이지 않는다.

로스토프역으로 걸음걸음 옮긴다.

플랫폼을 서성인다.

나타샤가 보이지 않는다.

카자크의 말발굽 소리 (2023. 5. 1., 월요일, 02:28)

카자크의 말발굽 소리가 들려온다.

나타샤의 소식 전할 전령이다.

오금이 쑤신다.

설렌 마음으로 다가선다.

품 안에서 쪽지를 꺼낸다.

나타샤의 따스한 가슴이다.

그 가슴이 읊는다.

"박 소령님! 오랜 세월 기다렸습니다.

돈강의 물결 위를 거닐면서……

애련의 눈물 띄워 보내며……

허나, 이제 어이하리오.

얼결에 남이 된 것을……."

실없이 눈물 어린다.

공연히 가슴 에인다.

답을 쓴다.

"늦은 발걸음,

이해하시오.

모든 책임은 나의 것이오.

행복하시오."

돈강이 피눈물을 돈독히 비끄러맨다.

박 소령과 나타샤의 옛사랑의 끈을.

그 사랑이 휘돌아본다.

로스토프, 흑해 돌아 시베리아 넘어 김삿갓 계곡까지.

카자크의 말발굽 소리가 멀어져 간다.

또다시 꿈이었다.

나타샤는 없었다 (2023. 5. 19., 금요일, 11:29)

약속대로 코카서스 설산 넘어 로스토프에 달했다.

전쟁 중에도 인간의 사랑과 삶은 진행되고 있었다.

숄로호프의 『고요한 돈강』의 그리고리와 아크시냐처럼.

나타샤의 고향, 로스토프의 바람 한 줄기,

나뭇잎 한 조각의 흔들림과 마음을 같이했다.

그런데 이게 웬일인가?

중도 포기라니.

6년 만에 다시 찾은 로스토프는

숨 막히는 전쟁터로 변해 있었다.

내 마음 때문일까?

전쟁 때문일까?

나타샤는 없었다.

아니, 찾지 않았다.

속이 텅 비었다.

발가벗고 있는 이곳 로스토프.

보끄잘 주변 10분 거리 내

저 숲속, 저 불빛 아래 어느 곳엔가

나타샤가 숨 쉬고 있겠지?

미니밴에 몸을 실었다. 러시아를 탈출하기 시작했다.

살아 죽고자 하고, 죽어 살고자 함을 보았다.

소치로 향하다 코카서스 설산을 다시 넘는다.

삼십여 시간 동안 뜨거운 눈물길이 달린다.

나타샤 고향, 로스토프를 뒤로하고.

이렇게 나타샤를 찾기 위한 두 번째 고행은 막을 내렸다.

다시 읊는다. "술은 입으로 들고, 사랑은 눈으로 드네."

하늘나라에서 다시 만날 나타샤를 그리며 (2023. 10. 1., 일요일, 17:15)

자유롭고 평화로운 김삿갓 계곡의
박삿갓 움집 앞뜰에 차디찬 갈바람이 찾아왔다.

잠시 머무적머무적하다 사유의 문을 닫으며……

　"입안에 말이 적고, 마음에 일이 적고, 뱃속에 밥이 적어야 한다.
　이 세 가지 적은 것이 있으면 신선도 될 수 있다." (법정 스님)

"자유 의지와 순수 의지의 차이도 모르는 자들이 사악한 뱀의 세 치
혀를 세상에 드러내 법석을 떠니 참으로 옹송망송하다.

　톨스토이와 도스토옙스키의 죽음 직전의 마지막 모습을 상기하라.
　그리하면, 우리가 얼마만큼이 아닌 어떻게 살다 어떻게 죽어야 하는
가를 알게 될 것이다."

　전쟁터, 러시아 로스토프 돈강 곁을 스치는 칼바람을 안고
'나타샤 묵가'를 되뇌인다.

하여, '천상 재회'를 노래하여
하늘나라에서 다시 만날 나타샤를 그리며
눈물의 메시지를 보낸다.

"그대는 오늘 밤도~ 내게 올 순 없겠죠.

목메어 애타게 불러도~ 대답 없는 그대여.

못다 한 이야기는~ 눈물이 되겠지요~

김삿갓 묵가

金笠 黙歌

The Elegy, Meditation in Gimsatgat Valley

김삿갓 선생과의 첫 만남

분노만이 말라붙어 있던 샘에서 시적시적 기어 나오는
새 생명에 대한 기이함.
죽음의 노래만이 흐르던 동강 위에 비친
무지개의 빛을 받은 새로운 물결에서
삶의 희망을 보았다.
'나'를 알기 위해 소용돌이쳤다.
그 후 '나는 모른다.'를 고백하면서 그냥 살기로 했다.
'김삿갓 묵가'를 부르면서.
긴 시간, 묵언 속에서
영월, 김삿갓 선생과의 만남을 기다렸다.

2020년 10월 13일,
고요한 영혼이 남몰래 적막하고 고적한 향기 가득한
김삿갓 계곡에 숨어들었다.

지난 15년간 지도 위에서 벌거벗고 헤엄치며 꿈꾸던
김삿갓 선생과의 만남을 위해 영월로 영월한 것이다.

명민하고 마뜩한 표정의
동강과 옥동천, 망경대산과 형제봉, 마대산과 김삿갓 계곡이
걸음걸음마다 살며시 다가와 친구 하자네.
평온한 움막 찾아 이제 안착했다.
도적같이 몰래 숨어든 김삿갓 계곡.
'나는 모른다.'와 김삿갓 선생과의
둔중하나 벅찬 만남이 이루어졌다.
하여, 이제부터 '김삿갓 묵가'를 부른다.

영월(寧越) (2020. 10. 13., 화요일, 13:40)

민심 농단 떠나
자유롭고 평화로운 길 따라
영월하였네.

수동형이냐 능동형이냐
묻지 마라.
삿갓 선생과 막걸리 한 사발.

밤새 수작하며
신랄한 풍자에 몸을 잠갔네.
삿갓 벗은 선생의

노여운 노랫가락.

이에 더한 민초들의

요량한 외침.

세상 추풍(醜風) 탄하려

아늑한 토담에 들었네.

바자울 안뜰의

낭랑한 운율.

자유로운 영혼이 삼킨

담장 밖 혼돈 떠나

영월로 영월한 마음,

자유와 평화.

김삿갓 계곡에 들었네 (2020. 10. 13., 화요일, 15:25)

추풍에 점점이 익어 가는

만산홍엽의 김삿갓 계곡에 들었네.

언덕에서 내려다본 계곡은

적요하고 찬란했다.

그 계곡이 나를 올려다보며 손짓한다.

시 한 수 읊으며 풍월하자고.
이어진 건조한 한마디.
"낭자들과 탁주는 없다네."
그래도 설렌 가슴 쓸어안고 내려갔다.

맑고 고운 자태에 시심이 절로 인다.
먼저, 삿갓 선생이
득의에 찬 미소를 던지며 읊는다.
"잘 왔네, 잘 왔다네.
이 깊은 곳까지 어찌 왔나.
내 외로움 어찌 알고."

답한다.
"반갑고 또 반갑소.
당신 어둔 얼굴,
간밤 꿈에 보았다네.
어찌 알았소,
내 외로움.
어우렁더우렁하며
잘살아 보세."

자유와 평화의 김삿갓 계곡

자유다! 평화다! (2020. 10. 14., 수요일, 00:19)

저 멀리 남쪽 나라,
청산도 밤바다의 차디찬 밤바람이
김삿갓 계곡을 찾았다.

순간, 골바람 되어
대마산 김삿갓 계곡을 바라보는
그의 모습은 단아하고 상큼하다.

초연하고 의연한 그는
삿갓 선생 움집을 찾는다.
잠 깨어난 삿갓 선생은
외로움에 젖은 맑은 얼굴로 그를 맞는다.

옹골차고 아름다운 외로움과 노닐던 선생은
그와 밤새도록 따스한 탁주 잔을 주고받는다.

거나하게 취한 둘은
어둑새벽에 자유로이 비틀대며
온데간데없이 사라진 외로움을
발밤발밤 찾아 나선다.
어디에도 없는 정든 의로운 외로움.

자유다!
평화다!

내 옥녀(玉女) (2020. 10. 15., 목요일, 03:20)

영롱한 달빛 아래
김삿갓 계곡의 깊은 밤,
찬 이슬.

생기 잃은 내 옥녀,
만단수심 깊어지네.

밝은 달과 달무리 그리고 나.
독작 대작 반복하며
이 밤도 지새려나.

투명한 눈망울,

절박한 시선,

엄격한 영혼의 눈초리로

부서진 가슴

조각조각 세고 있네.

한잔 술 향기에

만단시름 잊으리라.

되살아난 내 옥녀,

하늘바다에 올라 춤추며

옥구슬 되어 다가오네.

김삿갓 계곡의 달밤 (2020. 10. 16., 금요일, 21:15)

수정 같은 생명수에 취해

고이 잠든 저 달은 누구의 얼굴인고.

가슴 휘젓는 이름 없는 둥근 달빛

애처롭구나.

눈물길 흐르는 김삿갓 계곡 낙수 소리,

나그네길 향수 내음.

저 멀리 줄달음하는
가슴앓이 여인의 다듬이 소리.
심장 멎는 시름,
내 맘 흔들어
나른한 몸 일떠나네.

삿갓 선생의
깊은 죽음의 계곡에서
부활한 영혼은 구원된 불후의 청춘.

깊은 옹달샘 가는 길은
애통, 눈물, 사망 없는 해방의 길.
생명이 회복된다.

평화로운 가슴 휘감는
김삿갓 계곡의 달밤.

선녀 (2020. 10. 17., 토요일, 23:11)

그윽한 달밤이

삿갓 선생께 보낸 선물은
꽃단풍 타고 온 선녀.
사뿐사뿐 걸음걸음
배어나는 하늘 향기.

더없이 아리따운
꿈에 본 선녀.
애끓는 삿갓 선생,
방망이질하는 심장 누르네.

선녀의 착한 미소,
비련 삼키네.

하늘바다로 다시 오르는 선녀.
백옥 같은 가슴만 남기고
떠나갔다네.

그리움에 비창만 난무하니,
슬픈 애련 깊어지네.

운명의 장난이 애처롭구나.

가인(佳人) (2020. 10. 18., 일요일, 15:20)

김삿갓 계곡 따라 떠내려온
부드러운 사랑의 씨,
가인.
귀여운 움이 터,
청아한 옷을 입었네.

자연의 상념 따라
꽃 피고 노래하니
비탄의 그림자, 질곡 넘어
선의 계곡에 드네.

순결하고 고상한 영혼 깃든
숨결이 또각또각 다가오네.
사랑의 불꽃에 도취되어
히쭉벌쭉하는 삿갓 선생 심장,
오금이 뜨네.

옥동천 사랑의 물줄기
삿갓 선생의 언어 되어
말없이 유려하게 흐르네.

새들의 사랑의 노랫소리

구름 따라 낙엽 따라

분분히 흩날리니

가인은

사랑의 섬에 갇히어

자유롭고 평화롭게 미소하네.

그 정에 물든 사랑 (2020. 10. 19., 월요일, 10:13)

옥동천 지나

계곡 오르는 삿갓 선생.

시냇물 건너는

춘심 휘젓는 저 여인.

피어오르는 물안개 속

하얀 눈웃음에 피어나는 정.

고상하는 새들의

짙은 자유를 흘깃대는 저 여인.

마법 같은 무언가를 그리는 치맛자락.

우아·단아·청아 품은 정.

얼어붙어
옴짝달싹 못하는 삿갓 선생.

그 정에 물든 사랑,
두려빠진 텅 빈 가슴.

넋 잃고 멈춘 걸음,
오금이 굳네.

하얀 마음의 시냇물 여인 (2020. 10. 19., 월요일, 11:15)

김삿갓 계곡,
하얀 마음의 시냇물 여인.

살핏살핏 졸졸졸.
맑고 투명한 작고 귀여운
가냘픈 손 포갠 여인.

지나는 흰 구름,
질투 어린 입초리.
그래도 말없이 흐르고 또 흐르네.

여인의 마음,

포근한 새털구름.

하얀 마음의 시냇물 여인.

시리도록 아픈 이방인,

삿갓 선생 심장에

화톳불 짓네.

그림 같은 여인 (2020. 10. 19., 월요일, 14:24)

김삿갓 계곡에

살며시 열린 하늘 위에서

그림 같은 여인이 춤을 추며 생글거린다.

새털구름 속 한쪽 눈 가늘게 뜬 미소 머금고.

바람 따라 미인이 날아간다.

하얀 치마폭 내리 품고.

어느 이른 봄날

눈물 어린 단아한 눈빛이

이슬 되어 내린다.

삿갓 선생이
백옥 같은 신비스런 가슴으로
가던 길을 멈춘다.
치맛자락에 시 한 수 읊는다.
그림 같은 여인이여,
저 맑은 하늘 보소.
분방한 향기 품은 하얀 분분설이
사락사락 곧 내릴 것 같소.

당신의 춤 속에
우아·단아·청아함이 보이지 않소?

김삿갓 계곡 미인 (2020. 10. 19., 월요일, 15:05)

김삿갓 계곡 돌다리 건너다
멈칫 휘청 삿갓 선생.
휘둥그스름히 힐끗 곁눈질.
물길 한가운데서 헛갈린 심상.
빗장 열린 가슴.
도취된 눈길.
흥분이 뿜어내는 야릇한 광채.
여취여광하는 삿갓 선생.

빨래하는 옥같이 고운 여인.
한겨울 얼음장처럼 굳어 버린 발걸음.
가슴 설렌다.

달싹이는 초승달의
새까만 눈썹.
착한 이슬 머금은
애잔한 눈망울.
심장 졸인다.

가짜들은 가라.
진짜가 여기 있다.
다가서 품고 싶은
김삿갓 계곡 미인,
오금 쑤신다.

옛 여인 (2020. 10. 19., 월요일, 18:10)

김삿갓 계곡에 해가 넘는다.
삿갓 선생 토굴을 스치는
옛 여인.
착하고, 욕심 없는

선한 그 여인,
그리웁구나.

바람처럼 사라져 간
옛 여인.
흰 눈처럼 하얀 손, 앵두처럼 붉은 입술,
그리웁구나.

돌아가 다시 보고픈
옛 여인.
가냘픈 하얀 마음,
그리웁구나.

먼 훗날 꿈속에서 품고픈
옛 여인.
가슴속 아로새긴 선량한 입매,
그리웁구나.

감동적인 시적 환영에 빛난 진실한 눈동자의
옛 여인.
발가벗은 나뭇가지 끝 가련한 저 예쁜 새,
더더욱 그리웁구나.

김삿갓 계곡에 해가 넘었다.

얼굴 없는 여인 (2020. 10. 19., 월요일, 21:24)

김삿갓 계곡에 드니
정든 여인 떠나가네.
묘한 미소 머금은
얼굴 없는 여인.
심장이 굴절되어 놀뛰니
다이를까, 흥에 겹네.

부끄러운 마음 숨긴
어여쁜 그림자.
숨결이 우아하니
심리가 멎고,
사랑의 올가미 따스해지네.

아득한 소백산 형제봉 끝에 걸린
달빛 아래 멈춘 휘황한 영혼.

무겁고 어두운
탄식 걸음 멈추니

정든 애인 옛이야기
달콤하고 정겹네.

언제나 날개 돋아,
삼삼한 얼굴 없는 여인에게로
날아가리.

그리운 임 (2020. 10. 20., 화요일, 21:12)

저 멀리 멀어져 간
그리운 임 발자국,
오금이 굳네.

이슥한 밤 달빛 배인
사라져 간 임 그림자.
아린 아쉬움이
발끝 삼키네.

밤샘 끝자락,
애달픈 눈동자.
허물어진 가슴,
심장이 멎네.

김삿갓 토담 바자울 너머
토막토막 청아한 목소리.
버선발로 뛰쳐나가
아린 정 어린 귀에 담네.

고맙소,
그 울림.
고맙소,
그 혼백.
내세의 선함이
슬픔 삼키네.

그리운 사랑 눈물 (2020. 10. 20., 화요일, 22:04)

옥거울 조각달,
서물서물한
깊은 정 어린 얼굴.
빛이 어둠을 삼킨다.

청량한 바람 소리,
쓸쓸한 한숨.
허기에 찬 가슴이다.

똑똑똑 낙숫물,
그리운 사랑 눈물.
단순하고 따스한
천상의 아름다움.

김삿갓 계곡의 심금 아린 여인.
삿갓 선생의 눈물길이
그리운 사랑 눈물의 강 되었네.

서럽게 그리운 임 (2020. 10. 24., 토요일, 06:21)

때 이른 한파 속 새벽녘.
묘하고 묵직한
침묵 속 대화.
참으로 참으로
아픔 더하네.

언제 잠 깨어나
또 어디로 방랑할까.
저 달빛 저 구름 따라
둔중한 발걸음이 노래한다.

칼추위 칼바람 속
하늘 쫓는 힘겨운 눈빛.
돌아올 기약 없는
김삿갓 계곡에서 토해 내는
삿갓 선생 시 한 구절,
'서럽게 그리운 임.'

열쇠 잃은 자물쇠,
설움 삼킨 그 모습이
애처롭구나.

아린 단심 달래 보네 (2020. 10. 25., 일요일, 16:35)

봄바람에 설렌 마음,
비바람 몰고 올 먹장구름 따라
흘러갔네.

영혼 깃든
새들의 지저귐,
여름 내내 여름밤 여름나기
고달팠네.
서늘한 김삿갓 계곡,

낙엽 따라
잠들었네.

가을바람 그리움,
칼바람 속
겨울잠 따라
날아갔네.
떠도는 티끌 속
분분한 안개 품은 홍차,
겨울나기
삼켰네.

삿갓 선생,
텅 빈 가슴 쓸어안고
아린 단심 달래 보네.

그냥 모두 잊으세요 (2020. 10. 27., 화요일, 22:15)

삿갓 선생의
가을밤,
아린 그림자 남기며
떠나가는 여인.

헛되이 옮기는
발걸음.

비탄의 맥박으로
상처 입은 아픈 가슴
저 멀리서 다가와,
세상에 던져진
저 아낙,
품에 안고 통곡하네.

날이 새면
아픈 심장 떠나리니,
오늘 밤은
술 한잔에
그냥 모두 잊으세요.

저 여인 (2020. 11. 1., 일요일, 15:05)

김삿갓 계곡 동구 밖
저 여인은
뉘 집 아낙인고.
들꽃같이 꾸밈없는

착한 눈웃음.

가녀린
저 여인은
어디로 가는고.
나비같이 노니는
곱디고운 걸음걸음.
어여쁜
저 여인은
어디에 머물꼬.
유려한 운율같이
가지런한 입초리,
흩어질까 아프네.

미소하는
저 여인이
착한 계곡 물소리와 함께하니,
스스럽던 진한 가슴
다가서 같이하자 곡진히 노래하네.

저 새들을 보라 (2020. 11. 2., 월요일, 14:35)

김삿갓 계곡의 열린 하늘 아래
짝 잃고 자지러질 듯 슬피 우는
저 새들을 보라.
북받쳐 오르는 가슴 삼키는
그 마음 알리라.

나란히 줄지어 다정히 나는
저 새들을 보라.
아픈 가슴 서로 달래며
깊은 사랑 스며들
참사람 얼굴 그립네.

재기 발랄하게 날갯짓하는
저 새들을 보라.
구름 한 점 없는
푸르고 깨끗한
높은 하늘 품고 있네.

자유 비행하는
저 새들을 보라.
하늘바다 건너 닿을,

평화의 섬 그리네.

천국이다 (2020. 11. 7., 토요일, 15:37)

김삿갓 계곡 숲속,
산새들이 노래한다.
적울했던 나뭇잎들이
놀뛴다.
신비한 산울림.
천국이다.

풀피리 소리가
은은히 온 산을 감싸 안는다.
새로움 더듬는 갈바람.
새와 나무들이
어우렁더우렁 춤을 춘다.
천국이다.

천국을 삼켰던
바리새인과 붉은 용이
눈 감는다.
사악한 뱀들이 쫓겨나

악마의 조롱 잔치가 끝났다.
오롯이 살아난 구원된 영혼.
천국이다.

가을 영혼 (2020. 11. 8., 일요일, 14:40)

삿갓 선생,
가을빛에 대취하니,
갈피를 잃는다.

가을 하늘 높이 나니,
하늘의 질서 아래
흘러내린
두 줄기 눈물.

갈바람 안고 서서,
사랑에 취해
가슴 녹아내린
가을 영혼.

이제 되었다.
이제 떠나런다.

진한 사랑의 향기 품고

하늘로 하늘로 오른

가을 영혼.

가을 노래 (2020. 11. 9., 월요일, 15:15)

저 멀리 망경대산은

그대로이고,

맑은 옥동천은

유려히 흘러 도는데,

이제는 나뉘어

이별 노래 불러야 하나.

가을빛 머금고

구슬피 미소하는

김삿갓 계곡 단풍잎.

마지막 춤추며

객들의 설렘을 본다.

가을색 품어

점점이 흩뿌려진 낙엽들의 읍소.

걸음걸음 밟히는

쓰린 고통 읽는다.

갈바람 안고 서서
애달피 지저귀는 한 점 구름.
찬바람 만나기 전
묵은 때를 벗는다.

가을 노래는
착하고 아프다.
바람 따라 구름 따라
천릿길 떠나는 삿갓 선생.
애절한 정조의
나그네 가슴.

술 익는 마을 (2020. 11. 10., 화요일, 14:47)

어슬녘 삿갓 선생이
망경대산 넘어 술 익는 마을,
예밀리를 지난다.
술 익는 향기에 놀라
숨이 멎는다.
하늘의 천사들과 하룻밤 정을 나눌 요량이다.

설렘이 극에 달한다.

온몸에 전류가 흐른다.

의지가 마비된다.

사랑의 울림이다.

빠져든 사랑에 목이 멘다.

사랑이 마음 밭과 가슴이란 집안에서 반짝인다.

이제 술이 다 익었다.

꽃과 풍악과 춤이 있는

달밤이다.

모두 모여 밤새 취해

놀아나 보세.

옥려(玉麗) (2020. 11. 12., 목요일, 15:27)

어젯밤 꿈의 반사체.

선하고 상쾌한 옥려가

김삿갓 계곡, 삿갓 선생 찾았네.

윤색되지 않은 무탈하고 수수하며,

옥구슬같이 곱고 풍염한 옥려였네.

방망이질하는 삿갓 선생의 심장.

산골의
유쾌한 고독 속 칩거.
피폐한 사고의 자유가
유려하게 춤을 추네.

허기지고 나른한 지성의
통쾌한 미소.

살아 숨 쉬던
아린 수수께끼
다 풀렸네.

산중(山中) (2020. 11. 14., 토요일, 13:52)

김삿갓 계곡 움집에서
기어 나온 삿갓 선생.

깊은 산중
가을 산길을 걷는다.

하늘을 떠이고
별천지를 밟는다.

천상의 천사들이
노래한다.

가락에 맞춰
조각조각 단풍잎이
물 위를 걷는다.

불타는 억측의 산울림이
잠을 청한다.

무념, 무위의 선생 걸음.
천상천하의 족함을 아는
길 잃고 떠도는 나그네일세.

새 생명 (2020. 11. 16., 월요일, 16:13)

비길 데 없는,
저 김삿갓 계곡을 굽이 도는 물줄기는
'무위지위(無爲之爲)'의 도(道).

저 망경대산 너머
조소 어린 어둔 시선은

삿갓 선생의 가슴에서
지워졌네.

이리저리 버려졌던
그렁그렁한 눈물이 빛난다.
새 생명이
움튼다.

그 빛과 새 생명의 환한 영혼이
삿갓 선생의 걸음걸음을
위로하네.

일떠선 새 생명이
천하의 산천초목을 품어 주유하니,
자유와 평화의 세상이 꽃피우네.

삿갓 선생과 죽음의 바다 (2020. 11. 17., 화요일, 17:10)

독성의 곰팡이 핀
뒤틀린 권력의 소용돌이.
혼백이 날아가
주검 되었네.

울부짖음의 끝.
부정 세상 뒤로하고
탄식과 죽음의 바다에 들었네.

부활의 기운 여울지는
김삿갓 계곡 움집.
삿갓 선생은
그곳에 가슴을 묻었네.

"실의에 빠져
탄식하는 나도,
희미한 한 줄기
희망의 빛이
손짓하는 것을
포착할 수 있으리라."
읊조리면서.

김삿갓 계곡 숲 (2020. 11. 18., 수요일, 16:15)

어느덧 대야리, 옥동리, 망경대산 아래 예밀리 지나
와석리 싸리골,
김삿갓 계곡 숲에 달했네.

소금과 설탕을 적당히 뿌려
영혼을 달래고 들어선 계곡.

아름다운 호흡으로
애무하며 감싸 안은
고적한 구름 아래
뭇새들의 숲.
그 계곡과 숲의 고고한 묘미에
빠져 버린 삿갓 선생.

정신적인, 물리적인 행복을
동시에 즐겼네.
더 깊고 더 비밀스런
장막을 헤치며
발걸음을 재촉하네.

삿갓 선생에 대한
세상의 훼욕은
여기서 끝났네.

자유다.
평화다.

늦가을 숲의 가슴 (2020. 11. 19., 목요일, 14:55)

차디찬 흰 서리 내려앉아
숨 막힌 낙엽을 삼킨다.
늦가을 삿갓 선생 숲의
싸늘한 미소.
침묵 깬 늦가을 숲의 가슴,
붉으락푸르락.
흐릿한 눈동자의 낙엽에
분노의 눈물.

거짓 미소 띤 죽음의 겨울이
성난 숲의 목을 조른다.
정의롭고 날카로운
늦가을 숲 가슴의
저항권 행사가 거룩하네.

낙엽을 보듬고 선
보석 같은 늦가을 숲의 가슴.
촉촉한 눈에 비친 잔잔한 행복에
아득한 낙엽 얼굴.

늦가을 숲의 가슴이

죽어 가던 낙엽들을 살렸다.
그 가슴은 자유와 평화의 사도.

술 취한 김삿갓 계곡 (2020. 11. 20., 금요일, 17:55)

사람도 새들도
모두 떠난 해거름녘.
곯아 헤지고,
물크러진 세상 버리고,
술 취해 비쓸대는
김삿갓 계곡.

가짜 세상에 지쳐 버린
절망 어린 얼굴과 감정을
용숫바람 속 망경대산에 묻고,
형제봉의 산울림에 묵묵무언.

산새 닮은 순결과
몸서리치는 과거가 뒤섞인 채로,
고동거리는 옛사랑에
촉촉한 가슴.
술 취한 김삿갓 계곡의

두 줄기 눈물.

달빛 아래 고운 여인 (2020. 11. 21., 토요일, 21:20)

김삿갓 계곡, 마대산 자락에
고운 달빛 걸렸네.

눈 감으니 고향이요,
눈 홉뜨니 움집일세.

향수는 시름이요,
자연은 사랑일세.

망각의 심연이
사랑을 속삭이네.

부드러운 연민은
기쁨의 근원.

두고 온 아픈 여인
그리운 달밤.

그리는 아픈 가슴 달래는
달빛 아래 고운 여인.

하늘에 기도한다.
"나의 고운 여인이여!
꽃길만 걸으소서."

자유와 해방의 김삿갓 계곡 (2020. 11. 21., 토요일, 23:35)

천지를 비추는
밝은 달, 맑은 별.
점점이 곱게 물든
아름다운 얼굴들.

흐르는 시내에
온기가 돌고.

흩어지는 바람에
가슴 저리게 들려오는
무섭도록 아름다운
청아한 노랫가락.

가슴 가득 들이마신
천상의 향내.
꽉 찬 생명이
계곡에 드네.
난데없이 사라진
사망의 노래.

노래하며 춤춘다.
자유와 해방의 김삿갓 계곡.

김삿갓 선생의 탄식

삿갓 선생의 눈물 (2020. 11. 22., 일요일, 14:27)

삿갓 선생은
김삿갓 계곡 움집을 잠시 떠나
영월을 휘돌아보다 망경대산에 머문다.

예밀 · 대야 · 옥동이 서글프게 웃는다.

하늘을 떠이고 선 봉우리가 힘겹다.

악의에 찬 뭇새들의 조소에 맑은 영혼이 굴복한다.

삿갓 선생의 눈물이 말한다.
"선조의 숙명적 불행에
나를 가두지 마시옵소서.
힘겹게 얼굴 묻은
어두운 삿갓을 벗겨 주시옵소서."

삿갓 선생의 눈물이 답한다.
"하늘바다의 가슴이
나를 살렸습니다.
이제 다시 홀홀히 떠나렵니다.
미안합니다. 고맙습니다."

그 외마디만 남기고 어디론가 떠나 버린
삿갓 선생의 눈물.

살아남은 삿갓 선생 (2020. 11. 22., 일요일, 19:22)

삿갓 선생이
대야리를 활보한다.
광포한 어둠이
대야리를 삼킨다.

악의에 찬 조소의 그림자가
옥동천을 휘돈다.
무한한 죽음의 고독과
팽팽한 긴장감이 뒤섞인다.

광기 어린 적의에

오금이 붙는다.

출구 없는 소름에
고 씨 동굴로 든다.
사랑과 연민 담은 천사의 빛이
어둔 동굴 밝힌다.

살아남은 삿갓 선생이 탄식하며 이른다.
"이젠, 저에게 자유를 주세요.
이제, 저에게 평화를 주세요.
조상의 반역은 저의 것이 아니잖아요.
허나, 얼굴 들어 하늘을 볼 수 없으니,
삿갓 쓰고 방랑길을 떠나렵니다."

놀뛴 삿갓 선생 (2020. 11. 24., 화요일, 14:35)

형이하학의 착취적 행태가
영혼을 삼킨다.
움집에 누워 있던 삿갓 선생,
허전한 가슴이 놀뛰었다.

휘돌아 드는 옥동천 따라

음유의 길을 떠난다.
심리적 붕괴에
하릴없이 걸음을 재촉한다.

얼굴 없는
김삿갓 계곡, 싸리골 움집보다
아무도 찾을 이 없고
찾아갈 이 없는,
더 깊은 산중에
토굴을 판다.

마녀사냥의
마구잡이식
침노에 휩쓸린
입술에 피 묻은 가련한 하이에나 피해
깨나른한 신비의 지성을 숨긴다.

놀뛴 삿갓 선생이 전한다.
"이젠, 날 찾지 마오.
나의 가슴은 당신네들 것이 아니오.
나의 몸과 마음은 자연의 것이오."

아! 이를 어쩌나 (2020. 11. 25., 수요일, 19:40)

고 씨 동굴 뒤편짝,

토굴 속에 봇짐 푼 삿갓 선생.

독주 두 병을 숨 멈추고 들이킨다.

서늘한 생기와 분노가 인다.

어제 이어, 음유시인이 된다.

민주의 검은 탈을 쓴 권력의 기생충들.

막가파식 절대주의, 관심법 공포 정치.

위법·부당한 내로남불의 액세서리 꺼내 든 백주의 조폭들.

사악한 밑천 드러낸 발톱, 은밀히 감춘 공공의 적들.

톨스토이가 말한, "세상 전체는 아주 작은 혹성에 핀 곰팡이" 같은.

굶주린 짐승들이 닥치는 대로 세상을 물고 늘어지며 삼킨다.

뒤에 숨어 조소 즐기는 푸르데데한 집의 그로테스크한 광기의 허수아비.

중세 암흑시대의 마녀사냥,

좀비와 흡혈귀의 흑역사가 되살아났다.

국가 기능의 정치적 중립성, 독립성이 무력화된다.

민주가 조종을 울린다.

착하고 불쌍한 민초들이 시든다.

증오의 불씨들이 난무한다.

만단시름 달래려 밝은 달이 잠에 든다.

아! 이를 어쩌나.
들불이 활활 타올라 만국이 무너진다.

토굴의 어둠이 쓰리고 아프다.

아! 저를 어쩌나 (2020. 11. 27., 금요일, 20:27)

하룻밤, 하루낮을 두 팔에 머리 괴고
울분 삭이던 삿갓 선생.
홉뜬 눈으로 뛰쳐나와
못마땅한 조소 지으며
헝클어진 산발 뒤로 젖히고
서울 하늘을 무연히 바라보며
한마디.
"아! 저를 어쩌나.
이놈들아, 그만해라!
번드르르한 다변의 어리석은
격랑의 활극을 멈추어라!"

이어진 혼잣말.

"오늘 밤도 술과 달이 있어 다행이네.
생기 돌아 눈빛이 살아나네.
천고의 자연이 내 것이로다."
술잔 드니
천의무봉한 저 흰 달이
가슴에 다가오며 입을 연다.
"흐르는 물이 자연과 사람의 노릇이니
시름 잊으라."

단순해져
명쾌하고 완강히 침묵하니
무익한 감정이
두려움에 눈을 감네.
고삐 풀린 미친 말들의 눈에 비친
선경이란 놈이
혼탁한 권력 이전투구의 장.

다시 목청 돋아 외친다.
"적의와 환멸의
소용돌이를 멈추어라.
반칙과 폭거의
그 천한 입 좀 닫아라.
신중 또 절제하라.

정신 나간 정치배들아,
내 고상한 가슴을
할퀴지 마라."

선생의 한숨과 탄식이
쉬어 간다.
남녘 하늘에 눈길 두며
마지막 한마디.
"이제 또다시
멀고 먼, 거친 산천 구비를 유랑하리라."

떠나가는 삿갓 선생 (2021. 1. 23., 토요일, 19:35)

떠나가는 삿갓 선생 가슴 울림
훤히 들리네.

고요하고 엄숙하게
달빛이 말한다.
나지막한 귀엣말로 속삭임.
자취 감춘 신비롭고 경이로운 삼연함.
가만히 귀 쫑긋.
민초들과

수런수런 작별 이야기.

티 없이 흘러가는
흰 구름이
눈물로 한마디.
"왜
당신은
그 어둔 삿갓 벗지 않느뇨.
그물에 걸린 물고기같이
닫은 입은 무엇이오.
오래전에 잊힌
과거의 선조 유산 털어내시오.

마법에서 풀린 듯
만단시름 벗어 던지고
크게 한번 웃어 보시오.
기분 좋은 적의에 찬 미소로
티끌 세상 유쾌하고 통쾌하게 조롱하면서.
그래야,
아린 내 맘 비울 것 같소."

칠흑의 서울 하늘 등에 지고 (2021. 1. 24., 일요일, 13:47)

서울의 푸르뎅뎅한 집이

하얗게 질려 있네.

무엇이 위구스러워 저리도 애달픈가.

그 절박한 시선이 가련하구나.

정치 권력 사냥꾼(PPH, Political Power Hunter)들과

국민 권력 사냥꾼들의 추레한 형이하학적 마지막 모습을 본다.

무연히 바라보던 칠흑의 서울 하늘 등에 지고

김삿갓 계곡, 싸리골을 떠난다.

구저분한 티끌이 바다를 이루니

바삐 벗어나, 가벼웁고 재미있게 어둑해진 산허리를 자른다.

재 너머 자유롭고 맑은 하늘 그리며.

태백산 끝자락 넘어 영주에 이른다.

소수서원에 잠시 들러

선열들의 담대하고 고상한 학문과 취미를 맛보고,

그들의 위대한 영혼과 대화한 후

활활 타오르는 역사의 분노의 불길을 접는다.

걸음을 재촉하여 하늘에 닿은

화순 동복의 노루목 적벽과 마주한다.

끊임없이 쫓던 이상향의 거룩한 맛을 본다.

선산의 선약 찾은 옛 죽음터.
숭고하고 불가해한 영혼을 찾아낸다.
삿갓 선생은 혼백을 다시 묻는다.

부서진 선생의 혼백이 갈피를 잡고 노를 저어
사랑의 섬, 완도 청산도에 이른다.
화랑포의 청풍명월 아래
우아하고 신비스런 선녀들과 한잔함이
어찌 이리 기쁘랴.

삿갓 선생은 되뇌인다.
"아픈 영혼을 이곳에 묻으리라."

상념의 긴 꼬리가 행복감에 훌쩍인다.

삿갓 선생의 긴 유랑의 슬픈 노래는
이렇게 끝맺었다.

김삿갓 계곡의 말씀 (2021. 8. 7., 토요일, 21:46)

열흘째 되는 이 깊은 밤.
김삿갓 계곡물은 변함없이 흐른다.

물은 최상의 말씀인 도.

그 말씀이 이른다.
"저 물 흐름을 들어 보라.
그 속에 차고 넘치는 진리가 있다."

그 진리가 전한다.
저 풀벌레, 바람 소리에 티끌들이 머뭇대며 침묵.
그 거역할 수 없는 침묵이 말한다.
"침묵은 간명한 시심.
그 마음속에 말씀이 살아 숨쉰다.

살아 숨쉬는 김삿갓 계곡의 말씀인
저 물길을 바라보라.
자유와 평화의 냄새가 숨어든
참진리의 알짜 방이 있다."

어지럽게 흩어진 어리석은 돌들을 휘돌아보는
김삿갓 계곡의 말씀이
흑암한 하늘 향해 울려 퍼진다.

그 물길이,
그 말씀이

나를 밝힌다.

이 밤 새우고 나면

하늘 보기에 좋은 아침이리라.

김삿갓 계곡의 착한 친구들 (2021. 8. 12., 목요일, 22:15)

세 번째 유배지, 김삿갓 계곡.

온종일 친구들이 드나든다.

내 가슴속으로.

그 친구들은

위대한 뭇새들과 바람과 골안개와 낙수 소리

그리고 시심.

어눌중에 가려진 아름다운 마음들.

착한 친구들은 말이 없다.

착한 행동만이 보인다.

"선행기언(先行其言), 이후종지(而後從之)."

말보다 앞서 던지는 행동.

말 없던 노자님이 다가오며 하는 말.

"지자불언(知者不言), 언자부지(言者不知)."

아는 자는 말이 없고, 알지 못하는 자가 말 많은 법.

보름 전 계곡에 든 후
변함없는 친구들의 말 없는 행동은
경이로움의 연속선.
부끄러운 나를 질책한다.

이제, 그들과 동색, 동주, 동병상련.
나는 측은지심으로 그들 가슴으로.
그들은 내 어눌한 가슴으로.

"그래, 이제 우리 친구 하자.
아담보다 한 살 더 살며 잘 지내자.
자유와 평화와 사랑 깃든 이 계곡에서."

김삿갓 계곡의 아침 (2021. 8. 15., 일요일, 07:20)

김삿갓 계곡에 든 지
일 년 열여드렛날 아침.

처음으로 주변을 살폈네.
데이지 펜션 계단 위 고양이와 매미를 보았네.
누워 있는 매미를 발로, 입으로 애무하는 고양이.
재미있게 같이 놀다,

결국 매미를 삼켰네.

가뜩가뜩이 찬 사람들.
닫힌 감방 안.
무엇이,
그리도 좋을까?
무엇이,
저리도 청정 계곡을 구저분하게.
오금 저리네.
다시 들어선 무릉도원.
꺼림칙한 가슴 뚫리네.
내려다본 계곡물은 해맑은 마음일세.

씻어 낸 가슴속에
쌓여 가는 시심.
눈감생이 되어
밝게 미소하며 푸른 하늘 올려다보네.

김삿갓 계곡의 아침.
천국이 따로 없네.

김삿갓 계곡에서의 그 길을 (2021. 8. 19., 목요일, 00:09)

저 달 보며 상념에 빠져 본다.
자유롭고 싶다.
15년간 달음질하여 찾은
이 자연과의 대화의 자유를 놓고 싶지 않다.

김삿갓 계곡이 말한다.
"너는 홀로
이 계곡의 길을 가야 한다.
그 누구와도 동행할 수 없다.
이제, 청산도에서와 같은
기다림의 미학이라는 허무맹랑한 이름 아래서의
어리석은 삶은 접어라.
살아남기 위한 발버둥 끝에,
죽어서도
그리도 가고 싶어 한 갈망 끝에 접어든
이 길이 아니던가."

하여, 이제 그 누구도 받아들일 수 없는
시간이 되었다.

홀로

이 계곡의 길을 가야 한다.

김삿갓 계곡에서의 그 길을.

아쉽고, 안타깝고, 외롭고, 고통스럽더라도.

세 번째 유배지, 김삿갓 계곡 (2021. 8. 21., 토요일, 20:21)

세 번째 유배지,

김삿갓 계곡이

참 좋다.

아침이면

골안개 피어오르는 계곡을

무연히 바라보며 잠에서 깨어난다.

계곡의 저 낙숫물 소리는

어디로 흐르는 걸까.

계곡이 내뱉는 저 신기루는

어디로 날아가는 걸까.

심상한 나그네 단장에

시름이 이네.

태산 같은 근심 껴안은

삿갓 선생 다가와 한마디 남기고 돌아선다.

"괜찮아, 다행이다. 고마워, 잘했어!
묻어라, 묻어라.
이곳에 뼈와 살을 묻어라.
나같이 떠돌며 방랑하지 말라.
이곳이 자유와 평화의 하늘나라니,
이곳의 천사들과 함께하여라.
그리하면,
이곳이 너에게 영원한 생명을 주리라."

성난 삿갓 물결 (2021. 8. 24., 화요일, 08:10)

간밤, 태풍 '오마이스'에
성난 삿갓 물결.
무지한 바윗덩이들이 훼방한다.
거침없는 삿갓 물결.
시심으로 솟구친 신랄함.
얼굴 묻은 삿갓 선생이 비밀을 드러냈다.

성난 삿갓 물결,
폭발한 민초들의 함성이
윗물부터 찍어 내려
서북 녘 하늘로 질주한다.

마침내, 귀 닫고 눈감아 거무추레하게 찌든
여의도와 북악산 아래 푸르데데한 집을 향한다.

사람들 심장의 핏물, 성난 삿갓 물결이
반도들을 심판한다.
삿갓 선생의 해맑은 텅 빈 미소가
갈기갈기 찢겨진 어둔 하늘 밝히네.

핏물은 약수 되어
삿갓 선생 가슴에
깊이깊이 자리하네.
착한 시심 일어,
다시 묵가 부르는 성난 삿갓 물결,

김삿갓 계곡의 단풍을 노래한다 (2021. 11. 3., 수요일, 10:55)

귀엽고 예쁜 새들이
김삿갓 계곡의 단풍을 노래한다.
벅찬 가슴으로 짧고 가늘게 뜬 톡톡 튀는 목소리다.
따스한 아침놀이
짙어 가는 단풍숲을 노래한다.
맑고 밝은 가슴으로 길고 깊은 흥에 겨운 목소리다.

가냘픈 어린 바람이

떨구는 단풍잎을 노래한다.

어쩌지? 하는 가슴으로 천길 벼랑의 탄식을 아로새긴 목소리다.

그 목소리들, 온 골짜기에 편만하게 다소곳이 자리한다.

그 목소리들, 참 재미있고 발랄하고 깊이가 있다.

그 목소리들, 천혜의 개골산을 맞으려 애쓴다.

등줄기를 훑고 지나는 단풍의 발걸음이 거룩하다.

죽음 삼킨 새 하늘 새 땅 아래,

새 희망의 메시지를 담는다.

이듬해의 만남을 기약하며.

귀엽고 예쁜 새들, 따스한 아침햇살,

가냘픈 어린 바람의 가슴이 말한다.

"이 자유와 평화의 마음을 전해다오.

저 어지러운 서북녘 어둔 하늘 아래서 분탕질 일삼는

정치 권력 사냥꾼들과 국민 권력 사냥꾼들에게."

네 속살을 보고 싶다 (2021. 11. 5., 금요일, 10:55)

만산홍엽과 함께하는

김삿갓 계곡 백일잔칫날.

단풍숲이
하나둘씩 붉게 물든 옷을 벗어부치고 있다.
그동안 자개자락하던
네 모습에 위로와 찬사를 보낸다.

이제,
새로운 만남을 위해
마이너스 삶을 사는 네가 보고 싶다.
너의 겸손한 그 속살을 보고 싶다.

너를 처음 만난 한여름부터 지금까지
실오라기 하나 걸치지 않은 알몸으로
너를 지켜보고 있었다.

십 년 묵은 때를 벗기 시작한 너.
어서, 너와 하나가 되고 싶다.
오두막 건너편 마대산 자락 골과 능선을 오가며,
곱디고운 알몸을 조금씩 보여 주는 대견스런 너.
그런 너를 보며 자락하고 싶다.

오늘은 백일잔칫날.
속히, 깔끔한 네 속살을 보고 싶다.

가슴으로 부르는 노래 (2021. 11. 30., 화요일, 19:55)

십 년 묵은 때, 다 벗었네.
휑뎅그렁한 울 휘감는 바람 한 자락.
포근한 겨울잠 그리며
가슴으로 노래한다.
하늘의 검은 골짜기 삼키는 하루낮 빗줄기.
날카로운 냉소 어린 여인의 얼굴 품은 시냇물.
싸리골 오두막 머리에 피어오른 착한 물안개.
이들이 빚어낸 교향곡이 휘돌아 든다.

절로 이는, 가슴으로 부르는 노래.
이 노래는, 자유와 평화의 노래.
이 노래는, 혼탁한 세상 티끌 잊은 천상의 노래.
이 노래는, 장독대 형제들이 자연의 가락 따라 흐무러지게 막춤 춘 노래.
이 노래는, 지나던 삿갓 선생이 들으며 울고 간 노래.

김삿갓 계곡에 어스름이 부라질하며 어름적어름적 장막을 친다.
안개비가 자욱길 따라가다 고동하던 숨을 멈춘다.
포근한 겨울잠 그리며
가슴으로 노래한다.
"괜찮아, 다행이다.
고마워, 잘했어."

내 사랑, 자욱눈 (2021. 12. 19., 일요일, 11:15)

자욱길 따라 자취를 담는다.
아침 햇살 따라 살포시 눈뜬
내 사랑, 자욱눈.

삿갓 선생 닮은
순백의 하얀 마음,
내 사랑, 자욱눈.

칼바람 속
가슴도 발걸음도 모두 가볍네.
서러움 달래는
내 사랑, 자욱눈.

따스한 봄날,
아프게 지워질 흔적 따라
삿갓 선생 떠나가네.
다시 올 날 기다리는
내 사랑, 자욱눈.
귀한 생명 짊어지고 다시 찾을
내 사랑, 자욱눈.

천류가 흐른다 (2021. 12. 24., 금요일, 05:33)

깊은 칼바람 속 어둔 새벽에도
하늘의 물줄기,
변함없는 하늘마음,
천류가 흐른다.
청량한 물줄기,
명랑하구나.

혹독한 칼추위도 아랑곳없이
생명을 주며
흩어진 얼음장 밑 헤치고
송사리처럼 고요히 흐른다.

예의, 하늘에서 온 천류가
어둠을 몰아내고,
빛과 함께한다.

삿갓 선생 이불 속을 깨운다.

암흑세계 비진리는 어디론가 사라졌고
천금같이 반짝이는 진리만 남았다.

지금도
끄떡없이, 쉼 없이
천류가 흐른다.

하늘을 가른다 (2022. 1. 2., 일요일, 17:10)

하늘 아래
빛과 어둠살이 같이한다.

예의,
마대산 끝자락,
어스름이 하늘을 가른다.
솔수펑이도
가지런히 하늘을 가른다.

빛이 어둠살의 귀에 대고 속삭댄다.
"오늘 자 빛이 말한 진리를 보존하다
내일 여명에게 전하라."
어둠살이 빛의 입을 빌려 다짐한다.
"잘 알겠나이다.
당신의 의미를
여명에게 알리겠나이다."

때가 이르니,
여명이 깨어나 하늘은 가른다.
어둠살은 사라지고,
빛만 남는다.
그 빛은
김삿갓 계곡 넘나드는
자유와 평화의 진리였다.

삿갓 섬, 하얀 서릿발 (2022. 1. 3., 월요일, 05:05)

새벽녘 어둠선 뚫고 선
삿갓 섬, 하얀 서릿발.

밤새 밤잔치 준비하며
아름다운 잔칫상 차려 놓은
마음 착한 하얀 서릿발.
하얀 양의 탈을 쓴
속 검은 가짜 서릿발이 도끼눈 뜨고 다가선다.
휘두른 칼날에 하얀 서릿발들이 스러져 간다.

드러누워 울부짖는 삿갓 섬, 하얀 서릿발,
섬뜩섬뜩하게 차디찬 주검이 되어 가는 동무들에게 말한다.

"제발, 제발 죽지 마라.

제발, 제발 깨어나라."

잔치에 초대받은

삿갓 선생이 섬에 퍼뜩 들어선다.

속 검은 서릿발에 불같은 입김을 던진다.

녹아 죽어 간 속 검은 가짜 서릿발.

선량한 민초들의 제대로 된 잔치판을 짓찢으려는

속 검은 가짜 서릿발의 가면을 벗긴다.

그 창백한 얼굴이 만천하에 드러난다.

사악하게 속어림해 온 국민 권력 사냥꾼들의 검은 속 모습이다.

김삿갓 계곡 물소리가 공명한다 (2022. 1. 8., 토요일, 23:02)

빛이

어둠발을 삼킨다.

빛의 발걸음이

입을 연다.

김삿갓 계곡 물소리가

공명한다.

"입술로만 나불거리지 마라.

보여 주기식의 손발을 떨지 마라.

옹색하고, 치졸한 몸과 마음 치워라.

날래고 치뜰게 치뜬 이기적인 눈빛을 거두어라.

얻은 시간은 버려라.

남은 시간도 묻어라.

가슴을 열어라.

새롭고 신선하게 태어나라."

더러운 어둠발을 향해

새 생명의 김삿갓 계곡 물소리가

날카롭게 사자후하며 다시 한번 공명한다.

지질구레한 좀생이, 소인배, 모리배인

국민 권력 사냥꾼들이 소리 없이 사라졌다.

하늘나라 맑은 샘과 삿갓 선생 (2022. 2. 23., 수요일, 23:59)

하늘나라 맑은 샘이 토한다.

밝고 맑은 물방울이 방긋방긋.

한겨울 그 미소는 천사의 사랑.

그 평화로운 하늘에서 쫓겨나

거친 땅으로 곤두박인 부패한 별 하나가 있었다.

그 별은 죄지은 흑암의 사이비 천사였다.

먼저, 땅에 내려와 붙박인 포악한 천사 아바타가

음탕한 쾌감으로 미소하며 그 천사를 가스라이팅 한다.

"우리 다 같은 고향인 하늘에서 온 천사인데, 뭘 그리?"

그 악마의 속삭임을 엿들은,

착한 땅이 들고 일어서며 외친 외마디 소리.

"야! 미친놈아!

레테를 건너 다시 지옥으로 꺼져라!"

이때,

하늘 뒤켠길에서 도끼눈 뜨고 내려다보던

삿갓 선생이 야단야단하며 모두를 내리친다.

"난, 단테와 마키아벨리의 도플갱어로다.

어디, 착하디착한 이 기름진 가나안을 침범하려 하느냐."

결국, 하늘나라 맑은 샘과 삿갓 선생은 하나 되어,

서북 녘 악마의 일당을 몰아냈다.

박샷갓(朴笠)이 되었다

김삿갓 계곡에 감사 (2022. 2. 24., 목요일, 15:25)

지난해 여름 어느 날,
구저분하고 게걸스레
탐욕에 쩌든 흑암의 세상 날려 보내고
김삿갓 계곡에 든 것은 하늘의 뜻.

만사는 특히,
집과 여인은 인연이 있어야 한다는 말.

먼저, 15년 전부터 지도를 펴 놓고
살아갈 곳을 논해 준 군 동료들에 감사.

그다음, 골방에 처박혀 허덕이던 논에 물을 대 주신
돌아가신 부모님께 감사.

마지막으로,
들기 전까지 이 터전을 잘 보전해 준

김삿갓 계곡에 감사.

이제는 하늘의 뜻에 따라
내 아이디, Vagabond처럼 방랑자 되어
자유롭고, 평화롭게 살리라!

김삿갓 계곡의 창조적 생명력 (2022. 3. 15., 화요일, 17:28)

이른 새벽 3시 21분,
이불 속을 뒤떨치고
더듬적더듬적하며 일기장을 휘갈긴다.

저 계곡의 물소리를 들어 보라.
생명의 가슴이 놀뛴다.
맑고 고운 창조적인 관조와 명상은
창조적 생명을 일떠세운다.
생경하고 냉기 어린,
차디찬 죽음과 무덤의 얼음장을 몰아내고
탕탕히 솟구쳐 흐르는 저 격동의 하얀 물결은
바로, 창조적 생명력.

어둠을 헤치고 앞뜰에 선다.

수선화 여섯 중 둘이 죽었네.

칸나 둘도 무덤으로.

이제, 열 송이 백합화가 새 생명을 기도한다.

이들이 김삿갓 계곡 되살릴 창조적 생명력.

퇴락과 복귀라는

영고성쇠는

결정론이 아닌

미래의 창조적 생명력이 기쁨 넣어 줄

시간과 공간의 충돌.

탄생과 죽음의 음울한 순환.

역사의 장대한 축소경과 확대경이 교차한다.

자연 섭리에 따른 차가운 손길.

희망의 역동적 운명의 수수께끼.

성스러운 불씨가 살아난다.

다시 한 번 타오르는 창조적 생명력.

순백의 창조적 생명력 지닌

물줄기 소리가 다시 또 들려온다.

얼마 후면 개나리 울타리에

꽃차례가 다가오겠지.

사랑의 전율이 들떠든다.
이제, 김삿갓 선생 따라
박삿갓(朴笠)이 되었다.

어둔 새벽 깨운
감동스럽고, 사랑스러운
김삿갓 계곡의 창조적 생명력.

바로 지금이다 (2022. 8. 17., 수요일, 17:38)

오후 내내 김삿갓 계곡,
박삿갓 움집 입구의 돌기둥에 HWPI를 새기기 시작.
정과 망치를 들고 몇 시간을 쪼았는가?
H, 한 글자를 2밀리 정도 깊이로 파고, 다음을 기약.

"노동은 기도다."
정신 나간 베네딕트.
고대, 거대한 석조 건축물들을 생각하니
소름이 돋고, 오금이 묶인다.

역사 이래,
종교, 정치 등 모든 인류가 존재하는 분야에서는

시공간을 불문하고,

패권자와 하나가 된 소수 지배자는

인간을 정신적, 육체적으로 고문했다.

목숨을 담보로.

자신들의 구저분한 탐욕을 위해.

그들의 궤변과 채찍은 인간 개개인을 공포로 전율케 했다.

요즈음, 아놀드 토인비와 노는 시간과 공간이

참 재미있다.

허나, 참담하기도 하다.

고스란히 쓰리고 아픈 인간의 역사를 들여다보면서.

HWPI(Humanitarian World Peace Institute, 인도주의적 세계 평화 연구소)

를 생각한다.

PPH(Political Power Hunter, 정치 권력 사냥꾼)들과

국민 권력 사냥꾼들을 경멸한다.

이들은 인간이기를 포기한 자들이다.

인간의 자유와 평화를 짓밟았고, 짓밟고 있고, 짓밟을 자들이다.

하여, 인류의 이름으로 기요틴에 목을 걸어 놓아야 할 자들이다.

소위, 집단 지성을 참칭하고,

인간의 자유와 평화의 세계를 좀먹으며,

입술로만 나불거리며,

인본주의를 몰각시키는 자들 또한 동일하게 처단해야 한다.

이제, 우리 힘없는 세계 자유 시민들이여!

분연히 뒤떨치고 깨어나

제로섬 게임을 벽파하고,

저 어둠의 세력들을 몰아내어,

스스로, 인간으로서의 존엄과 가치를 지키며,

자유롭고 평화롭게 살 권리를 되찾아야 할 때가

바로 지금이다.

김삿갓 선생과 박삿갓의 HWPI (2022. 8. 21., 일요일, 18:35)

예정되었던 8일간의 전투가 5일 만에 끝났다.

김삿갓 계곡, 우리 집 입구 두 개의 돌기둥에

하루 한 자씩 새기기로 했던 여덟 글자,

HWPI가 완성된 것이다.

돌가루의 코와 입, 눈 침투 방지용, 마스크와 안경,

네 자루의 정과 망치가 작업을 도왔다.

근데, 땀에 흠뻑 젖은 몸이 문제가 아니라,

정을 들었던 왼손 장갑에 핏물이 흥건하다.

그래도 재미있다.

이제, 내일 무지갯빛 아크릴 물감 입히기만 남았다.

물론, 내 영혼에 대한 축하 메시지 전달과 갈라쇼가 더해질 것이다.

HWPI를 가슴에 새기듯 돌에 새기고 있는 것을 보며,

지나가던 김삿갓 선생이 하는 말,

"잘했소, 박삿갓 선생.

이제 머리에서 가슴으로 옮기는 일만 남았구려."

답했다.

"고맙소, 김삿갓 선생.

이제 잘 준비해서 내년 5월,

2001년부터 근무했던 전쟁터 그루지야로 봉사 활동을 떠나

HWPI 기본 정신을 현장에서 다시 새길 것이오.

또한 유럽 여러 국가를 방문하여 전우들을 만나

많은 직간접 체험을 다시 행할 작정이오."

어느덧 고요함과 거룩함으로 빛나던 하루해가 마대산을 넘는다.

시선이 양심의 명령에 붙박인다.

날카로운 것이 가슴을 관통한다.

불현듯, 세상이 가시 돋친 수수께끼 같은 냉소를 보낸다.

허나, 양심의 명령에 따라 향후 전개될

HI(Humanitarian Intervention, 인도주의적 개입)를 통한

HWPI의 철학적 지표 달성으로

사악한 PPH들로부터 지켜 내야 할

인간의 존엄과 가치인 생명권,

평화적 생존권 및 인간다운 생활을 영위하며

행복을 추구할 권리 등 인간의 생래적·천부적 권리는

불가침의 기본적 인권임을 확인함과 아울러,

세상에 핍박받는 힘없는 자들과 함께할 것을,

화석화되어 건조하고 음음적막한 내 영혼에 담아 본다.

박삿갓의 HWPI는 다시 한번 나래를 펴고 활발히 움직이며,

장엄한 적요 속에 질주한 하루를 이렇게 맺는다.

월동 준비 끝 (2022. 9. 2., 목요일, 18:07)

월동 준비 끝.

이제, 김삿갓 계곡에서

깊은 겨울잠에 들 수 있게 되었다.

가슴으로 부르는 노래를

자유롭고,

평화롭고,

수나롭고,

재미있게 부르면서.

박삿갓이

화순 동복에서 돌아온

김삿갓 선생의 영혼의 도움으로

겨울 준비를 무탈히 마쳤다네.

여름날 긴 장마와 태풍에 휘감기며 돌아온 계곡.
낙수 소리 청명하네.
가열차게 아름다운 여인의 숨결이네.

이제, 선생과 막걸리 한잔 수작하며
깊고 긴 밤을 지새울 수 있게 되었다네.
힘겨웠던
월동 준비 끝.

고맙다, 얘들아 (2022. 10. 20., 목요일, 18:12)

수정같이 맑고 투명한 김삿갓 계곡에서
아침의 고요를 맞이한다.

서릿발 속에서도
끝까지 꽃봉오리 피워 내는
칸나의 창조적 잠재 능력은
삿갓 선생의 핏발선 눈초리에 비견할 만한
장엄한 자태.

생명체로서
마지막 순간까지

박삿갓 움막을 지키려

고군분투하는

고향인 청산도에서 바다 건너온 칸나들.

고맙다. 예들아.

박삿갓이 탄하노라 (2022. 11. 15., 화요일, 22:16)

해맑은 궁창 아래

후패한 땅이로다.

하여, 분에하며 박삿갓이 탄하노라.

물어박지르며 극도로 메마른 광란의 소리를 들었다.

뜨악한 소식이다.

정치 아닌 정치와 종교 아닌 종교가 죽어 간다는 전갈이다.

그 속에 혐오와 증오 그리고 선동으로

인간의 갈등을 부추기는 패륜아들이 판치고 있다.

중세 암흑세계의 극악무도한 정치·종교 세력의

광기 어린 칼춤을 다시 본다.

면죄부 팔던 시절이 그리도 그리운가.

거룩한 척 신비로운 척하며,

인간과 신의 사이비, 가짜의 검은 탈을 쓴

반인도주의적 좀생이, 소인배, 모리배들이 저주의 굿판을 벌인다.

대통령이 탄 전용기 추락을 기원하며 "비나이다. 비나이다.",

'이태원의 어린 꽃들의 죽음을 내 이익으로'라며.

정치인 아닌 정치인들은 권력을 사유화하여

국가와 국민을 저버린 자기들만의 특수 계층과 특정 지역을 위해,

가짜 종교인들은 세상의 해괴하고 더러운 권력을 쥐고

그 옛날 못된 버릇인 마녀사냥을 하고 있다.

보아하니, 그대들이 바로 사악한 사단들이로구나.

다들 모두, 오만방자한 거짓말쟁이들이다.

하나같이, 세속의 타락하고 방종한 욕심쟁이들이다.

저 김삿갓 계곡의 숲과 새들이

정신 줄을 놓고 곤두박이치며 스스러운 얼굴을 하고 있다.

하여, 다시 한번 박삿갓이 탄하노라.

"귀꿈맞은 세상 탐욕 그만들 거두시라."

"욕심이 잉태한즉 죄를 낳고,

죄가 장성한즉 사망을 낳느니라."

외씨버선길 따라 (2022. 11. 16., 수요일, 16:00)

외씨버선길.

김삿갓 계곡 사람들이 살아온 길, 살아갈 길.

삿갓 선생도 이 길 따라
방방곡곡, 골골샅샅
발서슴하며 방랑길 떠났겠지.
조부 김익순의 비련의 혼을 머리에 이고
천하 방랑길 오를 새,
이 길 따라 옥동천, 동강, 남한강을 돌고 돌아갔겠지.

나, 박삿갓 또한 먼지떨음하고 탕탕유유하려,
하룻밤 풋사랑에 연민의 정을 안고
또다시 방랑의 길을 떠날 준비를 한다.

어젯날 떠돌던 생의 여정에,
이곳 김삿갓 계곡에서 마침표를 찍고자 했으나
여의치 않아, 휘파람 불며 길을 떠난다.
외씨버선길 따라.
뒷세상 아랑곳하는 이 길이 인도한다.
하늘나라의 좁은 문으로.

이제, '천상 묵가'를 부를 때가 다가온다.
외씨버선길 따라 다다른 천상에서.

유언 증서 (2022. 11. 19., 토요일, 07:29)

고적한 김삿갓 계곡에 소리 없이 든 지
1년 4개월이 되어 간다.
이에, 피안으로의 방랑길에 올라
진정한 박삿갓이 되었다.
'녹명(鹿鳴)', '이기적 유전자'의 의미를 되새긴다.
하여, 유언 증서를 써야겠다.

"재산 기부에 관하여,
강원도 영월군 김삿갓면 김삿갓로에 있는 동산과 부동산,
모든 금융기관의 자산, 지적 재산권 등을 영월에 기부한다.
기부한 유무형 자산은 약자, 빈자를 위하여 활용한다."

이로써,
모든 것이,
자유롭고 평화로우며,
새롭고 따스하게 느껴진다.

아울러,
전쟁을 경험한 군인으로서,
법학자 · 정치학자로서,
인간적 아픔과

노마드적 삶의 보람도 느낀다.

세 번째 유배지에서의 겨울잠 (2022. 12. 22., 목요일, 17:12)

뼛속까지 아려 오는
아픔과 아쉬움, 설렘을
가슴에 묻는다.

누군가,
'자의 반, 타의 반'이라 했던가?
세사,
꼭 '자의 반, 타의 반'은 아닐지라도,
내외부의 의지가 자리매김을 달리하면서
모두 담기는 것이리라.

김삿갓 계곡,
순백의 설원 위에 칼바람이 소용돌이친다.
이제, 겨울잠을 재촉해야겠다.
오롯이, 나의 뜻이 아니기에
'세 번째 유배지에서의 겨울잠'을 청해 본다.
겨울잠은, 길고 깊은 묵언이기에.
네 번째 '가슴으로 부르는 노래'를 위해.

천상에서,

삿갓 선생이

애타게 애타게

연연한 미소를 던져 준다.

봄이 오는 소리 (2023. 2. 8., 수요일, 15:15)

설 연휴도, 입춘도 지났다.

유난스레 가슴 에이던 칼바람도 마지막 꼬리를 감고 있다.

장엄한 눈꽃을 숨죽이고 피워 내던 소나무 숲도

숨구멍을 활짝 열어 푸르름을 더해 가고,

숲속의 새들도, 나뭇가지들도 겨우내 쌓인 먼지를 털어 내고,

하늘바다를 향해 자유자재하며 날갯짓을 하고 있다.

오후 3시면 숨넘어가던 햇살 꼬리도 얄짤없이 길어졌다.

김삿갓 계곡의 얼음장 밑을 졸졸졸, 앙금앙금 기어다니는 물줄기가

청량한 봄이 오는 소리를 머금는다.

김삿갓 계곡에서의 냉혹한 냉기를 참아 낸 박삿갓을 축복하는

봄이 오는 소리다.

누군가 토해 낸,

"김삿갓 계곡에서 적응하지 못하고 떠날 거요."란 말이 무색하게,

평온함이 미소한다.

이, 자유와 평화의 따스함을 전해 줄 이 어디 없소?

이, 사랑스런 적요함을 같이할 이 어디 없소?

이, 선한 마음이 비루한 몸을 삼켰음을 천상천하에 고할 이 어디 없소?

봄이 오는 소리가 가슴을 착하게 한다.
이제, 박삿갓이 산천초목과 함께,
자유와 평화의 봄이 오는 소리를 옴시레기 맛볼 시간이다.

그리웁구나 (2023. 3. 7., 화요일, 01:08)

발가벗고 잠자리에 든다.
변함없이 엄마 뱃속 시절부터의 여정을 밟는다.
간절했던 순간들을 곱씹으며 망령되이 건조하고 열없이 미소한다.

경칩 지난 고적한 이 밤,
졸졸졸 떠도는 김삿갓 계곡 물소리가 정겹다.

봄이 온 소리에 놀란 개구리처럼
솜이불 떨치고 차려입고 나선다.

꽃샘바람 위에 선 어슴푸레한 달무리가 반긴다.

하늘바다에서 삿갓 선생이 애달피 읊는다.
"박삿갓, 기나긴 방랑길에 참사람 그리웁구나.
박삿갓, 거친 방랑길에 막걸리 한잔 그리웁구나.
박삿갓, 방랑길 끝자락, 화순 동복에 이르니 떠난 계곡 그리웁구나."

김삿갓 계곡에서 박삿갓이 답한다.
"저도 선생님이 그립습니다.
선생님 계곡은 잘 지키고 있습니다.
이제, 저도 선생님 따라
그 방랑길을 떠나렵니다.
약자, 빈자 위해 모두 다 내어 주고,
하루 한 끼, 김치 한 조각, 막걸리 한 사발에 감사하며
기꺼이, 이지러진 세상과 함께하겠습니다."

천상 묵가

天上 黙歌

The Elegy, Meditation in The Heaven

돌아간다

모두 다 주려 했건만.

무(無)에서 귀한 심성의 약동이 발했던 그 시절,
그곳으로 돌아간다.
아무것도 아닌 벌거벗은 알몸뚱이,
비로소 눈길을 거둔다.
어둔 밤하늘은 유일 친구.
별 하나마저 삼켜 버린다.

응시하던 눈빛이 시들어 간다.
눈꺼풀 내려앉혀,
사유의 몸을 만들어 간다.
실재와 관념의 경계가 사라진다.
도덕적·초월적 의지만이 지배하는 세계가
신앙 되어 다가왔다.

이로써,
사유와 행동의 일체화는 끝을 맺고,
제자리로 돌아간다.

나는 왜, '천상 묵가'를 불러야만 했는가?

국회의원 선거를 마치고, 멍한 시간을 보내던 2016년 6월 6일, 월요일, 저녁 7시 15분, 한 통의 전화.

55년이란 긴 세월 동안 딱딱하게 굳어 있던 나의 머리와 가슴을 열어 젖히게 된 순간이었다. 우주에 흩뿌려져 갈 곳 몰라 하던 내 영혼을 진정한 자유와 평화의 그물에 가두게 된 사건이었다.

운명이었다.

사실, 얼마 전, 어둔 밤하늘을 무연히 바라보며, 지금까지의 부자연의 삶을 떠나 하늘의 뜻에 따라, 자연의 뜻에 따라 나만의 미지의 세계로 '돌아간다.'라며 몇 자 적었던 것이 씨가 되어 열매를 맺은 것이다.

태어나 처음으로 하느님의 말씀을 들었다.

필연이었다.

그때부터 성경을 읽고 또 읽었다.

하늘 세상을 만났다.

순간순간이 진리의 말씀을 들을 수 있는 별천지였다.

지금까지 듣지도, 보지도 못했던 '참진리'가 그 안에 있기 때문이었다.

지금도 변함없이 하늘과 편지를 주고받으며,

그 만남은 계속되고 있다.

하늘에 올라 천상 묵가를 읊는다

지금까지는 땅에서 땅의 이야기를 했다.

이제부터는 하늘에 올라, 하늘 이야기를 해야겠다.

이곳 이야기는 위대한 역사도, 키 크고 힘센 영웅의 이야기도 아닌,

힘없고 나약함, 그 자체로서의 땅 위의 자연적인

작은 인간과 하늘의 뜻에 대한 것이다.

생기 잃은 어둔 하늘만 남는다.

설렘과 뜨거운 하늘이 없다.

현실의 시간과 공간의 감각을 잃고 갈 곳 몰라 한다.

하여, 하늘에 올라 '천상 묵가'를 읊는다.

땅의 자유와 평화를 위해 기도하면서.

신과 하늘의 질서 아래서의 노래는

아프다.

그 아픈 노래는

아쉽다.

그 아쉬운 노래는

공허하다.

그 공허한 노래는
혼돈이다.
그 혼돈의 노래는
고통이다.

그 고통의 노래는
신의 질서와의 만남이다.

그 만남의 노래는
충만과 희망, 기쁨과 사랑이다.

결국, 맑고 밝은 하늘이 열렸다.
이곳 하늘 위에서
영원히 살아 숨 쉴 '천상 묵가'를 읊는다.

통합의 메시지는 이렇게 (2006. 7. 1., 토요일, 23:10)

청산 입도(入島), 꼭 일 년. 자유와 평화를 얻었다. 그러나 불비하다.
공고하게 구축된 자기만의 틀 속에서만 완전하다.
인간의 완결성과 완벽성이란 '바늘구멍으로 코끼리를 몰라 한다'는 격으로 어차피 불능이며, 나약하기 짝이 없는 하늘의 조각구름과 한때 설렁이는 바람과 같은 존재이다.

그러나 최소한의 평화 공존을 위한 서로 간의 통합의 대화 메시지는 절차와 내용 면에서 명쾌해야 한다.

먼저, 상대방의 의견 또한, 인간 세상의 한 측면임을 눈물겹게 인정한 다음, 통합을 위한 자기의 메시지는 현상 및 사실 확인, 역사적 배경 및 결과 제시, 문제점 분석, 모두를 살리는 공동선을 위한 향후 대응 방안 순으로 설득력 있게 제시해야 한다.

허나, 이러한 논리적 접근보다 더욱 중요한 최우선적 선결 요건이 있다.

상대방을 무시하고, 비아냥거리며 깔보는 점령군의 고압적 자세와 태도는 철저히 경계해야 한다는 것이다.

피해 의식을 가진 자는 도둑이 제 발 저리는 듯한 대화 태도에서 이미 패배하고 들어간다. 상대의 말을 끝까지 경청하지 아니하고, 중간에 말 자르고 끼어들고, 말꼬리 잡으며 집요하게 물고 늘어지고, 조롱하고, 비아냥대는 등 대화 분위기를 핵심에서 이탈시켜 분산시키는 어설픈 좀생이, 밴댕이 소갈딱지 같은 우물 안 개구리, 좁은 연못 안에서만 뒤뚱거리며 먹잇감 찾아 맴도는 어리석은 오리 새끼 같은 자세를 취한다.

톨스토이가 이르기를, "자신을 잊고, 자신에 대한 생각을 지워 버렸을 때, 우리는 비로소 타인과 효과적으로 소통할 수 있으며, 타인의 이야기를 귀담아 들을 수 있고, 그들에게 영향을 줄 수가 있다."

아무리 대화 내용이 알차다 할지라도 이와 같은 인간 개체로서의 도덕적, 지도자적 덕목이 결여된다면, 이미 그 내용은 자세와 분위기에 매몰된 채, 패배자임을 자인하는 결과를 낳기 때문이다.

따라서 조화와 통합을 위한 대화의 최우선의 기본 덕목은 용서와 화해 그리고 겸허한 포용의 자세이다.

이와 같은 사람 냄새 나는 은은한 묵(墨)의 향기는 자유와 평화의 분위기를 만들어 낸다.

사도 바울(Paul)은 다음과 같이 일렀다.

"하나님께서 세상의 미련한 것들을 택하사, 지혜 있는 자들을 부끄럽게 하려 하시고, 세상의 약한 것들을 택하사, 강한 것들을 부끄럽게 하려 하시며, 세상에 천한 것들과 멸시받는 것들과 없는 것들을 택하사, 있는 것들을 폐하려 하시나니" (신약성서, 고린도전서 1장 27~28절)

솔로몬(Solomon)이 이에 더한다.

"교만이 오면 욕도 오거니와 겸손한 자에게는 지혜가 있느니라." (구약성서, 잠언 11장 2절). "사람이 교만하면 낮아지게 되겠고, 마음이 겸손하면 영예를 얻으리라." (구약성서, 잠언, 29장 23절). "무릇, 자기를 높이는 자는 낮아지고, 자기를 낮추는 자는 높아지리라." (신약성서, 누가복음 14장 11절) "사람의 마음의 교만은 멸망의 선봉이요, 겸손은 존귀의 앞잡이니라." (구약성서, 잠언, 18장 12절)

한없이 낮추고, 비우고, 버리는 것이 사는 길이다.

파멸 이전, 사람의 마음은 오만하고, 영광 이전, 사람의 마음은 겸허하다.

천국 여행 (2006. 10. 18., 수요일, 01:10)

홀로 죽는 밤이다.

떼를 지어 날아든 불나방과 날파리들이 송장이 되어 가는 나를 붙들고 친구 하자며 부글부글 닶삭이고 있다.

답한다.

"이제 모두 주었으니, 더 이상 줄 게 없어 미안하오. 그냥 갑니다."

죽여 달라, 아무리 소리쳐 불러도 아무도 올 수 없고, 오지 않을

이 밤.

이렇게 죽자니 너무 외롭고, 아프고 고통스러운

이 밤.

홀로 죽어 가면서도, 민망해하며 깨끗이 주검의 흔적마저 지우려는

이 밤.

어쩔 수 없는 회한의 눈물방울과 한숨 소리는 남는다.

천상에서 하느님이 구름 타고 내려왔다.

같이 하늘나라로의 긴 여행에 올랐다.

망설이다, 문을 열고 들어간다.

흰 드레스 입은 예쁜 천사가 미소로 맞이하며 안내한다.

보좌에 아버지, 양쪽에 다른 두 천사.

환하게 웃으시며 양팔 활짝 벌리시고 다가오신다.

"어서 와라, 순조야!"

벅차오름에 안아 드리려다 움찔대며 뒷걸음질.

두려움이다.

단숨에 뛰쳐나온다.

잠에서 깼다.

목발을 한 러시아 까삐딴(육군 대위)이 얼굴을 맞대며 내려다보고 있다.

갓 알에서 깨어난 병아리처럼 살았다는 듯이 입초리를 옴찍옴찍, 샐쭉샐쭉하다 가느다란 목소리로 "아딘 씨가레떠, 아딘 씨가레떠. (담배 한 대만, 담배 한 대만.)"

마취 덜 깬 손가락을 뻗을 수가 없다.

담배 한 개비를 입에 물려 준다.

선홍색 핏물이 흥건한 자리.

널빤지 위, 널브러진 몸을 일으킨다.

그루지야, 러시아군 야전 병원에서의 천국 여행은 이렇게 끝나고, 코카서스 설산(雪山) 계곡, 전쟁터로 돌아간다.

하늘에 묻는다.

"하느님, 천국에 머물지 못하게 내치시며 왜 이렇게 끊임없이 감내하기 힘든 고통을 주시나이까?"

하느님이 답을 주신다.

"내 형제들아, 너희가 여러 가지 시험을 만나거든, 온전히 기쁘게 여기라. 이는 너희 믿음의 시련이 인내를 만들어 내는 줄 너희가 앎이라.

인내를 온전히 이루라. 이는 너희로 온전하고, 구비하여 조금도 부족함이 없게 하려 함이라." *(신약성서, 야고보서 1장 2절~4절)*

이에 답을 드린다.

"아멘, 잘 알겠사옵나이다."

맑은 영혼 (2007. 4. 23., 월요일, 21:45)

수도사 같은 자기와의 투쟁이 없으면, 곧 악마가 그 맑은 영혼을 도둑질해 간다.

선천(先天)이 심어준 씨앗과 후천(後天)이 내린 열매의 중요성을 잘 분별하라.

한 번 배신한 자는 반드시 반복된 배도의 길을 걷는 DNA를 지니고 태어난다.

지식은 세상의 선악을 분별치 못하나니, 오직 깨끗한 양심과 맑은 영혼을 지닌 역사적 소명을 다하고자 하는 사람을 선택해 잘 교육시켜 명품을 만들어라.

씨와 나무, 열매의 중요성에 대하여,
선지자 예레미아(Jeremiah)가 이른다.

"여호와께서 가라사대, 보라! 내가 사람의 씨와 짐승의 씨를 이스라엘 집과 유다 집에 뿌릴 날이 이르리니." (구약성서, 예레미야 31장 27절)

마태(Matthew)가 예수님의 말씀을 전한다.

"천국은 좋은 씨를 제 밭에 뿌린 사람과 같으니, 밭은 세상이요, 좋은 씨는 천국의 아들들이요, 가라지는 악한 자의 아들들이요." (신약성서, 마태복음 13장 24절 참조)

누가(Nuke)는 하느님의 말씀을 전한다.

"너희는 선지자의 자손이요, 또 하느님이 너희 조상으로 더불어 세우신 언약의 자손이라, 아브라함에게 이르시기를 땅 위의 모든 족속이 너의 씨를 인하여 복을 받으리라……." (신약성서, 사도행전 3장 25절 참조)

사도 요한(John)은 배도의 길을 가지 않을 좋은 씨에 대하여 일갈한다.

"하느님께로 난 자마다 죄를 짓지 아니하나니, 이는 하느님의 씨가 그의 속에 거함이요, 저도 범죄치 못하는 것은 하느님께로서 났음이라." *(신약성서, 요한 1서 3장 9절)*

이어서 사도 바울(Paul)이 말한다.

"심는 자에게 씨와 먹을 양식을 주시는 이가 너희 심을 것을 주사, 풍성하게 하시고, 너희 의의 열매를 더하게 하시리니" *(신약성서, 고린도후서 9장 10절)*

끝으로, 마태(Matthew)는 씨를 뿌려 성장한 나무와 그 열매의 결과에 대한 예수님의 말씀을 그대로 전한다.

"좋은 나무마다 아름다운 열매를 맺고 못된 나무가 나쁜 열매를 맺나니, 좋은 나무가 나쁜 열매를 맺을 수 없고 못된 나무가 아름다운 열매를 맺을 수 없느니라. 아름다운 열매를 맺지 아니하는 나무마다 찍혀, 불에 던지우리라.

이러므로, 그의 열매로 그들을 알리라. 나더러 주여 주여 하는 자마다 천국에 다 들어갈 것이 아니요, 다만, 하늘에 계신 내 아버지의 뜻대로 행하는 자라야 들어가리라." *(신약성서, 마태복음 7장 17~21절 참조)*

하늘이시여, 주시옵소서 (2010. 2. 13., 토요일, 21:50)

앞뜰 수선화는 5센티미터나 얼굴을 내밀었고,
포석정 가 벚나무 가지에 착 달라붙어 뒤떨쳐지지 않으려 안간힘 쓰고 있는 산새들의 젖가슴 안에도 토실토실, 탱글탱글한 알들이 가득.

하늘이시여,
저들에게 주신 것같이 마지막 칼추위 이겨 낼 수 있는
설핏설핏 성긴 옷가지라도 걸칠 만한 여유를 주시옵소서.

헛된 열매를 맺지 않도록 사고와 행동의 깊이와 폭을
조금만 더 깊고, 넓게 하여 주시옵소서.

세세만년 갈망하던 자유·평등·정의·평화를 이룰 수 있도록
힘의 강도를 높여 주시옵소서.

만인이 함께 아파하고, 함께 웃는 따스한 마음을 열어 볼 수 있는
천국의 열쇠를 창조할 수 있는 지혜를 내려 주시옵소서.

눈앞의 자그마한 이익만을 쫓다, 발을 헛디뎌 깊은 늪에 빠져
길 잃은 소경이 되어 버린 이 땅, 소인배들의 눈을 뜨게 할 수 있는 구원의 길을 열어 주시옵소서.
비록, 보잘나위없지만

초지일관, 이 땅의 것들이 힘을 다하여
이타의 마음으로 알파와 오메가의 평화 공존의 세상을
이끌어 갈 강고한 의지를 붙들고, 변함없이 걸어갈 수 있는
버팀 나무, 생명나무가 되게 하여 주시옵소서.

마지막으로,
태초에, 당신이 보기 좋은 피조물로 창조하였으나,
탐욕스런 고집과 아집에 얹히어져 시기와 질투로 싸우다,
결국 죽음을 맞이하여 지금까지 어둠에 묻힌,
이 땅의 온갖 잡것들을 불쌍히 여기시어
한 줄기 빛을 던져 주시옵소서.

그리하여 때가 되었을 때,
그들이 회개하여 그 빛을 따라옴을 보신 후,
당신의 얼굴이 밝아졌음을 보여 주시고,
이제 그만 됐다 하셨을 때,
새로운 하늘나라로부터 오셔서,
새롭게 태어난 땅의 것들과
영원히 함께하시겠다는 말씀을 전해 주시옵소서.

열린 하늘의 달 하나, 별 하나 (2010. 9. 24., 금요일, 03:10)

청산의 어두운 하늘바다에서 이지러진 반달 하나, 맥없이 흐릿한 별 하나가 사악한 사탄의 얼굴을 한 검은 얼굴의 먹구름에 대항하여 숨바꼭질과 땅따먹기의 동시 전투를 전개하고 있다.

하늘 아래 땅에서도 착한 두 사람만 있으면 행복한 밝은 세상을 만들 수 있듯이, 저 어두운 하늘 세상도 저 달, 저 별, 둘만 있으면 밝힐 수 있는데, 어쩌면 저렇게 똑 닮았을까?

잠시 한눈판 사이, 하늘바다가 사라졌네. 무심한 먹장구름의 장난이었다.

그 가벼운 장난질에 달 하나, 별 하나가 죽어 갔구나. 마음이 쓰리고 아파서 하느님께 안수 기도를 부탁했다네. "하느님, 얼굴 좀 보여 주세요. 제발 살려 주세요."

잠시 후, 기적적인 부활이 이루어졌다네. 하느님의 재조지은으로 먹구름에 묻혀 숨죽이며 죽어 간 달 하나, 별 하나가 엄마와 아기 사이가 되어 재탄생했다네. 어둠의 하늘바다에서 엄마는 아기를 맑고, 밝은 곳으로 인도하고 있다네.

이것이 아기를 밝은 곳에서 키우고 싶은 맹모삼천의 간절한 엄마의 마음이리라. 아기는 기쁨의 벅찬 가슴으로 말없이 해맑고, 밝은 천사의 얼굴로 엄마를 따르고 있다네.

어둔 밤하늘에서 다시 태어난 엄마와 아기는 그 밝은 곳에 이르자, 더욱 성장한 둥근 달과 북두의 얼굴로 다시 났다네.

하여, 마지막 전투 준비를 끝냈다.

둥근 달은 중앙에, 북두는 북녘 하늘 끝머리에서 서로 하늘의 마음과 정신을 담은 하늘의 철학적 신호를 주고받으며 협력하여 검은 구름을 멀리멀리 밀어내고, 맑고 밝은 하늘길을 열어 해님이 걸어 나와 평화의 세상을 만들어 갈 공간을 찾고 있다네.

지난한 노력 끝에 드디어 달과 별 주변에 수많은 별들이 모여 서로를 이끌고, 따르며 육력하고 있다네.

결국, 이들의 협력과 공존 정신이 하늘나라를 평화 공존의 공간으로 만들고, 보전·유지시켜, 달과 모든 별들의 평화의 고향으로 만들었다네.

제대로 열린 하늘이다.

그 모양이 하느님 보시기에 좋았더라.

드디어, 해님이 그 평화의 나라의 달과 뭇별들의 축하의 박수를 받으며 등장하였다. 그 해님은 나오자마자 땅의 모든 나무와 풀과 채소와 풀벌레들에게 온화한 미소로 어둠을 밝혀 주고 자라나게 하였다.

하여, 땅의 모든 것들이 이제 서로 다정하게 사랑스런 얼굴을 마주 보며 정겨운 대화를 속닥이고 있다.

이로써 하늘과 땅이 그리도 갈망하던 평화 공존의 새 하늘, 새 땅이 완성되었다.

하느님께서 말씀하신다.

"참으로 보기 좋은 모양이다.

참으로 사랑하고픈 모습이다.

이제, 여섯 번의 저녁과 아침이 지나 일곱째 날이구나.

모든 하늘과 땅의 것들아, 복 받고 안식에 들어가거라."

(구약성서, 창세기 1장 참조)

잔혹사의 밤을 반성하면서 (2011. 7. 12., 화요일, 04:49)

파리채가 바빠지기 시작했다.

풍뎅이 어미를 내리쳤다.

파르르 떨면서 엎어진 엄마 곁으로 아기 한 마리가 다가간다.

그놈마저도.

근데, 청산의 이놈들은 땅의 것들과 달리, 몸 색깔도 청산이란 말 그대로 진초록이다. 청산 사람들처럼 태생적으로 청초한 마음으로 나서, 철학적 사유를 하며 살아가듯.

하여, 반성한다.

지네 한 놈이 벽을 타고 내려오다 다시 강력한 펀치 한 방에 가 버린다.

근데, 청산의 이놈들은 땅의 것들과 달리 뒤뚱이며 나릿나릿, 앙금앙금.

먹이 찾는 날랜 사악한 모습이 아닌, 청산 사람들처럼 여유와 느림의 미학을 즐기듯.

하여, 반성한다.

왕벌 중의 왕벌, 여왕벌 한 마리가 어느샌가 방충망 빈틈을 배집고 침입하여 천정에 붙었다.

이번엔 파리채 머리를 이용, 날래고 날카로운 어퍼컷으로 다운시켰다.

그러나 계속 움직이며 다시 몸을 일으키려 날갯짓.

이번엔 몸무게를 실어 쇠망치로 절구질하듯 내리친다.

그런데도 결정타를 맞은 맷집 좋은 권투 선수인 양, 벌떡벌떡 놀뛰듯 일어나 검노란 큰 머리를 좌우로 갸우뚱, 어깨를 위아래로 들썩이며 길고 날카로운 침을 내밀며 위협한다.

무한히 바라보다 지쳐 버렸다.

두세 시간 후 확인하니, 그때서야 미동도 없이 누워 있다.

정말 목숨에 대한 애착이 강하고, 질기다.

근데, 청산의 이놈들은 땅의 것들과 달리 강한 자에겐 더욱 강한 자존감을 유지하고, 투쟁하며 생명력을 유지한다.

청산 사람들처럼 푸른 자연 속에서 깨끗하게 살면서 외세의 그 어떤 불합리한 압력에도 굴하지 않고, 자기의 긴 생명력을 유지하는.

하여, 반성한다.

나방이란 놈들은 툭 치기만 해도 힘없이 스러져 간다.

근데, 청산의 이놈들은 땅의 것들과 달리, 날 잡아 잡수 하며 착 달라붙어 달아나지 않는다.

청산 사람들처럼 공부하는 자식들 뒷바라지하며, 고향을 지키다 뼈를 묻는.

하여, 반성한다.

오늘 밤 너무 잔인했나?

지난 6년간, 더운 여름이면 여일히 변함없는 마음으로 곁을 지켜 주던 친구들을 죽이다니.

하여, 잔혹사의 밤을 반성한다.

갑자기 폭우가 두레박으로 퍼붓듯 쏟아진다.

깎아 지른 절벽을 타고 급전직하의 폭포수가 내리꽂듯.

고양이 한 마리가 창문 밖 계단에서 처처하게 울어 대고 있다.

작고, 가냘픈 목소리로 갈그랑갈그랑.

아기 고양이인 듯.

어미 잃고 배고파서.

그 모습을 그린다.

귀엽고 애처로운 얼굴을.

가서 보듬고 싶다.

비 그친 후, 폭우 속에 먹이가 흩어지고 떠내려가

산속, 들판을 헤매이다 나를 찾은 듯.

방금 전, 잔혹사의 밤을 반성하면서

빵 한 조각을 베란다 파라솔 탁자 위에 올려놓았다.

오늘 밤 주린 허기를 좀 채웠으면…….

한참을 기다려도 오지 않는다.

불이 켜져 오지 않나?

불을 끄고 고요히 기도하며 기다린다.

찌붓한 마음이다.

옛, 대리운전하며 처절했던 깊은 밤의 뒷골목 세계가 다가온다.

아는 사람 만날까 두려운 마음에 어물어물하여 함부로 사람에게 다가
가지 못하던.

앞뜰 잔디밭에 그냥 자연스레 주인 없는 먹이처럼 던져 놓을걸.

그래야 자유롭게 먹을 수 있었을 것을.

꾸울럭꾸울럭, 꾸울떡꾸울떡.

밀물 탄 파도 소리가 서늘한 얼굴로 끈덕지게 다가온다.

심장이 멎는 순간의 두려움을 경고하듯.

밖을 확인하니 빵 한 조각 그대로네.

다시 비가 이어진다.

빵 조각을 거둬들인다.

온전히 들고 기다리다 포근히 품에 안고 먹여 줘야지.

오늘 밤은 밤새 아기 고양이를 기다려야겠다.

잔혹사의 밤을 반성하면서.

하늘에 고한다.

"오늘 밤 저는 오랜 친구 여럿을 해하였나이다.

제가 행한 대로 사망의 벌을 내려 주시옵소서."

천상의 나라에서 천사를 보내와 답한다.

"그래, 악을 알면서도 행한 네 잘못이 크나, 선을 향한 반성의 마음과

행동으로 보아 이번만은 용서해 주마. 다시는 그와 같은 마음조차 품는 일이 없도록 하라. 여하튼, 결과적으로 오늘 밤은 잘했다. 맑고 밝은 빛 줄기 비추는 해 뜨는 아침에 다시 보자."

천국이다.
천국은 반성하는 마음속에 있었다.
오늘 밤은 거룩한 밤으로 남을 것 같다.

탈무드(Talmud)가 이른다.

"반성하는 자가 서 있는 땅은
가장 위대한 랍비가 서 있는 땅보다 중요하다."

아침이 되자 예수님께서 빛과 함께 오시며 전하신다.

너희는 "사람에게 보이려고 그들 앞에서 너희 의를 행치 않도록 주의하라. 그렇지 않으면 하늘에 계신 너희 아버지께 상을 얻지 못하느니라.
너는 구제할 때에 오른손이 하는 것을 왼손이 모르게 하여, 네 구제함이 은밀하게 하라. 은밀한 중에 보시는 너의 아버지가 갚으시리라." (신약성서, 마태복음 6장 1, 3~4절)

곧 이어진 마지막 말씀.

"그래, 간밤에 네가 반성하면서 내 말대로 행하였으니, 아버지께서 네 구제의 마음을 가상하고, 어여삐 여기시어 너에게 하늘나라에 들 자격을 상으로 부여하라 하셨느니라."

감동의 눈물이다!
깊은 감사의 기도를 올린다.
이제 눈감고, 편히 안식에 들 수 있을 것 같다.

죽음의 계곡에 서서 (2011. 7. 15., 금요일, 00:35)

저 멀리 청산의 하늘에 떠서 우주 만물을 주관하고 운영하는 해, 달, 별을 생각한다. 온 세상, 땅의 것들이 자기들처럼 서로 조화롭게 협력하면서 평화로운 공존을 하라고 다그치며, 쉼 없이 밤낮으로 일을 한다.

청산의 마음이 어둡다.
하여, 어둔 밤을 참회한다.
죽음의 계곡에 서서.
여름밤인데, 왜 이리도 온몸과 마음에 선뜩선뜩 칼바람이 이는가?
지난 세월, 불효의 늪에 빠져 분명한 말 한마디 못 하면서 쥐죽은 듯, 헛된 삶을 살아온 죄를 반성하면서, 각골통한의 심경으로 서늘하고 무섭고 차가운 바람을 피하지 않고 발가벗고 서 있다. 공포감에 사로잡혀 생의 마지막 순간을 목도하고는, 어둔 밤에 갇혀 목숨을 부지하고 있는 내 모습이 애애처처하고, 한심스럽다.

지금 살아 있다는 것이 무엇을 의미하는지 몰라도, 그냥 살아서 진짜 사람들의 진짜 얼굴이 보고 싶다는, 진짜 사람들의 진짜 목소리를 듣고 싶다는 애절한 마음이 용솟음한다.

알지 못할 분노가 멱차오르고 있다.

어둔 밤하늘의 천공(天空)에서 찢어지고, 흩어져 가다 갈라진 천길만 길 낭떠러지, 절벽의 틈 사이로 떨어져 죽은 시신들이 나뒹굴고 있다.

모두가 떠나간 그 자리를 지키고 있다.

생 앞에 오직 하나만을 위해 생각하고, 행동하며 지나오다 힘없이 사라져 간 발자국이 나를 울분케 한다.

그냥 물끄러미 바라보며, 알지 못할 좌절감과 처절함에서 비롯된 분심 (憤心)이 어둔 밤하늘로 소스쳐 오르고 있다.

사는 것은 존재하는 것.

존재하는 것은 행동하는 것.

행동하는 것은 의(義).

의는 새로운 세상에서의 평화 공존.

생 앞에 간절히 지켜온 하나.

지금까지의 어둔 밤에선 묵언만이 살길이었다.

그러나, 때가 되었으니 행동해야 한다.

향후 존재 목적과 가치이다.

세상 모든 사람들은 자신도 타인으로 왔듯이,

타인을 위해 존재해야 한다.

그것이 영원히 사는 길.

사람들은 더불어 존재하기 위해 서로 돕기도 하고, 경쟁도 하고, 희생도 한다. 그러나, 치열하게 존재하기 위해 살아오지 못한 나는 그 모든 정상적인 생의 과정을 생략한 채, 오직 외길 인생만을 고집했다. 씨로 난 외길 인생, 의(義)·행동·평화 공존.

그 안에 자신을 가두어 놓고 안주하며, 침묵하면서 살아왔다. 습관적으로.

습관은 한 사람의 일생을 좌우한다. 어떠한 씨로 났는가를 묻지 않고.

그러나, 나는 그 씨를 받아 나왔고, 그 씨의 습관대로 살았다.

그런데 나는 살아 있으면서도 살고 있지 않은, 그러한 몰락의 수순을 스스로 자초해 가면서, 그 씨와 습관의 중요성을 망각한 채 그냥 스쳐 지났다.

알 수 없는 것이 생이 아니라, 알면서도 인식하려 하지 않고, 어둔 밤의 세월 속에 자신을 묻어 두며 사는 것이 인생이다.

그래서, 지금도 홀로 외로이 존재해야만 하는 마지막 길을 씨앗대로, 습관대로 가고 있는 것이다. 찾고 싶지 않지만 찾아야 하는 타인들, 어딘가에 있을, 찾을 리 없는 타인을 찾아 나서는 어리석은 생의 과정을 되풀이하면서.

하여, 이제 마지막으로, 나를 필요로 하는 사람들이 더 이상 없는지 찾아 나서야 한다. 더불어 살고 싶기에.

나는 누구인가?

어디서 왔는가?

왜, 무엇 때문에 왔는가?

그러므로, 어떻게 해야 하는가?

존재해야 한다. 씨대로, 습관대로.

평화 공존의 하늘나라를 만들어야 한다.

하느님이 만드신 해·달·별의 이야기를 들으면서.

하느님이 만드신 자연의 소리를 들으면서.

날이 새면, 기상나팔과 함께 잠 깨어난 세상 사람들은 서로 얘기하겠지. 지난 6천여 년간 반복해 온 어둔 밤의 역사적 사실을.

그러면서 서로를 격려하겠지.

"더 이상 배도와 멸망의 착오를 즐기며 살 때가 아니다. 서두르자. 시간이 없다. 빨리 진짜 생명이 나오는 샘과 강을 찾아가 그 생명수에 몸과 마음에 걸친 누더기 같은 더러운 두루마기를 빨아 입고, 새로운 하늘나라에 속히 들자" 하며.

모세(Moses)가 말한다.

"하느님이 두 큰 광명을 만드사, 큰 광명으로 낮을 주관하게 하시고, 작은 광명으로 밤을 주관하게 하시며, 또 별들을 만드시고. 하느님이 그것들을 하늘의 궁창에 두어 땅에 비취게 하시며. 주야를 주관하게 하시며, 빛과 어두움을 나뉘게 하시니라. 하느님 보시기에 좋

왔더라." *(구약성서, 창세기 1장 16~18절)*

갑자기 저 멀리서 혼돈하고, 공허하며, 흑암한 밤하늘을 가르며 마지막 기상나팔 소리가 들려왔다. 의(義)라는 착하고 좋은 씨로 낳아, 좋은 밭에서 자란 자들에게.

연이어서, 사도 요한(John)이 절규하며 하느님과 그 아들의 말씀을 전한다.

"보라, 내가 속히 오리니, 내가 줄 상이 내게 있어, 각 사람에게 그의 일한대로 갚아 주리라. 나는 알파와 오메가요, 처음과 나중이요, 시작과 끝이라.

그 두루마기를 빠는 자들은 복이 있으니, 이는 내가 너희에게 값 없이 주는 생명수를 마실 수 있고, 그 생명수를 먹고 자란 생명나무에 나아가며, 좁은 문을 통하여 새로운 하늘나라에 들어갈 권세를 얻게 하려 함이로다." *(신약성서, 요한계시록 22장 12~14절 참조)*

평화롭고 행복한 고독의 나라, 천국으로 (2011. 10. 12., 수요일, 02:30)

청산의 이른 새벽.
하늘, 바다, 바람, 파도가 뒤척이며 덜 깨어난 평화로운 꿈나라에 있다.
고이 잠든 저 바다 건너에 누군가 기다리고 있다는 마음에 한껏 설렌다.

도근대는 가슴을 몰래 감추고, 보시시 눈을 감고 그 모습을 그려 본다.

해맑고 새뽀얀, 안온한 여인의 얼굴이다.

누군가 훔쳐볼세라, 숨죽여 노래를 불러 본다.

환희의 노래를.

다시 돌아온다.

평화롭고 행복한 고독의 나라, 천국으로.

조각배 두 척이 헐레벌떡 항포구로 질주한다.

밤새 힘든 바닷일을 마치고 무언가에 쫓기듯 전속력으로 내달아 든다.

막 지옥에서 탈출한 듯.

청산항에 다다른다.

안도의 한숨을 길고, 깊게 내던진다.

산새들은 변함없이 어둔 밤하늘 아래, 어디선가 밤새도록 썩어 가던 쓰레기더미 같은 세사를 아랑곳하지 않고 울어엔다.

뭐가 그리 그리운가?

뭘 더 잡아먹을 것이 남았는가? 하며 날카로운 냉소적 노래 속에, 잊혀져 갈 더러운 세상을 질타하듯.

세상의 구저분한 저들과 함께한 시간을 다시는 되돌리고 싶지 않다는, 쓰디쓴 비소(誹笑)만을 자아내며 망각의 세월의 모퉁이를 돌아선다.

평화롭고 행복한 고독의 나라, 천국으로.

이불을 떨치고 나와 버렸다.

평화의 마음을 확인하였다.

그 마음이 포용하라고 아우성이다.

포용은 소통과 통합을 위한 초월적 능력으로부터 창출됨을 알기에.

해가 나오고, 파도가 서서히 밀려온다.

전투복을 챙겨 입고, 전투태세를 갖춘다.

칼춤 추며 간당(奸黨)들을 모두 폐(廢)한다.

자유와 평등이 숨 쉴 곳을 찾아 다시 떠난다.

평화롭고 행복한 고독의 나라, 천국으로.

막배가 떠나갔다.

홀로 남겨진 고도의 모습은 서럽도록 적요하다.

절름발이가 된 마음이 옴짝달싹할 수 없이 저려 온다.

바보, 병신이 되어 참 좋다.

비움이 최선의 방책이 되어 버린 청산의 모습은 평화롭다.

텅 빈 마음을 태동시킨 평화의 나라가 참 아름답다.

그 나라 사람의 눈은 참 선하다.

아무도 미워할 수 없는 이 시간이 참 좋다.

이제 긴 호흡과 함께 또 다른 야간 여행을 떠난다.

평화롭고 행복한 고독의 나라, 천국으로.

거세어진 밤바람과 함께 마음속에 일던 회오리도 더 높고, 좀 더 멀리, 더욱 깊은 곳으로 휘돌아 들고 있다.

청산의 밤은 말이 없는데, 가슴속 저 깊이 묻어 두었던 아픈 비밀들이 마구 쏟아져 나온다.

저 바람 타고 갈 곳은 어느멘가?

마음씨 하얀 여인의 모습을 한 두멧구석, 허름한 토담집, 포근한 엄마 품 같은 그곳으로 가야 한다.

평화롭고 행복한 고독의 나라, 천국으로.

밝기는 좀 약하지만 조그만 상현 달빛이 환하게 웃으며 반긴다.

허나 벚나무 밑 작고 귀여운 자갈밭 길과 창가에 흔들리는 나뭇잎과 달그림자의 흐릿한 찬웃음은 허전함과 쓸쓸함만 더해 준다.

서늘하고, 가혹한 냉기류가 가득하다.

두꺼운 겨울 내복을 꺼내 입고 잠자리에 들어야겠다.

그냥 깊디깊고, 포근하게 잠들고 싶다.

꽃향기 그윽한 달빛 아래 하얗게 세상을 밝히는 봄날의 보드라운 밤이 그립다.

냉혹하기 짝이 없는 일곱 번째 청산의 가을밤.

정말, 깨어나고 싶지 않은 밤.

눈감고, 착한 마음으로 기도한다.

"제발, 깨어나지 않게 해 주세요."

따스하고, 고요한 달빛 안으로 들어간다.

평화롭고 행복한 고독의 나라, 천국으로.

나는 요즈음 행복하다.

죽은 듯이 잘도 잔다.

지리하고, 고통스러운 비움을 향한 노력 덕분인가?

아니면 운명인가?

꿈속에서도 텅 비울 수 있는 머리와 가슴, 언제 어디서든 탁 트여 보일 수 있는 가슴, 세상에 벌거벗고 나아갈 수 있는 깨끗한 가슴을 가질 수 있게 되었기 때문이다.

이제 준비가 되었다.

착하게 살아가는 모든 바깥세상 사람들과 같이 아파하고, 같이 기뻐할 수 있는 텅 빈 공간으로 발걸음을 옮긴다.

평화롭고 행복한 고독의 나라, 천국으로.

그런데 갑자기 끔벅끔벅 잠을 청하다, 꽝음과 함께 내리치며 꾸짖는 음성에 떨치고 일어나, 뛰쳐나와 하늘을 본다.

저 멀리 무수한 별들이 아직도 정신 못 차린 바다 건너 땅의 것들에게 벌을 내리려는 듯 홉뜬 눈으로 쏘아보고 있다.

애통한 마음으로 애절초절 기도한다.

"아직도 추악한 탐욕을 완전히 뒤떨쳐 버리지 못하고 있는

이 땅의 가련한 심령들을 용서하여 주시옵소서."

사도 바울(Paul)의 준엄하면서도 묵직한 호통이다.

"할 수 있거든 너희로서는 모든 사람으로 더불어 평화하라."

(신약성서, 로마서 12장 18절)

이어서 마태(Matthew)가 예수님의 말씀을 전한다.

"회개하라, 천국이 가까이 왔느니라.

심령이 가난한 자는 복이 있나니, 천국이 저희 것임이요.

애통하는 자는 복이 있나니, 저희가 위로를 받을 것임이요.

온유한 자는 복이 있나니, 저희가 땅을 기업으로 받을 것임이요.

의에 주리고 목마른 자는 복이 있나니, 저희가 배부를 것임이요.

긍휼히 여기는 자는 복이 있나니, 저희가 긍휼히 여김을 받을 것임이요. 마음이 청결한 자는 복이 있나니, 저희가 하느님을 볼 것이요.

화평케 하는 자는 복이 있나니,

저희가 하느님의 아들이라 일컬음을 받을 것임이요.

의를 위하여 핍박을 받은 자는 복이 있나니, 천국이 저희 것임이라.

진실로 너희에게 이르노니, 너희가 돌이켜 어린아이들과 같이 되지 아니하면, 결단코 천국에 들어가지 못하리라.

그러므로 누구든지 이 어린아이와 같이 자기를 낮추는 그이가 천국에서 큰 자니라. 어린아이들을 용납하고, 내게 오는 것을 금하지 말라. 천국이 이런 자의 것이니라. 내가 진실로 너희에게 이르노니, 부자는 천국에 들어가기가 어려우니라." (신약성서, 마태복음 4장 17절, 5장 3~10절, 18장 3~4절, 19장 14, 23절)

해의 마음이 아름답다 (2011. 10. 28., 금요일, 19:35)

저녁노을 끝자락에 매달려 할딱이는 숨을 참아 가면서까지 무언가 전해 주려는,

해의 마음이 아름답다.

서럽고, 애통한 얼굴을 가리운 채, 아쉬운 작별 인사를 고한다.

"비록 나는 이렇게 마음을 비우고 떠나지만, 너를 위해서는 모든 것 채워 놓고 가겠다."

남겨진 이 마음이 그를 향해 움직인다.

그의 모습은 어디론가 사라지고, 카메라의 붉은 초점이 그가 떠난 어렴풋한 어둠 속 검은 바다 주변을 맴돌고 있다.

다시 그를 찾았다.

초점이 고정된다.

대화가 오간다.

"밝은 낮의 하나뿐인 친구야, 그냥 가면 어찌하냐? 얘기하다 말고. 내가 물었지, 이 어둔 바다로 가로막혀 갈 수 없는 저 땅을 어떻게 하면 밟을 수 있냐고."

그가 답한다.

"내가 끝없이 얘기했지. 갈 수도 없고, 갈 필요도 없고, 가서도 안 된다고. 이곳 청산에서 하얗게 변해가는 네 머리카락이나 헤아리며 살라고. 더 궁금한 것이 있으면 내 동생 밤하늘의 달에게 내 뜻을 모두 전하고 왔으니, 그에게 물어보게."

어둠이 깊어지자 갈라진 빙하 틈으로 칠흑 같은 바다가 보이고, 달이 하얀 이를 드러내며 투명한 자기만의 고유한 가치를 전하려고 혼신의 힘을 다하고 있다.

네 거룩한 모습과 네 마음을 닮고 싶다며 다가간다.

그는 기다렸다는 듯이 먼저 말을 건넨다.

"그래요, 우리 형님인 해님이 당신에게 다 전하지 못한 뜻을 전하려고 합니다. 비록, 나는 우리 형님보다 커다란 빛은 가지지 못했지만, 우리 형님과 똑같이 마음을 비우고 오롯이 이타(利他)의 정신으로 만휘군상(万彙群象)에게 빛을 주어, 그들의 생장(生長)을 돕고 있습니다. 이것이 우리 아버지인 하느님께서 우리 형제에게 부여한 마지막 사명입니다.

당신도 이미 더럽혀질 대로 더럽혀진 땅으로 나아가려는 탐욕을 버리고, 그 푸른 마음으로 이곳 청산 사람들과 산천초목이 하늘에서 우리 가족들이 내려 주는 빛줄기를 온전히 잘 받으며 살아갈 수 있도록 도움을 주며 살아가길 바랍니다.

이것이 당신도 살고, 세상도 모두 함께 사는 길입니다."

이에 답한다.

"고맙소, 형님의 뜻을 잘 전해 주어서.

내일 이른 아침, 돌아가게 되면 형님께 감사의 말을 전해 주시오. 떠나면서 나를 위해 다 채워 놓고 가겠다는 그 깊은 뜻을 깨닫게 해 주어 고맙다고. 그 아름다운 마음을 영원히 잘 간직하겠다고."

얼마나 시리고, 아팠을까 (2012. 1. 7., 토요일, 23:58)

정월 대보름이 꼭 한 달 남았다.

그런데도 놀랍도록 커다랗게 확대한 영상처럼 살아 움직이며, 눈앞을 가리는 둥근달.

이 칼추위의 선뜩함을 안온하게 품어 주는 그 마음이 참 좋다.

그 달빛을 껴안은 고요한 청산 바다도 그의 마음같이 아름답고, 착하기 그지없구나.

그 달빛이 내 마음을 시험하고 있는 듯.

나는 언제나 이 달빛의 가슴을 닮아갈 수 있을까.

저 둥근달의 큰 그릇의 마음도 하루아침에 이루어지지 않았을 것.

아프다. 숱한 시련과 고통의 산을 넘어 여기까지 온 사연을 생각하니.

태곳적부터 지금까지 그 많은 세월, 날카로운 칼날과 정(釘)을 맞아가며 둥글게 다시 태어난 것이 아니겠는가?

살과 뼈가 베어지고, 쪼개져 나가는 순간순간,

얼마나 시리고 아팠을까?

철이 들면서 내 자아의 대부분을 지배해 온 슬픔, 고통, 인내, 외로움, 두려움, 분노, 그리움, 망설임.

모지락스레 영글어진 삶을 저 달과 같이 착하고, 둥글게 할 수 있을까? 천 갈래, 만 갈래로 찢긴 마음을.

커다란 시련은 거듭남을 위해 존재하고, 그 벅찬 고통의 기쁨을 맛볼 수 있는 기회는 그 쓰라림을 감내할 수 있는 사람에게만 주어진다.

다시 둥근달을 바라본다.

끝없는 고난을 이겨 온 둥근달의 마음을 믿는다.

따스한 온기가 배어든다.

마음에 격동이 인다.

벌거벗는다.

창문 열고 모질고, 매서운 바람을 온 마음과 몸으로 맞는다.

울쑥불쑥 각지고, 뒤틀린 마음을 예리한 도끼날로 내리친다.

슬픔과 한숨으로 시작하여 망설임으로 끝났던 평생의 회오(悔悟)의 한(恨)이 되살아나지 않도록.

몸도 마음도 안거낙업(安居樂業)으로 든다.

이렇게 시리고, 아픈 하늘의 시험은 끝났다.

사도 베드로(Peter)가 이른다.

"사랑하는 자들아, 너희를 시련하려고 오는 불시험을 이상한 일 당하는 것같이 이상히 여기지 말고" (신약성서, 베드로전서 4장 12절)

사도 바울(Paul)이 잇는다.

"환난의 많은 시련 가운데서 저희 넘치는 기쁨과 극한 가난이 저희로 풍성한 연보를 넘치도록 하게 하였느니라." (신약성서, 고린도후서

하늘은 감당할, 하는 만큼만 준다 (2012. 2. 29., 목요일, 23:17)

잿빛 하늘 아래, 청산 앞바다에 바람이 일기 시작했다.

바다가 내려다보이는 화장실 변기에 앉아 바람에 나부끼는 태극기와 하얀 파도를 바라보며 지나온 생의 흔적과 맥을 살핀다.

인생의 마지막 고갯마루 너머 비탈길에서 칼바람 맞으며 법서에 파묻혀 있는 지금의 모습은?

'죄와 벌'.

산고양이 한 마리가 친구하러 왔다가, 거실 들창 밖 평상 모서리에 까치발을 하고 휘둥그스름한 눈으로 몰골스런 꼴을 보고는 고개를 갸우뚱.

긴 한숨을 내뱉으며 하는 말.

"독립군 정신으로 돌아가야지."

하늘은 감당할 만큼만 준다.

능력도, 고통도, 여유도.

하늘은 세심하면서도 냉정하다.

세상에 쓰잘데없는 것이라고는 없다.

하늘이 준 모든 업과 사물은 모두 귀한 것.

하늘은 그냥 함부로덤부로 일을 벌이지 않는다.

감사하고, 고마운 가슴으로 또는 송구한 마음으로 다가가, 기꺼이 있는 그대로 겸허하게 받아들이면 된다.

이것이 사람의 도리이자 숙명.

그렇다.

지금까지 하늘은 나에게 인내할 수 있을 만큼의 능력, 고통과 여유를 주었다.

그러나 나는 하늘이 부여한 기회와 계기들을 자기 것으로 소화하여 받아들일 수 있는 능력을 배양키 위한 노력을 경주하여 왔는가?

그 과정에서 주어지는 고통을 극복하기 위한 진정한 고뇌와 번뇌를 해 보았는가?

참참이 주어지는 고요한 참회의 시간 속에서 하늘의 진정한 뜻을 직시하며, 진솔한 가슴으로 사람과 사회와 국가를 생각하며 살아왔는가?

하늘은 하는 만큼만 준다.

따라서 하늘이 준 임무를 수행하기 위해서는 능력도, 고통도, 참회의 시간도 모두 품을 만한 그런 큰 그릇으로 거듭나야 한다.

세상에 보잘것없거나, 가벼이 여길 것은 단 하나도 없다.

정성스럽고, 소중하게, 겸허히 대하라.

그리고 이 숙명을 담을 만한 자신에게 엄격한 큰 그릇이 되어라.

이를 위해, 자신이 세상에서 버림받았다고 자책하거나, 과소평가하지 말라.

바다 건너 땅을 생각하며 독언(独言)에 다시 잠긴다.

"바다 건너 땅의 것들이 나를 버렸지만, 나는 그들을 버리지 않는다.

외롭지 않다. 약하지 않다.

헤어짐이 만남이고, 만남이 헤어짐인 것을.

사람을 떠나보내고, 떠나오는 것이 숙명 아닌가?

진정한 사람은 헤어짐의 장단에 좌우되지 않음을 알고 있지 않는가?

잠시, 조금 불편하지만 본래 인간은 혼자인 것을.

초연히 나아가 하늘이 준 능력과 고통과 참회의 시간을 받아라.

겸허한 자세로 생 앞에 다가서라.

하늘의 깊은 뜻을 저버리지 말고."

요컨대, 하늘은 부족하며, 낮고, 어려운 자에게 능력과 고통과 회개의
기회를 주어 그의 뜻을 이룬다.

선지자 이사야(Isaiah)가 이른다.

"너는 알지 못하느냐, 듣지 못하느냐, 영원하신 하나님 여호와,
…… 피곤한 자에게는 능력을 주시며, 무능한 자에게는 힘을 더하
시나니. 보옵소서, 내게 큰 고통을 더하신 것은 내게 평안을 주려 하
심이라, 주께서 나의 영혼을 사랑하사, 멸망의 구덩이에서 건지셨고,
나의 모든 죄는 주의 등 뒤에 던지셨나이다." (구약성서, 이사야 40장 28
~29절, 38장 17절 참조)

사도 바울(Paul)은 하늘의 뜻을 받들어 더 구체적으로, 더욱 강렬하게 말한다.

"하느님의 미련한 것이 사람보다 지혜 있고, 하느님의 약한 것이 사람보다 강하니라. 형제들아, 너희를 부르심을 보라. 육체를 따라 지혜 있는 자가 많지 아니하며, 능한 자가 많지 아니하며, 문벌 좋은 자가 많지 아니하도다. 그러나 하느님께서 세상의 미련한 것들을 택하사, 지혜 있는 자들을 부끄럽게 하려 하시고, 세상의 약한 것들을 택하사, 강한 것들을 부끄럽게 하려 하시며, 하느님께서 세상의 천한 것들과 멸시받는 것들과 없는 것들을 택하사, 있는 것들을 폐하려 하시나니, 이는 아무 육체라도 하느님 앞에서 자랑하지 못하게 하려 하심이라." *(신약성서, 고린도전서 1장 25절~29절)*

이어서, 참된 회개와 관련하여,
선지자 에스겔(Ezekiel)과 사도 마태(Matthew)가 하느님의 뜻을 전한다.

"나 주 여호와가 말하노라……:
내가 너희 각 사람의 행한 대로 국문할찌라.
너희는 돌이켜 회개하고, 모든 죄에서 떠날찌어다.
그리한즉, 죄악이 너희를 패망케 아니하리라."
"회개하라. 천국이 가까웠느니라."
(구약성서, 에스겔 18장 30절. 신약성서, 마태복음 3장 2절 참조)

초승달 실종 사건 (2012. 3. 27., 화요일, 04:53)

바람도, 바다도 고이 잠든 청산의 이른 새벽.

등 따스운 솜이불을 뒤떨치고 나섰다.

밤하늘만 하염없이 바라보는 못된 습관은 도대체 언제까지?

오랜만에 보는 저 북두(北斗)는 왜 저리도 창백할까?

풀죽은 북두가 새로운 마음으로 북녘 하늘에서 중천으로 자리를 옮겨 간다.

이제 좀 생기가 돋는 듯.

이에 따라, 북극성도 빛을 발하며 제 몫을 찾아가고 있다.

방금 전까지도 보였던 초승달 위쪽, 아래쪽 별이 금성과 목성이었 다고?

그런데 왜, 금성, 목성만 남기고 초승달은 어디론가 가 버렸지?

금성과 목성은 사라져 간 초승달을 그리워하며, 다시 올 때까지 그 자리를 굳게 지키고 있네.

참으로 어리석은 충정.

찾아 나서야지.

북두는 같이 찾아보자고 가까이 오다 말고, 꼼짝 않고 입을 다문 금 성과 목성의 답답함에 화를 못 참고 뒤집어졌다.

그런데 힘 있는 북극성도 그 광경을 물끄러미 바라만 보고 있네.

밤하늘의 방관자처럼.

고요한 밤하늘에 소리 없이 무질서한 카오스가 이어지고 있다.

화가 머리끝까지 난, 밤하늘 별들의 큰형님이자 지도자인 북두가 명령한다.

"즉각, 모두 집합! 지금부터 우리 사부님인 초승달을 찾아 나선다.

나를 따르라."며 혼돈한 밤하늘의 질서에 종지부를 찍는다.

잠시 후, 출발을 앞둔 별들 앞에 초승달이 모습을 드러내며 하는 말.

"내 너희들을 시험했노라.

어찌 잃어버린 스승을 찾는데, 그러한 찢긴 마음과 모습들을 보이느냐. 만약, 다시 이런 무질서한 배신의 행동을 보이면 용서치 아니하리라."

별들이 머리를 조아리며 고한다.

"이번 단 한 번만 용서해 주세요.

다시는 이런 배도의 행위를 행치 아니하겠나이다."

초승달이 답한다.

"너희들을 믿노라.

이제 우리 모두 하늘을 지키기 위해 힘을 모아 서로를 신뢰하고, 희생하며 살아가자."

별들이 정중하게 초승달을 본래의 자리 중앙으로 모신다.

이로써, 밤하늘의 혼란은 끝을 맺었다.

초승달 실종 사건이 말한다.

"새벽 밤하늘에서 좀 배워라.

세상의 무질서와 대혼란 상황에 무관심한 놈들은 무정(無情)하고, 부정(不浄)하고, 부정(不正)한 자들이다.

앞뒤가 어그러진 인간 현상을 보고 팔짱만 끼고 가만 있다니.

씁쓸하다."

분노가 치밀어 오른다.

새는 날, 벅찬 가슴으로 다가가기 위한 평상심을 유지해야 할 듯.

이로써, 새 마음으로 새날을 맞을 준비를 해야 하는 듯.

이 밤도 낙숫물 소리 들으며 밝은 하늘과 바다, 따스한 봄날을 고대하며 올곧이 서 있어야 할 듯.

격물치지(格物致知), 세상 사물의 이치는 깨달음을 향한 마음에 있는 법.

다윗(David)이 배도와 관련된 하느님의 말씀을 시(詩)로써 전한다.

"나는 비루한 것을 내 눈앞에 두지 아니할 것이요, 배도자들의 행위를 미워하니, 이것이 내게 붙접지 아니하리이다." (구약성서, 시편 101장 3절)

이어서 솔로몬(Solomon)이 말한다.

"의를 굳게 지키는 자는 생명에 이르고, 악을 따르는 자는 사망에 이르느니라." (구약성서, 잠언 11장 19절)

본향(本鄕)으로 돌아갈 때다 (2012. 4. 1., 일요일, 01:00)

무거운 침묵을 깬 후, 밤이 이슥토록 무한대의 바람이 불어 댄다.
고절(孤節)한 청야(清夜)에, 일대 지진이 일어난다.
밀어를 즐기던 산새들이 모두 날아갔다.
놀란 하늘과 땅도 사라져 갔다.
언제나, 혼돈의 어둠 속에 환한 빛 한 줄기 비추려나.
제어 불가한 회오리가 머리와 가슴을 삼켜 버렸다.
밝음과 어둠, 채움과 비움도 모두 떠나갔다.
무람없이 냉혹한 적막감을 끌어안고, 울부짖으며 주저앉아 버렸다.

서서히 담배에 손이 가더니, 마구 빨아 댄다.
이별을 고할 사람처럼, 두리번두리번하다 암묵에 든다.
곡예사의 외줄 타기 인생을 되짚어 본다.
친구의 옛 모습을 아렴풋이 그려 본다.
이루지 못할 환영을 철학적 사유 없이   는 거무추레한 모습이 싫다.
쓰디쓴 웃음이 머릿속을 닫아 버린다.
애오라지 참회만이 남는다.
업보다.

이상향이 어디에 있는지 형상도 모른 채, 포기치 못하고 있다.
아직도, 지고(至高)의 영(靈)을 찾아 떠돌고 있는 머리와 가슴은
선지자의 뜻에 맡기지 못하고 가량없이 제멋대로 살아온
예전 모습 그대로다.

본향으로 돌아갈 때다.
텅 빈 무념무상의 그곳으로.
아픈 모습 그대로 간직한 채.
따스한 손의 마지막 주인이 거기에 있기 때문이다.
새 하늘에.
저 해풍 타고 북으로 북으로 날아가리라.
패배적 순응으로부터의 해방을 선언하면서.
자유와 평화의 고향인 그곳으로.
대아(大我)를 향한 몸부림은 이렇게 시작되었다.

뱃속과 머릿속을 모두 비웠다.
쇄신분골 되어 가는 초췌한 얼굴이 미소한다.
머리와 가슴이 하나 됨을 알았기에.
또 다른 내가 거기에 있었다.
용수철 되어, 환열의 탄성과 함께 밖으로, 밖으로 튀어 나간다.
대모도, 소모도 월영이 나를 반긴다.
하느님이 주신 빛과 물을 한껏, 남김없이 들이켠다.
생명이 사망을 삼켰다.

이제 살았다.

본향인 하늘나라로 돌아간 결과이다.

생중계하고 싶은 것이라네 (2012. 4. 11., 수요일, 10:33)

어둡고 차가운 죽음의 밤이 사라졌나?

며칠 전 말한 지난 칠 년간 이어져 온,

휘몰아치는 비바람에 꽃비 내리기 전에 만들어지던

꽃 무덤 관련 기우는 철저히 빗나갔다.

예전과 달리 탐스러운 벚꽃송이들이 하루하루 덩이를 이루어 시야를 가리더니, 급기야 꽃 터널과 숲을 만들어 내고야 말았다.

본래 좋은 씨를 좋은 뜰에 심어 자란 것인데, 매년 불시에 불어닥친 비바람으로 인해 핍박을 받아 죽음으로 내몰렸던 것이다.

전엔 찾지 않던 동백새들이 호기심과 질투심에 벚꽃나무 숲에 몰래 침입하여 향내를 음미한 후, 정신 착란을 일으켰는지, 고개를 갸우뚱거리고 이리저리 비쓸대며 몸부림치고 있다. 처음 맛본 생소함과 황홀경에 마쳐된 듯.

알고 보니, 표현할 수 있는 방법이 없을 만큼 행복이 넘친다는 의사 표시이자 신호였다.

이 숲은 어둔 밤하늘 아래에서조차도 순백의 빛을 발하며 어둠을 밝혀, 사람들의 텅 빈 가슴을 채워 주고, 정화시키고 있다.

착해진다. 세상 사람들의 마음이.

깨끗이 씻긴다. 때 묻은 인간들의 내면세계가.

이 세상 그 어떤 기쁜 소식 전해 주는 실체와 상황이

이처럼 사랑스럽고, 사람다운 벚꽃송이들과 비교할 수 있단 말인가?

놀란 가슴이

"누구에게 선물할까?

사랑할 사람 어디 있나요?"라며

이 벅찬 소식을 전할까 고민하고 있다.

이 기회 놓치면 더 이상, 이 혼탁한 세상을 풀어헤쳐

정화시켜 줄 시간은 다시 오지 않을 것을 알기에.

이 세상 모든 사람들이 이 귀한 복됨을 받아

행복해질 수 있기를 바라기에.

주변 산새들이 모여들고 있다.

모두가 청아하고, 고운 아름다운 목소리로 축복의 합창으로

긴급 뉴스를 전하고 있다네.

이곳 말고 천국이 따로 없으니 빨리들 오라고.

맞다.

그 좋은 씨가 좋은 뜰에 뿌려져 자란 벚꽃나무가 생명나무였다.

좀 있으면 마음씨 착하고, 예쁜 열매들이

수도 없이 주렁주렁 매달리겠지.

그래서,

이 벅찬, 뿌듯한 실상을 이 세상에

생중계하고 싶은 것이라네.

사도 마태(Matthew)가 생명나무가 있는 천국에 대한 예수님의 말씀을
전한다.

"의를 위하여 핍박을 받은 자는 복이 있나니, 천국이 저희 것임이
라." "천국은 좋은 씨를 제 밭에 뿌린 사람과 같으니." "좋은 땅에 뿌
리었다는 것은 말씀을 듣고 깨닫는 자니, 결실하여 혹 백 배, 혹 육
십 배, 혹 삼십 배가 되느니라." *(신약성서, 마태복음 5장 10절, 13장 23~*
24절 참조)

이어서 솔로몬(Solomon)이 이른다.

"의인의 열매는 생명나무라. 지혜로운 자는 사람을 얻느니라."
"소망이 더디 이루게 되면, 그것이 마음을 상하게 하나니, 소원이
이루는 것은 곧 생명나무니라." *(구약성서, 잠언 11장 30절, 13장 12절)*

마지막으로 사도 요한(John)이 하느님과 예수님의 말씀을 동시에 전
한다.

"강 좌우에 생명나무가 있어 열두 가지 실과를 맺히되, 날마다 그 실과를 맺히고 그 나무 잎사귀들은 만국을 소성하기 위해 있더라."

"두루마기를 빠는 자들은 복이 있나니, 이는 저희가 생명나무에 나아가며……"(신약성서, 요한계시록 22장 2, 14절)

도원향(桃源鄕)의 삶 (2012. 4. 22., 일요일, 22:25)

어둔 하늘 아래 휘몰아치던 비바람이 멎었다.

어둠 속에 앉았다.

책장을 넘길 힘조차 없다.

무한대 뻗어나는 쓰라린 한(恨)의 종결 시기가 있었으면 좋겠다.

아마도 힘들 것 같다.

"죽기 전에 한 번 봤으면 좋겠다.

살아 있을 때 한 번 오거라, 기다리마.

밥 잘 챙겨 먹고, 건강하거라."

엄마의 울먹이시던 목소리가 다시 들린다.

메아리 되어, 어둔 밤 주변을 무한히 맴돌고 있다.

그러나 주어진 운명대로 움직여야 산다.

'평화 공존의 삶'.

무릉도원은 마음속에 존재하는 것.

이를 실재 현실화 하려다 수포로 돌아가더라도 그 마음을 벗 삼아 살아간다면, 그것이 별천지에서의 삶이라 할 수 있지 않겠는가?

'이상향의 삶'.

어제의 모자람도 내 것이요 오늘의 좌절감도 내 것일진대, 어찌하여 이를 거부하는가? 있는 그대로 받아들이고, 내일을 준비할 수 있는 것이 도원향의 삶 아니겠는가? '내 탓이오'란 말만 존재하는

'공화의 삶'.

하얀 백지 위에 도화를 그리려다 맑고 티 없는 마음이 찢기어 엉망진 창이 되더라도 그 마음을 가슴에 담고 있으니, 이 얼마나 희망적인 선경 (仙境)의 삶이 아니겠는가? '살풍경'이란 말 자체를 그 어느 구석에서도 찾 아볼 수 없는

'자유의 삶'.

그냥 있는 그대로, 이들 모두와 함께 벗이 되어 서로가 위로하고, 상처 와 아픔을 달래고, 보듬어 가면서 살아가는 것이 제일의 삶일진대, 어찌 받아들이지 않을 수 있겠는가? 인간이라면 공통적으로 내재하는 인간 적 약점을 서로가 아프고, 안타까워하며 말없이 보완하고, 감싸 안아 주는

'보호막의 삶'.

어제와 오늘이 좋으니, 내일도 좋을 것.

두 팔 벌린 채 도원 위에 누워, 눈감고 천상의 파라다이스를 그린다.

또렷또렷이 보이기 시작한다.

청산 하늘 위 도원향의 삶이.

그렇다.

슬픔과 아픔, 고통, 고난이 없는 곳이 바로 천상의 도원향,

천국.

사도 요한(John)이 하늘에서 내려오는 천국의 모습을 전한다.

"내가 보매, 거룩한 성 새 예루살렘이 하느님께로부터 하늘에서 내려오니, 그 예비한 것이 신부가 남편을 위하여 단장한 것 같더라. 성령으로 나를 데리고 크고, 높은 산으로 올라가 하느님께로부터 하늘에서 내려오는 거룩한 성 예루살렘을 보이니, 하느님의 영광이 있으매, 그 성의 빛이 지극히 귀한 보석 같고, 벽옥과 수정같이 맑더라. 하느님이 저희와 함께 거하시리니, 저희는 하나님의 백성이 되고, 하나님은 친히 저희와 함께 계셔서 모든 눈물을 그 눈에서 씻기시매, 다시는 사망이 없고, 애통하는 것이나, 곡하는 것이나, 아픈 것이 다시 있지 아니하리니……" *(신약성서, 요한계시록, 21장 2절, 10~11절, 3~4절 참조)*

백련암(白蓮庵)에 오른다 (2012. 5. 16., 수요일, 17:12)

한 치 앞을 분간키 어려운 해무와 먹장구름 속에서 살아남으려는 청산.
고뇌에 찬 예기(予期)에 찬웃음 퍼붓는 골안개.

내 주검이 든 관에 대못질하여 파묻으려 한다.

하늘에 살아날 방도를 구한다.

하늘이 답을 준다.

"버려야 산다. 비워야 산다."

백련암에 오른다.

강파른 비탈길, 발걸음도 가볍네.

모두 내려놓았기 때문일까?

올려본 하늘, 희원(希願)을 알리네.

어둠에서 탈출하고프기 때문일까?

잘려 나간 풀 한 포기, 가슴 아리네.

사랑을 잃기 싫은 때문일까?

법공이도, 대봉산도 나를 반기네.

참사람이 그리운 때문일까?

흐르는 땀방울, 달기가 그지없네.

통고(痛苦)의 굴레를 벗고픈 때문일까?

자환 스님께서 답을 주신다.

"이 뭣고? 하세요."

답을 드린다.

"싹 버리겠습니다.

싸악 배설하여 비워 버리겠습니다."

다시 채워진다.

비울 수 있는 힘과 용기, 담대함으로.

그렇다.

담대하게 비우고, 내려놓은 후 참사람, 참목자를 만나 서로 사랑하며
고통 없이 사는 것이 진실로 진실로 다시 사는 길이며, 하늘의 뜻.

진정으로 다시 태어남의 길인, 버림과 비움의 정신과 관련하여,
사도 요한(John)이 예수님의 말씀을 전한다.

"나는 선한 목자라, 선한 목자는 양들을 위하여 목숨을 버리거니
와, 아버지께서 나를 사랑하시는 것은 내가 다시 목숨을 얻기 위하여
목숨을 버림이라, 이를 내게서 빼앗는 자가 있는 것이 아니라, 내가
스스로 버리노라……." (신약성서, 요한복음 10장 11절, 17~18절)

이어서 사도 바울(Paul)과 디모데(Timothy)가 말을 잇는다.

"무엇이든지 내게 유익하던 것을 내가 그리스도를 위하여 다 해
로 여길 뿐더러, 또한 모든 것을 해로 여김은 내 주 그리스도 예수
를 아는 지식이 고상함을 인함이라. 내가 그를 위하여 모든 것을 버
리고, 배설물로 여김은 그리스도를 얻고, 그 안에서 발견되려 함이니
……." (신약성서, 빌립보서 3장 7~9절 참조)

담대함과 관련하여,

사도 요한(John)이 다시 예수님의 말씀을 전한다.

"내가 혼자 있는 것이 아니라, 아버지께서 나와 함께 계시느니라.
이것을 너희에게 이름은, 너희로 내 안에서 평안을 누리게 하려 함
이라. 세상에서는 너희가 환난을 당하나, 담대하라. 내가 세상을 이
기었노라." (신약성서, 요한복음 16장 32~33절 참조)

계속하여, 바울(Paul)이 말한다.

"우리가 담대하여 원하는 바는 차라리 몸을 떠나 주와 함께 거하
는 그것이라." (신약성서, 고린도후서 5장 8절) "우리가 우리 주 그리스도
예수 안에서 그를 믿음으로 말미암아 담대함과 하느님께 당당히 나
아감을 얻느니라." (신약성서, 에베소서 3장 11~12절 참조) "너희 담대함
을 버리지 말라. 이것이 큰 상을 얻느니라." (신약성서, 히브리서 10장 35
절 참조)

청산의 소리는 생명의 소리 (2012. 5. 24., 목요일, 11:20)

청산의 소리는 자연의 소리.
자연의 소리는 생명의 소리.
하늘과 땅, 바다와 바람 그리고 그 속에서 흘러나오는
모든 살아 숨쉬는 동식물들의 숨소리와 노랫소리.

지난 칠 년 동안의 시간과 공간 속에서 기쁨과 환희,

고뇌와 고통을 함께한 그 소리.

자연의 소리는 태초, 하느님이 창조하신

천지(天地)에서 생명을 가지고 움터 나온 물과 빛의 소리.

물과 빛의 소리는 생명의 소리이자, 말씀. (구약성서, 창세기 1장 1~8

절, 구약성서 신명기 32장 2절, 신약성서 요한복음 1장 1~5절 참조)

자연(自然)은 하느님과 함께하는 인간 세상.

자(自)는, 하늘에서 내려온 눈(丿 + 目), 즉 하느님의 눈.

하느님의 눈은 영(靈)이며, 하느님은 스스로 존재하는 자.

연(然)은, 달(月)과 개(犬)와 불(火),

즉 하늘과 땅이 서로 조화롭게 어우러져 동시에 존재하는 인간 세상.

그러므로, 자연은 하느님과 영원히 함께하는 인간 세상. (구약성서,

이사야 29장 10절, 신약성서, 에베소서 1장 17~18절, 신약성서, 요한계시록 4

장 5절, 구약성서, 출애굽기 3장 14절 참조)

하여, 청산의 소리이자 자연의 소리는 죽지 않는, 영원한 생명의 소리.

그런데 왜, 나는 청산에서 지난 칠 년간 하느님이 창조하신 천지의 자

연 그대로의 본래 모습에서 돋아나온, 영원한 생명을 주는 자연의 소리

를 제대로 보고, 듣고, 느끼며 살지 못했는가?

듣고 있으나, 듣고 싶지도 않은 소리.

편하나, 귀찮기도 하는 소리.

청아하나, 거칠고, 탁하기도 하는 소리.

기분 좋으나, 맘 상하기도 하는 소리.

저 멀리 휘움히 감돌아드는

바닷가, 도락리에서 들려오는 죽은 자를 위한 애달픈 상여가.

먹고살기 바빠진 총총 발걸음 재촉하는 소리.

덩달아 가빠진 하늘과 바다, 풀과 나뭇잎, 새들의 호흡과 노랫소리.

자연의 숨소리와 노랫소리가 이내 지쳐 버려 죽을 지경이라 아우성.

그렇다.

유배지였던 청산의 삶은 어둔 밤하늘과 먹장구름, 칠흑 같은 바다.

칼바람, 산새들의 애가만이 지배하는 좌절과 분노, 고뇌와 번뇌였다.

흑암 속에서 울분을 쏟아붓다 못 깨닫고, 혼돈의 어둔 밤으로 스러진.

진정한 인간으로서의 참된 삶이 어떤 의미인가에 대해 무지했을 뿐만

아니라, 참회마저 거두어들인 채 어둠 속에서 눈먼 소경으로 살아온.

소리 없이 밀려오는 해무가 한심스럽다는 듯 비소를 던지고 있다.

아직도 자연의 소리를 제멋대로, 듣고자 하는 것만 선택하여 듣고 해

석하며, 생명인 진리의 말씀을 모르는 무지한 어둔 밤의 소경으로 살아

가는 못난 인간을 조롱하고 있다.

거룩하고 신성한 하늘이 주는 자연의 소리대로 살지 않는다고.

하늘이 무연히 바라보다 한마디 내리친다.

"너희 인간들, 내가 창조한 대로 자연이 주는 깨끗하고 흠절 없는 생

명의 소리를 들어야지, 왜 너희들 맘대로 해석하고 선택하여 듣나? 그러

니, 아직까지도 죄를 벗지 못해, 기기괴괴한 질병에 시달리다 죽어 가지. 어디 너희들 맘대로 해 봐라. 회개하지 않고 진리와 생명의 소리인 자연의 소리와 더불어, 서로 공화하며 정화된 마음과 몸으로 살지 않으면, 한없이 재앙을 내리리라."

하늘에 답한다.

"이제부터 인간의 소리가 아닌, 하느님이 창조하시고, 함께하시는 자연의 소리만을 듣고 따르며 살겠나이다.

아담은 간교한 뱀의 말을 듣고 죄를 지어 구백삼십 년 만에 죽고 말았으나, 본래 하느님이 뜻하신 바대로 영원히 살 수 있는 생명의 길을 회복하고, 인도하여 주시옵소서."

한 점의 티끌만한 흠 없고, 선(善)이신 하느님은 당신의 형상대로 우리 인간을 창조하시고, 죽음이 없는 천상의 나라, 에덴동산에서 함께 살고 싶었으나, 인간이 하나님과의 언약을 지키지 않고, 선악과를 먹는 죄를 지어, 더 이상 같이 살 수 없어 하느님은 떠나가신 것이다.

그러나 지난 수천 년간 많은 새로운 약속을 하시며 회개의 기회를 주셨으나, 우리 인간은 어리석게도 아담과 같이 선과 악이 뒤섞인 선악과, 즉 비진리를 먹음으로써 반복적으로 언약을 파기하였다.

그리하여, 오늘날까지 하느님과 같이하지 못한 채, 소경으로서 혼돈된 어둔 밤의 고통 속에서 살고 있는 것이다.

그러나, 하느님은 선하신 분이라 다시 기회를 주실 것이다. 다시는 언약을 파기하는 우를 범하지 않고, 하느님의 형상대로, 하느님이 주시는 자연의 소리, 생명의 말씀을 지키며 살아가야 하지 않겠는가?

진리만을 말하는 참목자인 생명나무와 그 생명의 샘으로부터 나는 과실과 생명수를 마시면서.

그때가 지금이다.

어둔 밤 속에서 소경으로서의 삶을 마감하고 진리의 말씀이 나오는 밝은 빛을 찾아갈.

아직 늦지 않았다.

사람과 생명나무의 창조와 관련하여,

모세(Moses)가 하느님의 말씀을 그대로 전한다.

"하느님이 가라사대, 우리의 형상을 따라 우리의 모양대로 우리가 사람을 만들고…… 자기 형상, 곧 하느님의 형상대로 사람을 창조하시되, 남자와 여자를 창조하시고…… 여호와 하느님이 동방의 에덴에 동산을 창설하시고, 그 지으신 사람을 거기에 두시고…… 그 땅에서 보기에 아름답고, 먹기에 좋은 나무가 나게 하시니, 동산 가운데는 생명나무와 선악을 알게 하는 나무도 있더라." (구약성서, 창세기 1장 26~27절, 2장 8~9절 참조)

영원한 생명인 진리의 말씀의 실체와 관련하여, 창세로부터 하느님이 창조하신 에덴동산에 생명나무가 있었듯이, 그 생명나무로부터 나온 열매이자 생명은 진리의 말씀을 의미하는 바,

요한(John)은 그 참뜻을 예수님의 말씀을 통해 전한다.

"내가 곧 길이요, 진리요, 생명이니 나로 말미암지 않고는 아버지께로 올 자가 없느니라. 내가 참포도나무요, 내 아버지는 그 농부라. 내가 너희에게 이르는 말이 영이요, 생명이라." *(신약성서, 요한복음 14장 6절, 15장 1절, 6장 63절 참조)*

나아가, 생명인 진리의 말씀을 따르지 않고, 사람의 계명과 제 것대로 해석하여 가르치고, 배우는 거짓 목자와 거짓 성도가 동시에 눈먼 소경과 귀머거리가 되어 버리는 배도의 삶을 경계하면서,

먼저, 사람의 계명과 제 것대로 가르치고, 배우는 것에 대하여,
이사야(Isaiah)가 하느님의 말씀을 전한다.

"이 백성이 입으로는 나를 가까이하며, 입술로는 나를 존경하나, 그 마음이 내게서 멀리 떠났나니, 그들이 나를 경외함은 사람의 계명으로 가르침을 받았을 뿐이라." *(구약성서, 이사야 29장 13절 참조)*

마태(Matthew)는 하느님의 아들, 예수님의 말씀을 전한다.

"이 백성이 입술로는 나를 존경하되, 마음은 내게서 멀도다. 사람의 계명으로 교훈을 삼아 가르치니, 나를 헛되이 경배하는도다." *(신약성서, 마태복음 15장 8~9절)*

"나는 스스로 온 것이 아니요, 아버지께서 나를 보내신 것이니라. 어찌하여 내 말을 깨닫지 못하느냐. 이는 내 말을 들을 줄 알지 못함이로다. 너희는 너희 아비, 마귀에게서 났으니, 너희 아비의 욕심을

너희로 행하고자 하느니라. 저는 처음부터 살인한 자요, 진리가 그 속에 없으므로, 진리에 서지 못하고, 거짓을 말할 때마다 제 것으로 말하나니, 이는 저가 거짓말쟁이요, 거짓의 아비가 되었음이라. 내가 진리를 말하므로 너희가 나를 믿지 아니하는도다." (신약성서, 요한복음 8장 42~45절 참조)

다음으로, 소경과 귀머거리와 관련하여,
이사야(Isaiah)가 하느님의 말씀을 전한다.

"모든 묵시가 너희에게는 마치 봉한 책의 말이라, 그것을 유식한 자에게 주며 이르기를, 그대에게 청하노니, 이를 읽으라 하면 대답하기를, 봉하였으니 못하겠노라 할 것이요, 또 무식한 자에게 주며 이르기를, 그대에게 청하노니, 이를 읽으라 하면 대답하기를, 나는 무식하다 할 것이니라. 겁내는 자에게 이르기를, 너는 굳세게 하라, 두려워 말라. 보라, 너희 하나님이 오사 보수하시며, 보복하여 주실 것이라. 그가 오사 너희를 구하시리라 하라. 그때에 소경의 눈이 밝을 것이며, 귀머거리의 귀가 열릴 것이며, 네가 소경의 눈을 밝히며 갇힌 자를 옥에서 이끌어 내며, 흑암에 처한 자를 간(間)에서 나오게 하리라." (구약성서, 이사야 29장 11~12절, 35장 4~5절, 42장 7절 참조)

마지막으로, 사람의 계명으로 가르치고, 배우는 위험한 결과를 경계하면서, 마태(Matthew)가 예수님의 말씀을 대신한다.

"그냥 두어라, 저희는 소경이 되어 소경을 인도하는 자로다. 만일, 소경이 소경을 인도하면 둘이 다 구덩이에 빠지리라." (신약성서, 마태복음 15장 14절)

청산에 나뿐이란다 (2012. 5. 24., 목요일, 23:56)

이른 아침부터 마지막 봄비.
목마른 자에게 촉촉이,
착하게 잘도 내린다.

선창가 어부와 아낙네들은 서둘러 비를 피해 집으로 향한다.
'슬로우시티호' 선원들도 선실로 숨어들었다.
텅 빈 청산항.

하늘에서 하느님이 거칠고 딱딱하고 모난, 강포하고 강퍅한 인간들의 마음과 마지막으로 한번 친해 보라고 보낸 봄비는, 그 누구도 찾을 길 없어, 진종일 부둣가를 두리번두리번 지회하며, 스산스레 외로움만 달래고 있네.
어둠이 이슥해지자 발걸음 옮겨 뒷산 밑자락까지 올라, 내 집 울 너머, 뜰 안으로 든다.
창밖을 바라본다.
어려서부터 비 내리는 날을 애타게 그리다가, 그가 찾아오면 벅차오른 가슴으로 등에 업고 산과 들을 에돌아 춤추고, 까치울 '베르내'와 앞 논 한가운데 작은 둠벙에서 헤엄치며 귀여운 참붕어, 송사리, 미꾸라지 손에 쥐고 즐거워하던 추억이 다가온다.

이윽고, 창밖을 서성이는 그를 맞아 즐거이 친구가 되어 주었다.

그의 눈물, 방울방울 모두 거두어 온몸으로 감싸 안는다.

베란다 평상 끝에 달래달래 홀로 거닐다 어둔 밤바다를 바라보며 하늘에 기도한다.

"이 가련한 혼돈의 바다에 열린 마음의 큰 그릇들이 모여 살게, 맑고 밝은 물로 가득 채워 변화시켜 주시옵소서."

다시 하늘 향해 양팔 활짝 열어, "내 착한 친구 보내 주어 고맙다."며 한껏 큰소리로 인사를 전한다.

그런데 품에 안겨 슬피 울던 그가 갑자기 눈물을 훔치더니, 멋쩍은 미소를 보낸다. 고맙기 그지없다며.

자기를 그리다 반겨 준 이는,

청산에 나뿐이란다.

감복한 듯 더없고 하염없이 눈물만 쏟으니,

오히려 내 맘 아파 더 한껏 따스하게 꼬옥 안아 주었다.

아침부터 종일토록 반기는 이 하나 없어,

얼마나 쓸쓸했겠나 생각하니 가슴 아리네.

잠시 후 비가 멈추기 시작한다.

하늘에 계신 아버지가 불러 집으로 가야 한단다.

다시 곧 만나자며 아쉬운 이별을 고한다.

고마움의 선물이라며, 마지막 눈물방울 던져 주며 하늘로 향한다.

배행하고 돌아섬이 못내 아쉬워,

다시 되돌아서 그가 내려 주는 마지막 선사품에 입맞춤한다.

비가 그쳤다.

그가 하늘 집에 무사히 도착했나 보다.

오늘 밤은 그의 선한 인간 향기에 취해 설렌 맘으로 지샌 후, 새벽을 깨울 수 있을 것 같다. 머지않아 다시 찾을 그가 하늘나라에서 가져다 줄 새 물선 인 평화와 공존이란 희망을 고대하면서.

사람들의 거칠고 딱딱하고 모난 돌과 같은 강퍅한 마음에서 벗어난 새로운 삶을 위해 인간들을 구원해 주시려는 하느님의 사랑과 관련하여, 모세(Moses)가 먼저, 인간 세상의 강포한 모습을 말한다.

　　"온 땅이 하나님 앞에 패괴하여, 강포가 땅에 충만한 지라……"

　　(구약성서, 창세기 6장 11절 참조)

이어 솔로몬(Solomon)이 더한다.

　　"강포한 사람은 그 이웃을 꾀어 불선한 길로 인도하느니라."

　　(구약성서, 잠언 16장 29절)

이에 다윗(David)이 하느님께 간구한다.

"여호와여, 나를 지키사, 악인의 손에 빠지지 않게 하시며, 나를 보전하사, 강포한 자에게서 벗어나게 하소서. 저희는 나의 걸음을 밀치려 하나이다." (구약성서, 시편 140편 4절)

결국, 하느님이 이사야(Isaiah)와 다윗(David)을 통해 못된 인간들에 대한 심판을 약속하신다.

"내가 세상의 악과 악인의 죄를 벌하며, 교만한 자의 오만을 끊으며, 강포한 자의 거만을 낮출 것이며" (구약성서, 이사야 13장 11절) "악담하는 자는 세상에서 굳게 서지 못하며, 강포한 자에게는 재앙이 따라서 패망케 하리이다." (구약성서, 시편 140편 11절)

마지막으로, 선지자 에스겔(Ezekiel)이 하느님의 깊으신 마음을 전한다.

"새 영을 너희 속에 두고, 새 마음을 너희에게 주되, 너희 육신에서 돌과 같은 딱딱한 굳은 마음을 제하고, 부드러운 마음을 줄 것 ……" (구약성서, 에스겔 36장 26절 참조)

인간들의 선한 마음을 기다리는 하느님의 깊은 마음과 관련하여, 히브리서(Hebrews)에 따르면,

"성경에 일렀으되, 오늘날 너희가 그의 음성을 듣거든, 노하심을 격동할 때와 같이 너희 마음을 강팍케 하지 말라." (신약성서, 히브리

서 3장 15절)

하여, 인간의 마음이 까다롭고 고집이 세어, 하느님의 말씀을 듣고도 순종하지 아니하여 천국의 복을 받을 기회를 놓칠까 경계하였으며,
모세(Moses)는

"내가 네게 명하는 이 모든 말을 너는 듣고 지키라. 네 하나님 여호와의 목전에 선과 의를 행하면 너와 네 후손에게 영영히 복이 있으리라." (구약성서, 신명기 12장 28절)

함으로써 순종의 결과, 복 받을 것을 명확히 하였고,
마태(Matthew)도 이에 질세라 선악과 관련하여 짧고 굵게 말한다.

"선한 사람은 그 쌓은 선에서 선한 것을 내고, 악한 사람은 그 쌓은 악에서 악한 것을 내느니라." (신약성서, 마태복음 12장 35절)

사도 요한(John)도 이를 달리 표현, 강조하며 복음을 전한다.

"오직 마음을 새롭게 함으로 변화를 받아, 하느님의 선하시고, 기뻐하시고, 온전하신 뜻이 무엇인지 분별하도록 하라." (신약성서, 로마서, 12장 2절 참조) "선한 일을 행한 자는 생명의 부활로, 악한 일을 행한 자는 심판의 부활로 나오리라." (신약성서, 요한복음 5장 29절) "사랑하는 자여, 악한 것을 본받지 말고, 선한 것을 본받으라. 선을 행하

는 자는 하나님께 속하고, 악을 행하는 자는 하느님을 뵈옵지 못하였느니라." *(신약성서, 요한3서 1장 11절)*

무너졌던 청산 하늘이 다시 열렸다 (2012. 5. 26., 토요일, 23:58)

어젯밤 꿈이 끔찍한 현실로 다가왔다.

참다운 인생을 살아온 어떤 사람과 관련된 실체적 진실을 전해 듣자마자, 통렬히 그의 쓰린 한을 가슴으로 느낀 후, 눈으로 직접 보고, 확인한 사건들.

그와 관련된 모든 톱 시크릿이 공개되었다.

마른하늘에 날벼락.

청산 하늘이 핵폭탄을 맞았다.

자유롭고, 평화로웠던 푸른 하늘이 큰 굉음과 함께 무너져 내렸다.

나는 스스로 그의 처절했던 인생 회복의 역사를 쓰기로 했다.

마지막 순간까지 부여잡으며,

'의(義)'로 꾹꾹 채워 왔던 내 인생도 산산조각이 났다.

아무것도 할 수 없는 상황이다.

생명같이 소중히 여기던 법서를 덮어 버렸다.

찢어지는 흉통과 복통.

냉혹하고 사나운 그 어떤 외부의 도전에도 아랑곳없이

시간은 무연히 흘러가고 있다.

청산은 점점, 점이 되어 멀어져 가고 있다.

청산의 자연의 숨소리가 들리지 않는다.

쓰디쓴 이별의 전조이다.

갑자기 하늘이 삐죽이 열리더니,

가느다란 한 가닥 빛줄기가 새어 나오고, 소쩍새의 장송곡이 들려온다.

오관이 움직이기 시작한다.

"하느님! 당신이 계신데, 당신이 다 내려다보시고 계신데, 세상에 어찌 이런 일이 있을 수 있겠나이까. 뭐라 한 말씀만 해 주세요. 이 일은 수백, 수천 년의 세월이 흘러도, 당신이 계신 하늘에서 아무리 바라보고, 또 곰곰히 생각해 보아도, 결코 하찮은 일일 수는 없습니다."

관 속에 들기 전, 어떻게 장렬하게 죽을 것인가를 생각한다.

하늘을 찌르는 분노와 증오심이 폭발한다.

뜯기고, 찢기고, 할퀴어진 상처투성이의 굴곡진 그의 인생.

'사람이 사람을 못 믿는 것은 죄가 된다.'는 그의 평생의 신조가 화근이었다. 결혼 이래, 그의 생은 악마의 소굴에서 소리 없이 이루어진 사기극이었다.

바람이라니.

그것도 혼인 전부터 있었던 일을 다시 또 벌이다니.

그의 여인 아닌 여인은 백 년, 아니 천 년 묵은 불여우였다.

녹지 않을 천길 빙산의 가면을 쓴.

그러나 하늘의 뜻이었는지는 몰라도, 그 빙산은 결국 녹아내려 그 실체가 땅에 드러난 것이다.

사실이었다.

사람 아닌 불여우.

그의 눈은 핏발선 살풍경을 그려 낸다.

정적이 흐른다.

서슬 시퍼런 독기 어린 안광(眼光)이 뿜어져 나온다.

서서히 칼집이 열리고 있다.

드디어, 미친 듯이 칼춤을 춘다.

그 여우와 함께, 같이 놀아난 이름 모를 동물 또한 처단된다.

그 예리한 칼날은 다름 아닌 세상 언론과 법정이었다.

피고들의 죄를 고한다.

"인간 망종으로서 하루살이보다 못한 철면피한 삶을 살아온 죄.

수십 년간 가장 가까운 사람들을 기만하고, 배신한 죄.

무릎 꿇고 잘못을 참회하기는커녕, 오히려 끝까지 발악하면서 모든 절차적, 실체적 진실을 은폐한 죄.

올바른 인간 세상을 우습게 보고, 조롱한 죄."

형을 선고한다.

"상기 죄명에 의거, 법정 최고형인 사형에 처한다."

썩은 내 풀풀대는 쓰레기 같은 동물 사체들은 흔적도 없이 치워졌고, 무너졌던 청산 하늘이 자유롭고 평화롭게, 맑고 밝게 다시 열렸다.

그의 인생 회복의 역사를 계속 쓸 수 있는 기회가 나에게 다시 주어진 것이다.

모세(Moses)가 하느님의 말씀을 전한다.

"누구든지 남의 아내와 간음한 자 곧 그 이웃의 아내와 간음하는 자는 그 간부와 음부를 반드시 죽일찌니라." *(구약성서, 레위기 20장 10절)*

솔로몬(Solomon)이 뒤를 잇는다.

"부녀와 간음하는 자는 무지한 자라. 이것을 행하는 자는 자기의 영혼을 망하게 하며" *(구약성서, 잠언 6장 32절)*

히브리서(Hebrews)도 이른다.

"모든 사람은 혼인을 귀히 여기고, 침소를 더럽히지 않게 하라. 음행하는 자들과 간음하는 자들을 하느님이 심판하시리라." *(신약성서, 히브리서 13장 4절)*

야고보(James)는 간음하는 여자들과 관련하여 다음과 같이 강조한다.

"간음하는 여자들이여, 세상과 벗 된 것이 하느님의 원수임을 알지 못하느뇨. 그런즉, 누구든지 세상과 벗이 되고자 하는 자는 스스

로 하느님과 원수 되게 하는 것이니라." *(신약성서, 야고보서 4장 4절)*

오늘은 8. 15 광복절 (2012. 8. 15., 수요일, 16:48)

두껍디두껍고, 시꺼먼 먹장구름발이 하늘에서 앞바다로 내리꽂힌다.
하늘바다 위에서, 검은 하늘이 삐틀삐틀 킹킹대며 푸른 바다를 떠이
고 있다.

위력적인 지뢰 폭탄이 투하된다.
온 세상이 공포의 시한 폭풍 지뢰밭.

거꾸로 뒤집힌 위구스런 암흑세계.
청산 하늘이 무너진 날인 5월 26일이 다시 왔다.
인간이기를 포기한 비정상들만 득시글득시글.
두려움에 질린 정상은 방광방음, 은폐엄폐.

곪아 헤진 가슴이 적울을 토해 낸다.
정상의 게릴라전이 전개된다.
비정상과의 격한 쟁투가 개시되었다.
해방을 위한 3. 1 운동이 깃발을 높인다.
상식이 비상식을 퇴치하고, 정상이 비정상을 몰아냈다.
선이 악을 물리쳤다.

하늘과 바다와 땅이 제자리를 찾았다.

존재의 이유도 되찾았다.

이제, 분노의 묵가를 부를 근거가 사라졌다.

오늘은 8. 15 광복절.

선은 의(義)이고, 악은 악(惡) 그 자체이다.

인류 역사적으로 볼 때, 선은 반드시 악을 멸하였다.

시간이 좀 더딜지라도.

하느님은 선은 의고, 악은 불의라는 사실을 적시하시고, 그 행위에 대한 감찰을 통해 선악을 분별하시어, 그 결과에 따른 상과 벌을 반드시 내리신다는 사실과 선은 항상 악을 물리친다는 진리와 관련하여,

솔로몬(Solomon)이 하느님의 말씀을 전한다.

"의인의 소원은 선하나, 악인의 소망은 진노를 이루느니라."

"여호와의 눈은 어디서든지 악인과 선인을 감찰하시느니라."

"악인의 삯은 허무하되, 의를 뿌린 자의 상은 확실하니라.

의를 굳게 지키는 자는 생명에 이르고,

악을 따르는 자는 사망에 이르느니라."

"악인은 선인 앞에 엎드리고, 불의자는 의인의 문에 엎드리느니라." *(구약성서, 잠언서 11장 23절, 15장 3절, 11장 18~19절, 14장 19절)*

사람을 사랑한 법담 (2013. 8. 27., 화요일, 06:35)

적막한 청산의 아침을 깨운다.

산과 바다, 항포구 어부들을 바라본다.

산은 서 있으되, 푸른 희망 안아 줄 마음을 잃어, 고개를 숙였구나.

바닷물은 흘러드나 나지를 못해, 썩는 내가 진동을 하는구나.

사람은 살아 있으나 생기를 잃어, 죽어 가고 있구나.

법담은 고뇌에 찬, 무거운 얼굴로 골똘히 생각에 잠긴다.

잠시 후, 혼혼한 마음을 넓고, 크게 열어 제 형상을 지키고 있는 파아
란 하늘에 묻는다.

"저 죽어 가는 사람들을 되살릴 수 없나요?"

하늘이 답을 준다.

"죄지은 자들아, 내 육 천년을 기다려 왔다. 그러나 아직도 회개치 못
하고, 왜 그 부패하고, 흑암한 바다와 같은 세상에서 방황하고 있느냐?
뭘 그리 망설이느냐? 내게로 오면 생명을 준다 하지 않았느냐!

당장 회개하라. 그리하면, 태초에 생기를 불어넣어 너희를 창조했듯,
다시 빛을 던져 줄 터이니 새 생명을 되찾으라."

하늘에 기도를 올린다.

"맞습니다. 우리 인간 모두는 죄인입니다. 지금까지 가슴 없는 인간으
로 살며 담대히 참회하지 못하였나이다. 그리하여, 이 썩은 세상 떨치고,
당신 앞으로 나아가지 못하고, 좌고우면하며 떠돌이, 기회주의자로 살았

나이다. 이제 회개하고 당신의 나라로 유월하겠나이다.

하늘이시여, 이제 당신이 지으신 정상적인 형상대로 살아갈 수 있도록 힘과 용기를 주시옵소서."

하늘이 다시 답을 준다.

"내 마지막으로 고하노라. 새로운 산과 물을 내어 줄 테니, 부패한 그들을 떠나 당장 나에게로 오라. 그리고 다시는 배도하는 일이 없도록 하여라."

청산 사람 모두가 그 자리에 무릎 꿇어 '아멘'하고 하늘나라로 유월한다.

이로써, 청산 사람들은 하늘에 속한 자가 되어 서로 사랑하고, 평화롭게 공존하며 사는 터전을 마련하게 되었다.

법담은 다시 무언가에 몰입하는 듯하다 눈을 홉뜨고, 감연히 벌떡 일어나 하늘에 다시 고한다.

"하늘이시여, 이곳 청산인들에게 당신의 자식으로서 새로운 삶을 가질 수 있도록 허락해 주심에 감사드리옵나이다. 허나, 저 바다 건너 땅의 인간들은 지금 이 순간 더욱 깊이 썩어 가, 돌이킬 수 없는 지경에 이르렀나이다. 그곳 사람들은 먹을 것, 입을 것, 마실 것을 위해 서로 질시하고, 헐뜯고, 속이고, 아귀다툼하며 어둔 밤의 무지한 자, 어둠의 자식들로 살아가고 있나이다. 그들에게 한 줄기 빛을 내려 주시어, 우리들과 같이 그 어둠에서 탈출하여 하늘에 속한, 하늘의 맑고 밝은 빛의 자식들로 다시 태어나게 하여 주시옵소서.

휴머니스트, 코즈모폴리턴인 저로서는 가엾고, 불행한 저들을 마냥 두고 볼 수 없어 이렇게 간구하오니, 제 기도 들어주시옵소서."

한참을 망설이다 하늘이 답을 준다.
"그래, 지금 저 땅의 것들 또한 얼마 전, 너희들과 같이 그 숱한 세월, 회개하지 못하고 더욱 사회적, 경제적 불평등을 심화시켜 서로가 다투고, 전쟁까지 일삼으며 서로를 죽이고 있구나. 허나, 네 뜻이 가상하고, 간절하니 내 그리하마.
그들에게 가서 일러라. 이것이 진정 마지막 기회이니 다시는 서로 다투지 말고, 아픔과 고통과 슬픔이 없는 하늘 세상에서 평화롭게 살아가라 전하거라."

이렇게 하여, 청산과 바다 건너 땅의 사람들 모두가 하늘에 속한 자들로서 조화롭고, 평화롭게 살 수 있게 되었다. 사람을 사랑한 법담 또한 자기의 마지막 소명을 다하고 편안한 안식에 들 수 있게 되었다.
지난 수천 년간, 부패한 세상에서 회개한 후, 하느님의 나라로 유월하여 평화롭게 살기를 바라며 인내해 온, 하느님의 뜻을 성경이 전한다.
부패한 세상에 대하여,
다윗(David)은

"어리석은 자는 그 마음에 이르기를, 하나님이 없다 하도다. 저희는 부패하며, 가증한 악을 행함이여, 선을 행하는 자가 없도다." (구약성서, 시편 53편 1절)

라고 하였으며,

회개와 관련하여,
선지자 에스겔(Ezekiel)은 하느님의 말씀을 빌어서,

"너희는 돌이켜 회개하고, 모든 죄에서 떠날찌어다. 그리한즉, 죄
악이 너희를 패망케 아니하리라." (구약성서, 에스겔 18장 30절 참조)

라고 적고 있으며,
사도 요한(John)과 누가(Luke)도 예수님의 경고의 말씀을 전한다.

"내가 그에게 회개할 기회를 주었으되, 그 음행을 회개하고자 아
니하는도다. 볼찌어다, 내가 그를 침상에 던질 터이요, 또 그로 더불
어 간음한 자들도 만일 그의 행위를 회개치 아니하면, 큰 환난 가운
데 던지고" (신약성서, 요한계시록 3장 21~22절 참조)
"너희도 만일 회개치 아니하면, 다 이와 같이 망하리라. 너희는 스
스로 조심하라. 만일, 네 형제가 죄를 범하거든 경계하고, 회개하거
든 용서하라." (신약성서, 누가복음 13장 3절, 17장 3절 참조)

평화로운 삶과 관련해서는,
사도 바울(Paul)이 하느님의 복음을 전한다.

"아무에게도 악으로 갚지 말고, 모든 사람 앞에서 선한 일을 도모

하라. 할 수 있거든, 너희로서는 모든 사람으로 더불어 평화하라."

(신약성서, 로마서 12장 17~18절)

오늘, 20차 남북 이산가족 상봉 (2015. 10. 26., 월요일, 11:16)

가슴 아픈 우리 역사.

울어도, 울어 봐도, 적울 속에 풀리지 않는 역사 문제.

하여, 눈물을 같이합니다.

무엇이 이렇게, 순소한 보통 사람들의 가슴을 찢어 놓는가?

국가 권력자들의 끊임없는 탐욕과 권력욕?

우리 민족의 무능, 무력함?

단순한 지정학적 역사의 소산?

지정학은 또 누가 만들었는가?

그렇다.

인간들 스스로 저지른 죄에 대한 업보이자 굴레이다.

Korean Peninsula, Somalia, Georgia의 전장에서의 국내외 현장들이 눈에 선하다.

왜, 아직도 Political Power Hunter(PPH, 정치 권력 사냥꾼)들은 정치학 개론에서 말하는 개인적 권력욕을 버리지 못하는 '불변이란 인간적 본능'에서 벗어나지 못하는가?

그들이 올바른 이성을 지닌 인간들인가?

하찮은 하등 동물에 불과한 자들인가?

찌그러진 새우 눈으로 좌고우면하며, 사악한 하이에나처럼 어슬렁어슬렁 먹이 찾아 교활한 눈동자만 움직이는 동물들.

더 이상, 그들에게 문명인임을 기대할 수 없는 시점이다.

그렇다면 해법은?

국가 주권과 평화 공존을 보장하기 위한

자주적 방위력 신장을 위한 냉철함.

소위 국가 지도자란 자들은 뭘 하고 있는가?

국가 최후 보루가 무엇인지를 잊고 있는가?

국민의 참된 삶을 외면한 당리당략만을   고,

강퍅하게 눈앞의 이익 앞에서 물리적 목숨만을 추구하며

당면한 국가 과제, 국제 정세 위에서 잠잘 때가 아니다.

집단 지성은 뭘 주저대고 있는가?

보통 국민, 보통 세계인은 왜 말이 없는가?

눈물을 흘리며, 한숨만 내뱉고 있을 때가 아니다.

인간 사회의 공동선인 자유와 평화.

이를 지키기 위한 최소한의 저항권마저 포기할 수는 없는 법.

인간 본능에 내재된 자발적 연대.

바로 이것이다.

우리 국민을 포함한 만인들의 죽음을 각오한

Humanitarian Intervention(인도주의적 개입)이 요구되는 지금이다.

그래.

이른바, 자칭 국가 지도자란 자들의 개혁 약속.

지켜보자.

힘없는 국가, 말 없는 국민, 갈길 잃은 세계인의 인간다운 삶을 위한, 실행 가능하고, 되돌릴 수 없는 항구적 제도적 장치를 만들어 내는가를.

목숨 걸고 세계 자유와 평화를 위한 길을 추구하는가를.

국민들이여! 집단 지성들이여! 깨어 있으라!

하늘이 무섭지도 않은가?

하늘엔 영광이요, 땅엔 평화로다.

하느님은 우리 인간들로 하여금 이 땅에서 자유롭고, 평화롭게 살라고 낙원을 주셨건만, 어찌하여 우리 민족만 땅과 몸과 마음이 찢긴 상태에서 살아가야만 하는가?

이 땅에 평화가 오면, 하느님도 영광으로 알고 기뻐하실 텐데.

하여, 하늘과 같이 이 땅도 평화로운 세상으로 만들어야 할 사명과 의무가 우리에게 있다.

참회하라!

누가(Luke)가 이 땅의 '평화'에 대한 하느님의 말씀과 안타까운 마음을 고스란히 전한다.

"지극히 높은 곳에서는 하나님께 영광이요, 땅에서는 기뻐하심을
입은 사람들 중에 평화로다." "하늘에는 평화요, 가장 높은 곳에는

영광이로다." "너도 오늘날 평화에 관한 일을 알았더라면, 좋을 뻔하였거니와 지금 네 눈에 숨기웠도다." (신약성서, 누가복음 2장 14절, 19장 38, 42절 참조)

하늘 세상을 만났다 (2016. 10. 13., 목요일, 08:50)

하늘 세상을 만난 지 4개월 칠 일.

태어나, 처음으로 성경을 읽기 시작한 이후의 시간이다.

지난 4월, 국회의원 선거가 끝난 후, 앞으로 일 년 동안은 책만 읽기로 하였다. 대학 강의 등 세상일을 계속하라는 주변의 권유도 있었지만.

왜냐하면, 지난 30년간의 공직 생활로 인해 메마르고, 황폐화된 나의 가슴을 열어 보기 위해서였다.

그 과정에서 처음 만난 것이 하늘 공부였다. 비록 짧은 기간이었지만 열심히 읽었다. 예전, 치열하게 사법 시험 공부 하던 모습 그대로.

하여, 그동안 내가 얼마나 무지하게 살아왔는지를 조금은 알 수 있었다. 닫혔던 마음도 조금씩 열리기 시작했다.

이제 막, 걸음마를 시작한 어린아이여서, 성경에 담긴 하느님의 깊은 뜻은 잘 모르겠지만 마음만은 편안하다.

사실, 이전에 우연히, 아니, 필연적으로 만났던 신부님과 스님으로부터 '유스티노'와 '법담(法潭)', 즉 '정의'와 '부처님의 법을 담을 만한 큰 그릇'을 의미하는 영세명과 법명을 받았다.

운명이었다.

그러나 나는 지금 성경을 읽고 있다. 또 다른 운명이다.

성경을 읽으면서, 지나온 인생을 다음과 같이 반성하였다.

인간 세상.

내가 살아왔고, 살고 있고, 앞으로도 살아갈 세상.

그곳은 육적인 세계로, 착한 것과 악한 것의 계속된 전쟁으로 폐허화.
Democracy·Capitalism vs Communism·Socialism, Neocapitalism vs
Social Democracy의 충돌은, 사람 사는 이 세상을 사람답게 살 수 있
는 자유와 평화가 아닌, 돈과 권력을 향한 투쟁이란, 추한 모습으로 타
락시켰다.

나는 지금까지 진정한 삶에 대하여 아무것도 모르는 어린 젖먹이로
살아왔다.

"하늘과 역사는 나를 버리지 않는다."라는 그저 막연한 교만에 사로잡
혀 어디에서 왔고, 어디쯤 서 있고, 어디로 갈 것인지도 모른 채, 지난 56
년간 참된 삶의 시간과 공간을 잃은 채, 어둠의 광야를 방랑해야만 했다.

그러므로 필연이다!

내가 성경 속의 하늘 세상과 만난 것은.

필연(必然)의 사전적 의미는

'반드시 그렇게 되도록 되어 있는 일, 틀림없이 꼭'이다.

그러나 나는 이렇게 해석한다.

필(必)은 마음(心)을 넓게 펼쳐(丿) 이룬다는 뜻. 연(然)은 달(月)과 개(犬)
와 불(火), 즉 땅에 있는 것들이 서로 조화롭게 어우러져, 동시에 존재하

는 인간 세상.

따라서 필연은 사람이 마음을 다하면 반드시 땅의 인간 세상에서 이루어지는 모든 동화 현상을 의미한다.

이러한 의미에서, 성경을 통해 처음 만난 자유와 평화의 하늘 세상과 관련하여, 국내외 현장에서 직접 경험한 필연에 대해 잠시 생각해 본다.

먼저, 소말리아, 그루지야 전쟁터에서 추구하며 이루려 했던 자유와 평화의 세상.

다음은 청산도 입도 후, 읽고 쓴 글들.

『Simplify your life, 단순하게 살아라』, 『달마의 제자들』, 『어둔 밤』, 『우파니샤드』, 'A Study on the Prerequisites for the Success of Humanitarian Intervention in International Conflicts'의 Save the lives(생명을 구하라)!, 『나의 사명』에서 영원한 세계의 실재성에 대한 피히테의 신앙 고백.

끝으로, "진리는 단순해서 믿기 어렵다, 내가 단순해져야 믿게 된다."고 설파한 스테파노 신부님의 말씀.

이와 같은 필연들은 내가 성경을 만나기 위한 과정이었음이 분명하다.

그러므로, 나는 이러한 하늘의 뜻에 숙연해지는 또 다른 나를 발견하게 된다.

하늘 세상, 자유 율법을 믿고, 맡겨라!

Without doubts, without conditions!

자유 율법과 관련하여,

히브리서(Hebrews)에서 밝힌 내용과 자유 율법 안에서 그림자가 아닌 참 형상과 진리의 삶을 산, 사도 바울(Paul)을 마음판에 다시금 새겨 본다.

"율법은 장차 오는 좋은 일의 그림자요, 참형상이 아니므로 해마다 늘 드리는 바, 같은 제사로는 나아오는 자들을 언제든지 온전케 할 수 없느니라." "믿음은 바라는 것들의 실상이요, 보지 못하는 것들의 증거니." (신약성서, 히브리서 10장 1절, 11장 1절)

"사랑은 오래 참고, 사랑은 온유하며, 투기하는 자가 되지 아니하며, 사랑은 자랑하지 아니하며, 교만하지 아니하며, 불의를 기뻐하지 아니하며, 진리와 함께 기뻐하고, 모든 것을 참으며, 모든 것을 믿으며, 모든 것을 바라며, 모든 것을 견디느니라……:

우리가 부분적으로 알고, 부분적으로 예언하니, 온전한 것이 올 때에는 부분적으로 하던 것이 폐하리라. 내가 어렸을 때에는 말하는 것이 어린아이와 같고, 깨닫는 것이 어린아이와 같고, 생각하는 것이 어린아이와 같다가 장성한 사람이 되어서는 어린아이의 일을 버렸노라. 우리가 이제는 거울로 보는 것같이 희미하나 그때에는 얼굴과 얼굴을 대하여 볼 것이요, 이제는 내가 부분적으로 아나, 그때에는 주께서 나를 아신 것같이 내가 온전히 알리라. 그런즉, 믿음·소망·사랑, 이 세 가지는 항상 있을 것인데, 그중에서 제일은 사랑이라." (신약성서, 고린도전서 13장 4절~13절 참조)

그러므로, 이제 하늘의 뜻에 따라 필연적인 자연의 삶을 살아가야 한다.

온전하게 거듭 태어남을 통해서.

온전한 자유 율법인 하느님의 참형상과 진리 안에서

이웃 사랑을 실천하면서.

이렇게 하늘 세상을 만났다.

하느님! 얼굴 좀 보여 주세요 (2016. 10. 30., 일요일, 22:22)

고향, 엄마 사시던 집으로 거처를 옮긴 지 보름.

잠자지 않아도 잠잔 듯,

먹지 않아도 먹은 듯한 시간들.

지난 56년, 하루같이 보낸 기이함.

어머님 사랑 숨결, 살아 품었네.

그 긴 세월은 천길만길 낭떠러지,

끝없는 어둠의 터널.

손톱으로 쪼아 가며 오르고 또 오르고,

헤치고 또 헤쳐 온.

지옥 길, 사자들도 용서를 빌고 있다네.

통회의 깨달음에 안도하신다.

게슴츠레한 고향 하늘 세상에서 내려다보시고 계신 하느님께서

잠시 얼굴 모습을 보이시며 무슨 말을 건네시려다,

"이제 됐다" 하고 떠나신다.

어찌, 하느님 마음, 알고(知) 싶어지지 않을 수 있겠는가?

이 믿음(信), 어떻게 저버릴 수 있는가?

어찌 기쁨으로 섬기지(行) 않을 수 있겠는가?

> "내 아들 솔로몬아!
>
> 너는 네 아비의 하느님을 알고(知),
>
> 온전한 마음(信)과 기쁜 뜻으로 섬길찌어다(行).
>
> 여호와께서는 뭇 마음을 감찰하사, 모든 사상을 아시나니,
>
> 네가 저를 찾으면 만날 것이요,
>
> 버리면 저가 너를 영원히 버리시리라." *(구약성서, 역대상 28장 9절)*

하느님!

만나 뵈올 수 있나요?

하느님! 얼굴 좀 보여 주세요.

이렇게 새 하늘, 새 땅은 열렸다 (2016. 11. 9., 수요일, 09:05)

언제부터인가, 제 것대로 살았다.

윤심덕의 노랫말처럼,

녹수~ 청산은 변함이 없건만,

우리~ 인생은 나날이 변했다.

돈~도, 명예~도, 사랑~도 다 싫었다.

인생의 마지막을 정치인 아닌 정치인으로 산, 추접한 나도, 주변도, 폰도, 꼴도 보기 싫은 중고차도 모두 놓아 버렸다.

2016년 6월 6일, 열리기 시작.

처음 만난 하늘 세상.

곧이어, 새 하늘, 새 땅이 서서히 다가오고 있었다.

이에, 나는 새 하늘 새 땅에서, 새 나라의 새 어린이가 되고자 했다.

그런데, 아직도 인간의 계명, 사람의 주석대로 살고 있지 않은가?

참회하라!

교만은 죽음이다.

하늘이 준 기회를 놓지 마라.

배도와 멸망의 산, 사망이 생명을 남김없이 삼켜 버린 이 땅.

이 뒤섞이고 타락한 어지러운 세상에서 무엇을 구하려 하는가?

Put on the whole armour of God, immediately! (즉시 하느님의

전신 갑주를 입어라!) (신약성서, 에베소서 6장 11, 13절 참조)

그리하여, 사망에서 생명으로 유월하라.

생의 마지막 되먹임을 위해, 흑암의 바다로부터 벗어나

새 하늘 새 땅, 시온으로 속히 들라.

갈구해 오지 않았는가?

자유와 평화의 세상을.

잠 깨어나, 떨치고 일어나, 마음판에 새겨라.
'Pacta sunt servanda.' (약속은 이행해야 한다.)
하여, 새벽별처럼 깨어 있었다.

왔노라! 담대하게.
싸웠노라! 목숨 걸고.
이겼노라!
사탄의 세계를 지배하고 있던 그 옛날,
사악한 뱀에서 설익은 영으로 잘못 태어난 용과의 전쟁에서.
하여, 처음 익은 열매가 되었노라.
결국, '이긴 자'로 새겨짐과 아울러, '12가지 복'을 받았노라.

이렇게 새 하늘, 새 땅은 열렸다.

사도 요한(John)이 천사를 통해 보고 들은 하느님과 예수님의 말씀을
전한다.

먼저, 6천 년 전 창세 때, 새 하늘과 새 땅을 창조하셨던 하느님이 다
시 오셔서, 부패한 세상을 소성하여 또 다른 새 하늘, 새 땅을 창조하러
오시겠다는 말씀에 대하여는,

"주 하느님이 가라사대, 나는 알파와 오메가라,

이제도 있고, 전에도 있었고, 장차 올 자요, 전능한 자라 하시더라." *(신약성서, 요한계시록 1장 8절)*

이에 더하여, 베드로(Peter)는 좀 더 자세히 하느님의 말씀을 부연한다.

"사랑하는 자들아, 주께는 하루가 천년 같고, 천년이 하루 같은 이 한 가지를 잊지 말라." "우리는 그의 약속대로 의거하는 바, 새 하늘과 새 땅을 바라보도다. 그러므로 사랑하는 자들아, 너희가 이것을 바라보나니, 주 앞에서 점도 없고, 흠도 없이 평강 가운데서 나타나기를 힘 쓰라." *(신약성서, 베드로후서 3장 8절, 13~14절)*

다음으로 깨어 있는 자와 이긴 자에게 복을 주시겠다는 예수님 말씀에 관해서는,

"보라, 내가 도적같이 오리니, 누구든지 깨어 자기 옷을 지켜, 벌거 벗고 다니지 아니하며, 자기의 부끄러움을 보이지 아니하는 자가 복이 있도다." "귀 있는 자는… 들을찌어다. 이기는 그에게는… 12가지 복을 주신다."는 약속을 전한다. *(신약성서, 요한계시록 16장 15절, 2장 7절~3장 21절 참조)*

하느님! 제발, 얼굴 좀 보여 주세요 (2017. 4. 3., 월요일, 13:05)

부끄럽게도, 태어나 처음으로 세계 최고의 베스트셀러인 하느님의 목소리를 들으면서도, 세상에 대한 탐욕으로 인한 죄에 대한 적울과 좌절은 끝없이 진행되고 있었다.

하여, 참회합니다.

이제, 한 걸음 물러서서 다시 당신의 말씀을 듣습니다.

그러나 당신의 얼굴을 직접 눈으로 확인하지 않고서는 끝도 없고, 되돌릴 수도 없으며, 믿을 수도, 표현할 수도 없는 세상의 범죄 행위들을 고할 수는 없습니다.

하느님! 제발, 얼굴 좀 보여 주세요.

당신이 창조하셨다는 인간 군상들의 보잘것없는 욕심에서 비롯된 대죄에 대한 단죄책을 듣고 싶습니다.

아담 이후, 6천 년간 반복되어 온 인간의 범죄로 인하여 당신과의 약속을 어긴 인간은, 이제 이성과 감정 모두를 상실한 사나운 짐승이 되어, 당신이 주신 생명을 서로 파리 목숨으로 여기며 여기까지 왔습니다. 정죄의 자격도 없는 하찮은 인간들이 서로가 잘났다고 우쭐대며, 정신과 육체의 죽음을 가벼이 여기며, 상쟁 속에서 난도질을 하고 있습니다.

'인간의 역사는 전쟁의 역사'란 말을 증명이라도 하듯, 지금도 세계 곳곳에서 정치 권력 사냥꾼(PPH, Political Power Hunter)들은 전쟁 및 종교·종족 갈등 등 문명의 충돌 현상을 촉발시켜 천인이 공노할 잔인한 대량

학살을 자행함으로써 인간의 기본적 권리로서 불가침의 최고 존엄과 가치이며, 인간의 생래적·천부적 권리인 생명권과 평화적 생존권을 인위적으로 훼손시키고 있습니다.

나아가, 최근 국내 정치적 상황에서 벌어지고 있는 대한민국 대통령 탄핵과 이로 인한 대통령 선거 후보들 간의 추악한 굿판들 과정 또한 이와 다를 바 없습니다. 세상과 정치꾼들 모두가 사납게 일그러진 욕망의 얼굴을 감춘 채, 공포와 폭력이라는 먹잇감을 두고 서로 헐뜯고, 서로 죽이는 바로 눈앞의 현상들을 그저 무심히 바라만 보고 있을 수밖에 없는 현재가 한스럽고, 부끄럽습니다.

이와 같은 되돌릴 수 없는 인간들의 반인륜적·반인류적 행태들에 대하여, 218년 전 피히테는,

"인간의 가장 잔인한 적은 인간이다. 그들은 거친 벌판에서 서로 만나게 되며, 상대방을 살육해서 승리의 축하연의 안주로 삼는다. 그리고 자기들의 손으로 그들을 죽여 버리기 위해서는 천지가 진노해도 대수롭지 않게 생각한다."라고 답을 주고 있다.

이제 그만, 당신의 눈앞에서 못난 우리 인간들로 하여금 서로를 증오하며, 피 흘리는 모습을 그치게 해 주세요. 저는 분명, "칼을 쳐서 보습을 만들고, 그 창을 쳐서 낫을 만들어" 전쟁 없는 당신의 나라를 만드시어(구약성서, 이사야 2장 4절), 눈물도, 사망도 없는 '새 하늘, 새 땅'을 주신다는 당신의 말씀을 들었습니다. (신약성서, 요한계시

록 21장 1절 참조)

하루라도 빨리 그날이 이루어지길 기도합니다.

이제, 당신의 나라 역사 속에서 불쌍하고, 아픈 우리 민족의 통일과 세계 평화를 이루게 해 주세요.

하느님! 제발, 얼굴 좀 보여 주세요.

절대 고독 속에 나의 목소리는 없었다 (2017. 4. 4., 화요일, 04:40)

하루의 오차도 없이,
정확히 10개월간 성경을 읽고 또 읽었다.

엄마 뱃속 시절부터 지난해 4월, 정치인 아닌 정치인으로 살아온 시절까지의 흔적을 되짚어 본다.

하여, 나는 고백한다.

어린 시절, 내 가슴에 새겨져 있던 일곱 개의 별, 북두칠성을 발견하곤 놀라워했던 사실을 기억한다. 모형과 간격까지 동일한 그 별을.

하늘의 뜻이었나?

여하튼, 나약하기 짝이 없는 존재로서 56년간 지속되어 온 참담한 전쟁의 끝을 지금 여기서 맺는다. 그 전쟁의 끝은 하느님께서 고요한 청산의 샘에 수정같이 맑은 생명수를 부어 주신 후, 멀고도 먼 강을 만들어 이곳 고향마을, 까치울까지 이어 주셨기에 가능하였다.

돌이켜보면, 나의 순수한 삶에 대한 자유 의지는 그 누구도 건너뛸 수 없는 주체적이고, 독립된 현상 그 자체였다. 그것은 나의 목소리였으며, 타성(他性)에 의해 창조되고, 지배될 수 없는 것이었다.

결과적으로, 나는 자신의 자각적 본질에서 객관(客觀)은 철저히 배제시키고, 주관(主觀)만의 칼로 자신을 죽이는 칼춤을 추고 있었던 것이었다.

나는 스스로 절대 고독이 절대 자유라 자처하며, 저 먼 아프리카 소말리아 사막의 모래 폭풍, 그루지야 코카서스 깊은 계곡의 얼어붙은 동굴, 거친 파도 몰아치는 외딴섬 청산과 까치울에 철저히 자신을 가두었었다.

이제, 보지 않는 소경, 듣지 않는 귀머거리가 되어 절대 반성의 바위 위에 외로이 홀로 서서 참회의 눈물을 흘린다. '절대 고독 속에 나의 목소리는 없었다.'는 진리를 알았기 때문이다.

추악한 욕망에 사로잡혔던 인간 모습으로서 나의 한계는 여기까지다. 더 이상 내 안에 존재하는 독립적이며, 절대적인 인간 개체로서의 나의 소명은 없다.

이것이 마모되고 부수어져 사라져 버린, 현재 나의 실재에 대한 양심의 목소리다.

이로써,

천지를 창조하여 세상을 경영하시고(구약성서, 이사야 45장 18절, 14장 26~27절 참조), 유일 선(善)이신 하느님(신약성서, 누가복음 18장 19절)께 의지할 수밖에 없다.

하느님의 저울에 얹혀졌다.

하느님의 불호령 같은 목소리만이 나를 지배한다.

날마다 죽노라 (2017. 5. 25., 목요일, 14:21)

날마다 죽노라.

죽음은 곧 성스러운 위대함과 거룩함, 그 자체.

날마다 참회하고 죽어 가며, 새롭게 태어나 자신뿐만 아니라, 다른 생명들도 살릴 수만 있다면.

소크라테스가 말하기를,

"만약 죽음이 많은 사람들이 생각하는 것처럼 더 나은 삶으로 옮겨 가는 것이라면, 죽음은 재앙이 아니라 축복인 것이다."

사십육 년 만에 가 본 길.

어린 시절, 가을 낮엔 밤나무, 밤에는 호롱불 들고 참나무 구멍에 숨어 있는 사슴벌레, 겨울에는 곡괭이와 삽을 둘러메고 알칡 찾아 밤낮으로 오르락내리락 헤매던 고향 마을, 까치울 뒷동산에 올랐네.

꿈에서도 그리던 고요한 옛 보금자리를 어둡고, 메마른 광야의 얼굴로 변질시켜 버린 구름다리 두 개를 건넜네.

그 끝자락에서, 지난 2년여간 가없이 서늘하고 하얀 날숨과 들숨만이 엇꼬아진 상태로 잠시 멈추어 서서 어리마리하게 무연히 바라보곤 했던, 가시철망으로 가로막힌 옛길을 더듬어 찾았네.

걸음걸음 옮길 때마다 결이 엇갈린 목소리가 들려온다.

"누가 이처럼 참다운 길을 자기만 알고, 홀로 즐기며 가려고 봉쇄하여 버렸는가?

참, 이기적인 어둠의 자식들.

아니다.

태곳적 태어났던 한 생명이 때를 기다리며, 날마다 죽어 가며 또 다른 새로운 생명의 탄생을 지키고, 다칠까 두려워, 보듬어 살려 가는 신성한 모습을 감추어 오다 마지막으로, 영원히 살아갈 수 있는, 완전무결하게 창조된 무성한 생명들의 장엄한 모습을 누군가가 찾아보아 주길 기다렸구나. 그 긴 세월, 기다림이란 인내의 쓰린 고통, 참 힘겨웠겠구나. 참으로 대견스럽다 못해 존경스럽기까지 하구나."

아하! 그 숲길은 분명 태초에 하느님 보시기에 좋아 보였다.

그러나 이 땅의 온갖 더러운 것들로부터 억압과 탄압의 풍상을 겪어 오다가 더 이상 서로 무자비하게 짓밟고 일어서려는 어리석고, 사악한 땅이란 것들의 생각과 뜻을 같이할 수 없어, 훗날을 기약하며 그 길을 아예 닫아 버렸던 것이다.

계속 걸었다.

그예, 실상과 맞닥뜨렸다.

가는 길목마다 위대한 옛 고목들의 주검이 여기저기 널브러져 있었다.

주위의 나무숲들은 태공(太空)이 보이지 않을 만큼 울울창창했다.

아! 저들이 죽어, 이들을 살렸구나.

천국의 모습이다.

그 숱한 세월, 날마다 죽어 가며 새로운 생명들을 창조해 가며 새 땅을 가꾸었구나.

가던 길을 가다, 또 다른 실상과 마주트리고 놀뛰듯 깨닫는다.

맞다!

그 태공이 바로 새 하늘이었다.

그가 묵언하며 땅의 것들의 탐욕스럽고, 오욕된 삶을 심판하려 사자들을 보냈고, 그 사자인 천사들이 날마다 죽음을 불사한 싸움 끝에 저 많은 생명들을 살려, 결국은 깨끗하게 소성된 이 새로운 땅, 천국을 만들었던 것이다. 그 태공, 새 하늘에서와 같이.

가던 길을 다시 되돌아와, 만국을 소성하여 새로운 천국이란 땅을 만드는 성스러운 임무를 다하고 사라져 간 영혼들을 거두어 햇빛 가득한 양지바른 언덕 위에 묻어 주었다.

그리고 눈감고 독언하며 기도했다.

"이 영혼들을 이 새 땅으로 꼭 다시 보내 주세요.

그 거룩한 하느님의 사명을 다한 그들과 함께 장차 하느님이 다시 오실, 이 새 땅에서 함께 영원히 살아갈 수 있도록 구원의 길을 열어 주옵소서."

처음 가 본 길을 다 갔다.
종착지인 부모님의 피와 땀과 얼이 서려 있는 그 땅, 지나온 길에서 본 그대로의 모습을 한, 또 다른 새 땅이었다.
새 하늘의 모양을 닮은.

하늘나라인 천국이 땅에서도 그대로 이루어짐과 관련하여,
마태(Matthew)가 예수님의 말씀을 전한다.

"그러므로, …… 너희에게 있어야 할 것을 하느님, 너희 아버지께서 아시느니라. 그러므로, 너희는 이렇게 기도하라……: 나라이 임하옵시며, 뜻이 하늘에서 이룬 것 같이 땅에서도 이루어지이다." *(신약성서, 마태복음 6장 8~10절 참조)*

하늘나라인 천국이 땅에서 이루어지는 모습과 관련하여서는,
모세(Moses)가 하느님의 뜻을 전한다.

"하나님이 가라사대, 땅은 풀과 씨 맺는 채소와 각기 종류대로 씨 가진 열매 맺는 과목을 내라 하시매 그대로 되어, 땅이 풀과 씨 맺는 채소와 각기 종류대로 씨 가진 열매 맺는 나무를 내니 하나님 보시기에 좋았더라." *(구약성서, 창세기 1장 11~12절)*

기다리고 있던 사도 바울(Paul)이 내 정수리에 보시시 손을 얹으며,

"내가 먼저 와 있었다네." 하며,

자기를 죽임으로써 사는 길과 살리는 길에 대하여 건네는 외마디.

　　"형제들아, 내가 그리스도 예수 우리 주 안에서 가진 바, 너희에게

　　대한 나의 자랑을 두고 단언하노니, 나는 날마다 죽노라." (신약성서,

　　고린도전서 15장 31절)

천상에서 가슴으로 한껏 노래를 불렀다 (2023. 4. 4., 화요일, 18:53)

하늘로 치솟아 올라 해·달·별을 떠이고 선 천상에서 가슴으로 한껏 노
래를 불렀다.

하여, 에입니다. 많이 에입니다.
허나, 기쁩니다. 많이 기쁩니다.
벅찹니다. 많이 벅찹니다.
가볍습니다. 많이 가볍습니다.
자유롭습니다. 많이 자유롭습니다.
하얀 깃털을 달고 하늘을 날며
지난 삶에 많이 분노하며
반성할 수 있었기 때문입니다.

그동안 하늘의 별이 되어, 하늘의 친구이자 가족인, 해와 달과 다른 뭇 별들과 함께 땅의 못난 것들과 비루한 나 자신을 한없이 탄핵했습니다.

이제, 가슴속에서 튀어나온 심장을 우울한 표정으로 바라보며, 아쉽고 아픈 지난날을 참회합니다.

해서, 여기서 그 분노의 노래, 아리고 슬픈 노래를 마치면서, 마지막 또 다른 희망의 노래를 불러 봅니다.

작두날 위에 선
마지막 묵가

終局 默歌

The Last Elegy, Meditation on The Jakdu

작두날 위에 서서 '나'를 논평하고, 반성하라

성경에 이른, 창세부터 현세까지의 '진리'를 말한다.

작두날 위에 서서 '나'를 논평하고, 반성하면서.

나는 지금, 기요틴에 목을 거는 것이 지나친 잔혹사라 여겨, 날랜 작두날 위에 서기로 했다.

이에, 하느님과 예수님, 부처님, 우주의 보이지 않는 모든 신에게 욕심에서 비롯된 죄를 드러내는 것이라면, 그들의 뜻에 따라 사망의 길을 갈 것을 다짐하면서 삿된 정념을 떨치고 고백한다.

'나'를 덧칠한 졸저 『가슴으로 부르는 노래』를 죄스러워하면서, 인간 역사 이래 자행되었던 수치스런 말장난을 버려 두고, 들은 대로, 본 대로, 만진 대로, 가슴 스친 대로, 눈앞의 날것 그대로 무릎 꿇고 고요하게 반성하면서. 그것이 자연이며, 필연이라 자책하면서.

반성하기를 게을리한 개인이나 국가는 스스로 파멸과 죽음을 자초했다. "반성하는 자가 서 있는 땅은 가장 위대한 랍비가 서 있는 땅보다 중요하다."

역사는 천하에 물처럼 흐르리니, 그대로 흐르게 하라.

물의 거스름은 역성이다. 도는 말씀이며, 물이다.

물의 원천은 티끌과 이슬과 빗물이 함께하는 샘이니, 가슴판에 새겨라. 이는 하늘이 내린 명령이다.

하여, '상선약수'는 인간, 사회, 국가의 지표임과 동시에 하늘의 뜻.

노자가 이르기를,

> "이 세상에 물처럼 부드럽고 유연한 것은 없다.
>
> 아무리 견고하고 단단한 것이라도 물을 이길 수 없다.
>
> 약한 것이 강한 것을 이기고, 부드러운 것이 단단한 것을 이긴다.
>
> 이 세상에서 가장 약한 것이 가장 강한 것을 이긴다. 그러므로 겸손과 침묵이 훨씬 유리하다."

이러한 뜻을 위해, 사람과 사람이 이어지는 삶의 과정에 있어서 서로 격려하고, 칭찬하고, 아파하라. 그리고 반성하고, 참회하라. 사변될 수 없는 '도', 꾸밈없는 자연적 삶과 하나 되는 길이다.

인의(仁義)의 도(道)와 어우러진
철학적 삶을 살아라.
허나, 나는 그리 살지 못했다.
하여, 반성합니다.
나는 아무것도 모른다.

하늘이 너를 시험하고 있나니 (2005. 11. 21., 월요일, 21:35)

역사의 흐름에 분노하거나, 안타까워하거나, 슬퍼하지 마라.

때가 아니면 나서지 말며, 동굴 속에 들어가 내면의 역사를 창출하라.

그리고 끊임없이 고뇌하고, 스스로 시험에 들어, 때를 도모하라.

이것이 지구상 인간 군상들의 모습에 적용되는 인간의 보편적 원리.

하늘이 너를 시험하고 있나니, 묵언하라.

인의(仁義)의 도(道)와 어우러진

철학적 삶을 살아라.

허나, 나는 그리 살지 못했다.

하여, 반성합니다.

나는 아무것도 모른다.

준비된 자의 모습은 (2005. 11. 23., 수요일, 20:50)

준비된 자의 모습은

여유로운 포용 속에서만이 살아남는다.

준비된 자는 붓 가는 길을 조정·통제한다.

붓 가는 대로 생각하고, 움직이지 마라.

붓을 일으켜 세우고 힘있게 길을 따라 몰아가되,

붓 가는 길의 모습은

시작은 고요하고 은밀하게,

끝은 둥글고 깔끔하게 보호하라.

붓 가는 마음은 따스하게,

행동은 태산이 움직이듯 하라.

붓 가는 가슴은 '무위지위, 상선약수'처럼

깊고 넓고 착하게 흐르게 하라.

인의(仁義)의 도(道)와 어우러진

철학적 삶을 살아라.

허나, 나는 그리 살지 못했다.

하여, 반성합니다.

나는 아무것도 모른다.

무릇 지도자는 (2005. 12. 28., 수요일, 23:05)

무릇 지도자는 100년을 못 살지라도, 1,000년은 계획해야 한다.

그 계획의 근본정신은 진정한 인류, 즉 인간 생명 존중 사상이 깃든 측은지심을 바탕으로 해야 한다. 그 계획의 기초가 되는 지식 또한 진정한 인간을 향한 학문, 즉 인간의 생명을 최고의 존엄과 가치로 삼는 진정한 철학에 기반을 둔 것이어야 한다.

더 나아가 지도자의 최고의 덕목은 도(道)와 덕(德).

왜냐하면 도는 세상 모든 일과 사람들을 치리할 수 있는 최고의 경지에 이른 지식과 지혜를 뜻하며, 덕은 세상 모든 일과 사람들을 품어 하나로 만들 수 있는 큰 그릇의 품성을 의미하기 때문이다.

따라서 도와 덕, 이 두 가지 요소는 자유롭고, 평화로운 세상을 만들어 갈 지도자가 반드시 보지해야 할 선결적 요건이다.

요컨대, 맑고 밝은 세상을 지향하는 지도자는 도와 덕을 쌓는 데 그 노력을 게을리하지 말아야 한다. 도와 덕에 이르는 길은 세상의 이치와 진리를 밝히려는 끊임없는 학문 연구, 진정한 삶에 대한 철학적 사유와 현장 경험을 기초로 해야 한다.

그 기초는 도덕적 수양과 반성, 철학적 사색을 통한 탐욕의 경계와 극복을 목표로 하는 현장 경험적 사유를 바탕으로 한다.

즉, 이 길은 지혜와 명철이 깃든 진정한 인간의 지식을 통해야만 다다를 수 있다. 지혜와 명철이 뒷받침되지 않은 오도된 지식은 세상을 카오스 상태에 빠뜨리게 할 위험성을 내포하고 있기 때문이다.

인의(仁義)의 도(道)와 어우러진
철학적 삶을 살아라.

허나, 나는 그리 살지 못했다.

하여, 반성합니다.

나는 아무것도 모른다.

이기는 자는 (2006. 1. 27., 금요일, 22:10)

이기는 자는, 역사와 미래를 말하되, 하나 될 통합의 감정에 호소한다.

그는, 과정에 충실하며, 용서하고, 베풀며 감싸 안는다.

그는, 사람과 세상을 대하되, 배우는 자세로 하늘의 도를 따른다.

그는, 진솔한 마음과 행동으로 사람을 얻는다.

그는, 누비한 구비의 길에서 만나는 난관과 고통에 괘념하지 않는다.

그는, 국민을 머리와 가슴에 떠이고, 천하를 움직인다.

인의(仁義)의 도(道)와 어우러진

철학적 삶을 살아라.

허나, 나는 그리 살지 못했다.

하여, 반성합니다.

나는 아무것도 모른다.

지도자의 다스림은 (2006. 3. 31., 금요일, 23:40)

　인간 개체는 물론, 사회·국가 등 사람을 구성원으로 하는 모든 조직체는 그 내부 질서를 보호하고 있는 살과 뼈대에 생긴, 눈에 보이지 않는 상처와 작은 구멍 등 하찮은 문제점으로부터 시작하여 그 생명을 다하게 된다.

　'나비효과'에 주목하라.
　1930년대, 미국의 대공황이 어디서부터 시작되었는지 상기하라.

　하여, 지도자의 국민 마음에 대한 다스림은 작은 물고기 다루듯, 따스하고, 안쓰러운 가슴을 동시에 품고 조심스럽게 접근해야 한다.

　또한 지도자의 국사에 임하는 태도는 가장 낮은 자세로, 가장 낮은 곳에 위치하여, 가장 힘들고 지저분한 일을 도맡으며 묵묵히 자기 일을 해야 한다.

　더 나아가, 지도자의 국정 수행의 결과에 대한 자세는, 실패에 대한 책임은 모두 제 자신의 탓으로, 성공은 아랫사람들과 국민의 몫으로 돌려야 한다.

　그러므로 노블레스 오블리주(Noblesse Oblige)는 우리 인간 사회의 평화로운 삶을 위한 결집력을 제고시키는 데 있어서 가장 우선시해야 할 덕목이자 요구 사항이다.

인의(仁義)의 도(道)와 어우러진
철학적 삶을 살아라.
허나, 나는 그리 살지 못했다.
하여, 반성합니다.
나는 아무것도 모른다.

추사유시(趨舍有時) (2006. 4. 11., 화요일, 20:50)

사람의 진퇴에는 때가 있나니, 준비하고 검증 후 시기를 판단하라.

숲과 나무를 조성하여 관리하며, 관조할 길을 만들어라.
허나, 상하거나 썩으면, 불살라 그 길을 폐(廢)하라.
사람의 길이 아니면, 아니, 간만 못하나니.

침묵하는 어리석음보다, 행동하는 애국이 더욱 절실함을 던져 줄 때는, 홀연히, 대의·명예 및 신의를 위하여 초개와 같이 철저하게 자신을 버리며, 역사를 두려워할 줄 아는 인간이 되어야 한다.

인의(仁義)의 도(道)와 어우러진
철학적 삶을 살아라.

허나, 나는 그리 살지 못했다.

하여, 반성합니다.

나는 아무것도 모른다.

하늘과 신은 천사 같은 지자를 택한다 (2006. 5. 9., 화요일, 22:30)

"지자불언(知者不言), 언자부지(言者不知)"

장 자크 루소가 이르기를,

> "조금밖에 모르는 사람은 말하기를 좋아한다. 많이 아는 사람은
> 침묵을 지킨다. 그것은 조금밖에 모르는 사람은 자기가 아는 전부가
> 중요하다고 생각해서 모든 사람에게 말하고 싶어 하기 때문이다. 많
> 이 아는 사람은 그가 모르고 있는 것이 얼마나 많은지를 알고 있다.
> 그래서 필요할 때만 말을 하고, 질문을 받지 않으면 침묵한다."

무릇, 지혜 있는 자는 말을 더디 하고, 묵언 속에 먼저 수행하되, 좌고
우면하지 않고, 안일한 불의의 길보다 험난한 정의의 길을 목숨 걸고 간
다. 이처럼 지혜 있는 자는 호시우행, 범처럼 살피며, 소처럼 길을 간다.

파스칼의 말처럼,

"인간은 사탄과 천사의 경계인"이라지만,

하늘과 신은 천사 같은 지자를 택한다.

인의(仁義)의 도(道)와 어우러진

철학적 삶을 살아라.

허나, 나는 그리 살지 못했다.

하여, 반성합니다.

나는 아무것도 모른다.

구(舊)와 신(新) (2006. 7. 30., 일요일, 10:35)

오랜 습관은 무시무시한 부작용을 낳기도 하고, 새로운 미래의 성공적 삶을 위한 교량 및 주춧돌 역할을 하기도 한다. 잘못되고 나약한 반복적 행동은 종국적으로 불행의 씨앗을 잉태하게 하니, 반드시 경계하고 종식시켜야 하는 걸림돌이다.

일찍이, 그리스 대표적 자연 철학자인 아낙사고라스(Anaxagoras)는

"누군가에게 한 번 속았다면 그것은 속인 이의 잘못이다. 그러나 두 번 속았다면 그것은 자신의 탓이다."라고 하였다.

옛사람과 새로운 사람의 만남은 자신이 택한 방향과 정도에 좌우된다. 이것이 역사의 시작이며, 끝이다.

인간이 무정부의 자연 상태에서 힘을 위임받은 리더가 안일과 방탕에 사로잡히면, 이에 따르는 모리배들이 부패한 먹이를 따라 창궐한다. 이는 그 주변으로부터 연쇄하여 결국, 모든 구성원으로 파생되어 조직은

소멸한다. 신구 충돌 없이 구(舊)의 올바른 습관과 새로운(新) 선(善)한 습관과 리더의 조화야말로 모든 조직 운영의 시작이며, 끝이다. 이것이 구와 신의 역사이다.

인의(仁義)의 도(道)와 어우러진
철학적 삶을 살아라.
허나, 나는 그리 살지 못했다.
하여, 반성합니다.
나는 아무것도 모른다.

진정한 리더십을 가진 자는 (2006. 8. 8., 화요일, 19:28)

역사의 과정에서, 비주류라는 콤플렉스에서 발현된 패배의식, 열등의식에 머물러, 본류(本流)에 대한 반동(反動)의 변(辯)과 행동으로 일관한다면, 이는 스스로 죽음의 질곡으로 빨려 들어가는 것이다.

진정한 리더십을 가진 자는, 자기 위치가 어떠했든, 어떠하든, 그 마음의 크기에 모든 것을 담을 수 있는 관용과 포용력, 균형감 있는 큰 그릇의 모습을 만들려는 노력을 게을리하지 말아야 한다.

또한 진정한 리더십을 가진 자는 '혈구(絜矩)의 도(道)'로서 통할한다. 이로써, 모든 사람의 마음이, 자기 한 사람의 마음과 다를 것이 없다는 진리를 가슴에 품고 하나 된 조직을, 하나 된 마음으로 공유해야 한다.

인의(仁義)의 도(道)와 어우러진
철학적 삶을 살아라.
허나, 나는 그리 살지 못했다.
하여, 반성합니다.
나는 아무것도 모른다.

돈은 (2007. 4. 28., 토요일, 23:10)

"돈을 사랑함이 일만 악의 뿌리가 되나니, 이것을 사모하는 자들
이 미혹을 받아 믿음에서 떠나 많은 근심으로써 자기를 찔렀도다." (
구약성서, 디모데전서 6장 10절)

키케로가 이르기를,

"부에 대한 욕망은 결코 채울 수가 없다.
부를 가진 사람은 더욱더 많이 가지고 싶어 안달이 난다."

"톨스토이와 도스토옙스키도,
가족 간 재산 상속과 관련하여 돈 문제로 다투다
생명의 단절을 재촉했다지?"

현대 우리 사회는, '자유주의적 시장 경제주의'라는 미명 아래 "모든 길은 로마로 통한다."라는 말 대신, '모든 세상은 돈이면 다 해결된다.'라는 금전 배상주의에 물들어 있다. 그 결과, 돈은 세상 모든 종류의 불화와 흉악 범죄의 온상이 되어 온 지 이미 오래다.

돈은, 사람의 마음을 열어 방심케 하고, 돈은 세상을 쉽게 보게 하여 사람의 길을 단순화시켜 바보로 만든다.

도스토옙스키는 『죄와 벌』에 나오는 주인공에 대해 이렇게 말한다.

"보잘것없는 형편을 이겨 내고 출세한 사람으로서, 그가 세상에서 제일 좋아하고, 높이 평가한 것은 온갖 수단과 방법을 가리지 않고 피땀 흘려 손에 넣은 돈이었다. 그것이 그를 자기보다 더 높은 곳에 있던 모든 것과 동등하게 만들어 주었으니까."

결과적으로 돈은, 사람들로 하여금 안주라는 틀 안에 스스로를 가두게 하여, 올바른 철학적 삶에 대한 사고의 폭을 황폐화시켜 파멸에 이르게 하고, 덕화(德化)의 길을 차단한다.

이를 해결하기 위한 대책은 다름 아닌, 어려서부터의 '국민에 대한 교육과 계도'라는 도덕적, 문화적, 철학적 삶에 대한 교육 이외엔 다른 방법이 있을 수 없다.

따라서, 가장 먼저 사람으로 하여금 책을 읽고, 세상을 주유한 후, 그 과정에서 체득한 결과를 하루도 빠짐없이 일기 등 체험기를 자신의 진솔한 가슴과 손끝으로 꾹꾹 눌러쓰게 해야 한다. 그 후, 이러한 직간접 체험을 현장의 삶 속에 적용하여 현실적 삶의 고난과 슬픔을 알게 함으로써 반성과 참회의 과정을 거치도록 해야 한다.

그 결과로서, 사람은 자신이 인간의 한 개체로서 '얼마만큼 살 것인가가 아닌, 어떻게 살고, 어떻게 죽을 것인가가 그 무엇보다도 중요하다.'라는 진정한 삶에 대한 철학적 명제를 인식할 수 있는 것이다.

더 나아가, 이러한 이론적, 경험적 결과는 인간으로서 반드시 지켜야 하는, 눈앞에 펼쳐진 조그만 이익 앞에서 주판알을 튕기며 눈을 감는 일이 없도록 해야 한다는 '절대적 정의(絶對的 正義)' 및 서로 나누며 살아가야 한다는 '배분적 정의(配分的 正義)' 등 개인적, 사회적, 국가적, 전 세계 인류의 보편적 정의(普遍的 正義) 또한 구현할 수 있는 것이다.

비록, 이와 같은 과정은 당연하고, 단순하다고 생각할 수 있지만 참 어렵고, 복잡다단한 여정이다.

하지만, 앞서 언급한 정의(正義)의 정의(定意)는 우리 인간의 불행한 역사 과정에서 모두가 염원해 온 영원·불변의 보편적 가치이기에 반드시 극복해야 할 우리의 역사적 소명인 것이다.

요컨대, 무릇 돈을 경계하고, 마음을 다스리는 법을 가르치는 것이 '국가백년지대계'인 교육의 첫걸음이다.

꿈은 기대를 낳고, 기대는 열정과 희망을 낳고, 희망은 노력을 요구한다.

이 모든 노력은 개인과 사회, 국가, 더 나아가 전 세계 인류의 평화 공존의 길이며, 이는 '돈'이라는 단순한 문제뿐만 아니라, 우리 인간 모든 영역에서 존중되어야 할 지고의 가치이다.

인의(仁義)의 도(道)와 어우러진
철학적 삶을 살아라.
허나, 나는 그리 살지 못했다.
하여, 반성합니다.
나는 아무것도 모른다.

인간 삶, 위기관리 대상 (2007. 5. 27., 일요일, 17:25)

인간 삶 자체가 위기관리 대상이다.

일 개인이나 조직의 무너져 내림은 절대 중요한 곳에서 시작되지 않는다. 평소에 철저히 대비하기 때문이다. 붕괴와 파멸은 작고, 사소한 부분에서부터 부지불식간에 서서히 개시되어, 예기치 못한 시간과 장소, 상황에서 일거에 거친 폭풍우처럼 밀려온다.

국가와 조직의 삶과 관련하여, 대의명분은 국가와 국민, 조직과 그 조직원의 보전·유지·발전 등 국리민복에 있다. 죽음 앞에서도 이에 의거하여 말하고, 행동하라.

국민 앞에 벌거숭이가 되어라.

국민은 항시 '나'를 어항 속에 넣어 놓고 바라보고 있다.

모든 세사는 사람이 만들고, 진행한다.

따라서, 인적 구성과 그 상호 관계, 조직의 특성을 고려하여 상황을 추적, 관리하라.

또한 그 수단과 방법은 일원화·경량화·신속화에 집중하라.

이로써 즉각 출동 가능한 통합된 위기관리 체계가 완성된다.

이에 대한 구체적인 주요 행동 절차 지침은 다음과 같다.

관련 법규를 상시 점검하되, 최근 제·개정된 자료를 구축, 숙지하라.

부정부패는 패망의 첫걸음이니, 상시 전방위 상호 감시 체계를 구축하라.

읍참마속하되, 공화를 고려하라.

인간 생명과 직결된 사안부터 최우선 순위로 처리하라.

빈자·약자의 아픔은 즉각 조치하라.

위기 발생 시 모든 책임을 감수하고, 정리 후 홀연히 떠나되, 주변에 책임을 전가하지 마라. 세상의 모든 호재, 악재는 나로부터 발원하는 것. 모든 시작과 과정 및 결과는 내 탓이다.

개인의 삶과 관련하여, 쓸모없는 가치가 내 안으로 들어와 근본 없는 나의 가치가 되게 하지 마라. 자기방어와 변명을 위한 사설(邪說)만 늘어날 뿐이다.

리더의 가장 중요한 덕목은 정직함이다. 이는 단순한 정직함이 아니라, 어떠한 상황에서도 반드시 유지하는 가감 없는 정직성이다.

태산과 같이 움직여라.

많은 말과 행동은 많은 취약점을 만들어 낸다.

먼저 움직이면, 타깃이 되어 먼저 죽을 수 있다.

공(功)과 과(過)는 말로써 판단되는 것이 아니라,

행동과 결과로써 분별된다.

더 많이 살아 보고, 경험한 분들의 말의 핵심을 경청하라.

인생의 결정적 순간에 대한 회한이니, 반면교사로 삼아라.

경박하게 살지 마라.

세상사를 겸허하게 바라보고, 같이 아파하고, 같이 즐거워하며, 같이 진지하게 논의하며 같이 가야 한다.

항시 자신의 부족함을 인정하고, 타인의 말과 행동을 귀히 여기며 말하고, 행동하라. '귀한 말씀과 귀한 것을 주셔서 감사합니다. 귀한 시간을 내어 주셔서 감사합니다. 신경 써 주셔서 감사합니다. 많이 가르쳐 주셔서 감사합니다. 부족한 저를 이끌어 주셔서 감사합니다.'로 답하라.

겸손하게 그리고 항시 실력을 배양하되, 약자와 빈자를 먼저 배려하라.

'천인합일(天人合一), 인내천(人乃天)'의 마음을 다하여.

시간과 상황이 허용되면 가장 먼저, 소위 잘나가지 못하는 주변인들을 찾아 위로하고, 막걸리 한잔이라도 하며 공동선을 제시하라.

'상하동욕자승(上下同欲者勝)'이다.

하루 한 가지 화두를 선정하고, 제시·토의하라.

혁신적 문화란 진실을 얘기하고, 다른 견해를 존중하며 듣는 '건설적 갈등' 문화이다.

무형 자산은 그 조직에 존재하는 그 어떤 유형 자산보다 최우선시해야 하는 가치이다.

이로써, '창조적 잠재력'을 창출해 낼 수 있다.

인의(仁義)의 도(道)와 어우러진

철학적 삶을 살아라.

허나, 나는 그리 살지 못했다.

하여, 반성합니다.

나는 아무것도 모른다.

머릿속 세포에 장막을 쳐라 (2007. 6. 17., 일요일, 23:30)

머릿속 혼돈과 혼란은 세포들끼리 시기, 질투로 엇꼬아지고, 뒤엉킨 싸움에서 시작한다. 따라서 각자의 고유의 특성과 역할대로 단순하고, 깨끗하게 잘 살아가도록 사방에 장막으로 칸막이를 해야 한다.

일이 잘 풀릴 때는 탐욕의 세포를 경계하고, 일이 꼬일 때는

분노의 세포를 통제하라.

조화로운 질서 속에서 평화 공존을 선언할 때,

비로소 그 장막은 자연스레 거두어지나니.

인의(仁義)의 도(道)와 어우러진

철학적 삶을 살아라.

허나, 나는 그리 살지 못했다.

하여, 반성합니다.

나는 아무것도 모른다.

세사(世事) 판단은 (2007. 10. 14., 일요일, 10:45)

세상일에 대한 판단은 인간의 보편적 가치를 대변하는 보통 사람들이 축적해 온 선량한 미풍양속을 기준으로 삼아야 한다.

인간들의 행동 양식은 다양한 환경, 다기한 계층, 서로 다른 사고로 변화하는 현실에 대응하며 발전해 왔다.

따라서 양비론(兩非論)이 아닌 양호론(兩護論)에 입각한 의사 결정 구조를 존중해야 한다. 이는 구성원 모두가 서로의 의견과 입장을 존중한다는 의미를 지닌다. 서로의 아픔과 기쁨을 공유할 수 있는 역지사지의 마음은 상대방을 존중하고, 포용하는 인본주의에서 비롯된다.

현실적으로 자신에 대한 상황 판단은 자기에게 불리한 최악의 상황을 상정하고 접근해야 한다. 그 상황이란, 상대방을 지배하고 있는 사고와 행동이다.

힘이 센 자는 지략이 뛰어난 자를 넘을 수 없고, 머리가 좋은 자는 마음이 깊은 자를 이길 수 없다.

따라서 철저한 계약 관계만을 기초로 사고하고, 행동하는 자는 지도자가 될 수 없다.

우리는 서로가 용서하고, 포용하는 역사 속에서 긍정적인 인간 사회를 변모, 발전시켜 왔기 때문이다.

모든 역사 발전의 뿌리(역사성, 정통성, 정당성), 줄기와 잎(과정과 노력)과 열매(인간 구원)는 모두 자체적으로 고통을 이겨 내려는 길고 긴 소성(蘇醒) 과정을 거친다. 그 과정은 사랑이 알파요, 오메가다.

인의(仁義)의 도(道)와 어우러진
철학적 삶을 살아라.
허나, 나는 그리 살지 못했다.
하여, 반성합니다.
나는 아무것도 모른다.

도견상부(道見桑婦)하지 마라 (2007. 11. 1., 목요일, 00:44)

길을 가다 뽕잎 따는 여인을 바라보지 마라. 그 순간, 자신의 부인에게도 손짓하는 남정네가 있나니. 산돼지 잡으려다 집돼지 잃게 되고, 달리는 노루를 돌아보다, 다 잡았던 토끼마저 놓치게 되나니.

눈앞에 보이는 이익만을 취하려다, 자신의 것마저도 잃는다.

모든 현상 변화는 긍정·부정의 양 측면이 병존하여 진행된다.

하여, 도건상부하지 마라.

근본이 흔들리고 모든 것을 잃는다.

오로지, 고지만 볼 줄 알고, 좌우와 전후, 각 방향으로 흩어져 있는 부하와 조직 관리를 소홀히 하는 지휘관은 결국 그 통합력과 추진력을 잃어 내부 분열로 중도에 자연 소멸 되고 만다.

앞만 보고 가는 자보다 전후좌우를 살피고 아우르면서 가는 자가 속도는 좀 느릴 줄 모르나, 그 기초가 튼튼하니 변화무쌍한 상황 변화에 대한 대응 능력이 탁월하고, 끝까지 완주할 수 있는 모습을 견지할 수 있다.

무릇, 지도자의 대의 명제는 역사를 두려워 알 줄 알고, 국가와 국민의 생존권 보전을 최우선적 가치로 삼고, 그 정통성 확보를 위해 도덕적, 철학적 기초 위에서 사유·선택·행동해야 한다.

인의(仁義)의 도(道)와 어우러진

철학적 삶을 살아라.

허나, 나는 그리 살지 못했다.

하여, 반성합니다.

나는 아무것도 모른다.

억새풀을 뽑을 때 (2008. 1. 7., 월요일, 02:25)

억새풀을 뽑을 때, 느슨하게 잡으면 손을 베이듯, 계(戒)를 익혀 욕망을 다스리지 않으면, 그 죄가 하늘에 기록되어 자신을 해한다.

일어나야 할 때는 힘차게 일떠서라.

지혜롭던 사람이 생사를 가르는 위험한 못에 함께 떨어지고, 엎어져서, 아무 생각 없이 올려다보고만 있는 무리들과 같이 뜻을 잃고, 도(道)에 나아가려 하지 않는 자처럼 행동하지 마라.

뜻이 있되, 실천하지 못하고 머뭇머뭇하는 자는, 훗날, 그것이 습성화되어 자기만의 어설픈 틀 속에 갇히게 된다.

밝은 지혜와 덕행을 이루고, 잠시의 욕됨을 참고, 뜻이 흔들리지 않으면, 모든 환난으로부터 벗어나, 바라는 바대로 그 뜻을 이루리라.

인의(仁義)의 도(道)와 어우러진
철학적 삶을 살아라.
허나, 나는 그리 살지 못했다.
하여, 반성합니다.
나는 아무것도 모른다.

균형감 있는 인격 (2009. 2. 17., 화요일, 23:40)

인간은 본질적으로, 절대적으로 독립적인 고독한 존재이다.

그러므로 대부분의 보편적 인간은 고립된 환경이 장기화된다면 자칫, 편견과 아집, 독선적인 성향을 가진 갈라파고스적 존재에 머무를 수밖에 없다.

톨스토이는『안나 카레니나』에서 말한다.

"고독하게 사고하는 사람들이 다들 그러하듯 남의 생각을 이해하
는 데는 둔하고, 자신의 생각에만 유달리 집착한다."

고립된 환경과 사고에서 비롯된 독립적인 고독한 존재로서 자기만의 특이한 세계와 자아를 형성하여 인류에 기여할 수 있는 그 무엇인가를 창출해 낼 수 있다면 얼마나 좋을까?

그러나, 인간은 사회적 동물이라고 했다.

따라서, 인간은 각 개인이 그 사회의 구성원으로서 각기 서로 다른 환경과 배경, 성격이 상이한 존재들이 모여 공존을 위한 몸부림으로 상호 절제와 타협이란 행위를 통해 통일된 규칙을 창출해 내기 위한 합의 과정 속에서 객관적이고, 합리적인 균형감 있는 인격을 지닌 인간으로서 존재하기 위해 노력하며, 성장한다.

어느 시대를 막론하고, 영속적인 완전무결하고, 절대적인 원리와 규칙, 기준은 없다.

그러므로, '자유롭고, 평화로운 맑은 영혼을 지닌 사회'를 만들기 위해

서는 변화되는 시대 상황에 따른 시대정신에 부합된 그 사회의 공동선을 위해 사심 없이 대화하고, 결심하고, 동행할 수 있는 균형감 있는 인격체로 구성된, 맑은 영혼을 소유한 구성원과 동시에 지도자가 필요한 것이다.

만인을 위한, 만인에 의한, 만인의 평화로운 사회 건설을 위하여
중용의 도, 균형감 있는 인격이 필요한 때가 바로 지금이다.

인의(仁義)의 도(道)와 어우러진
철학적 삶을 살아라.
허나, 나는 그리 살지 못했다.
하여, 반성합니다.
나는 아무것도 모른다.

좌뇌의 시대는 끝났다 (2010. 6. 17., 목요일, 10:20)

논리적, 이성적으로만 접근하는 좌뇌의 시대는 끝났다.

감성적, 직관적인 큰 그림을 그릴 수 있고, 더 큰 집단적 효과를 발할수 있는 우뇌로부터 구축된 사고의 틀을 먼저 마련해야 한다.
그 틀은, 교육과 사회의 시스템과 분위기다.
그곳으로부터 창조적 인간이 만들어진다.

따라서 그 틀의 우선적 조성만이 평화 공존이란 인류 보편의 가치 질서를 창출해 낼 수 있다.

이로써 태동 된 창조적 인간들은 끊임없이 하얀 백지 위에 그림 그리기를 지속해야 한다.

그리하여, 사람 사는 세상이라고 할 수 있는 미래의 희망 섞인 역사적 필연의 청사진을 눈앞에 펼쳐야 한다.

이것은 우리에게 주어진 시대적 소명이자, 의무이다.

인의(仁義)의 도(道)와 어우러진

철학적 삶을 살아라.

허나, 나는 그리 살지 못했다.

하여, 반성합니다.

나는 아무것도 모른다.

선택하고, 선택받는 것 (2010. 9. 19., 일요일, 15:35)

톨스토이는 『인생론』의 '선택의 기로에서 고민하는 당신에게' 에서 이르기를,

"이렇게 해야 하는지 저렇게 해야 하는지 고민일 때는, 오늘 저녁에 당신이 죽을 수도 있고, 아무도 당신이 죽은 사실을 모른다면 어

떻게 하겠는가를 자신에게 물어보라. 죽음은 사람들이 자신의 일을 마무리하도록 박차를 가한다."

역사적 사실과 나의 인생에 있어서 가장 큰 오류는, 설익은 내면적 가치 질서를 객관적 주변 상황을 고려하지 않은 채 성급히 행동으로 옮기려 한 것이었다.

주관적이든 객관적 정황이든, 언제나 선택적이다.

따라서 그 선택적 요소인 시대적 공간, 사람과 시간과 장소를 일순간에 잘못 선택하고, 선택받게 되면, 걸어온 발자취는 그 악영향으로 인하여 모두 깡그리 사라져 무(無)의 상태로 되돌려지게 된다.

그러므로 숲과 나무를 균형감 있게 잘 그린 이상적인 그림이라 할지라도, 이를 세상에 알리는 일은 신중하게 해야 한다.

그 그림을 인정할 시대정신, 구매할 사람의 환경과 능력, 좋은 거래를 위한 인내의 시간과 장소를 잘 선택해야 한다.

하여, 모든 세상일은 자신이 주관적으로 최상의 그림을 그리되, 그것을 받아들일 수 있는 모든 객관적인 선택적 요소가 온전히 무르익을 때까지 기다리는 전략적 인내가 필요한 것이다.

자연적 복종 상태가 도래될 때까지.

요컨대, 선택하고, 선택받는 것.

이것이 인생의 시작과 끝.

인의(仁義)의 도(道)와 어우러진

철학적 삶을 살아라.

허나, 나는 그리 살지 못했다.

하여, 반성합니다.

나는 아무것도 모른다.

겸허한 승자 (2011. 6. 17., 금요일, 23:20)

겸허한 승자.

'미안합니다', 하면서 항상 승리자가 되는 사람이 있다.

'고맙습니다', 하면서 언제나 머리 숙이는 승리자가 있다.

마치 단단한 알짜, 알곡이 꽉 들어찬 이삭이 고개를 더 숙이듯.

이런 승자는 이기고도 적을 사지 않는다. 이런 승리자한테는 지면서도 그 어떤 불만이나 증오의 대상으로 삼을 수 없기 때문이다.

실력과 덕을 동시에 갖춘 겸허한 승리자는 위대하다.

인의(仁義)의 도(道)와 어우러진

철학적 삶을 살아라.

허나, 나는 그리 살지 못했다.

하여, 반성합니다.

나는 아무것도 모른다.

자기 몫 (2011. 7. 3., 일요일, 16:50)

사람은 각기 자기 몫이 있다.

이미 정해진 숙명적 명운?

아니다.

다만, 능력이 부재함에도 자기 능력 이외의 것을 탐하면, 하늘은 끝내 벌을 내린다. 그 자리에서 어떤 방식으로든 끌어내린다.

자기 몫은 처음부터 크지 않다.

시작 단계가 중요하다.

기초부터 천천히 가라, 간단없이.

속도는 저절로 증가한다.

자기 몫도 이 속도에 비례하여 커 간다.

이 단계를 뛰어넘으려는 과욕은 금물이다.

죽음을 부르기 때문이다.

사람은 누구나 나름대로의 삶, 자기 몫에 대한 생각이 있다.

그러나, '얼마만큼 살 것인가'보다 '어떻게 살 것인가'에 방점을 둬야 한다.

그리고 그 사고의 폭이 개인적 범주에 머물 것인가, 사회, 국가, 전 세계의 범위까지 확대할 것인가가 자기 몫의 창조적 힘과 역사를 좌우하는 저울과 이정표가 된다.

인의(仁義)의 도(道)와 어우러진
철학적 삶을 살아라.
허나, 나는 그리 살지 못했다.
하여, 반성합니다.
나는 아무것도 모른다.

시간은 (2011. 9. 2., 금요일, 07:10)

하늘도, 바다도, 바람도, 구름도 모두 멈춰 서 있다.
정지(停止)의 미(美)는 고요함과 거룩함 그 자체이며, 새로운 태동을 의미.
그 속에서 무언가 꿈틀대다 소용돌이치고 있다.
새 생명을 잉태하려고.

시간을 생각한다.
무엇을 하려고 하면, 시간은 저 멀리 가 버리고,
그 무엇도 하지 않으려 하면 시간은 정지한다.

'억지가 반 벌충이다.'
간절하면 통한다.
마이너스 감도의 시간들,

즉, 자기가 부족하다고 느끼는 시간이 길어질수록 향후 이어질 일에 대한 성취도와 완성도는 높아진다.

자신의 결핍을 보완하고, 보충하기 위해 그 시간 이상만큼 인내하며, 창조적이며, 집중적으로 노력할 수 있기 때문이다.

광야에서의 삶은 어둡다.

그러나, 엑소더스를 위한 창조적 파괴의 힘이 끝없이 샘솟는다.

그러므로 시간은 답답하고 애절한 것이나, 부여잡고 그 무언가 추구하면서 같이 가야 할 대상인 것이다.

가없이 이어지는 저 산새들의 합창 소리를 들어보라.

현재를 똑바로 직시하고 내일을 설계하라.

창조적이고, 아름다운 작품을 창출해 낼 수 있을 것이다.

따라서, 세월의 아픔을 치유하기 위한 고요한 자기 혁명이 요구되는 시점이 바로 지금이다.

자기반성에서 비롯되는 자기 개조의 과정은 쉼 없이 집중적으로 지속되어야 한다.

결국, 이 길만이 어차피 후회할 수밖에 없는 삶을 최소화시킬 수 있는 첩경이다.

지금이 바로,

어둔 밤을 인내하고 버티다가 아침을 깨웠던 고달픔을 잊은 채, 다시 희망의 어둔 밤을 기다리며 새로운 설렘을 맛보기 위한 시간이다.

칼날은 제 몸과 마음속에서 녹이 슬고, 무디어지니,
끝없이 수신(修身)하고, 수심(修心)하라!

인의(仁義)의 도(道)와 어우러진
철학적 삶을 살아라.
허나, 나는 그리 살지 못했다.
하여, 반성합니다.
나는 아무것도 모른다.

사고의 방향 (2011. 10. 20., 목요일, 19:42)

인간은 미물과 달리, 누구나 기본적 본능으로서의 욕망과 동시에 이 본능을 제어하면서 타인들과 함께 공존하기 위한 합리적 이성을 가지고 있다.

물론, 인간이 '사회적 동물'이라는 관점에서 바라본다 하더라도 인간이 지닌 이 두 가지의 본질적 특성은 반드시 동일시될 수 없으며 시대, 국가, 집단, 지역, 개인별로 차이가 있다.

또한 서로에게 악영향을 끼치지 않으면서 평화롭게 같이 살아가기 위한 공동선을 구축하고, 그 목적을 달성하기 위해 그 욕망과 이성을 통제하기 위한 도덕과 관습, 제도적 장치 또한 같다.

그러나 역사적 관점에서 볼 때, 이와 같은 인간의 다양성에 기초한 개인의 욕망과 이성의 특성에서 비롯된 사고의 방향은 자기 본인뿐만 아니라 그 시대, 국가, 집단, 지역, 타인과 자신의 흥망성쇠에도 영향을 미친다.

　다만, 그 영향이 절대적, 상대적인 경중이 있을 뿐이다.

　극단적인 예이지만 결국, 이 시대는 한 사람의 사고의 방향이 인간 모두를 말살시킬 수 있는 지경에 이르렀다.

　핵무기 버튼 한 번만 누르면 되는.

　여기서는 그 범위를 좁힌 최협의의 의미에서, 한 사람의 성장 환경과 배경이 어떠한 사고의 방향에 따른 결과를 가져올 수 있느냐에 중점을 두고 살핀다.

　사람은 태생적으로든 후천적으로든 고통과 설움, 아픔 속에서 자라고, 성장할 수 있다. 그러나 그러한 환경 속에서 성장한 사람은 평생 살아가면서 두 가지 커다란 삶의 극단적 사고의 방향을 선택하고, 추구하게 될 수 있다는 사실이다.

　하나는 과거의 아픔을 기억하면서 타인과 주변 사람들을 더욱 소중하게 생각하면서, 기꺼이 자기와 같은 아픔을 겪지 않도록 모든 것을 희생하면서 조화롭게 살아가는 이타적(利他的) 유형이고,

　다른 하나는 그 아픔을 치유하고, 자기 보상 차원에서 수단과 방법을 가리지 않고 세상 모든 것을 장악하고, 소유하여 이런 사람도 이렇게 될 수 있다는 사실을 확인시키기 위한 냉소 어린 탐욕을 끝없이 추구하며, 타인과 주변인들로부터 희생만을 요구하는 독선과 아집으로 점철된 현실적 이익을 고려한 삶만을 추구하는 이기적(利己的) 유형이다.

톨스토이가 말하기를,

"이기적인 사람은 한계가 있다. 이기적인 것과 한계가 있는 것은 서로 상관관계가 있다. 한계가 있기 때문에 이기적인 것이고, 이기적이기 때문에 한계가 있는 것이다."

조화롭고, 평화롭게 더불어 살아가려고 하는 정상적, 보편적 인간 사회는 두 번째 유형의 사람에게 바란다.

인간 사회의 공동 목표인 평화를 파괴하고, 나아가 자기 자신도 불행한 인생으로 몰아넣는 그 사고 방향을 반성하고 전환하여, 사회적 인간으로서 합리적 사고와 이성을 갖기를.

참회와 진정한 반성은 새로운 삶을 추구할 수 있는 첫걸음이자 원동력이다.

소위 올바른 도덕적, 철학적 이성을 가진 삶에 대한 인간 사회의 보편적 원리는 결국 조화롭고, 평화롭게 더불어 살 수 있는 개체로서의 한 인간을 새롭게 창조한다.

요컨대, 개인의 삶이든 국가의 삶이든, 각각의 역사 발전 과정 속에서 평화 공존을 위한 사고의 방향과 행동이란 철학적 가치를 공유하면서 서로 인내하고, 위로하며, 존중하고, 동참하는 새로운 삶의 길은, 결국 개인과 세계 평화를 이룰 수 있는 동인(動因)이자 결과이다.

인의(仁義)의 도(道)와 어우러진

철학적 삶을 살아라.

허나, 나는 그리 살지 못했다.

하여, 반성합니다.

나는 아무것도 모른다.

눈은 가슴, 도덕성이다 (2011. 10. 27., 목요일, 16:45)

눈은 곧 가슴이다.

고로, 리더의 생명은 고정된 눈동자와 그윽한 눈빛이다.

그 눈이 국가와 국민에 대한 깊은 사랑을 가슴으로 말하기 때문이다.

눈은 공염불하지 않는다.

인간관계는 많은 말을 필요로 하지 않는다.

인간은 입으로 말하지 않고, 눈으로 의사를 전하는 것이 인간 그 자체의 철학적 이성이란 본질적 의미를 가장 강렬하게, 최고의 속도로, 최상의 모습으로 가슴 깊은 곳까지 그대로 전달할 수 있기 때문이다.

따라서 최고의 눈은 그 눈동자와 눈빛에서 발하는 진솔한 묵언이다.

더 나아가, 최고의 눈빛은 최고의 도덕성에서 발한다.

그러므로, 리더의 제일 덕목은 도덕성이다.

자발적 복종은 덕화(德化)된 도덕성에서 출발한다.

도덕성은 양심에 기반하며, 그 양심은 모든 인간과 세상사를 담을 수 있는 큰 그릇의 따스한 포용력을 의미하기 때문이다.

또한 도덕성은 법치의 선결 요건이다.

따라서 세상의 모든 사람과 일에 대한 지휘, 지도의 기초는 합리성이 아니라, 도덕성을 바탕으로 한 자유 민주적 기본 질서 내의 법치주의에 대한 강력한 신뢰라는 저울에 얹혀진다.

곧 도덕성은 국가와 국민의 사랑을 득할 수 있는 제일의 조건이다.

요컨대, 개인의 성장 환경, 과거와 현재 그리고 미래에 대한 지표와 사고 방향에서 도출되는 선의의 인생관 및 세계관은 그 도덕성에서 출발하는 바, 우리가 국가와 국민의 생명과 역사를 담보하기 위해 선택해야 할 리더의 제일의 가치는 도덕성이다.

인의(仁義)의 도(道)와 어우러진
철학적 삶을 살아라.
허나, 나는 그리 살지 못했다.
하여, 반성합니다.
나는 아무것도 모른다.

올바른 정체성 확립 (2012. 2. 17., 금요일, 20:39)

우리 국민 모두는 아무리 세찬 폭풍우가 몰아닥치더라도 자신이 걸어

온 역사, 현재, 미래지향적 관점에서 바라본 올바른 정체성 확립을 위한 노력을 게을리하지 말아야 한다. 한 나라의 운명은 국민 각 개개인과 지도자의 정체성에 의해 좌우될 수 있기 때문이다. 즉, 국가와 민족의 역사성을 고려한 당면한 국리민복을 위한 결단 및 행동 시, 올바른 정체성을 기초로 균형감각을 유지할 수 있을 뿐만 아니라 직면한 복잡 미묘한 대한민국호의 방향타를 올바른 방향으로 유지해야 할 역사적 의무를 보지할 수 있기 때문이다.

이를 행동화하지 못하는 민족은 반드시 자멸한다.

따라서 국가가 누란의 위기에 처했음에도 불구하고, 혼란의 소용돌이를 불러일으키게 하는 언행은 철저히 배제시켜야 하며, 국민의 마음을 강탈하여 사익을 추구하려는 기회주의자들인 '국민 권력 사냥꾼'들 또한 발호하지 못하도록 적시적인 강력한 조치를 취해야 한다. 결정적 시기와 상황에서 미온적, 온정적인 나약한 사고와 행동은 우리 스스로를 역사의 죄인으로 만들 수 있기 때문이다.

더 나아가, 지도자는 헌법을 준수하고, 국가와 국민의 생명을 위한 역사적 소명을 다하기 위해 초개와 같이 목숨을 버릴 각오로 임해야 한다. 국민들에게 희생적 사고와 행동이 요구될 때에는, 그 역사적 배경과 이유를 소상히 설명하면서 용기 있게 앞장서 행동하여야 한다.

국민들 또한 이에 답하여야 한다.

이 길이 국가와 국민을 위한 '상하동욕자승(上下同欲者勝)'.

이것은 올바른 정체성 확립에서 출발한다.

인의(仁義)의 도(道)와 어우러진

철학적 삶을 살아라.

허나, 나는 그리 살지 못했다.

하여, 반성합니다.

나는 아무것도 모른다.

조직과 조직원 (2012. 3. 14., 수요일, 11:20)

진정한 고회(苦懷)와 고진분투(苦盡奮鬪)의 과정을 거쳐 보지 않은 설익은 인간들이 숨 가쁘게 펼치고 있는 일련의 정치 과정을 보면서, 과연 국민의 권리와 의무는 어디에 있는가를 되묻게 된다.

무릇 인간은 조직과 함께 조직 안에서, 일개 조직원으로 존재하며 살아간다. 따라서 그 조직의 원칙과 규범을 창출해 내는 지도자의 품성과 능력은 아무리 강조해도 지나침이 없다. 국가적 차원에서 볼 때, 조직원으로서의 일개인, 즉 국민의 권리와 의무를 담보하는 한계가 그들의 손과 머리와 가슴에 달려 있기 때문이다.

지도자 또한 조직원으로서의 일개인이라는 측면에서 바라보면, 개인의 역사성 및 인생관과 세계관은 사람과 조직의 생명을 좌우하는 그 무엇과도 비교될 수 없는 제일 우선시 되어야 할 가치이다.

또한 지도자에게는 그 책임의 막중함을 고려해 책임 정치 및 책임 정책에 대한 확고부동한 의지와 실천이 요구된다.

더 나아가, 일조직원으로서의 국민들은 철저한 감시와 통제를 통해 지도자들이 올바른 방향으로 통할하도록 그 권리와 의무를 다해야 한다. 상호 견제와 균형, 공화와 협조가 올바로 행하여질 때, 개인과 조직 스스로의 삶과 국가와 국민의 생명이 담보될 수 있기 때문이다.

인의(仁義)의 도(道)와 어우러진
철학적 삶을 살아라.
허나, 나는 그리 살지 못했다.
하여, 반성합니다.
나는 아무것도 모른다.

지도자의 철학적 사유와 사상은 (2012. 4. 11., 수요일, 13:05)

한 국가 지도자의 철학적 사유와 사상은 국가와 국민의 생명과 직결된다.

톨스토이가 이른다.

"인간 개개인의 삶이나 인간 사회의 삶 속에서 일어나는 모든 일들은 사상 속에 그 시작이 있다. 그러므로, 다른 사람들과 다른 사회를 완전히 이해하기 위해서는 전에 일어났던 일들 이면에 있는 그 일을 생기게 한 사상을 보아야 한다."

따라서 사기업 등에서 오로지 경제적 이익만을 추구하며 평생을 살아 온 자를 국가 지도자로 선택할 것인가가 문제 될 경우에는 그 사고와 사상의 태양과 방향을 면밀히 살펴보아야 한다.

이러한 사고와 사상은 한 인간으로 태어나 '얼마만큼 살 것인가가 아닌, 어떻게 살고, 어떻게 죽을 것인가'하는 철학적 사유와 직결된다.

특히, 국가 운영에 있어서 도덕성과 관련된 철학적 사유가 부재한 채 오로지 경제적 효율성만을 우선시하여 돈만 잘 벌어 국민들로 하여금 배불리만 먹이면 되고, 그 수단과 방법은 여하한 명목으로라도 정당화 된다는 사고는 매우 위험한 행동과 정책의 출발점이다.

더 나아가, 이러한 사고와 사상의 태양과 방향은 국민을 개돼지 취급하는 우민화 사고로서 국가와 국민을 위기와 도탄에 빠뜨릴 수 있으며, 결국, 국가 운영 과정에서 실질적 탄핵의 대상이 될 우려가 상존한다.

이러한 논점은 각 가정에도 적용된다. 고로 국민 각 개개인은 위와 같은 고금동서의 진리를 깨달아 가정 운영의 기본 방향으로 삼아야 한다.
따라서 국민 각자는 '어떻게'라는 인간으로서의 삶에 대한 질적으로 고양된 철학적 사유를 기초로 한 가장으로서의 올바른 역할과 존경받는 국가 지도자로서의 기능을 동일시하는 혜안을 견지해야 한다.

이것이 자주·자유·민주 국민으로서의 역할과 소명을 다하는 것이다.

요컨대, 우리는 국가와 국민의 생명을 담보할 수 있는 진정한 철학적 사유와 사상의 근본적 지도 원리가 무엇인가에 대해 고뇌하고, 가슴에 새기면서, 창조적인 새 역사 창조에 몸과 마음을 담아야 한다.

이 길이 자유롭고 평화로운 현재, 미래를 위한 우리 각자의 삶과 국가, 더 나아가 전 세계 자유 시민으로서의 역할을 다하는 것이 아닐까?

인의(仁義)의 도(道)와 어우러진
철학적 삶을 살아라.
허나, 나는 그리 살지 못했다.
하여, 반성합니다.
나는 아무것도 모른다.

순간의 (2013. 6. 27., 목요일, 19:40)

순간의 잘못된 선택이 생을 앗아갈진대,
순간의 선의로, 사람을 선택하지 마라.
순간의 역경을 회피하려, 장래를 선택하지 마라.
순간의 경제적 난관을 피하려, 안일함을 선택하지 마라.

순간의 돈과 권력에 눈이 어두워, 권력자를 선택하지 마라.

순간의 승리에 도취되어, 만용을 선택하지 마라.

순간의 실패에 좌절하여, 질곡을 선택하지 마라.

순간의 선택으로, 생의 방향이 고정된다.

순간의 선택으로, 사람을 살리고, 죽인다.

순간의 선택으로, 국가의 운명이 좌우된다.

사람이 세상의 근본일진대, 사람 안에 들어간 본 후 선택하라.

인의(仁義)의 도(道)와 어우러진

철학적 삶을 살아라.

허나, 나는 그리 살지 못했다.

하여, 반성합니다.

나는 아무것도 모른다.

견제(牽制, Checks)와 균형(均衡, Balances) (2017. 9. 16., 토요일, 03:38)

견제와 균형을 생각한다.

인간의 역사 속에서.

먼저, 견제와 균형은 어렵고, 복잡한 문제이며,

우리 인간 스스로가 만들어 낸 부끄러운 자화상이다.

따라서, 영어 표현에서도 항상 복수형으로 쓴다.

역사적으로 볼 때, 문명사회 이전, 자연 그대로의 상태인 원시 공동체에서는 서로 동등한 입장과 지위에서 같이 생산하고, 동일한 몫으로 나누어 먹으며 자유롭고, 평화롭게 살았다. 경쟁과 불만, 갈등과 충돌 없이. 견제와 균형이란 말이 필요 없이.

그러나 인간은 사회적 동물이라 인구가 불어나고, 조직이란 것이 생겨나고, 사회와 국가가 탄생하면서 각 개인과 사회와 국가는 상호 간 '도전과 응전'이라는 새로운 질서 속에서 살아갈 수밖에 없었다.

이러한 역사적 구조 속에서 추하게 일그러져 가는 인간 자신의 모습을 일소하고, 위험하고 복잡한 질서의 문제점을 해소하여 서로 자유롭고, 평화롭게 살기 위하여 규칙과 규율 등 법질서를 만들게 되었고, 자기가 속한 조직을 통제하고, 이끌어 갈 지도자를 요구하기에 이른 것이다. 각 시대적 역사에 걸맞는 시대정신에 따른 해당 국가와 사회의 현상과 제도에 따라.

현대에 이르러, 개인의 삶도, 국가의 삶도 견제와 균형을 떠나서는 살수가 없다. 더욱이 개인과 사회와 국가가 발전하고 분화되며, 인간들의 지능이 고도화된 구조와 과정에서의 자유와 평화로운 삶을 위해서는 더욱 발전된 견제와 균형의 모습이 요구된다.

따라서 민주 정체가 살아 숨쉬기 시작한 시대부터 현대에 이르기까지 많은 인간 갈등은 점차 심화되어 갔고, 이에 비례하여 견제와 균형을 위한 노력 또한 정밀화, 대규모화 되어 왔다.

요컨대, 오늘을 살고 있는 우리로서는, 개인 간의 자유와 평화를 위해서는 '준법정신과 시대적 자율 정신에 입각한 법적, 제도적 안정성'이 요구되고, 사회와 국가 내 조직 간의 자유와 평화를 위해서는 철저한 '3권분립' 정신 구현이 필요하며, 국가 간의 불화와 전쟁 방지를 통한 평화 구축을 위해서는 통일된 '자유와 평화를 위한 국제법' 제정 및 강제 이행을 위한 제도가 급선무다.

자유와 평화에는 반드시 의무가 필요적, 희생적으로 수반되어야 하며, 우리 모두가 어둔 밤의 잠에서 일어나, '깨어 있는 삶'으로 카오스(chaos, 혼돈)를 바로잡으며 살아가야 할 이유가 여기에 있다.

화(和)냐 쟁(爭)이냐?
견제와 균형이 깨지면 전쟁이다.
여하간, 견제와 균형의 최종 목적지는 자유와 평화다.

인의(仁義)의 도(道)와 어우러진
철학적 삶을 살아라.
허나, 나는 그리 살지 못했다.
하여, 반성합니다.
나는 아무것도 모른다.

리더의 선결 요건 (2017. 9. 16., 토요일, 04:59)

보스(boss)만 있고, 리더(leader)가 부재한 오늘의 현실을 개탄한다.

오래전, 일본 국회에서는 재계의 우두머리들이 보스냐, 리더냐 하는 지도자 논쟁으로 시끄러운 때가 있었다.

지도자에는 보스와 리더가 있다.

보스는 힘이 세고, 아랫사람의 복속력이 강하지만, 눈앞의 이해관계에만 민감하고, 지성이 결여된 불법 집단의 두목 같은 지도자인데 반하여, 리더는 현실적인 이해관계를 떠나, 앞을 내다보고 현실을 타개해 나가는 지도자다.

따라서 고금동서의 어느 나라, 어떤 조직을 무론하고, 요구되었고, 요구받고 있는 바람직한 지도자상은 리더라 할 수 있겠다.

이러한 의미에서, 리더에게 요구되는 선결 요건을 살펴보면,

먼저, 리더는 역사와 철학에 기초한 투철한 합리적 이성을 가져야 한다. 진정, 어떤 조직이나, 나라를 생각하는 지도자는 오늘만이 아니라, 미래의 세대를 생각하고 계획한다. 그렇지 못한 지도자는 눈앞에 펼쳐져 있는 조금만 이익 앞에 처절하게 패배한다. 그리하여, 그는 인기만을 얻으려고 포퓰리즘적 쇼를 행한다.

물론, 조직을 이끄는 지도자에게 인기는 생명과도 같다. 그러나 인기가 있다고 해서 반드시 옳은 것은 아니며, 옳은 것이 꼭 인기가 있는 것도 아니다. 참다운 지도자는 때로는 자기 신념에 따라, 자기가 잘못되어

있다고 여겨지는 여론에도 과감히 맞서는 용기를 가지고 있어야 한다.

또한 모름지기, 지도자는 올바른 비전을 가지고 있어야 한다. 이는, 우리가 지금 어디에 서 있으며, 앞으로 어떠한 목적을 가지고, 어떻게 어떠한 방향으로 나아가야 하는가를 올바르게 인식할 수 있어야 한다는 것이다.

또 다른, 우리가 기대하는 지도자는 나만이 모든 것을 제일 잘 알고 있다고 자신하는 교만한 사람이 아니다. 그것은, 앞을 못 보는 사람이 역시 앞 못 보는 사람들을 이끌어 간다면서, 모두 길을 잃게 만드는 것과 같기 때문이다. 마치, 성경에서 '만일 소경이 소경을 인도하면 둘이 다 구덩이에 빠진다. (신약성서, 마태복음 15장 14절)'는 말처럼.

더 나아가, 참지도자는 모든 조직 구성원의 신뢰를 받을 수 있어야 한다. 이를 위해서는 무엇보다도, 자기 언행에 책임을 지고, 어제 말과 오늘 말이 달라서는 안 된다. 그것은 고지식하게 한 번 내세운 주장을 전혀 굽히지 않는 완고함을 뜻하는 게 아니다. 적어도 자기 신념이나 생각을 바꿀 때에는, 여기에 대한 충분한 설명이 따라야 한다는 말이다. 또한 '모든 책임은 내가 진다(The buck stops here).'라는 신념하에 부하의 바람막이 되어 줄 수 있고, 결정적인 순간에 부하와 조직을 위해 자기 자신을 철저하게 버릴 줄 아는 지도자여야 한다는 것이다.

마지막으로, 진정한 지도자는 모든 성원에게 희망을 줄 수 있어야 한다.

조직원이 지도자를 따르는 것은, 그 희망의 촛불이 꺼지지 않도록 해주기를 바라기 때문이다. 우리가 어려운 고비에 처해 있을 때일수록 우리는 우리에게 힘을 주는 지도자를 바라고 있다.

　그러나, 앞에서 살펴본 지도자의 제 조건들은 반드시 올바른 도덕성과 역사성에 그 기초를 두어야 한다. 만약, 이러한 전제 조건이 결여된다면, 그 지도자는 리더가 아니라, 눈앞의 조그마한 이익 앞에 허덕이는 보스에 불과한 것이다.

　한 국가의 역사가 있듯이, 각 개인의 역사도 있는 법.
　우리 모두 자기 자신의 정통성이 정립된, 올바른 역사를 창조하는 리더가 되자.
　자유롭고 평화로운 국민의 삶의 그림을 그릴 수 있는, 그런 리더.

　이러한 사고와 신념이 막힘없이 흐르는 환경에서
　개인과 사회와 국가가 바로 설 수 있다.

　인의(仁義)의 도(道)와 어우러진
　철학적 삶을 살아라.
　허나, 나는 그리 살지 못했다.
　하여, 반성합니다.
　나는 아무것도 모른다.

하여, 참회한다

하늘이 내린 형벌 (2009. 7. 5., 일요일, 23:55)

지리하게 이어져 온, 장마 끝의 칠흑 같은 밤하늘이

청산에 입도한 지 사 년하고도 오 일이 지난 오늘,

마침내 1심 재판 결과를 발표하고 있다.

"피고는 지난 50년간, 긴 세월을 어름적어름적하며 살아온 바,

그 죄명은 다음과 같다.

평생, 국가와 국민을 위한 역사적 소명을 다하겠다고 다짐에 다짐을
거듭하면서도 이와 관련된 중·장기 계획뿐만 아니라 눈앞의 구체적 당면
과제조차 과단성 있고 현실감 있게 실천에 옮기지 못한 죄.

결혼 후 24년간 부모·형제에 의탁해 도움만 청하면서도 사람으로서 제
대로 된 도리조차 돌아보지 못한 불효의 죄 및 인륜을 거스른 죄.

1999년 이래 6년여에 걸친 분노와 절망의 시간을 보낸 후 2년간 인간
의 역사서와 철학서인 법서를 통달하여 다시 세상에 나아가 새롭고 자
유로운 역사적 삶을 살아 보겠다고 청산에 들어섰으면서도 고시 놀음하
며 오금을 펴 자연과의 대화만을 즐겼던 죄.

그러면서도, 그 늦은 나이에 하늘과 역사는 나를 버리지 않는다며, 언
젠가는 잘되겠지 하는 방심과 교만에 사로잡혔던 죄.

위와 같은 모든 죄를 참회할 수 있는 기회를 하늘이 부여했음에도 아랑곳하지 않고 방기한 죄.

상기와 같은 자신의 죄를 분명히 알고 있을 터,

이에 따른 형벌은 다음과 같다.

"돌부처로서 무기의 금고형에 처한다.

다만, 만약 폭풍우 몰아치는 이 청산에서 요령꾼 아닌 진정한 돌부처가 되어 불경 읽듯이 법서를 읽는다면 다시 살아 생부처가 될 수 있는 기회가 주어질 것이다.

먼저, 무시로 배고플 때 밥 먹고, 쉬고 싶을 때 쉬고, 잠 올 때 잠자지 마라.

다음으로, 초시계와 달력을 준비하여 매일 순수하게 몰입하여 책 읽은 시간만을 합산하여 초 단위까지 표기하라.

열 시간 이상이면, 별표.

다섯 시간 이상은, 동그라미.

세 시간 이상은, 세모.

그 이하는 가위표를 하되, 열 시간 이상인 날을 통산 2년으로 한다.

그 이후의 결과에 따라 2심 재판의 속개 여부를 판단한다."

이제 더 이상, 나에게 주어질 자유의 시간과 공간이 없단 말인가?

원하는 시간과 장소에서 주야불식하며 청산의 사위로부터 들을 수 있었던 하늘의 해·달·별과 바다 이야기, 그 대자연의 심포니와 더는 동행할 수 없단 말인가?

더 큰 자유를 주려는 하늘이 내린 엄중한 경고인가?

자위해 본다.

막배 떠나는 뒷모습이 왜 그리도 스산해 보이던지.

벌써부터 마음에 난기(亂氣)가 얼핏얼핏 엄습해 온다.

그때, 하늘의 추가적 명령이 아연히 뒤통수를 치며 하는 말,

"아직도 모르는 척하려는가? 너의 죄를.

벌써 잊은 척하려는가? 죄에 대한 벌을.

청산의 평화로운 하늘과 바다를 오용한 평화 모독죄.

청산에서의 자유를 남용하여 오독한 자유 모독죄.

자유와 평화를 그렇게 주장해 왔으면서도 그 소중함을 망각한 죄.

땅에서의 분노와 억울함을 바다 건너 청산에서 불살라 버리고

새롭게 태어나라고 하늘이 준 두 번째 기회를 유기한 죄.

다시 강조하여 말하지만, 하늘이 내린 죄에 대한 형벌은 상당하며 정당하다.

다시 바다 건너 땅으로 쫓아내지 않고 형장을 이곳 청산으로 제한한 것을 천운으로 알라."

회한의 눈물과 함께 형의 집행 장소인 청산의 어둠 속으로 걸어 들어가며 답한다.

"성실하게 수형 생활에 임하도록 하겠습니다. 다만, 참참이 자연과의 대화는 자유롭게 할 수 있도록 배려해 주소서."

인의(仁義)의 도(道)와 어우러진

철학적 삶을 살아라.

허나, 나는 그리 살지 못했다.

하여, 참회합니다.

나는 아무것도 모른다.

선한 업(業)은 '우리의 사명' (2012. 4. 1., 일요일, 15:30)

업(業, Karma)은 개인·조직·국가 등 사람이 존재하는 세상, 그 어디에나 살아 움직이는 현재 진행형이다.

머리와 가슴으로 짓는 업은 몸으로 짓는 업보다 더욱 큰 모습으로 다가온다.

이는, 고통과 아픔을 타(他)의 머리와 가슴에 영원히 남도록 하지 말라는 경고의 메시지다.

그러므로 우리는 현실 세계를 살아감에 있어서, 역지사지의 입장에서 타인에게 좀 더 선과 미와 사랑을 베풀 줄 아는 넓은 도량을 견지하는 큰 그릇으로 거듭나야 한다.

거듭남은 새로운 창조이다.

톨스토이가 『부활』에서 이른다.

  "인간의 근본적인 본질인

  서로에 대한 사랑과 연민을 잃은 인간들을 보는 것은 끔찍해."

하늘은 본래 인간을 선한 인간으로 창조하였다.

그러나 우리 인간은 악(惡)이 악을 낳는 불행한 역사의 죄를 끊임없이 반복하여 왔다.

톨스토이가 계속 잇는다.

"모든 악이 승리를 거머쥐고 군림하고 있다.

악을 이기기는커녕

이길 방법을 깨달을 가능성조차 보이지 않았다."

이제, 그 악의 고리를 단절해야 한다.

이것이 악의 역사 과정에서 우리 인간에게 덧씌워진 '본래 인간은 악한 존재'란 누명을 벗기 위해 현재 우리가 할 수 있는 새로운 창조이며, 인간 서로가 평화롭게 살 수 있는 유일한 길이다.

아(我)와 타(他)가 하나 되는 평화 공존의 세상은 우리 인간이 추구하는 지고(至高)의 가치이다.

요컨대, 태초(太初), 우리 인간 본래의 모습인

선한 인간으로 재창조하는 노력을 게을리하지 말아야 한다.

아(我)와 타(他)와 조직과 국가가 '선한 업(業)'으로 이어지는 평화의 인간 역사를 만들어 가는 것이 지금, 이 시대가 우리 인간에게 부여한 '우리의 사명'이다.

인의(仁義)의 도(道)와 어우러진

철학적 삶을 살아라.

허나, 나는 그리 살지 못했다.

하여, 참회합니다.

나는 아무것도 모른다.

이렇게 동트기 전, 전투는 끝을 맺었다 (2015. 3. 3., 화요일, 06:30)

봄비 내리는 청산 전장에서 소리 없는 전투가 재개되었다.

머리와 눈과 손끝에서 묻어나는 긴 호흡에서 비롯된 '나에 대한 투쟁'

이다.

먼저 불효의 삶에 대하여, 어머니, 아버님께 사죄드린 후 깊은 숨을 내

쉰다.

전투복과 전투화를 경건하게 조여 붙인 후, 머리와 눈과 손끝을 가슴

에 못 박았다.

생의 긴 여정을 참회한다.

어찌, 그리도 경솔하였는가.

왜, 망령되이 비스러지게 방일하고 황음무도한 삶을 즐기며,

안일한 대로만을 고집했는가.

왜 그리도 많은 변을 늘어놓다가, 겸허하고 낮은 자세는 어디로 귀양

보냈는가.

어렵고, 처절한 낙오자들과 함께하지 못하고, 보듬지 못한 죄 어찌하겠는가.

하늘을 찌르는 미움과 증오와 분노만을 일삼고 자신을 돌아보지 못한 죄, 어찌 용서받을 수 있겠는가.

그래서 그대는 외딴섬 청산의 가시울타리 속으로 유배되지 않았는가.

이제 묵언하라.

희생하라.

아픔으로 행하라.

그리고 그 죗값을 달게 받아라.

그리하여, 자유와 평화를 얻게 하라.

이렇게 동트기 전, 전투는 끝을 맺었다.

인의(仁義)의 도(道)와 어우러진

철학적 삶을 살아라.

허나, 나는 그리 살지 못했다.

하여, 참회합니다.

나는 아무것도 모른다.

기부 (2015. 5. 21., 목요일, 09:48)

머리와 가슴,

오롯이 자연 상태로.

청산 하늘과 바다와 같이

무념의 무위지위 경지로.

있는 그대로 하라.

주판알 튕기지 말고.

사람인 것을.

지금 살아 있음에,

감사하고 고마운 마음으로.

인생관을 재정립하며 다짐하지 않았는가?

대의, 명예 및 신의를 위하여 초개와 같이 철저하게 자신을 버리며, 역사를 두려워할 줄 아는 인간이 된다.

빈자, 약자를 위하여 살기로 다짐하지 않았는가?

특전사, GOP철책선, 소말리아·그루지아 전쟁터 등 다양한 국내외 직책 및 현장 경험에서, 고통과 고난에 허덕이며 사는 사람들을 목도하면서.

'천인합일(天人合一), 인내천(人乃天)'의 마음으로,

환난상휼 하는 가슴으로,

빈자, 약자를 위한 순수하고, 경건한 기부를 다짐하며 맑고 밝은 하루를 시작한다.

즐겁고 재미있는 울림이다.

『대학』에서 이른다.

"인자, 이재발신. 불인자, 이신발재.

(仁者, 以財發身. 不仁者, 以身發財.)."

그런데 왜 스님과 목사님은 반대……?

그건, 내 것이 아니다.
신성한 그것은, 자유·평등·평화를 위하여……
헌 옷 한 자락에 족함을 알고 있기에.
법정 스님 말씀,

"입안에 말이 적고,

마음에 일이 적고,

뱃속에 밥이 적어야 한다.

이 세 가지 적은 것이 있으면

신선도 될 수 있다."

인의(仁義)의 도(道)와 어우러진
철학적 삶을 살아라.
허나, 나는 그리 살지 못했다.
하여, 참회합니다.
나는 아무것도 모른다.

고백합니다 (2017. 7. 19., 수요일, 14:15)

먼저, 반드시 고백함으로써 반성하고, 참회해야 할 점은 책 읽기, 즉 독서와 관련된 사실이다.

만일, 살아오면서 읽은 책이 몇 권쯤 되느냐고 나에게 묻는다면, 나는 곧바로 지체 없이 쥐구멍을 찾아 조용히 입 다물고, 머리 박고 들어가야 할 것이다.

정확하게 기억할 수는 없지만, 아마도 손에 꼽을 만큼의 양밖에 읽지 못한 것 같다. 진실로 창피하고 수치스러운 일이겠지만, 우리나라 박사 학위 소지자 중에서 제일 책을 다양하게 읽지 않았을 뿐만 아니라, 가장 적게 읽은 자로 등극할 것이다.

그래서 나는 나 자신을 이렇게 표현하곤 한다. "나는 세상에서 제일 무식하고, 무지한 자다."라고.

이러한 사실을 극화한다면, 세상 최대의 비극임과 동시에 천하의 웃음거리인 희극이 될 것이다. 이러한 상황을 생각하면, 나 자신도 참담해진다.

더 나아가, 읽은 책의 양과 질을 떠나 더 심각한 문제는 나 자신의 진솔하지 못한 태도였다.

살아오면서 무지한 자임을 숨긴 채, 화려한 수사와 고상한 표현을 써가면서 대화하고, 남들 앞에 서서 교육 및 강의를 하며 살아왔다는 사실이다.

더욱 부끄럽고, 가관인 것은 마치 자신이 배운 자처럼 행동했다는 사실이다.

공직 생활 중 일화를 고백하면 이렇다.

회의가 많다든지, 길어지면 불만을 토로하며 "회의 공화국 만들 건가? 단순, 명쾌해야 하는 것이 본래의 인간 그 자체이며 세상일진대, 왜 이렇게 시간을 질질 끌며 상황을 복잡하게 접근하고, 어렵게 만들어 가는가? 그렇게 할 일이 없는가? 참, 한심하군. 이 시간에 집에 가서 책이나 더 읽고, 글이나 한 자라도 더 쓰는 것이 조직과 국가 발전을 위해 더 낫겠네." 하는 식의 말과 행태였다.

지금 생각해도 참 방약무인하며, 겸허하지 못한 교만한 태도이다.

반성과 참회만이 되울림 되어, 가슴을 내리친다.

이 모든 것이 씁쓸하고, 내키지 않는 못된 버르장머리인가?

요컨대, 나는 지금 글을 쓰고 있는 입장에서, 많은 인간적인 부족함과 한계를 느끼고 있다.

좋은 습관은 평생 자기를 지배하여 자신과 주변을 희망으로 가득하게 하고, 더 나아가 사회와 국가에 대한 통합과 번영을 가능하게 하며, 종국적으로, 세계 모든 인류에게 자유와 평화를 보장할 수 있다.

하여, 참회한다.

결국, 평생 일그러진 탐욕에 대한 갈망으로 때로는 좀생이같이 숨죽이며, 때로는 야수와 같이 포효하며 살아왔던 '나'를 죽인다.

이제 다시 어린 시절로 돌아가, 새롭게 거듭 태어난 가슴으로 책을 읽고, 쓰기 위한 나에게 맞는 나만의 바람직한 습관을 만들어, 좀 더 살찌고, 풍요롭고, 의미 있는 인생을 만들어야겠다는 심정, 피의 흐름을 막은 죽었던 심장을 다시 뛰게 하겠다는 마음이다.

자유롭고 평화로운 세상에서 '열정적으로, 재미있게 공부하다 죽는 것이 가치 있고, 존엄하며, 행복하게 삶을 마감하는 것이다.'라는 평소 생각과 같이.

이 글을 쓰고 있는 지금도 '어떻게 살 것인가'와 '어떻게 죽음을 맞이할 것인가'가 모두 중요한 화두지만, 이 순간만큼은 전자보다는 후자에 더 무게를 두는 것 같다.

외딴섬, 청산도 생활 중 주경야독하며 사법 시험 공부를 할 때, "우리 나이에, 너 그렇게 공부하면 죽는다."라고 충고한 변호사 친구의 말을 되새기면서.

마지막으로,
다시 한번 잘못 살아온 나를 고백한다.

인의(仁義)의 도(道)와 어우러진
철학적 삶을 살아라.
허나, 나는 그리 살지 못했다.
하여, 참회합니다.
나는 아무것도 모른다.

통찰력과 판단 (2019. 10. 31., 목요일, 20:09)

긴 잠에서 깨어나 발가벗은 나를 만져 본다.

올바르게 제어할 수 없다.

하여, 지리산 뱀사골행을 접었다.

무엇이 발걸음을 삼켰나?

자유롭고, 평화로운 생각과 일상을 깨고 싶지 않았다.

구저분한 티끌의 세상과 달리 수정같이 맑고 착했던 지리산.

공상을 하며 화엄사, 노고단을 거쳐 천왕봉으로 질주한다.

내가 가면, 그 깨끗한 계곡에 오염된 물이 흐르지나 않을까?

떨어낼 먼지가 많은 나의 가슴을 질책한다.

그리움의 마음만 전한다.

세상에 없는 것 중 하나가 '정답'이다.

해답만 있을 뿐이다.

진리가 어디 있는가?

머릿속으로만 그린다.

실현 가능하지도 않고, 기대 가능성도 없는 나의 망령된 꿈을.

취미란에 '공상'이라고 썼다.

누군가 일렀다.

"공상가는 종종 정확하게 미래를 보지만,

그것을 자기의 힘으로 앞당기려 든다."

쥐구멍을 찾는다.

얼마 전, '나는 모른다.' 제목의 노트를 만들었다.

무지함 속에서 허우적대며.

"올바른 지혜를 주시옵소서."라고 기도하면서.

진정한 선지자는 누구이며,

왜 그들은 '경서'라는 책을 썼을까?

그것도 욕심?

통찰력과 판단.

나는 모른다.

발타자르 그라시안이 말한다.

> "통찰력과 판단,
>
> 그러한 재능을 갖고 있는 사람은 사태를 제어한다…….
>
> 사태의 원인을 규명, 사람의 능력을 완벽히 분석…….
>
> 관찰……. 사람의 가장 내면적 본질을 평가…….
>
> 섬세하게 관찰……. 가장 내밀한 내면을 훌륭하게 파악…….
>
> 예리한 인식……. 철저한 파악……. 올바른 판단……."

나는 통찰력과 판단력이 없는 사람이다.

하여, 지난 생의 과정은 방랑 그 자체였다.

아직도, 어디로 어떻게 가야 할지 모른다.

그냥, 있는 그대로 하루살이 삶을 즐기고 있다.

그냥, 이렇게 살다가 가겠지.

"사람이 마음으로 자기의 길을 계획할지라도,

그 걸음을 인도하는 자는 여호와시니라. (잠언서 16:9)"라고 뇌까리면서.

인의(仁義)의 도(道)와 어우러진

철학적 삶을 살아라.

허나, 나는 그리 살지 못했다.

하여, 참회합니다.

나는 아무것도 모른다.

자랑 말고, 한없이 낮아져라 (2019. 11. 2., 토요일, 03:52)

어둔 밤이다.

수백, 수천 번 번개같이 변하는 마음을 둘 곳이 없다.

길을 잃었다.

메마른 광야다.

곳곳에, 괴이한 신음 소리를 내는 뱀파이어들이 어른거린다.

너덜난 옷자락에 더러운 몸뚱이를 감추려 한다.

발가벗겨졌다. 숨을 곳이 없다. 감출 것이 없다.

더 이상 눈물바람을 막아 줄 방법이 없다.

사망이 생명을 삼켰다.

우쭐거리며 살려 한 데 대한 죄책이다.

자랑 말고 한없이 낮아져라.

노자가 이른다.

　　"수모를 신기한 것처럼 좋아하는 것은,

　　낮아짐을 사랑한다(寵辱若驚, 寵爲下)는 것이다."

인의(仁義)의 도(道)와 어우러진

철학적 삶을 살아라.

허나, 나는 그리 살지 못했다.

하여, 참회합니다.

나는 아무것도 모른다.

선택한 결과에 슬퍼하거나 노하지 말라 (2019. 11. 2., 토요일, 18:44)

목요일, 지리산 뱀사골행을 취소하고,

지금까지 가슴이 흩어졌다.

오늘에서야 고향 뒷산을 밟는다.

측은지심을 낳은 인의(仁義)의 삶을 산,

까치울 낙엽이다.
성스러운 자연의 질서를 선택한 너.

걸음걸음을 아름다운 '추상 노트'로 옮긴
심미안을 택한, 바로 너.

새 생명 잉태 위해
죽음을 택한 너.
생명력으로 사망을 삼켜
평화를 선택한, 그런 너.

슬픔, 분노, 아쉬움 떨치고
거룩한 자연의 마음을 지닌 너.

그러나 난, 어리석게도
이런 자연적 삶의 질서를 거부하며 살아왔다.

발타자르 그라시안이 이른다.

"삶에 있어, 대부분은 선택에 달려 있다……
하지만, 예리한 이성과 학식과 사리를 분별하는 능력을 갖고 있다
해도, 많은 사람들은 직접 선택한 결과로 인해 파멸한다. 그들은 언
제나 마치, 길을 잘못 드는 것을 목표로 한 것처럼 가장 나쁜 것을

취하는 것이다. 그러니, 제대로 선택할 줄 아는 것은 하늘이 준 큰
선물 중의 하나다."

그러나 순간의 선택으로
먹을 것, 마실 것, 입을 것이 풍족하다 하여,
교만에 사로잡혀 겉으로 드러내거나 기뻐하지 말라.
또한 부족하다 하여 슬퍼하거나, 노하지 말라.
카르마는 순환하니, 연민과 용서와 사랑으로 살라.
하늘이 모두 내려다보고 있으니.

인의(仁義)의 도(道)와 어우러진
철학적 삶을 살아라.
허나, 나는 그리 살지 못했다.
하여, 참회합니다.
나는 아무것도 모른다.

하늘의 마음을 보시오 (2020. 4. 9., 목요일, 02:50)

지금 이 시간 밖을 나서,
은연히 떠올라 사랑의 눈으로 세상을 돌보는
순수한 하늘의 마음을 보시오.

노자다운 둥근달이 보이지 않소?
'다듬지 않은 통나무' 같은.
청아·단아·우아를 품은
한 점의 맑고, 밝고, 아름답고,
참스런 우주와 인간의 페르소나이지요.

미네르바의 심미안으로
하늘의 마음을 다시 보시오.
그 속에 생명이 살아 숨 쉬고 있으니.

인의(仁義)의 도(道)와 어우러진
철학적 삶을 살아라.
허나, 나는 그리 살지 못했다.
하여, 참회합니다.
나는 아무것도 모른다.

진리의 입술을 사랑하라 (2020. 7. 9., 목요일, 01:05)

틀에 박힌 달변가와 다변가를 경계하라.
그의 입술에는 거짓과 현혹이 물들어 있다.

노자가 이른다.

"믿음직스러운 말은 아름답지 못하고,

아름다운 말은 믿음직스럽지 못합니다.

선한 사람은 변론하지 않고,

변론하는 사람은 선하지 않습니다."

진리의 입술을 믿으시오.

진리는 단순하고 투박하여 쾌도난마의 명쾌함, 상쾌함, 통쾌함이 없다.

그래서 믿기 어렵다?

그러나 그의 맛은 순수하고 담백하니 믿어야 산다.

하늘이, 믿는 그대를 자유케 할 것이니.

하여, 다듬지 않은 어눌하고, 자제 가득한 진리의 입술을 사랑하라.

그의 그윽한 눈빛과 가슴에는 측은지심의 평화로운 향기가 가득하다.

진리의 입술은 삶의 과정에 있어 최후의 가장 강력한 방패 및 보루이

자 생명책이다. 하여, 많은 안타까움, 아픔과 고통이 따를 수 있다.

그러나 순간의 인간적 약점 때문에 진리의 입술을 비켜서는 안 된다.

살아가면서 쉼 없이 자신의 내면을 들여다보라.

자신이 얼마나 하찮은 존재인지를 알게 될 것이다.

자신의 약점을 알고, 마이너스 감도를 느끼면 힘과 에너지가 용솟을

것이다.

이것은 고상한 지혜이다.

그리고 죽음에 이르러 관 속에 들기 직전, 자신의 모습을 텅 빈 가슴

으로 관조하라. 신과 인간의 참된 역사가 당신과 함께할 것이다.

누가 옳았는지는 신과 인간의 역사가 판단하는 데 그리 긴 시간이 필요치 않다.

솔직하고 담대하라.
신과 인간의 역사 앞에서.

인의(仁義)의 도(道)와 어우러진
철학적 삶을 살아라.
허나, 나는 그리 살지 못했다.
하여, 참회합니다.
나는 아무것도 모른다.

헛걸음이었다 (2020. 9. 13., 일요일, 03:43)

이룰 일 없어서 좋고,
만날 이 없어 편하다.
눈앞의 현상은 헛걸음이었다.
생각도, 이상도, 지식도, 이론도,
적용할 현실 세계가 사라지고 있음이 기쁨이다.

심호흡 속에, 한숨 속에 나를 날려 보내고 하늘을 열렬히 사랑했다.

잠시나마 스쳐 지났던 사람들을 떠올리며 존경과 경멸의 조소를 띠어 보는 것도 참 좋은 소일거리 아닌가?

아무것도 아닌 세상일이 어둠 속에 묻힌 이 밤이 모든 것을 거둔다.

저 별과 저 달만이 나의 마음이자 친구다.

말 없는 친구가 좋다.

그저, 멀리서 서로 그리워하며 부드럽고 아쉬운 미소만 보내 주는

그런 친구가 좋다.

머릿속을 골골샅샅이 뒤져보아도, 땅에서의 놀이는 헛걸음이었다.

좀 더 일찍 알았더라면 좀 더 자유롭고 평화롭고, 착하게 살았을 터인데.

인의(仁義)의 도(道)와 어우러진

철학적 삶을 살아라.

허나, 나는 그리 살지 못했다.

하여, 참회합니다.

나는 아무것도 모른다.

하늘의 삶 (2020. 10. 3., 토요일, 03:09)

톨스토이가 말한다.

"글쓰기도 사기다."
"나는 알지 못한다."

인간의 삶은 사기?
먹이 사슬, 삼킴, 먹힘의 불쾌한 지질구레한 삶?

나는 말한다.
"다시 책상머리에 앉아
삶은 무의미하다느니, 부조리하다느니 하며
이러쿵저러쿵 말하고 쓰는 꼴사나운 짓 하지 마라.
고요한 머리와 가슴을 갈기갈기 찢지 마라."

무지, 쾌락, 힘, 약탈에서 비롯된 인간들의 욕된 삶.
황야의 동물과 들꽃들도 이와 같은 삶?
하늘의 삶도?
아냐, 그러면 그들도 우리 인간들과 같이 아쉽고, 고통스런 삶이 될
거야.
하늘의 삶에는 사악하고 추레한 우리의 삶과는 무언가 다른 자유와
평화가 있어.

이것이 진리인 것 같아.

이렇게 사람의 삶과 하늘의 삶은 다른 거야.

하늘의 삶을 닮고 싶다.

인의(仁義)의 도(道)와 어우러진

철학적 삶을 살아라.

허나, 나는 그리 살지 못했다.

하여, 참회합니다.

나는 아무것도 모른다.

선향(善鄕) (2020. 10. 4., 일요일, 05:25)

선함은 떠나고

추하고 역겹고 천박한 놈들만 남았군.

비루한 역사의 들판에.

저 어둠 걷히면 돌아가리라.

착한 고향, 천상으로.

통절한 한의 굴레가 필요하겠지.

긴 세월의 한없는 벌거벗은 황야에서.

어색한 낯빛으로 다가온다. 천상의 여인이.

하늘의 울림통을 삶아 먹은 듯 그녀가 호통친다.

"여기서 뭐 하냐, 선향으로 올라가자."

촉촉이 젖은 아프고 여린 손 잡고 오른다.

하늘의 착한 고향, 선향으로.

인의(仁義)의 도(道)와 어우러진

철학적 삶을 살아라.

허나, 나는 그리 살지 못했다.

하여, 참회합니다.

나는 아무것도 모른다.

부활의 꿈을 꾼다 (2020. 10. 6., 화요일, 14:29)

서로 다른 두 개의 자연을 가슴속에 품고 사는 것이 사람?

선한 마음과 악의 거짓 영?

사랑과 애처로움 그리고 증오와 두려움?

반짝이는 해가 눈을 가린다.

눈을 감는다.

가는눈을 뜨고 하늘 주변을 살핀다.

맑은 기운이 수채화를 그린다.

행복한 그림이다.

가슴에 몰래 품은 희망이다.

뭔가 모를 희망의 빛줄기의 파노라마다.

숨이 멎는다.

죽음의 정적이 흐른다.

부활의 꿈을 꾼다.

인의(仁義)의 도(道)와 어우러진

철학적 삶을 살아라.

허나, 나는 그리 살지 못했다.

하여, 참회합니다.

나는 아무것도 모른다.

하늘나라로 떠나기에 기쁩니다 (2020. 10. 31., 토요일, 06:14)

아픕니다. 참 많이 아픕니다.

머리맡엔 세상에서 제일 값싼 술에 취한 둔한 눈과 쓰디쓴 커피 한 잔 그리고 담배 한 대뿐입니다.

하나, 참 편합니다.

밤새 읽음과 글쓰기를 통해 모두 토해 냈기 때문입니다.

근데, 참 나쁩니다.

신성한, 거룩한 것은 없다는 것을 알았습니다.

나누기뿐만 존재하기에.

이제, 제가 떠나야 할 때입니다.
더 이상 공존할 수 없기 때문입니다.
애초에 같이할 존재란 없다는 걸 알면서도,
그리도 그것을 그리워했기에,
너도, 나도 공유할 수 없는 인간 세상을 알고 있었기에,
하늘나라로 떠나기에 기쁩니다.
참사랑, 한껏 같이 나누시길 바랍니다.

인의(仁義)의 도(道)와 어우러진
철학적 삶을 살아라.
허나, 나는 그리 살지 못했다.
하여, 참회합니다.
나는 아무것도 모른다.

영생하는 하늘아! (2021. 2. 3., 수요일, 18:59)

천상의 사계가
어지러운 땅의 색깔이 아니길.

심미안을 더럽히는

못난 땅이 아니길.

맑은 달그림자 짓밟는
악한 땅이 아니길.

착한 영혼 삼키는
악의에 찬 뱀이 사는 땅이 아니길.

영생하는 하늘아!
혼돈한 이 땅을 자유롭고 평화로운
너다운 세상으로 만들어 주렴.

인의(仁義)의 도(道)와 어우러진
철학적 삶을 살아라.
허나, 나는 그리 살지 못했다.
하여, 참회합니다.
나는 아무것도 모른다.

착하고 가녀린 빗방울 (2023. 3. 23., 목요일, 00:50)

빗방울이 온다. 사랑이 온다.
어둠 속 대지 위로.

자유자재한 발끝걸음으로.

자유롭고 평화로운 마음으로.

선하고 순수한 자연의 가슴으로.

감출 것이 없다. 높고 낮음이 없다.

귀함과 천함이 없는 정의로운 마음이다.

뭘 숨기려 하는가. 비밀이 없는데.

뭘 가리려 하는가. 정답이 없는데.

탁 트인 활연한 가슴이 부른다.

고요한 하늘바다가 보인다.

착하고 가녀린 빗방울이 보낸 자유와 평화다.

인의(仁義)의 도(道)와 어우러진

철학적 삶을 살아라.

허나, 나는 그리 살지 못했다.

하여, 참회합니다.

나는 아무것도 모른다.

여기까지다 (2023. 4. 4., 화요일, 10:37)

버려야 산다.

비워야 산다.

방랑·음유시인, 김삿갓·괴테처럼.

청아하고, 고절한 마음으로 살라.

앞산 진초록의 노송처럼.

타인을 위해 희생하며 살라.

앞뜰 봄꽃처럼.

순정하게 살라.

어항 속 알몸뚱이처럼.

자유롭고 평화로운 영혼으로 자유자재하며 살라.

청산도·까치울·나타샤·김삿갓·천상, 작두날 위에 선 마지막 묵가처럼.

오금이 뜬 방일하고 황음무도한 망나니 모습으로 살지 말라.

박삿갓처럼.

그런 망령된 삶은 여기까지다.

참 먼길을 휘돌아다니며 돌고 돌았다.

부지중 내딛은 생의 걸음걸이는 여기까지다.

디스토피아적 삶에서 벗어났다.

인의(仁義)의 도(道)와 어우러진

철학적 삶을 살아라.

허나, 나는 그리 살지 못했다.

하여, 참회합니다.

나는 아무것도 모른다.

무언가를 알 듯하여, '굴레 벗은 말'이 되기 위해
끊임없이 가슴속으로 노래를 불렀다.
하늘과 땅과 '나'를.
그러나, 하늘도 땅도 '나'도 모른 채, 하산길을 걷는다.
아닌 게 아니라, '나는 모른다.'를 되뇌어야 하는 마음이
새털처럼 가볍다.

사람 사는 세상을 보았다.
숨통을 조이며 물고 뜯고 죽이는, 보이는 또는 보이지 않는
무질서와 비진리가 난무하는 혼돈의 세상을.
횅뎅그렁한 두 눈동자만 얄랑얄랑 움직인다.
그림자만 쫓다 지쳐 버려.

오늘까지, 인간들의 티끌세상의 틀 속에서 다람쥐 쳇바퀴 돌 듯 허덕
이는 인간의 사고와 행동을 보았다.
체념이 부른 분노와 증오, 도무지 이해할 수 없고, 알 수도 없는 그 아
름다우면서도 구저분한 인간 세상을.
태어나 살아가다, 죽음에 이르는 복잡하면서도 단순한 인간의 삶에

있어서 정답은 없다.

다만, 사람은 누구나 각자 나름대로의 해답이 있을 뿐.

진리가 아닌 비진리의 바로 그 추잡하고 잡스런 불가해한 그 답.

인간 세상의 유기체적 구조 속에는

국가와 국민, 권력자 및 지배자와 피지배자,

경영자와 노동자, 부자와 거지, 승자와 패자 등

숱한 대립적 상황에서,

나름의 이유와 정당성을 주장하며

먹고살기 위한, 살아남기 위한 투쟁이 이어지고 있다.

인간은 살아가면서 끊임없이 스스로에게, 타인에게 또는 신에게

가장 중요한 때는 언제인가?

가장 중요한 사람은 누구인가?

가장 중요한 일은 무엇인가?

지금 가장 하고 싶은 일은 무엇인가?

지금 가장 하기 싫은 일은 무엇인가?

또 그 이유는 무엇인가에 대해 묻고 답한다. 그리고 행동한다.

그 결과는 아무도 모른다.

하늘만이 알고 있을 뿐이다.

그 진리를 알면서도 우리는 혼자 존재하기 위해

서로 질투하고 싸우고 죽인다.

'나는 모른다.'라는 평범한 진리를 부정하면서.

참 어리석게도.

이제, '나'를 모두 다 노래했다.

엄마 뱃속 시절부터 방금 전까지의

'나의 이야기.'

"비록 짧은 과정의 인생이었지만,

하고 싶었던 일 다해 보고, 생의 마지막 단계에서

내가 할 수 있는 일은 이것뿐이다."라고 생각하며 쓴,

'나의 이야기.'

별 볼 일 없어 보이는 추레한 인생이었지만,

그래도 젊은 후배들이 읽어 보면, 인생이란 긴 여정에서

조금이나마 도움이 될까 하여 쓴 조그마한,

'나의 이야기.'

가장 단순했던 것 같지만, 가장 복잡다단했던,

'나의 이야기.'

그래서, 난마같이 얽혀가는 삶의 과정에서,

억지의 철학적 사유를 반복적으로

그리고 역설적으로 즐겨야만 했던,

'나의 이야기.'

이 글과 함께 생의 여로에 마음을 실어 걷다 보니,

그 걸음새가 가볍되 무겁기도 하고,

행복하되 고통스럽기도 했다.

누구나의 인생이 그러하듯이.

인생?

그것은 사람이라면 누구나 나름대로

소위, 성공한 삶 혹은 실패한 삶이었다고 생각할지 모르지만,

모든 인간은 동일한 삶의 길을 밟는다.

자연적인 삶의 과정.

가장 단순하게 태어나,

가장 복잡하게 살다가,

가장 초라하고 단순하게 죽어 가야 하는.

내 인생?

슬프고 안타깝지만, 후회는 없다.

값진 인생이었기에.

다만, 반성과 참회만이 남을 뿐이다.

바람 한 점 없는 공중에 곤두박이치는 상황 속에서,

제대로 마음을 다스리지 못한 것을.

그러나, 이제라도 진솔한 자연과 인간의 가슴소리를 느낄 수 있으니

다행이다.

하여, 바로 지금, 마음의 자그마한 한구석이

지나온 시간과 공간의 절벽과 이어짐을 본다.

그래서, 다시 거듭 태어난 새 인생을

새 하늘, 새 땅에서 시작해 볼 작정이다.

마지막으로, 나는 저 어둔 밤하늘을 무연히 바라보며

지나온 삶을 다시 한번 관조해 본다.

맞다.

나는 하늘이 말하는 대로, 하늘의 뜻대로 살았다.

하늘은 나에게 사해(死海)인 죽음의 바다에서

쓰잘머리 없이, 아무런 의미 없이 헛발질하며 살지 말라 했다.

조금은 힘들고 복잡하지만, 드넓은 사해(四海)에서,

붕괴되어 떠밀려 온 지뢰밭처럼

죽음의 공포가 처처에 도사리고 있는

이 세상의 모든 난제를 풀 실마리를 사유하고 경험하는

의미 있는 삶을 살라 했다.

어려서부터 형성된 자아의 정체성인 '정의 구현을 위한 도구'와

가슴으로 자기가 하고 싶은, 재미있게 잘할 수 있는 일을

두루두루 하면서 마음껏 즐겁게 살라 했다.

"사람이 마음으로 자기의 길을 계획할지라도,

그 걸음을 인도하는 자는 여호와시니라." 하면서.

운명이었다.

다시 한번 하늘에 감사한 마음을 전하고 싶다.

마지막으로, 꼭 이 말을 다시 전하고 싶다.

"내 사랑하는 나의 조국, 대한민국의

젊은 후배들은 잘살았으면 좋겠다.

하고 싶은 일을 하면서.

잘할 수 있는 일을 하면서.

재미있고, 행복하게.

어린 시절의 푸른 꿈을 쫓아서."

가던 길을 가라! A(알파)에서 Ω(오메가)까지.

가던 길을 가라, 하고픈 대로, 결정지은 바대로(A).

가던 길을 가라, 의심하지 말고.

가던 길을 가라, 좌고우면하지 말고.

가던 길을 가라, 뒤돌아보지 말고.

가던 길을 가라, 외로워 말고.

가던 길을 가라, 방황하지 말고.

가던 길을 가라, 누비함에 빠지지 말고.

가던 길을 가라, 돌개바람, 칼바람과 눈보라가 앞을 가려도.

가던 길을 가라, 하잘것없는 울멍줄멍한 작은 돌부리에 채여도,

하늘이 준 운명이 아니라, 나로 말미암음이라 생각하면서.

가던 길을 가라, 신작로 따로 없다.

가던 길을 가라, 구비를 같이 걸을 새 친구가 생기리.

가던 길을 가라, 해를 떼이고 선, 파아란 하늘이 보이리.

가던 길을 가라, 처음은 작지만, 그 끝은 창대하리(Ω).

세상은 시작과 끝이 있다.

그 시작과 끝의 근원은 바로 '나'다.

모세(Moses)가 하느님의 말씀을 전한다.

"내가 너로 큰 민족을 이루고,

네게 복을 주어 네 이름을 창대케 하리니,

너는 복의 근원이 될지라." *(구약성서, 창세기 12장 2절)*

순전한 욥(Job)을 들어 하느님이 다시 말씀하신다.

"네 시작은 미약하였으나, 네 나중은 심히 창대하리라." *(구약성서,*

욥기 8장 7절)